诺贝尔文学奖作家文集·吉勒鲁普卷

磨坊

[丹麦]吉勒鲁普/著

吴裕康/译

Die Mühle

漓江出版社
·桂林·

出版说明

"诺贝尔文学奖作家文集"系我社近年长销经典品种,是对二十世纪八九十年代我社品牌图书、刘硕良主编的"获诺贝尔文学奖作家丛书"的继承与发扬,变之前一人一书阵容为每位作家多卷本。如果说老版"诺贝尔"是启蒙版,那么新版就是深入版,既深入作者的内心,也满足读者的深度需求,看上去是小众趣味,影响的是大众阅读倾向。这就是引领的意义,也是漓江版图书一贯的追求。

漓江出版社中外文学编辑部

[丹麦]卡尔·吉勒鲁普
(Karl Gjellerup, 1857—1919)

瑞典同名电影海报（1921年）

丹麦同名电影海报（1943年）

丹麦同名电影海报（1943年）

作家·作品

吉勒鲁普这两部写于十九世纪的小说(《磨坊》和《明娜》),今天读来,已经不再那么新鲜、刺激了。生活中有变的东西,也有不变的东西。然而我们可以感到,在那些平静的叙述里,似乎仍然有着超越历史障隔的声音,有一种交谈的可能……但是更重要的,那些波动的过程之所以不曾变得苍白乏味如陈年旧账,乃是因为——正如诺贝尔奖授奖评语所言——它们蕴涵了高超的理想。这种理想不是空洞的福音,而是蕴涵在一种对人的存在的二重矛盾状态的揭示之中,蕴涵在经验世界与超验世界的对立与沟通之中,蕴涵在神意法则与自然法则、心灵法则与现实法则的矛盾之中。得出什么样的结论并不重要,重要的是,人必须有超越此岸世界的情怀。

——吴 方

很有条理的现实主义在书中与鲜明突出的理想主义结合在一起,效果是感人的。没有哪个自然主义作家比他更善于使故事的框架更适应故事的情节。故事发生在丹麦某个岛屿中央的一座大型风磨坊里。读者随着书中人物在六层磨坊里上上下下,很快就听惯了磨扇和转轮的响声,甚至能感觉到有面粉屑悄悄地钻进头发和衣裳中。

——哥本哈根大学丹麦文学教授比勒斯科夫·延森

目 录

译本前言

001　在神意与自然之间／吴　方

磨　坊

003　第一章
055　第二章
111　第三章
220　第四章
313　第五章

附　录

393　吉勒鲁普自传
397　著作年表
400　1917年评奖简况（节译）／阿·约利维
403　评吉勒鲁普／比勒斯科夫·延森

译本前言

在神意与自然之间

吴　方

具有世界性影响的诺贝尔文学奖,自 1901 年开始颁发,迄今已届九十年[①]了。九十年间有八十多位杰出人士获此殊荣(中间因两次世界大战,颁奖暂停过七次)。其中,有的名字广为人知,喧声赫赫;有的名字则鲜为人道,名望依微,至少还不被中国读者熟悉。一个外国作家能够被中国读者所了解的前提,首先在于其作品的译介,缺了这一码事,就什么都谈不到,对世界文学的充分了解也谈不到。由于历史形成的原因,外国文学译介的取舍,不免有厚有薄有冷有热,譬如北欧文学,实在还是一个较陌生的领域。虽然早在七十年前,鲁迅兄弟曾把挪威的易卜生、丹麦的安徒生介绍给中国人,但对于那么一个遥远地方的文学传统、文学风貌,毕竟还是知其一不知其二,或可能误解为微不足道。如果说北欧作家曾数次获得诺贝尔奖不是偶然的,那么,我们自应了解他们的"葫芦"里卖了些什么药。

1917 年,第一次世界大战战云未散之际,丹麦的吉勒鲁普与彭托皮丹共同获得了这一年度的诺贝尔文学奖。有人曾分析,由于

[①] 此文作于 20 世纪 90 年代,故言。——编注

大战的原因，欧洲各交战国对于竞争诺贝尔奖兴趣不免冷淡，且因瑞典为中立国，其立场也影响了诺贝尔奖对政治的敏感性回避。于是，桂冠落到了同属中立国的丹麦的两位作家头上。此说不为无据，但也不宜理解为诺贝尔奖做了廉价处理。我们不妨读一读吉勒鲁普的作品，虽然时间已经过去了七十多年，也还不算晚。

一

吉勒鲁普的生活与创作有"半个"的特点：一是他获得半个诺贝尔奖；一是他出生于丹麦，后半生迁居德国，亦可视为半属丹麦半属德国。

1857年6月，卡尔·阿道夫·吉勒鲁普生于丹麦西兰岛一个牧师家庭，三岁丧父，后被母亲的堂兄，一个学识渊博的新教牧师抚养大。1874年，他受完中学教育后研读神学，同时怀着青春热情，对诗歌产生了浓厚的兴趣。当时欧洲大陆上各种新思想方兴未艾，此起彼伏，从哲学理论到文学运动，从浪漫主义到实证主义，从康德、歌德、席勒到叔本华、尼采，各领风骚。因此，吉氏创作的精神营养可说是多方面的。某些文学史家常喜欢用"主义"来划分和评价作家的创作，这难免有削足适履的情形。实际上，由于作家需要把自己整个的人生体验包括人格素质、情感取向、理性思维投入作品当中去，使自己的观察、理解、表达成为有血肉的塑造和精神酝酿，因此有价值的文学往往不能为某种观念所规范。吉氏的创作生涯横跨十九世纪末二十世纪初，大抵体现了在动荡时代里心灵选择的多线条、多色彩，包含了自我怀疑和自我定位的两重特征，始终关注着对人性的叩问。虽然他的作品疏于描绘广阔、复杂的社会生活，却仍然见出近现代西方人文精神发展的意脉。

1878年，吉勒鲁普在德国浪漫主义"狂飙突进"运动和黑格尔思想的影响下，出版了《一个理想主义者》。主人公的意识支撑正是建立在理性原则之上。1882年，小说《日耳曼人的门徒》则表现出对某种确定秩序（包括宗教秩序合理性）的怀疑，向往思想自由，强调面对现实。这时，也正是他在思想和创作方法上受到丹麦文学批评家勃兰兑斯①的影响，转向现实主义的时候。勃兰兑斯的思路是由社会文化历史观点照亮的，因此他强调文学与社会生活的关系。他说："我将尽可能深入地探索现实生活，指出在文学中得到表现的情感是怎样在人心中产生出来的。然而人心并不是平静的池塘，并不是牧歌式的林间湖泊。它是一个海洋，里面藏有海底植物和可怕的居民……正如植物学家不得不既要采摘玫瑰，又要采摘荨麻一样，文学研究者也必须习惯于以科学家和医生的大无畏眼光，来观察人性所采取的各种各样而又具有内在联系的形式。"②

与之相近，吉勒鲁普将自己的主题系结在人生与人心的种种纠葛上，因此笔墨常常涉及对现实问题的心理学探讨。然而仅仅从历史理性、自然态度去实证地把握处理题材，又易于忽略精神现象及

---

① 勃兰兑斯（1842—1927），丹麦文艺评论家、文学史家，又译布兰代斯。（本书脚注若无特别说明均为译注。）
② 引自勃兰兑斯著《十九世纪文学主流》第二分册，第2页。

价值真实的问题。自然主义倾向的文学正是在这一点上常常留有缺憾。这也决定了吉勒鲁普后来与勃兰兑斯分道扬镳。具体地看,吉勒鲁普并不长于历史与现实的挖掘深度和广度,他的长处是对生活的某些过程、人性的某些方面有精到的剖析,对情感戏剧、理想冲突有敏锐的捕捉与表现。

1882年至1885年间,吉勒鲁普不断在国外旅行,濡染了希腊美学思想和屠格涅夫等俄国写实心理小说流派的风格,瓦格纳的歌剧与叔本华的哲学也给他深刻的印象。他开始更多地关心人的自由意志与道德责任的关系问题,考虑人类存在本身的劫难与痛苦,意识到现代文明的局限。在《布伦希尔德》等诗剧中,他尝试表现人的悲剧性格,表现古代意识与现代意识的矛盾与融合,既受到欢迎,也受到排斥。到1887年,他已在丹麦确立了自己的文学声誉。

小说《明娜》(1889)和《磨坊》(1896)作为他的代表性作品,显示了他在小说写作方面所达到的水平。前者描写了一个纯情而又动人心弦的爱情故事,结局平静而悲怆。后者通过一个小地方家庭生活的波澜,揭示人性中意识与潜意识、生命现象与道德价值的冲突,在一桩血案的故事中寄托了超现实的复杂意味。至于他晚期的小说主题,则更加趋向于纯精神的宗教——拯救与解脱,趋向神秘。

如果说一个作家的创作历程常与他的心路历程有着某种血缘联系的话,吉勒鲁普似乎是一个例证。他的意义当然很有限。他还够不上是惊世骇俗的诗人或博大精深的小说家。他好像只是在欧洲的某个角落里徜徉行吟。但在宁静或波动的表达里,他吐露着人与这个世界的问答，仍能为远隔时空的人们所理解。也是一种机缘，在丹麦文学与德国文学的双重影响下，产生了他的风格。他的创作与德国文学所挖掘的题材、所提出的精神相通，同时赋予它们以独特的形式和清晰的表现。一个浓厚的不可思议的形象，来到亲切温和的自然环境里，凝聚成纤纤仙女，忘却了哈尔茨山，在一个美妙的仲夏夜晚，定居在哥本哈根鹿苑的山丘上。读吉勒鲁普的小说，也许会有这样的感觉。

1917年，由于"他受崇高理想鼓舞而写出了丰富多彩的作品"，吉勒鲁普荣获诺贝尔文学奖。在获奖两年后，1919年，他逝世于德国的德累斯顿。

二

用第一人称"我"来叙述，现代小说常采用这种方式。这使《明娜》一开始便具有回忆、内省的色彩，有如一首抒情的叙事诗，汨汨而来，潺湲而去，抑扬咏叹，余音不绝。在萨克森的拉森小村，在幽静温馨的夏日和雨夜，一个美好而命运难卜的爱情故事在一次邂逅中开始："我"——丹麦人哈拉尔德·芬格，工艺学院的学生，与家庭女教师明娜一见钟情。

像这样的爱情故事，在文学史上可以说缕缕不绝，却又总是不可能写尽。它的不同形态打上了不同时代、地域、种族的文化烙印，折射出熟悉而又陌生、探索不尽的人生，孕育了许多栩栩如生的令人难忘的性格。《明娜》向人们呈示的爱情悲剧如诗如梦，又近于一种对爱情的委婉的探触、摩挲，始终是在主人公的心理情绪变化中，表现了吸引和挣扎的力量在如何消长，笔触有着纤细而又内在的丰姿。阅读被"我"的叙述吸引着，进入爱情心理分析的内部，同时又感到幸运和顺利的不稳定。因为明娜和芬格越是朝着对方感情的深处走去，彼此就越难保存各自的隐秘，也就越不能容忍爱情中的尘滓。纯净透明是这一爱情的标记，但是在人与人之间，即使在恋人之间，也有不可能完全消除的隔膜。危机在生机中隐藏着，它主要不是源自外部，而是来自明娜的经历本身、性格本身。

纯净是美好的，但纯净又是悲剧性的。

在结识芬格之前，明娜曾爱过一个丹麦画家。画家给了她初恋，却并不许诺婚姻。从感情上来说，这是一个阴影，一个"第三者"。他拥有她的往日以及其中一切有价值的东西。他拥有一种难以解释的对明娜的权力。这注定了追求纯净的优柔女子无法把握住自己的命运。当画家真的凭借这种权力介入这一场爱情游戏的时候，尽管我们倾向于芬格，尽管芬格有他的道理，我们还是能体会到明娜的痛苦抉择并非偶然。感性的力量常常会压倒理性的力量，这正是人的存在的一种不由自主的悲剧性本质。

与其说《明娜》讲述的是一个爱情的故事，还不如说它在剖析一种难以剖析的感情生活，探触着人们存在难免的尴尬和迷误。各人都有各人的道理和情怀，生活充满着阴差阳错，而未来的幸或不幸，乃是事先无法预料的。爱情最终只能成为一曲永恒的记忆与追思。明娜离开了芬格，选择了画家。过了五六年，明娜并没有从画家那里得到幸福，相反，她失去了一切，包括被抑郁损伤的生命，当她和芬格重逢时已不久于人世了。

吉勒鲁普刻画了一部爱情的哀史，宛如一支并无强音震撼的曲子，平缓而又令人悯然。自然，他的细腻刻画给人留下的思味要比故事本身更有意义。"爱而不得其爱"的永恒母题通过他的叙述，表现出独特的形态。

三

小说《磨坊》描写了作者家乡西兰岛上的一个普通磨坊，又像是一种象征——在一个庸琐、循环的现实世界与一个神意世界之间，也许存在着联系。这篇小说的题材是世俗的，旨趣却在于借灵肉冲突所产生的罪恶、受难来超脱世俗。尤为令人不可思议的是，在小说中，现实中发生的事恰恰应了一本历史书上的神话故事，显得生活之难以理喻。

磨坊里的小小格局既微妙又不稳定。在磨坊主克劳森、主妇克丽斯蒂娜、女仆莉泽以及雇工约尔根之间，各自的地位、性格使格局本身骚动不宁。女仆莉泽处在这一出戏的中心，虽然她出身卑贱，却自信靠着青春魅力和有计划的步骤能逐渐改变自己的地位。女主人厌恶莉泽，但已卧病不起，很快就死了。磨坊主受到莉泽的诱惑，却又对亡妻、儿子怀有负罪的惶恐。对于不同的人来说，磨坊可能是家园，可能是坟墓，可能是陷阱，可能是旅舍，可能是十字路口，也可能是地狱或者天堂。在庸琐的人生里充满着疑问。

现实中的超自然事象、感觉给这部小说带来了谜的气氛，显得像是浸泡在神秘里。磨坊主与莉泽有着暧昧关系，似乎影响到女主人的死亡。女主人又凭着神秘的直感，预言莉泽会给磨坊带来不幸。女主人死后，磨坊主一直处在道德自律与本能欲望的冲突之中。按照世俗的规定，他本来应该娶护林人之妹汉娜为妻。汉娜是个有教养的、信仰真挚的女人。但鬼使神差，莉泽显然更活生生地抓住了他。他奔向莉泽，本意是想奔向希望的光芒的。

小说的叙述通过一个逆转，完全改变了人物的命运。看起来是一个偶然的情节：磨坊主原拟去办理与莉泽订婚的手续，因事有不巧临时折回，却发现了莉泽与约尔根在调情。一种强烈的嫉妒左右了磨坊主的意识。他身不由己地借助磨坊的机械绞杀了莉泽和约尔根。磨坊变成了谋杀、罪恶的见证人。这个转变的情节是原已在人物的性格和心理上埋伏了动机的，那便是磨坊主一直感到难以把握自己的迷茫感，以及一种魔鬼一样的阴影对他对莉泽所施加的影响。魔鬼利用了人性的弱点，破坏生活的表面和平，召唤出罪恶，使灵魂赤裸裸地流出血来。

磨坊主最终认识到并且承担了自己的不可救赎。他是一个从迷误走向受难的理想化的化身。磨坊在雷雨中被毁，人演完了现世的悲剧。这个悲剧的核心指向人的先天性弱点。吉勒鲁普忽略了必要的社会现实的解释，恐怕意在强调，悲剧之所以为悲剧，不在于是否有英雄的死亡或者外在的不幸，而在于人生及其因果成败本是人无法明确解释和克服的。然而悲观并不等于颓唐，理想仍然寄托在悲剧之外。重要的是需要了解人性的复杂，需要面对自己的存在并超越存在。

四

吉勒鲁普这两部写于十九世纪的小说，今天读来，已经不再那么新鲜、刺激了。生活中有变的东西，也有不变的东西。然而我们可以感到，在那些平静的叙述里，似乎仍然有着超越历史障隔的声音，有一种交谈的可能。通过交谈的话语，你可以从认知的意义上去了解历史的某些片段，审视人性和个体、群体心理的碎片与标本，也可以从历史分析或道德沉思的角度去体会生命的某种痕迹，体会"命运"二字的分量。但是更重要的，那些波动的过程之所以不曾变得苍白乏味如陈年旧账，乃是因为——正如诺贝尔奖授奖评语所言——它们蕴涵了高超的理想。这种理想不是空洞的福音，而是蕴涵在一种对人的存在的二重矛盾状态的揭示之中，蕴涵在经验世界与超验世界的对立与沟通之中，蕴涵在神意法则与自然法则、心灵法则与现实法则的矛盾之中。得出什么样的结论并不重要，重要的是，人必须有超越此岸世界的情怀。

故事很平凡，人物也很平凡。但小说所描述的事情，人的彷徨与自失、反省与救赎，已非实用理性所能解释。这里面的意义细想并不平淡。吉勒鲁普的创作逐渐向精神宗教皈依，并不一定是消极的。实际上，正如许多重要的欧洲作家一样，他的创作深受基督教思想的影响：在他的叙述后面，可以感到有一种神性的存在正一步步靠近他所叙述的自然生活形态。这样一种神性的存在消解了世俗观念中的善恶对立。在他那里，感情生活洋溢着神性，善与恶显得不再是那么简单可分，而是纠缠于一个过程、一件事或一次经历。

文学进入了生活，又超越了对生活的简单图解。这使人想到，舍勒尔所昭示的基督教人性论也许在吉勒鲁普的创作里得到了回声——"人的本质之一正是不可定义性。人只是一种'介乎其间'，一种过渡，一种生命激流中的'上帝显现'，一种生命对本身的'永恒超越'。"

磨 坊

第一章

1

在石磨层上,光线已经暗下来了。

磨坊伙计几乎无法再读下去了。他坐在那儿的一个袋子上,皱着眉头的前额低俯在书页上,不时地抬起吃力的眯缝的眼睛,那样子能让一个偶然看见的人以为,面前是一个可怜的天才,必须充分利用枯燥劳动中挤出的每一分钟,以满足他那天生的强烈的求知欲望。可是这个伙计并非如此。老实的约尔根并不适合读书写字,而他正在勤奋攻读的著作也只是一本带插图的民间历书。

这件珍品是约尔根最心爱的物品,因为它是圣诞节时那个漂亮的女仆莉泽送给他的。在圣诞之夜,正当他要进屋吃油煎饼的时候,她偷偷把这本书塞给了他。当时,这种突如其来的厚爱使他受宠若惊。可是后来,他却再也没有机会重温这种好运了,这也就是他经常把书拿在手上的原因。在冬天的几个月份里,他仔细阅读了书中严肃和有益的部分——例如,对过去三年的谷物价格有一份精确的说明,足以使他确信,要是再这样继续下去,当个独立的磨坊主很快就会划不来，那他只好甘于做一名合用的伙计了。同样，"气候概况"一文也不容辩驳地断言，在秋天和春天磨坊将有充足的风带动磨扇，而在三九天和三伏天却得对风力不足有所准备。他感到自豪的是，他能从亲身经历中证实这些。书中由逸事和短小故事组成的消遣部分，恰好够早春时节阅读，而现在已是五月中旬了。他开始阅读小说《湖堡的红衣骑士》——简直让人头疼，因为这部作品竟占了密密麻麻的六十多页。然而，若是把这本宝书中如此重要的一篇略去不读，那又简直是罪过。

不过，他很快就发现自己的勇气得到了充分的报答，因为他所读到的东西竟是那么不寻常，他甚至希望篇幅再长一倍就好了。在书里，他跟值得称颂的骑士打交道，他们总是穿着铁制的铠甲，像活的圆形铁炉一样跳来跳去，完成了值得嘉奖的业绩。尤其是在东方，他们有值得称羡的习惯，常把撒拉逊人一刀劈到牙齿，要是特别强壮，甚至能劈到马鞍。他们秘密地谈论这样的事，同时举起金樽频频干杯，使人读时口干舌燥。最后，他们把脚套进马镫，然后用金马刺朝纯种骏马的两侧踢。其中最珍贵的一匹是十字军骑士东征的战利品，一匹阿拉伯牡马，它扬起钉了金掌的四蹄疾驰如飞。约尔根不大相信世上有这么多金子。至于说到女士们，她们穿着鲜艳的绫罗绸缎姗姗而来，或是穿着色彩缤纷的丝绒骑在马上，不过绸缎和丝绒绝不遮住胸脯上雪白的乳峰。她们周身闪耀着宝石和珍珠的光芒，就像在雨后的一片树林之中。

只有一个情况干扰了这个老实人的精神享受：那些颇为简单乃至平庸的名字。女主人公叫梅特，甚至叫"梅特小姐"，该说什么好呢？这引起了他对作者的某种猜疑，也许是作者对他所描述的那个时代不大熟悉。约尔根可以深信阿拉伯人的金马掌，却不会相信一位美丽的骑士小姐居然叫梅特小姐。

撇开这个有失体统的名字不谈，必须说明，正是这个人物把他吸引住了。因为她显然跟莉泽有点相像。吹毛求疵的批评无疑会被提出异议。因为根据可信的报告，梅特小姐的红头发若是用金梳子梳，就像一股火焰般的红潮围着她翻腾，而莉泽的黄头发则带点浅绿，有点像湿稻草；同样，那位高贵的姑娘有一个"优美而弯得刚毅有力的鼻子"，而磨坊女仆的这个器官却扁宽短小，这样其实表明了她的精力充沛，因为鼻子使厚厚的上唇略向上翘，还露出几颗大白牙——实在不好说是"薄唇紧抿的樱桃小口"；小说女主人公的脸过于凸出，没有酒窝，而莉泽的脸蛋儿微微一笑便现出两个酒窝来，下巴上则有第三个始终不变的酒窝，比较凹入，仿佛在抠这个酒窝时用力太大了。

约尔根不得不承认，这些以及别的一些细节确实不怎么对头。虽然如此还是不能推翻这一事实：要不是联想到莉泽，关于梅特小姐的文字他连一行也读不下去。

主要的事情恰好是：书中的所有男人都爱上了梅特小姐，就像在磨坊这儿一样！磨坊师傅、约尔根本人、另一个伙计克里斯蒂安，甚至那个学徒小拉尔斯，也全都迷上了莉泽。非常遗憾，实际上他们当中没人知道他跟莉泽的瓜葛，就更别提其他人了。因为约尔根敢发誓，刚才提到的那个拉尔斯，尽管嘴巴上稀稀拉拉的茸毛连面粉都沾不上，却在一个有利的时机意外地得到了一个吻，而他

磨坊 ·005·

自己这么久都一直嘬着嘴唇却没有得到，要知道他的上唇还有一撮相当威严的小胡子哩。正如小说确认的事实那样，梅特小姐为了在跳过舞后凉快一下，走上了昏暗的阳台。侍童给她端来葡萄酒，她便吻了这个穿一身蓝色衣服的侍童——要知道，这事可是发生在她刚刚以冷漠使最出色的骑士们感到绝望之后！

因此，毫不奇怪，约尔根此刻正怀着真正的激情关注着美丽的梅特小姐那阴险狡诈的女人生涯，同时照管着正在工作的石磨——也可以说是忘了照看石磨。因为他一口气只能读几页，看来还要读挺长时间，更何况他只是在石磨层上才读这本书。空闲时他有别的事要做——主要是关注漂亮的莉泽的同样阴险狡诈的女人生涯。在底下一层干扰太多：面袋吊上吊下，从面粉槽送走或是在下面捆扎、称重和入账。而在这上面则完全不同：只是偶尔帮一下手——碾磨工作是自动进行的；万一读得入迷忘了做事，最糟糕的后果也只是让石磨空转一阵——碾磨毕竟仍在进行。

尽管这个地方与梅特小姐出入的豪华大厅十分不同，他却感觉自己也像是故事中的人物。在混浊、饱和的面粉气味中，混杂了一种骑士时代与城堡生活的难以分辨的香味。这磨坊具有独特的对称性：六根竖轴像细长的柱子高耸到屋顶，有四扇门，其中总有一扇向回廊敞开，活动吊门就像一座地牢，透过没盖的洞口可以从两边向上一直望到圆顶，宛如两座塔楼。石磨层可以想象为城堡。在积满灰尘的木头梁架的朴素装潢中，它也许跟"热心的读者"约尔根的估计相差不远；莉泽穿着她的工作服，可能很像十字军时代真实的梅特小姐，比约尔根按照作者的生花妙笔揣想的更像。

清风徐来，另外三盘石磨都停了。今天晚上只用一台脱壳机工作，筛分机正不知疲倦地让它的小轮子在敞开的门边嗡嗡转动，有规律的吱嘎声与粮食在脱壳机中发出的类似瀑布的唰唰声混在一起。轴杆不规则地砰砰响，与铁壳叮当相碰。偶尔还发出像蟋蟀那样的尖利哨音。在上面三个楼层，磨扇沉闷的唰唰声和轮子低沉的吱嘎声，陪伴并收集着石磨层的这些纠缠不休的声响。

约尔根若有所思地坐在那儿，倾听着——没有更好的事情可做，因为他已经不得不停止阅读了。他从一个面袋挪到另一个面袋处，渐渐离开了他的工作地点，结果还是不行。他的远视眼在傍晚昏暗的光线中已经难以分清字母了。这使他很恼火，因为恰巧到最扣人心弦之处停下了。梅特小姐把毒药放入了酒杯，那是要端给红衣骑士的未婚妻——正派的卡伦姑娘喝的。梅特想嫁给红衣骑士，并不是因为爱上了他，而是因为他乃是当地最有钱有势的人。不难猜到，一旦她成了主妇，在城堡里住下来，她不会反对以类似的方式摆脱他。骑士的侍童清楚地看出了这一点——那种致命的饮料要由他端给青春焕发的卡伦姑娘。

小说出人意料地发生这样一个犯罪的转折，使约尔根陷入了强烈的激动兴奋状态。这主要是由于他不由自主地进行了对照。莉泽——她能干这种事吗？对女人天性疯狂着魔的预感使他恐惧不已，而这种恐惧对他来说却不无吸引人的因素。但他特别吃惊的情况却是他自己就像那侍童：他早就羡慕侍童那配有银马刺的皱纹很多的黄马靴，还有那绸子短上衣和貂皮镶边的丝绒短大衣，以及他那悦

磨坊

耳的名字雅尔马。不久前,他甚至以这种身份心中怦怦乱跳地给莉泽牵马引镫——应该说是给梅特小姐,让她跨上那匹乳白色的马。当太阳落山之后,人们在青翠的树林里宿营并点燃篝火,准备烹煮猎物时,主人吩咐他端一杯葡萄酒给卡伦姑娘。她骑马困乏了,躺在不远处一张树叶铺的床上休息,身边簇拥着女伴。这时,一个身影离开了山毛榉树干的阴影,向他走来。这个身影便是梅特小姐。她把白色药粉撒进杯中,以便这饮料起足够的镇静作用。这话是什么意思他很清楚。但他更明白她的暗示:假如她成了城堡的女主人,绝不会给他带来坏处。他明白此刻她为什么笑得既甜蜜又恶毒,映着篝火在漆黑的树干间射来的红光……他真希望没有接着读下去,以便考虑一下,在走到卡伦姑娘那儿之前,他是否故意让树根绊倒,把这有毒的饮料打泼。但他不敢去想这些。——太叫人害怕了。

现在,他坐在那儿,手里拿着书,倾听着——仔细倾听那砰砰声和叮当声,那嗡嗡声和吱嘎声,任凭磨坊这些熟悉的声响向他诉说,诉说虽然平淡但却让人舒服的语言,诉说日常的工作,诉说精神要集中,不要浮想联翩。

约尔根站起身,用衣袖在磨机箱上拂开一个充足的位置,然后把历书放到箱子上。接着他从地板上的一个洞里取出小铁桶,摇一摇,审视着谷粒。看不出它是否已够洁净,但他觉得,谷粒在脱壳机里已经够久了。

于是,他把谷子倒进筛分机,又往漏斗里加了几铲。然后,他在一个木箱上找到他的小烟斗,试着用火柴点燃按紧的烟灰,希望烟灰里还剩有烟末。麻雀穿过筛分机后面半敞的门飞出飞进，叽叽喳喳地啄食着四处散落的麦粒。约尔根觉得麻雀好像在取笑他，因为他不得不老老实实地站在那儿照看石磨，为它们提供美餐。但他特别恼火的是因为这时轴杆开始猛烈地砰砰作响，轮子也嗡嗡叫，就好像着了魔似的。面粉从木箱的所有缝隙中漏出来，宛如一片白色的烟云朝门口飞旋而去。那情景就好像石磨在说："喏，现在我们可要起劲地干活了！"

现在！真够呛！他整天都像一匹马那样劳碌，因为眼下女主人病了，师傅就不再伸手了。有那么多活要干，简直让人来不及装烟斗。大约一小时前，他才得闲拿起书来翻一翻……自然，到通常的下班时间还有半小时，本来应该再多干一些——可是鬼知道他该怎么干下去！他简直没法再集中心思了。比如，他是否已经对桶里的谷子检查了一遍？他记不清了。再说，他也看不清了。他其实应该提着桶跑到回廊上去。唉，这么劳累，真没意思！

相反，跟莉泽聊一会儿倒是很有意思，如果她跟以往这时辰一样，正在伙计房里打扫卫生的话。克里斯蒂安赶车出去了，而拉尔斯那个傻小子，他有办法叫他有事做。

烟斗里的烟灰死不肯燃，他装烟叶的荷包又到处寻不见。这情况更加使他确信，今天已经干够了。

约尔根溜达到回廊上，看看师傅是否会出现，一切是否看上去都让人放心，是否可以停机了。

2

他的肺这么久都是呼吸着磨坊里粉尘飞扬的空气，现在突然吸满了清新的海风。那是一阵强劲的东北风，从海峡吹过来的。风使水面泛起涟漪，水面如失去光泽的金属闪着幽光。风在天空吹起扇形的雾和一团团碎云，云朵飘移和竞逐着，大多数沐浴在日落的余晖中。有一些已经照不到日光，暗淡为青灰色，而晚霞尚未映到的零星云朵，只是在自然光中闪亮。日落处出现了一个紫色的云峰。

约尔根的眼光本能地瞄向天空，想看看是否能发现某些征候，利用他的经验以及最近从历书中获得的全部气象知识，依据这些征候给第二天的天气做出结论。但是，唯一能使他高兴的天气征候，也就是预示着没有风和休息的征候，却并不存在；恰恰相反，这天色不仅预示着"有风"，不，而且风还相当大。他的锐利眼睛并不听师傅的，可现在竟无情无义地不肯照顾他了……

在波光粼粼的海峡和灿烂耀眼的天空之间是西兰岛的海滨，宛如一个巨大的蜿蜒伸展的丘陵。树林和田野汇集到温馨的紫色雾霭后面，使得所有细部都模糊不清了。只有一座地势高的教堂呈白色，从这一大片中凸现出来，显得近得多，仿佛那许多盘旋在海峡上空的海鸥中有一只凝滞在空中，定在了一点上。法尔斯特岛在海峡这边展现，一目了然，因为站在这上边的磨坊回廊上，显然是处于周围这一带的最高点，只有树梢除外。显而易见，这不是指那些占多数的树梢，那些大叶的白杨树好似圆球状脑袋的侏儒，给田野圈上了栅栏，它的行列最后超过了越来越长条的绿油油的黑麦和橄榄色的春季作物，占据了优势，宛如许多甘蓝叶球汇合到一个巨大的菜园里。站在这儿自然要高出那些树。但还有大片的树林，它们从白杨树中浮现出来，最近的显出小山毛榉树叶那清新、柔和的颜色，惹人注目，较远的越来越淡，变成了紫罗兰色。

他的目光惬意地掠过这片熟悉的景色，心旷神怡地欣赏着它的广阔，要知道他在昏暗的磨坊里已经待了好久啦！但他的目光更是不断地往下面磨坊院扫视，因为诱饵就在那里。约尔根一出来就看见了，医生的单驾马车正停在大门前。他寻思在这种情况下停下石磨是不是合适。但他的结论是不妥。于是他开始寻找莉泽的踪影，因为他确信，莉泽既不在井边，也不在菜园，而且没有和鸡群在一起。若是在房里，自然只有她在窗口露面才能看到——但是另有一些标记：假如她在住室里，她的木屐就一定放在走廊。天气相当干爽，但她肯定是穿木屐走路，因为皮鞋送去鞋匠那儿了。约尔根对于这些情况总是能掌握最新动态，它们往往很重要。

另外，莉泽在厨房里总是由她的宝贝儿——白猫皮拉图斯陪伴，可是这只猫此刻正在前院的花坛间溜达。花园的白色栏杆构成了进磨坊院通道的一边。被皮拉图斯看不起的鬈毛狗卡罗，正安静地卧在牛棚的门槛上。要是莉泽在那里面，它是不会这么做的，因为许多次挨踢的伤心教训使它害怕待在她附近。

不过，她也可能正在面包房里做事。那间小屋是与磨坊的石墙基建在一起的。为了张望到磨坊的这一部分，约尔根不得不缩起身子钻到磨扇后面。扇翼正发出猛烈的呼啸声和帆篷的松散拍打声旋转着,从他身边掠过。面包房的门关着,因为莉泽有让门虚掩的大大咧咧的习惯,看来她也不在那儿。

约尔根巡视了一番后折回,刚巧看见医生在走廊上穿大衣,接着由磨坊主陪同,出门上车。个子相当高的磨坊主向矮矮胖胖的医生俯下身来,热心地跟他说着话。而医生则不停地摇头,伸出胳膊,以便整理好那件显得过窄的大衣。

这没能逃过磨坊伙计的锐利目光:师傅非常激动。他的手在颤抖。为了掩饰这一点,他一个劲儿扯他那剪短的褐色胡子,或是拍打那匹小黄马的屁股。他费了挺大的劲儿才把遮泥皮革系好,然后仍站在那儿,右手紧抓住座椅的靠背,仿佛要拉住车子,再提几个问题。

这时,从旁边敞开的窗口探出一个金发姑娘的脑袋,这可远比磨坊主吸引了约尔根的注意:原来莉泽是在食物贮藏室里,还没到伙计房呢!这么说他还没耽误什么。

因此,在医生终于走掉之后,他见磨坊主仍在院子里来回踱步,也就没有像平时那样恼火。磨坊主在白色栏杆的转角处停下了,朝路上望。院子在磨坊与花园之间通向这条路。

约尔根想进去把粮食堆起来。这时,磨坊主转过身来喊道:
"约尔根,你在上面能看见车子吗——往施廷德鲁普去的方向?"
磨坊伙计吓了一跳,他没料到师傅已发现了他。
在远处,在只有白杨树标示出道路的地方,一朵云彩正向前飘移,有一个白色的云核和一条巨大的彗星式尾巴。那尾巴在树木上空像金雾一般闪闪发光。

"是的,有人来了,"约尔根报告,"但走得比栗色马通常的速度快。"

磨坊主疾步进了屋。

约尔根满意地笑了。他松开制动杆的铁链,磨扇立刻就停了。但是当他走过石磨层时,机轴上仍有个铁圈在丁零当啷响,似乎是抗议石磨停得太早了。

在底下一层已经很暗了;因为这里没有通外面的门,另外,两扇小窗在面袋垛后面又被遮住了。这里,面袋堆满了整个空间,排列成行,垒得高高的,或者翻倒在地上。半小时前,徒工拉尔斯就躺在一个翻倒的面袋上睡着了。他梦见,莉泽的宝贝儿,那只白猫皮拉图斯,平时从来不在磨坊里露面的,此时却溜了进来,并且坐在地板中央,它似乎想占据这个地方。它逐渐长大,一直长到像豹子那么大。拉尔斯曾在年市上见过一次豹子,因此他怀着紧张的心情提防着,直到连磨坊的喧闹声也听不见了,只是听见他一个人在叫唤!拉尔斯睁开通红的眼睛发呆,舔着嘴巴。他吓坏了,可是他又觉得,用手抚摩那光润的毛皮一定是无与伦比的享受。突然,皮拉图斯停止了呼噜声,打了个大呵欠,两颌大声响了一下。

拉尔斯惊醒了,马上发觉石磨停了,正有人走下吱嘎作响的楼梯。他迅速站起身,刚好来得及把一袋面装上手推车,约尔根便出现了。约尔根朝小伙子严厉地瞪了一眼。他向来爱这样显出他们之间的差距。拉尔斯还算幸运,因为黑暗遮住了他的心慌意乱的神色。

约尔根走到朝向西的小窗前，透过那脏玻璃，仍有一点儿余光照到放在小桌上的账册上。他缓缓地翻动着账册——不是想查找什么，而是出于习惯，因为他以为这工作使他具有某种磨坊主人的特点。但他主要是为了有个借口好留在这个岗位上。他很想知道，克里斯蒂安正载着谁如此快速地驶来。他同样关心是否能听到在磨坊下面的进出口处响起一双木屐的声音。在这儿他不会听漏的，因为用来提升袋子的吊门在他身后仅有一步之隔，除非是傻小子拉尔斯推小车弄出太大的噪声，因为他运送面袋还没有停止。

因此，他示意拉尔斯，希望他到上一层楼去做他的事。拉尔斯提出一个并不过分的问题：是否可以明天再干？结果遭到了尖刻的反问："不如明年再干怎么样？"小伙子说，恐怕最好是让他先把这儿的一切都收拾好。但约尔根却要他住口，不要总是添烦。拉尔斯听从了这一忠告，从横梁上取下一盏没有灯罩的小铁皮灯，点亮后上楼去了。

就在这时，车子过去了。

啊哈！原来是请来了牧师！

几分钟以后，他听到了他所期待的木屐声。他穿过吊门的宽缝往下瞧，看见一件衣裳的蓝色花边掠过。

于是他迅速跃下幽暗的阶梯，推开通往门道的门，转眼已来到伙计房的门口。

3

莉泽果然在那儿。

她搂着一床大被子,只有向后仰的脊背和脖颈清晰地映着从东窗射进来的柔弱光线。这光线在过道中央与门口射进来的晚霞融合在一起,而房间两边已消失在深沉的暮色之中。尽管这房间并不大,粉白的墙壁却只是模模糊糊地现出昏暗的轮廓:屋里有床、柜子、一个大箱子和挂着的衣裳。

"啊,你在这儿!"约尔根在门口就喊道,想做出吃惊的样子。

莉泽转过头来,这主要是因为被子要碰到她的鼻子了,并不是要看他。

"不错,我在这儿。"她说,然后不再理睬他,把鸭绒被丢到床垫上,开始用力地拍打。

约尔根坐到一张被莉泽移到房间中央的椅子上。

"你知道是谁坐车来啦?"他问。这时鸭绒被已恢复了正常形状,拍打声小了。

"不知道,克里斯蒂安来时我正在喂猪,后来我没有见到他。他大概正在吃晚饭。"

约尔根真盼望他吃久一点。

莉泽去取丢到另一张床上的枕头,但中途在小窗前停下了,往住房那边望了望。

"我看见两匹栗色马都在厩里,像两只水壶一样冒着热气——他刚才一定赶得很急。"

"大概是吧。"

莉泽把床垫放好,铺上床单,又把四周塞好——一切都做得很仔细,同时默默地等着,看约尔根是否继续说话。可是他却固执地坐在那儿,活像个手中握有一张大王牌的人,不到赢牌的好机会不愿甩出来。

"你知道他把谁接来了吗?"她终于问道。

"知道……牧师在里面。"

"耶稣基督。"她惊讶地低语,转身朝向他。

这时,传出了一声低沉的猫叫。一团发白的东西在脚下的暗影里活动。是公猫皮拉图斯,约尔根到现在才发现它。它在莉泽的裙子上蹭痒,伸着脖子发出柔和的咕噜声。它那宽脸大脑袋在暮色中像硕大的毒蛇头,几乎触到了她的膝盖。那黄色的瞳仁似乎更大了,瞪得更亮了。面对这只摇尾乞怜的畜生,约尔根心头掠过一丝不舒服的感觉。这只猫属于莉泽,就像是一个女王的标志。仿佛它凭着难以解释的本能料到,女主人即将飞黄腾达,因此想以加倍的劲头巴结她——而她此刻由于内心激动正呼吸急促地站在那儿。

"是的,大概不会再拖很久了。"他说。

"对,大概拖不久了。"她重复道,因为他道出了她的心思而深受感动。

"医生究竟说什么?"

莉泽弯下腰,似乎为了迎合那只猫的亲昵,用手抚摩着它。

"我可不知道。"

"知道——你刚才站在那儿偷听来着。"

"我？你大概神经不大正常吧！"

"没错，在食品贮藏室。"

"我在那儿有事。"

"正好在窗前吗？"

"是的，正好在窗前。你肯定也是一直站在什么地方傻看。"

约尔根调皮地笑了。

"偷听？"她用恼火的声调接着说，"我倒要知道，我有什么可偷听的！女主人是活是死，跟我有什么相干？"

她仍然弯腰抚摸着猫。猫高兴得躺着打滚，用爪子钩紧她的衣袖，她的手指深深插入猫腹部的密毛之中。她的金色发髻触到了约尔根的膝盖。约尔根稍稍向前俯身，对她耳语道：

"这要看人家怎么想，莉泽。"

莉泽突然挺直身子，冷冷地笑了一声。

"我就这么喜欢她？"

出现了停顿，只听见猫在抖动身子。

"喏，医生到底说什么？"约尔根固执地问。

"哦，他说，希望不大了——但也不该绝望，一切都听凭上帝支配——还说了一些他可以说的话。"

"嗯，我自己也大致猜得到。"

"现在牧师又到了。"

莉泽并没有去考虑，在医生到来之前就已经派人去请牧师了，因此,这情形并不说明什么。牧师的到来对于她来说只是字母 i 上面的小圆点:现在女主人该心中有数了。

"医生说的话似乎使师傅难过得要命,"约尔根接着说,"我看见他的手直抖。"

"哦,他差点儿哭起来……然后便不停地恳求:'您一定要救救她,医生——她不会死,对吗?'……就像一个孩子。"

"对,这可真怪!"

"哦,她毕竟是他的妻子嘛。"

"当然,可是我觉得——如果他总是死皮赖脸地追求另一个女人,并且像着了魔一样……那么应该相信,他肯定盼望摆脱她。"

"盼望摆脱她?你怎么能这么说!"

这话在道义上表示的愤慨似乎对约尔根没起什么作用。他站起身,让一只腿的膝盖跪到椅子上,胳膊肘支在椅背上,定睛注视着姑娘的眼睛。

"喂,莉泽,要是她死了,我很清楚谁将是磨坊的老板娘。"

"啊,你总是这么胡说八道!"

"也许吧——但我说知道就是知道,别人也清楚,而你自己心里最清楚。"

"唉,简直不知道怎样才能一切顺利。"莉泽退让了,"你就这么不愿意让我当老板娘吗?"

"我不知道……这可是件麻烦事!一般地说,如果她活下来,或是另来一位主妇,都一定会跟你闹翻,把你赶走。"

"这使你遗憾吗,约尔根?"

她提这个问题时用了最柔和的语调。虽然光线昏暗,他还是觉察到,她正以十分亲切的目光望着他。单是想到她可能被赶走,就已经使他几乎喘不过气来了。而在这样的目光下,他更是感到热血涌上了头。

"嗯,这将是我碰上的最糟糕的事。"他结结巴巴地说。

"那么,你放心好了,若是里边那位病好了,要不了多久,我就得为我的工作东奔西跑。"

她以十分恳切的语调说出这些话,仿佛要使他确信女主人务必得死,这是极其重要的事她的声音甚至发颤,这些话说得很吃力——就好像莉泽担心,若是约尔根想的跟她不一样,就会毁了她的这场赌博,就好像一个愿望或请求便能使垂死的病人保住性命似的。要知道,嫉妒毕竟有可能使他产生这种愚蠢的愿望啊。"我很清楚谁将是磨坊的老板娘",他这话不是明摆着吗?

约尔根想了一会儿。

"是的,不过,要是师傅心血来潮,我也随时可能被赶走,而这对于我来说也同样糟糕。"

"不,约尔根,"莉泽平静地答道,"要是我在这一家当了女主人,那我就有了发言权,是绝对不会赶你走的。你将留在这儿,你自己愿意留多久就留多久,我会好好关照你。我觉得,咱们能处得很好。"

她把后面的话稍稍拖长,然后突然抓住皮拉图斯,因为它又开始在她身边擦痒了。她把猫抱起来,贴到自己身上,就像抱了个孩子。"咱们在一起能友好相处,是吗,皮拉图斯?"

她用一种半像唱歌的声调喃喃说道。白猫则以满足的咕噜声作答，同时怀着无法形容的快感在这个由女人的柔软胸脯和手臂组成的小窝里伏好。它那大大的恶魔般的黄眼睛瞪视着约尔根。上面紧挨着的便是莉泽的脸：突出的颧骨、短小的鼻子、上唇底下闪闪发亮的牙齿和缩进去的下巴，总之有点像猫，合拢起来尤其像；她的眼睛不算亮，相反，显得特别黑，就好像浆果；但是此刻约尔根看到，它们突然闪电般地炯炯发亮了。

约尔根不由得想起了梅特小姐和雅尔马。他们夜晚站在山毛榉树林中，篝火的光焰映出梅特小姐那倩笑的嘴唇在酒杯边上闪烁。她已经把毒药撒进了杯子里。

他突然走近莉泽。

"你——说说看，若是我有一家磨坊，一座风车碓坊，那么，女主人是不是就能保住性命啦？"

莉泽被这个问题惊呆了，让两臂软软地垂下来。皮拉图斯习惯了如此突然的转变，便"扑通"一声轻跳到地板上，抖抖身子，离开这两个太不安分的人几步。

"你在胡说什么呀？又不是我弄死她！"

"对，不是！我只不过是问，你就不愿在我的磨坊里当女主人吗？"

"假如你有的只是风车碓坊，那我干吗不要荷兰式的磨坊呢？"

这种注重实惠的观点几乎使约尔根无力招架。

"当然，只不过……我不相信你就那么喜欢师傅。"

"可是，谁又跟你说过我喜欢你呢？"

约尔根默然,悲观地叹气。

他刚把他的木烟斗取下来,想打开窗户磕打烟灰,一种发怒的咝咝声引得他掉过头来。

拉尔斯站在门口。在他脚边有黑乎乎的一团,露出一对明亮的斑点;而皮拉图斯已在房间中央耸背弓腰——两个冤家对头又在有争议的地段上狭路相逢了。

磨坊里的那只猫瘦一些,是灰色条纹。它几乎全在磨坊里过活,在那儿捕捉数量可观的老鼠,有时也能在高层部分捕到一只小鸟。起先是皮拉图斯占据那个有利的位置,但是莉泽来到磨坊后不久,它便不再忠于磨坊,到厨房里安了家。一种相互的好感把它跟莉泽联系在一起;它在姑娘的照料下变得又肥又懒。不久,老鼠就能在它的鼻子前面大摇大摆地跑上十几步而没有什么大危险了。后来有一天,灰条纹的公猫在磨坊里出现了,占据了那里。谁也弄不清它是从哪儿来的。它性情孤傲,难以亲近,不许任何人碰它。因此,也没人给它取个合适的名字,不像皮拉图斯那样受宠,而只是被人安了个一般的名字——基斯。

它怀着本能的敌意讨厌皮拉图斯。这是那种靠勤快捕食而勉强维生的野性动物对家畜的敌意,看不起家畜贬低自己的身份,靠人的施舍获得食物。皮拉图斯则自恃生活安逸看不起基斯,把它当成吃了上顿没下顿的下贱货。它们极少相遇,只是偶尔在这个房间里狭路相逢。因为这里也属于磨坊,正好面对库房,而库房是基斯的主要辖区;还因为这里并非完全没有老鼠,基斯有一定的理由把这儿视为它的领地。但皮拉图斯的看法也有道理。它认为,这房间作为住房不属于"磨坊"的概念，这是它平时非常尊重的概念；因为每当莉泽去磨坊给伙计们送饭送菜时，它从来都不跟着去。而在这里它觉得是在自己家里。

"啊，快瞧这两个畜生——多奇特！"

莉泽刚说完，两只猫就互相扑咬起来。莉泽发出惊叫，用一个枕头抽打这疯狂混战的一对，但显然是白费力气。这时，拉尔斯突然抓住基斯的背，把它朝门外用力一丢。皮拉图斯见冤家对头已滚开，也躲开枕头的抽打钻进了床底下。

"我的天，你怎么能这样？"莉泽叫道，"会把你抓伤的。"

"基斯能抠出皮拉图斯的一只眼睛，不过，那样你就要生我的气了！"拉尔斯老实地说。

"你做得对……呸，你这个该死的皮拉图斯，不知羞！"

"你在那边忙完了？"

"嗯。"

"面袋层上也完事了？"

"嗯。"

"那好，我要去检查。"约尔根不信任地哼道。

然而，拉尔斯对自己的行动和莉泽给予的赞扬颇为得意，约尔根的权威竟对他完全不起作用。他把双手插进裤袋，倚着门柱。嗯，你大概想把我支走吧，可是我偏要站在这儿。你以为漂亮的莉泽喜欢你，可是你有胆量把这两只猫分开吗？他想。约尔根生气地瞥了他一眼，可是没有效果，因为这一眼在黑暗中差不多只到中途就消失了。而莉泽一边收拾第二张床，一边扭头朝小伙子看，那目光却安然地达到了目标:现在她正打量我呢!她在想,你真有胆量。也许她还想,我不妨为这事亲他一口。他感觉自己脸红了,听见莉泽又开口跟他说话,他吓了一跳。

"拉尔斯,"她说,"我给你留了一块有奶酪的黄油面包和一些啤酒,你要是想吃就去伙计房拿吧。"

"谢谢你,莉泽。"拉尔斯说,小步跑开了。莉泽的照顾使他深受感动。这回要把约尔根气坏了!活见鬼!你看,我在她心目中备受重视!

约尔根笑了。他想,这样就轻而易举地把他甩开了。莉泽巧妙地想出这个主意,只不过是为了让我们单独待一会儿!

其实,两个人都想错了。因为实际上,那是一块她自己吃剩下的黄油面包,啤酒也开始发酸了。

4

拉尔斯在伙计房里满怀感激地吃罢美餐,就跟喝完了汤却不肯起身的克里斯蒂安聊起天来。这时,约尔根正坐在窗边吸他的烟斗,给莉泽讲他在历书里读到的动人故事。莉泽坐在床上聚精会神地听,不时发出一声呼喊以表示她的惊讶,赞叹他居然读完并且记住了这一切。

"接下去怎么样了?"她紧张地问。

"嗯,下面我还没读呢,因为天色太暗了。"

"这是一个坏女人。"

"啊,是的——不过,她也非常迷人,书里是这么说的。"

"迷人"一词是他从书里学到的。莉泽对这一表达方式感到惊讶,但又觉得很美,认为它或许也适用于自己。

"可是,这也能使人下地狱。"

"是——的。"

约尔根从来不大考虑地狱,但他总是不由自主地把地狱中的女性居民都想象成丑陋不堪的老太婆,都是长胡子的女巫。一个像梅特小姐这样的漂亮人儿也要去那儿,这对他来说是一个十分令人不安的想法。

"大概只有那时候人才这么坏吧。"她说,两脚在地板上踏步。

"哦,不,莉泽,不对!你大概听说过一个在托斯特鲁普附近的教区树林里被杀头的女人吧?那可是离你们家不远嘛。"

"是的,我听说过一个常在那儿出没的女人。"

"对,没错。有一次我父亲亲眼见过她。那是一个清朗的月夜,他穿过树林。"

"夜里?"莉泽以嘲弄的疑问口气重复道,俯身向前,好让他看见她那狡黠的笑容,"莫不是去偷猎吧?"

"是的,"约尔根承认,"也许他是在追踪一只牝鹿——你恐怕不会因此而过分严厉地责备他吧,是吗,猎手家的莉泽?"

"约尔根!"姑娘皱着眉头喊,口气充满了责备。

"对不起,请别见怪!我知道你不爱听,但是这很自然,在这种场合,你明白……再说,我们也只是偶尔才做这样的事——不过是逢场作戏。"

莉泽点点头,承认确有顺手牵羊的偷猎事实,而且特别领受了话里对她表示的敬重。她是威伯家的女儿,而威伯家世世代代都是凭着众所公认的技艺进行偷猎的。在约尔根的话里含着一种愿望,希望让自己家跟威伯家扯上某种联系,同时又适当地强调了后者的绝对优势。这种周到的考虑值得赞赏——他也确实得到了赞赏。

"好嘛!想不到他也来插手我们这一行了——甚至敢去教区树林……这也太大胆了!哼……他真的在那儿见到她啦?"

"是的,看得非常清楚!他具体地描述了她的模样,就像她被处死时我祖父见到的样子。她长得美极了,结果大家都哭了。"他说。

"她到底干了什么坏事?"

"她把她的未婚夫,一个牧师,用放了毒药的蛋饼害死了。"

"你大概以为,我也用有毒的蛋饼把磨坊的女主人害死了?"

"我主耶稣啊——千万别这么说,莉泽!这听起来太可怕了——尤其是在这黑咕隆咚的地方。"

莉泽笑了,是一种短促、生硬的笑声。

她起身站到他旁边,朝窗外望。窗子很小,位置低,为了方便看,她完全俯身在他上面。她的下巴差不多碰到他的额头,她的手紧抓住椅背,揽着他的肩膀。她从来没离他这么近过,但是他绝不敢亲热地抚摸她。他怕她,她知道这点,而且他也觉出她知道这点。他们俩朝房子那边望去。在前院有两道光从树丛的枝叶间闪过,横越一条小径,然后在草地上照亮一线微光后消失了。这两道光想必是从下边山墙的一个窗口射出来的。那儿垂下了卷帘,屋里就躺着病人，那个快要断气的女人。

不，她没有害死磨坊的女主人。诚然，在一个月以前，这个女人似乎还能痊愈，当时她曾经有过一闪念，是不是往茶里加点什么让病情加重？可是那太危险了，她没有干。她能够弄到的唯一药剂是灭鼠药；那很容易被发现。幸好她没有干！实在不必要。现在可以说是很有把握了。牧师来了——她躺在里面，正在告别人世。不，她没有害死那个女人。至于她是否毁了她的生活，是否为她的死亡铺平了道路——啊，有谁能说得清，又有谁能怪罪她？总不会因此就让她下地狱吧！

莉泽反复思量着这些，同时端详着一支即将燃尽的蜡烛的烛光。

烛光不时被一个暗黑的身影截断，重复的间隔很有规律，长长的影子掠过草地，时而向她逼近，时而又离去；原来是磨坊主正在房前的空地上不安地踱来踱去。

一种不安的好奇心促使约尔根仔细瞅她，瞅她如何俯身在他的头顶上。他点燃一根火柴，好像是为了点燃烟斗。这突然的亮光照亮了她的下巴底，照亮了她那像绸缎一般光滑的皮肤，映出了她的牙齿的釉质，映出了鼻腔里的紫红色，并且把鼻翼也映红了。鼻子就像一只四处乱嗅的狗的嘴巴那样抖动着。突出的颧骨的影子使太阳穴显得凹陷，眼睛隐在眼窝里，眼窝上面是平时几乎看不见的眉毛，像一丛金色的荆棘在闪光。这自下而上的光线突出了平时隐藏的表面部位，却把平时光线最强的表面部位隐于暗处，在某种程度上勾勒出一幅反转片的图像，给他显示出了一张几乎辨认不出的脸。这张脸是个半熟悉的奇特形象，既让人厌恶又有神秘的魅力。

特别是现在，它令人十分不安，时而几乎完全消失，时而又重新显现，越来越苍白，如幽灵一般——它突如其来地出现并随着火柴忽闪的亮光重又熄灭，结果火柴并没有点燃烟斗，而是掉到了地板上。

"约尔根，"莉泽低声说，"你是否觉得，从那边屋里能瞧见这边磨坊里发生的事？"

"你怎么会这么想？这中间有墙挡着啊。"

"或者听见呢？"

"这么远？"

"师傅说有可能。"

"你大概是疯了，竟然相信这种话。"

"真的！师傅吻我，她马上就晓得了。她险些气死，因为她受不了。"

"师傅吻了你？"

"是的。就一次。"

"很久了吗？"

"没多久。"

"差不多一个月了吧？"

"你莫非想把这事写进你的日历？"她笑了。

他们俩沉默了几分钟。

约尔根想着这个吻，很激动。莉泽把这件事直截了当地说出来，更使他感到烦躁。她那种高高在上看不起人的镇静，简直令人难以忍受，就好像他是个老太婆，而不是个爱她的小伙子似的！师傅能大胆干的事，为什么就不准他干？他用鞋跟把又一根火柴的余光踩灭,决心冲破她强加给他的约束,决心用双臂搂住她。要是她抗拒他的爱抚,就大胆地跟她较量一番。

这时候,外面花园里响起一个童声:"爸爸!"

莉泽吓了一跳,挺直身子,退后几步。

有利的时机错过了,但约尔根并不感到失望,相反,他感到了某种轻松。刚才在昏暗中,这个美丽而健壮的女人身子靠得这么近,他不是看见,而是像空气的压力那样感受到,就像一个小精灵压在他身上;这使他热血沸腾。现在,他终于松了一口气。但同时,一种朦胧的恐惧又随着那个童声袭来。孩子那哭哑的可怜嗓音在他耳中回响,影响了他的情绪,就如同雷雨前猫头鹰的夜啼。

"这对孩子来说太残酷了。"他突然说。

"怎么,残酷?"

"我是说他妈妈快死了。"

"是的,天哪!不过,这样一个可怜的孩子,哭几天以后也就忘了。"

"真奇怪,莉泽,我觉得小汉斯根本不会喜欢你。"

"为什么他不会喜欢我?"莉泽生气地问,"我对他可没做亏心事。"

"当然没有,但汉斯很古怪。你知道是什么引起我注意吗?"

"什么?"

"起初,当卡罗刚来这儿时,汉斯一点也不喜欢它。可是有一天,你用扫帚打了卡罗,把它赶出厨房,汉斯就跟它亲热起来了,整天跟它一起玩,从此形影不离。"

"两个都是蠢家伙。"

"你究竟讨厌卡罗什么?它可是一条挺不错的狗。"

"野狗!它把什么都碰翻,浑身还长满了跳蚤。"

"是的,跳蚤是不少,"约尔根承认,"可是它对此也无可奈何。另外一点,说不定能随着时间好转。"

"不,皮拉图斯和我,我们决不会喜欢卡罗!不,我们不会——是吧,皮拉图斯?"她用脚让那只发出咕噜声表示赞同的猫在地板上打滚。

约尔根重新点燃一根火柴,这次才真的是为了点燃他的烟斗。他舒舒服服地吸着烟,陷入了关于磨坊内争权夺利的深沉思索之中——尤其是以下的想法:

是的,假如汉斯已经十六岁了,而不是像现在这样只有六岁,那就不会有什么问题。莉泽能够对付汉斯,就像对待我们这些人一样。但是我相信,她对汉斯有点害怕,这可不能忽视。

5

磨坊主已不再在山墙边踱来踱去。他坐到花园的一个小土包上,刚才不安地呼唤他的汉斯就站在他身边。汉斯把两肘撑在父亲的大腿上,仰脸瞧着父亲的脸。磨坊主极力摆出一副无忧无虑的表情。

"爸爸,"汉斯问,"牧师来看谁,谁就是病重了吗?"

"为什么？牧师以前也来看过妈妈。"

"那时妈妈病得没有这么重吧？"

感情细腻的父爱想使这颗童心尽可能长久地避开悲伤，因此相当警醒，没有落入汉斯提问时以无心的狡黠设下的圈套。

"妈妈现在病得也不重。"他答道，"牧师喜欢妈妈，因为她善良、虔诚，所以他愿意来看望她。"

"可那时他是步行来，或者坐他自己的车子来。"汉斯在短暂的沉默之后说，对牧师过去的来访与此次固执地加以比较。

父亲轻轻地抚摩孩子的头，不知该如何回答。

"爸爸，"汉斯又开口问道，"牧师走时，咱们要不要请他祈求上帝，叫上帝别把妈妈从我们这儿带走？"

"明天牧师就要在教堂这么做，然后整个教区都一起跟着祈祷。"

"那你也带我一起去教堂吗？"

"是的，孩子。"

男孩把他的头偎在爸爸怀里，沉默了好久。在这段时间里，磨坊主考虑着怎样才能让汉斯散散心，高兴高兴。

"你知道吗，汉斯，咱们在教堂办完事，可以坐车穿过森林去访问管林人……他们一定也在教堂，那咱们就送他们回家……你还记得好心的汉娜阿姨吗？她来这儿跟你玩的时候，你是多么喜欢她啊……她会烤那种好吃的小点心。他们就住在森林里，森林现在美极了。到时你还会看见那只小鹿。我给你讲过，阿姨一叫，小鹿就跑过来……"

汉斯并没有快活的表示。父亲弯腰看他，他已经睡着了。

这是一个温馨的春夜。风停了，仿佛去休息了，因为已没有一家磨坊在工作。磨坊耸立在那儿，磨扇一动也不动，像个巨大的剪影指向夜空。黄色的灯光以泛绿的色调滑入柔和的雾气蒙蒙的夜色。那边，在磨扇最高的尖端上，闪烁着一颗星星。下面，在枝叶后面，住房宛如一道黑乎乎的长堤。但底下又亮出了灯光，比天空的光线红而且亮，形成一道孤独的光束，透过弯曲的果树树干之间的空隙照射过来。不过，这不是刚才约尔根和莉泽看见的光束，也不像刚才那样不时被磨坊主不安的步子截断，但又很可能是出自同一个光源：病人的房间就位于房子的一角上，它似乎用光眼不停地对准他，无论他是在花园里贝壳镶砌的小花坛之间溜达，还是躲到果园的荒地里——都似乎以急切而狂躁的目光盯着他，正如他为了让妻子与牧师单独说话而离开房间时妻子的目光。那目光以无言的提问使得他热血涌头："你现在是去找她吗？"

他在这目光之下面红耳赤，但他并不是打算去找莉泽。如果这目光能射进他的心，就会看到，他此刻距离想念莉泽是多么遥远。不过，看到他害怕莉泽，难道病人就会多一点慰藉？这种害怕在妻子眼看拖不过这一夜的丈夫心中是否还有家庭和睦可言？因为他几乎已确信妻子拖不过这一夜了，因为病人自己也有一种临近死亡的预感。也许是因为爱情，因为即将失去妻子而产生的绝望，促使他在病人的房门前走来走去，像一个不安的幽灵。也许是这种绝望使得他两手发抖，使得他嗓音发颤，发出了无可奈何而又傻里傻气的质问与呐喊："她不能死！医生，她不会死吧？您一定要救救她！"无疑，这话里蕴含着丈夫的爱，但更多的是他的悔恨，他的负罪感，他对那目光许多次提问的回忆："你现在是去找她吗？"这提问并不是毫无来由的；他想到妻子受嫉妒的折磨不能自拔，以致认为他比实际情况更有罪；最后，还有他那可怕的揣测：这种折磨人的内心激动成了妻子患的心脏病的一个危险的盟友，说不定正是它帮助疾病赢得了过早的胜利。

然而，他首先是害怕，不知道自己的结局会怎样。他觉得那善良的家庭保护神似乎已经离去，把他孤零零地甩下了，使他成了邪恶魔法的牺牲品。因为他非常清楚，莉泽拥有能支配他的巨大力量。他也本能地感觉到，这种力量永远也不会导向善良。只要他的妻子还活着，就还有遏制他的东西——他会有失误，甚至是无可弥补的失误，但他还不是没有希望，还没有完全受命运的支配。因此，妻子那细弱的生命线，尽管其纤维每时每刻都在一根根地扯断，却被他视为自己的唯一的锚索——假如这锚索断了，他将面对一个陌生的危险的大海，将在海上经受感情风暴的摧残。

当然，到那时也还有一个备用锚。虽然弱小，要它受得住一场真正的风暴的话，但它毕竟能暂时提供一些安慰：即使他失去了妻子，他还有孩子。她把孩子作为自身的一部分留下来，提醒丈夫，还没有解除他的家庭义务。约尔根的感觉完全正确：莉泽害怕汉斯，汉斯年幼无辜，不在她的势力范围之内，兴许他能使父亲摆脱羁绊。害怕莉泽的磨坊主因为有这个孩子而获得——他自己并不知道这一点——一种有益的自信。这时他正沉醉于此，守护着孩子的睡眠。

但汉斯忽然开始不安地喘息和啜泣。父亲的手爱抚地摸着他的头。他揉揉眼睛，叹口气，抬眼望望正在树梢上闪烁的星星。

"怎么啦，小汉斯？你在梦中哭啦。"

"大狗想咬我——"

"你做梦了，快上床去睡吧。"磨坊主说，站起身，"来，咱们去叫莉泽，让她帮你。"

"不，不要莉泽！"

"你太困了。"

"我自己能行，我不困。"汉斯急切地解释道，挺起瘦小的身躯，极力驱散那迷迷糊糊的睡意。"不要莉泽。"他又固执地补充道。

磨坊主惊奇地打量他。

他头一次注意到孩子对莉泽的反感，同时也怀着某种快乐预感到：他心中的恐惧在这儿找到了一个勇敢的小保护神。

他把孩子抱到怀里，亲他。

"我送你上床，孩子。"他说，把孩子抱进屋。一路上他小心地弓着腰，以免露水沾湿的树叶碰到孩子的脸。因为孩子的头马上就又睡意沉沉地垂到了他肩上，平静的呼吸表明孩子睡得很香，他给孩子脱了衣服后再抱上床，孩子一直没有醒。

他做完这些才想到，汉斯没有早早地睡到床上，这简直是乱套了。家里没有主妇操持，就会出现这种情况。

别人都在哪里？磨坊那边黑魆魆的。克里斯蒂安想必已做好了送牧师回家的准备。可是约尔根呢？……还有莉泽？

磨坊下边——在房间里——有灯光。

他迟疑地穿过院子，向前院和磨坊之间的大门口走去。他拿不定主意地站了一会儿，然后踏上了通往外面的路——想看看这种天色赶车是否太黑,西边涌起的乌云是否会下雨。无论如何,得让牧师带一把伞走。接着,他又生自己的气:这是自己骗自己!当然,他并不渴望见莉泽,不想去找她,最好是根本见不着她。可是,难道他真的受不了莉泽和约尔根在一起?因为她肯定是待在屋里,而此刻到处也见不到约尔根。

一种劣质烟叶的气味从他身边飘过,把草地清新的香气搅乱了。烟味是从磨坊的门道飘过来的,他正好面对这条路站着。在小门洞的拱形门框里,两匹马的剪影映着北边苍茫的天空;在院子的另一边,厩房的山墙前,虚掩的门挡住了一匹马的后身。在过道中央,从右边屋里射出一束暗红的微光——这微光看上去犹如一缕飘动的烟。

磨坊主迅速打定了主意,走过去。

一盏脂油小灯放在一张椅子上,把姑娘的一个不规则的影子投射到脏兮兮的白墙上,又随着一个奇特的折痕映到低矮的天花板上。莉泽刚把一条干净的床单铺到床上,床单鼓鼓的还没有拍平;整个房间里烟雾弥漫,乱糟糟的。约尔根就站在她身边,舒服地靠在床脚的木板上吸着烟。瞥见磨坊主进屋,他吃了一惊——至少磨坊主是这么感觉。

"莉泽,"他说,"你恐怕得给牧师烧点茶——我看见克里斯蒂安已经在备马了。"

"牧师先生平时不喝茶。"

"喝的——尤其是今天,天已经凉了,喝点热茶有好处。反正有时间。"

"好吧。"莉泽漫不经心地答道,撂下手里的活儿走了。

磨坊主也慢步跟了出来。他真恼火自己。真傻,没有让她先收拾完房间——一张床不是已经收拾好了嘛。这样她还得进屋去,那他就不好再来这儿窥探,留心她跟约尔根在一起搞什么名堂了。不错,"窥探",就是这个说法,他们会这样诽谤他!因为他们看穿了他的心思,这是最糟糕的。因此,他很尴尬,说话也结结巴巴。约尔根在咳嗽,仿佛他非咳不可,恰好此时烟堵住了他的嗓子眼儿似的!在莉泽漫不经心的应答中,有某种掩饰得不好的轻蔑。就连寸步不离女主人的皮拉图斯也似乎弯起尾巴嘲笑他:尾巴宛如一个白色的大问号,在他面前的昏暗中移动。

6

牧师走了,磨坊主仍站在大门口,目送着车子。

他已经几乎看不见车子了,但仍然伫立在那儿,呆望着大路,全不顾雨已经下大了:雨水击打在白杨树叶上,击打在磨坊的回廊上,柔和而均匀地顺着磨坊厚实的禾草外壳往下淌。

磨坊主仍感觉到牧师那抚慰的握手,看见那关切的目光。

克丽丝蒂娜可能说了我什么?啊,是的,她有充分的理由抱怨我不是安分守己的好丈夫——最近半年肯定不是!莉泽把我完全俘虏了——我不明白这是怎么发生的……我对她犯下了严重的过失,现在她要死了,无法再弥补了!

最后，他转过身，迟疑地朝房子走去。他害怕进去见妻子，可是又渴望见她，他就是这么忧心忡忡。但愿与牧师的长谈没有使她太疲倦！

客厅朝病室的门敞开着，只看见一长条糊墙纸——那些糊墙纸就像是为了让病人在卧床的漫长时日里用烦躁的目光盯住它们看，以便从中发现变幻无穷的图案——想象出来的生胡子长角的动物脑袋、巨大的花朵、人体雕像、几何图形。他害怕那目光从这无意义的活动中移开，向他提出那个永恒的问题："你是从她那儿来吗？"

他该如何面对这一目光而不增强那种猜疑，不使妻子这段时间过得痛苦呢？要知道这也许是她最后的时刻了！

但是，他想错了。迎接他的目光是平静的，而不是审视猜疑的。这目光很柔和，简直是纯真的，从镶了紫圈的清澈双眸中向他射来。她躺在阴影里：小灯放在大水壶后面，免得光线直刺病人的眼睛。

磨坊主向她点头微笑。一个沉重的包袱从他身上卸掉了。

他坐到她身边，握住她放在鸭绒被上的手。医生曾反对她盖鸭绒被，结果无效。尽管她发烧，而且夜晚已经相当暖和，磨坊的主妇还是认为，如果身上没有盖一床像样的鸭绒被，她躺在那儿就不舒服，就是受了冷落。这只手在一年前是有力的，显出红润和粗糙，但现在却瘦弱苍白，皮肤光滑，几乎透明——对于磨坊的主妇来说，这可是一只过于细嫩的手。

"下雨了？"病人问，"你的衣服全湿了。"

"是的，看起来好像要下一场大雨。我让牧师带了一把伞。"

"现在我也听到了……嗯,雨尽管下吧,对庄稼有好处。"

对庄稼有好处!不等早熟作物抽穗,不等越冬作物扬花,她的身子就会化作一切庄稼赖以生长的泥土,而她现在还关心着收成!那么,她对于后事一定想得更多,关心着万一自己不在了情况又会怎么样!他感觉到眼中噙满了泪水,连忙抑制自己,免得泪水顺着脸颊淌下来,暴露出他的心思。

"你现在感觉怎么样,克丽丝蒂娜?"他问。

"谢谢,现在我感觉挺好。"

"我担心你跟牧师谈话会伤害身子——谈了这么久。"他补充道,似乎只是想到身体上的劳累,似乎这次谈话的内容跟每次与牧师谈话并没有什么不同。

"啊,不,这对我很好,很舒服。"

"那么,你不再疼痛了吧?"

"啊,不,痛还是痛……可是跟先前不一样——好像它已经没有力量支配我了。一旦告别人世时,把思想完全献给亲爱的上帝及其赐予我们大家的快乐,只需听从基督和他的教诲——那么,就不会再介意身体情况如何,甚至会觉得这不对头……生活也是这样,似乎是无关紧要的,至少生活中的烦恼是这样——一旦我们面临死亡,使我们痛苦的东西便不再使我们痛苦了。"

"使我们痛苦的东西"——磨坊主非常明白她指的是什么。她的话十分朴实,使他觉得这是由一个超脱人世的人说出来的,他的悔恨以及这话的亲切使得他十分激动。他扑到床上,泪水夺眶而出,沾湿了她的双手。他把这双手紧紧地攥到自己手中。

磨坊 · 037 ·

"不，不，克丽丝蒂娜！你不能死……你会看到你正在复原……因此也就不觉得疼了……你会看到你的身体好起来……我们还要一起过幸福的日子。"

他几乎相信了自己说的话。确实有人病得更重却终于痊愈了。这是最要紧的事。一切还会走上正轨。此时此刻，莉泽对于他来说算得了什么，他要把她打发走，一俟他另外找到适当的人选就办。只跟他的好妻子和小汉斯斯守在一起——此外他还需要什么？

但病人摇了摇头。

"你不要这么想，雅可布。悲伤毫无用处，一切都是上帝的旨意，这点我们知道。是怎样就怎样，并且心平气和地谈谈，那要好得多。

但恰恰是谈谈这些的建议使得丈夫恐慌。

"不，别谈这些，"他激动地说，"医生也嘱咐过。'千万别让她胡思乱想，以为她快要死了，这对她的病情最不利。这种难以摆脱的想法会害死她，哪怕她本来能够活下去。'这是医生说的。不，你根本不应该想到死……我不反对你跟牧师谈话，这本来是正常的，就像你刚才说的，这对你有好处。但现在你不要再想这些。你最好想想，要是你恢复了健康，又能帮我做事了，有哪些事情要做吧。"

克丽丝蒂娜宽厚地笑笑，好似笑一个虽然任性却不得不原谅的孩子。

"咱们还是谈谈我去了以后的情况吧——这是可能发生的——然后，你重新结婚。"

磨坊主吓了一跳，这正是他害怕的话题。

据说有个国王在同样的场合曾哭喊道："啊，不，不，决不！我只要一个情妇！"但磨坊主却只是摇摇头，做了个拒绝的手势，短促地哼了一声，以表明他根本无意给他的磨坊找个新主妇……但情人，或许也就是"女主人"，却不是没影的事，这点他很清楚。他的妻子也并不糊涂，正因为如此她才固执地坚持这个话题，同时又以宽容的目光打量他，那目光里掺进了一丝半是讽刺的忧虑。

"是的，你会再娶……你还年轻……磨坊里也得有个主妇，一个没有主妇的家从来都不像样——是这样——但我要说，如果你娶亲，也要想到让汉斯有个好妈妈。这对一个可怜的孩子来说是最重要的事。如果你喜欢一个姑娘，却发觉汉斯不喜欢她，那你最好马上打消娶她的念头。有很多姑娘可以嫁给你，你不必那么看重钱，或是看重她的陪嫁。一个鳏夫可不像没有结过婚的单身汉，他已经有了一切。"

磨坊主机械地点头。他毫不怀疑克丽丝蒂娜早就发觉了汉斯反感莉泽，说不定甚至是她亲自灌输了这种反感，要不就是通过同情把这种反感传给了孩子。总之，这是针对莉泽的。克丽丝蒂娜担心他娶这个姑娘，而他也对这一前景感到惊骇。让他娶莉泽，他可从来没想过——真够怪的——不过他已经越来越深地陷入了激情而不能自拔。姑娘可能会完全控制他，成为磨坊里真正掌权的人——这真是一种既不相宜也不愉快的情况。

正是为了阻止这样的事发生，克丽丝蒂娜想让一个规矩正派的女人嫁进来。她继续谈他未来的婚事，就像谈一件已经商定的事情,特别叮嘱他注意,他挑中的姑娘要有笃信基督的情感,要热心去教堂。因为这样的女人自然会认真承担家庭的义务。在宗教信仰上宁可过头些。诚然,也有把这方面夸大到过分拘泥的人,那会给日常生活带来不适,但毕竟比反过来好得多——归根到底,他们也许还是对的,因为时下流行着许多罪孽和淫乱。

她这么说着,丈夫却以为她心目中已经有了确定的人选,那就是汉娜,管林人的妹妹。这两兄妹属于国内布道团,尤其是哥哥——他比磨坊主年轻几岁——不可否认,他有这一教派的狂热因素。磨坊主几年前认识他的时候,起先对他这一点有些害怕,但克丽丝蒂娜却赞成他进行这种"有涵养的交往"。在书本知识方面,管林人克里斯滕森受的教育自然比磨坊主更少,因为除了宗教修身读物外,他几乎从来不看别的书。虔诚的宗教热忱很容易对最高层次的思想修养抱有敌意,但它毕竟是为思想修养创造条件的。它使人远比那些只知物质利益和寻欢作乐的家伙高尚——因此,归根结底,正直的磨坊主妇以及她的说法并非全无道理。至于妹妹汉娜,她曾在哥本哈根的亲戚家住过几年,喜欢看世俗的书刊,但是她心地善良而高尚。她甚至学过钢琴,在自家的小钢琴上不仅弹奏赞美诗和宗教歌曲,而且也弹奏短小的世俗乐曲。是的,不容否认,汉娜是个好姑娘,恐怕难娶到比她更好的姑娘了——尤其是她长得漂亮,朴实的面容映出了她的虔诚与和善的天性,而且身段也苗条,娇小玲珑。

克丽丝蒂娜最后以恳切的严肃态度问他:"你愿意答应我吗,雅可布?"他握住她的手答道:"好的,克丽丝蒂娜。"虽然没有点名,他却觉得好像已经与莉泽断绝了关系,并且跟汉娜订了婚。尽管这场合不算十分隆重,尽管死神的阴影似乎已悄悄降临到妻子头上,他却感到十分激动,恰似一个面前突然展现出崭新生活前景的人。

但病人显然安定下来了。她深躺在枕头中,闭上眼,谈话已使她疲倦了。然后她求他朗读《新约全书》——赴马太①家乡的山区布道那一节……磨坊主开始读,尽可能读得好一些,但他的心思却不在《圣经》的话上。她在宗教上既温顺又严厉的统一,给他生动地展示了汉娜的形象,这形象原本就已经呼之欲出了——她一定读过这段——这些话从她嘴里念出才能引起共鸣,然而现在却是从他嘴里干巴巴地、学生腔十足地吐出来。

这些话突然出乎意料地反对起他自己来了,并且带着一种法官判决似的无可辩驳性。

他读道:"你们曾听见对老人们说,不该私通。但我告诉你们,谁觊觎一个女子,想占有她,那就是已经跟她私通了。"

他的舌头僵住了。虽然他想说话,却再也吐不出一个字。他感到自己通过这沉默谴责了自己,不敢看他的妻子……随后,他突然觉得需要跟她谈谈心里话,谈她十分小心地缄口不提的事情,向她承认,耶稣的这句话判决他有罪;向她忏悔自己的愚蠢和罪恶的想法,祈求她的宽恕,她是会慷慨大度地原谅他的。他下定了决心,望着她,他的双唇已经张开,就要喊出声来了——然而,他期望她以审视的目光看着自己,可是她的眼睛却闭上了。她的脸几乎毫无

---

① 马太,基督教《圣经》故事中的耶稣十二门徒之一。

表情。他俯到她身上细听,均匀的呼吸表明她已经安静地睡着了。

他不知道,此刻他是感到了一种解脱呢,还是应该为错过了一个有利的时机而惋惜。

7

磨坊主一动不动地坐着,凝视着睡者。

由于患水肿,她的脸有些浮肿。但在这幽暗的光线中,从这圆圆的脸形上看不出她的病态——他想起了她幼时的脸庞。

他从记事起就认识她了。他们俩同年龄,一起上学,一起上坚信礼课。她家的大院离磨坊只有五分钟路,叫龙院。这倒不是因为那块地方或其建筑有什么奇异可怕的东西,而是按照法尔斯特地区的习俗。例如,相邻的农户并没有什么理由就叫狐院,而稍远的另一户又叫兔院。历来都是把龙院的户主叫作龙先生,这一户就叫龙院,究竟是人名随院名还是院名随人名,已经无从查考,恰如那个探索"鸡生蛋还是蛋生鸡"的问题一样。

龙先生和磨坊主有交情——历来如此,这在一定程度上是两家的世交,比偶然产生的个人友谊更牢固。不言而喻,孩子们也成了挚友——磨坊主的儿子小雅可布与龙先生的女儿小克丽丝蒂娜。他们俩各有自己独特的世界向对方展示。特别是磨坊,有好多个部门以及奇特的设施,对于小克丽丝蒂娜来说是真正的奇境。雅可布领她看所有的东西并做讲解,直到她对所有六个楼层都了如指掌。在最底下的库房，把双手伸进细滑而凉爽的面粉是十分舒服的。从库房一直攀到最高的圆顶上，那儿有粗大的橡木轴在旋转，并且以齿轮带动了整个磨坊的传动机构。

圆顶上显然是孩子们最爱待的地方。他们甚至比喜欢石磨层更喜欢这个自成一统的小屋。石磨层外面有回廊，在那儿跑来跑去真快活，还可以在四个磨箱之间尽情地玩耍，而在圆顶上则几乎不能动弹。但是在石磨层下面总有伙计，圆顶上却是自由自在，与世隔绝。另外——到了圆顶，就不能再往上了，因此只好待在那儿。圆顶类似一个倒扣过来的巨大鸟巢，在茅草顶四周藏有大量真正的鸟窝；这里有鸟儿的啾啾声和唧唧声，有鸟儿拍动翅膀飞来飞去，有鸟儿飞进飞出，使小克丽丝蒂娜高兴得心花怒放。

但圆顶最吸引人之处却是那种偷食禁果的甜蜜，因为那儿本来是不许他们去的，在那儿爬来爬去对小孩子来说不免危险。但是磨坊伙计们都很宽宏大量，等到圆顶要转动时，也总是招呼他们下来。只有一次例外——那次让他们在一个地方待好，要他们郑重其事地保证绝不离开那个地方，然后批准他们留在了上边——虽说在轴的这一边本来并没有危险，但是不怕一万只怕万一嘛！于是，他们站在上面，紧紧地挤在一起，充满了紧张的期望。随后，周围突然变得十分奇怪：在他们的头部以下，一切都保持静止，但头部以上却转动起来——缓慢而颤抖地转动。特别是那根巨大的制动杆吓人。雅可布已经多次给克丽丝蒂娜讲过，若是有人在下边回廊松开铁链，它就会把围绕圆顶齿轮的制动环箍紧，磨子就停了。这根粗大的木头以吓人的不可阻挡之势向旁边移动。

"要是站在那边,它就会把咱们压扁。"克丽丝蒂娜说。

"啊,咱们可以躲开嘛。其实,是伙计装模作样,非要我们答应老实待在这儿不可。"

"可是万一没躲开,它把咱们往墙上一压——"克丽丝蒂娜怀着孩子和女人对可怕事物特有的兴趣说。

一切又安静下来了。只不过是一次小小的惊恐。从圆顶上的小洞往外望,也让人感到有点害怕:这个洞先前朝向克丽丝蒂娜家的大院,正好看到院子里高高的干草堆,可现在瞅见的却是拉尔斯·佩尔森的家。

从这个洞可以观赏到广阔的远景,整个地区尽收眼底,孩子们最喜欢这个洞。当然,看远景每次只限于一个方向,可是方向经常变换。这一天,往原野眺望可以数到八座教堂和十二家磨坊。下一天,刮内陆风,看见的便是海峡向两边延伸,运载果子的无桅驳船和多桅帆船在海面上慢慢驶过——在海峡的另一边,目光掠向丘陵起伏的西兰岛,宛如看到了另一块具有异国特色的大陆——整个儿就好像一个属于他们所有的巨大的西洋镜。

有一天,克丽丝蒂娜给他出了个谜:"什么窗口总敞着却又吹不进风?"他绞尽脑汁也猜不出。她又继续逗他,说他太笨了,这不可能猜不出。等她最后说出谜底,他十分惊讶,好久都不相信这谜语是她自己想出来的。这样,他第一次佩服了她的高超智力。

一家农户自然远不如一家磨坊那样壮观;但克丽丝蒂娜家也有使雅可布感兴趣的方面——因为一个出身磨坊的男孩,在家里从来就没有农活可干。坐在摇摇晃晃的干草车上,捆稻束,给割草工送加餐，跟他们分吃面包，在干草垛的金黄色禾草当中共同搭一个小窝——他的女友可以用这些乐事来回报在石磨层与圆顶上的欢乐。

在行过坚信礼之后，他们见面的机会少了。可是，他当上磨坊伙计后，他们又能定期见面了，虽然往往是匆匆一面。

他每周两次赶着磨坊的车子过去，每次总是她收下热腾腾、香喷喷的黑面包。随后她或许提个问题，问他近来好吗，父母亲是否健康。有时，他报告磨坊里发生的大事，例如，小麦筛需要换个新的丝绸筛面，筛面是在遥远的意大利制作的，花了四十克朗。但他要说的话不多，谈话从来都不长；也没有时间，两人都很忙。

雅可布二十五岁时父亲去世了，他接管了磨坊。然后，他自然而然地向克丽丝蒂娜求婚，并且顺利地娶了她。很难说清他们青梅竹马的友谊是从何时转变为爱情的，或者他们是否曾经迈出过这一步。然而，他们的亲戚和邻居都不怀疑他们应当结合，后来连他们自己对此也深信不疑了。情况或许极像两个邻国的王子和公主之间的关系，两国的政治和传统有必要让家族联姻，互相的爱慕也促进了这样一种结合。磨坊挺好，克丽丝蒂娜的陪嫁也不赖；农户与磨坊合在一起很合适，也许有朝一日它们会被一起传给后代。雅可布是个英俊后生，附近很难挑出比他更可靠的，这是确切无疑的事实。至于克丽丝蒂娜，她自然不是美女，但毕竟是身材匀称的姑娘，而且脸蛋漂亮。所有人都说她好，她操持家务很能干。总之，还要什么呢？他反正不想再要什么，她也不。他们结婚好似天经地义，是世上最最自然的事，因此他们的婚后生活也正常而顺利。一个小女儿出生几年后夭亡了，然后得了汉斯，保住了。可是，到她三十出头的时候，她患了哮喘病，还伴有虚弱无力和突然的惊恐不安。她的身体虚弱乏力，脸色先还好，后来变得灰白，不时还显出一抹青紫色。

有可能是这点使得雅可布·克劳森特别容易接近风华正茂的莉泽·威伯，别人通常又叫她"射手家的莉泽"。她是去年秋天才开始在磨坊里做事的。她出身于威克特沼地的偷猎人家，这在磨坊人家看来不怎么体面，因此双方都有顾虑。但是，原来在磨坊干活的女佣突然辞职了，准备结婚，可供挑选的人不多，而求职的其他女子偏巧又个个都有些毛病。莉泽有牛奶场的一份好鉴定，她在那儿已经干了一年多，因此才敢录用她。

此外，雅可布已经记不起，最初她给他留下什么特别的印象了。整个上午他们一起待在面包房里。克里斯蒂安站在他们中间，负责揉好莉泽称出的面团，磨坊主则让面包最后成形。他们目不斜视，互不交谈，但工作却似乎比原来那个从洛兰岛来的笨丫头干得顺手。每当莉泽接过他从炉子里取出的面包时，他们便有直接的接触。这时他发现，她有一双很漂亮的手臂，她的所有举动都颇有妩媚之处。

在圣诞之夜，她第一次给他留下了特别的印象。快到吃饭时，他看到她向经过厨房门口的约尔根招手示意，塞给他一本小册子或是一本书——其实也就是那本历书，它至今仍然使这个伙计心潮激荡。他们相互之间挺默契！这想法困扰着他。他是个严厉而认真的家长；在他的磨坊里总是笼罩着虔敬与端庄的气氛，容不得鬼鬼祟祟的轻浮行为。不可否认，从莉泽身上发出了一种难以理解的东西，让人产生猜疑，担心她会带来某些不正之风……但是这种家长式的担心是否足以说明他的不快呢？无疑，他处于一种与圣诞之夜完全不相称的恶劣心绪之中。

我们的情绪及其起因往往是多么奇怪啊！他若是知道，这便是他与善良而忠实的妻子一起度过的最后一个圣诞之夜——不消说，他有足够的理由感到悲哀。然而，他心情不好的真实理由却只是因为女佣送给了伙计一本民间历书！……

新年刚过几周，克丽丝蒂娜就感到不舒服，她的坚强性格也很快就挺不住了。从此她卧床不起并且拖了很久。于是，他不得不考虑再聘一个姑娘，因为到处都缺少主妇料理。可是莉泽自告奋勇地挑起了重担，一个人操持全部家务。除了在面包房帮忙外，她还煮饭和收拾房间。吃饭的时间或许迟了一点，饭菜或许不那么可口，打扫卫生或许应该更彻底些——但毕竟都还说得过去。磨坊主心怀敬佩，赞不绝口，而克丽丝蒂娜作为能干的主妇自然懂得，干完这么多的事意味着什么，也不能不表示她的赞许——诚然，她只是有限而勉强地表示赞许，因为她根本不喜欢莉泽。首先是莉泽的性格中有些东西不合她心意。她说，要不了多久，在莉泽和伙计们之间就会出事。接着，她又发现，莉泽有时偷懒，履行自己的职责并不怎么认真。更让她惊讶的是，莉泽在这段时间里做的事远远超出了她的职责，却并不要求额外的报酬，甚至不愿听有关报酬的话：既然有人生病，就得互相帮助，谁还会计较这些呢？这种高尚的境界对于磨坊主妇来说是个谜，后来她恍然大悟，莫非莉泽是想使这个家缺她不可？她肯定已发觉，主妇对她不怎么满意，一有机会就想摆脱她，于是她提前挫败了任何这样的企图。因为她确实做到了眼下无论如何缺少不了她。要想那样做，克丽丝蒂娜就得养好身体，而且让疾病没有复发的危险——要实现这一步还有好长一段路呢。

克丽丝蒂娜性急地要求把莉泽从主导地位上排挤掉，因而缩短了康复期的疗养，过早地开始动手做事。她凭着敏锐的感觉观察一切，很快就以为在丈夫身上发现了一种变化。在他的行为举止中有不安定的因素，他往往心不在焉。通常他对她照顾得非常周到，但在他的温柔体贴中混入了一些不熟悉的东西。有时，他又似乎忘了她还没有完全康复。引人注目的是，他中午从面包房回来时特别快活。这种情形使她把这一切变化都与莉泽联系起来。每当她对莉泽有所批评时，他干吗那么光火呢？"真奇怪，你干吗总是对这可怜的姑娘大发牢骚？"他总是说，"没有她怎么行呢？"克丽丝蒂娜十分明白，这话里有些是实情，但正因为她对莉泽的抨击主要是出于反感，而不是根据实实在在的理由，所以她感觉得出，他那热心的辩护也不是出于正直、冷静的打抱不平。她开始挖苦讥讽他对莉泽的偏心眼儿，有时相当尖刻，但收到的却是适得其反的效果。

通过这些讥讽，磨坊主才注意到了自身的状况。克丽丝蒂娜自有她的道理：莉泽给他的生活带来了一些新的不熟悉的东西，既使他的家务少不了她，也使他的感情生活少不了她。是的，妻子有充分的理由恨她，因为他——不管有没有理由——他爱莉泽！

他注意到了危险，但这并不就是避开危险的第一步——它也能起相反的作用。就像一个睡觉的人会因感觉到注视他的目光而惊醒一样，潜在的危险有时也会被提防它的警觉唤醒，于是便加紧行动,扑向它的牺牲品,使其无法逃脱。磨坊主对莉泽的感情,在他没有意识到的生活中一直是一种快乐的难以理解的心绪——宛如一种轻松的兴奋的陶醉——现在变成了一种煞费脑筋的无法抵御的激情。

没过多久,他妻子的健康状况又变得令人担忧了,显然是旧病复发。但她以坚强的意志与疾病进行斗争,不肯撒手交出家务。他急切地恳求她保重自己。"不错,如果莉泽能全面地取代我,那对你是最好不过的。"她答道——他惊恐地注意到,她对情形的清醒认识给了她反抗的力量,而这种反抗则会耗尽她的精力。

最后,她不得不退让了。当她卧床不起时,她遭受了何等痛苦的恐惧啊!我不在那边,不知又出了什么事?……她在走投无路中获得了新的能力——一种超自然的感觉。她依靠这种能力监视那两个人,直至最偏僻的角落。病人的过度敏感已变成一种梦游般远视的恍惚状态。它不知疲倦地搜集材料,然后让嫉妒以天才的联想力把材料整理并描绘出来——有时高烧又攫住这些图景,把它们幻想得更加怪异可怕、栩栩如生,在幻景的耀眼光芒中膨胀成庞然大物。但它们即使在扭曲和夸大中也不失某种实情,哪怕这实情具有象征和预言的性质。

因为在这段时间里那两个人实际上并没搞什么名堂,因而清醒的思考几乎找不出这些幻景的动机。迅速行动不合磨坊主的天性。他对莉泽还不曾用一句话暗示过自己的处境,尽管他不怀疑莉泽已经猜到了。他也相信莉泽对自己有好感——只有当他被猜忌困扰时,才怀疑莉泽更喜欢约尔根或克里斯蒂安。死亡的阴影越来越沉重地笼罩着磨坊，也使他的激情丧失了任何肉欲的乐趣，反之，变成了心神不安的恐惧，变成了倒霉的拘谨——即使他起来反抗，也会被那种神秘的知觉缚住，被它监视，处处被监视。那目光追随他走出病房，又迎着他走进病房——他感到那目光黏在自己的身上，不管走到哪里，站在哪里，都是如此。他和莉泽在一起时尤甚。

他确信，这并不是他的无中生有的想法。

讽刺和挖苦现在自然已不再挂在病人口上。她的问题似乎仅仅是由主妇的好奇心支配的：她希望被告知一切，以便安慰自己，一切都规规矩矩地循着原有的安全轨道运行。然而，他却从这些问题中惊讶地听出，她对发生的事往往难以理解地了如指掌。例如有一次，她知道他帮莉泽从晒衣场上扛回了亚麻布。他真感到不可思议，在病室里竟能听见晒衣场上的声音！也许是汉斯看到了，但是他并不在她身边呀！

有一次，他完全相信了患病的妻子具有这种无法解释的能力——而且那是他克制不住自己的唯一一次。

当时他在库房里，想到上面磨坊去，正巧莉泽沿着陡直的楼梯下来，她刚给伙计们送去了饭菜。莉泽看见他站在那儿，便转了个身，因为她不愿像往常那样倒退着走下来。她用右手扶着墙，为了不挂住衣裳，用左手拎起连衣裙，丰满而漂亮的腿几乎裸露到膝盖。她脚穿毛袜，先是试探梯级，然后再像手那样勾紧。她的寻求平衡的身子因为动作柔韧、灵活而显得生气勃勃，一丝怯怯的微笑迷人地挂在她脸上，把磨坊主完全迷住了。当她跳下最后几层梯级时，他将她一把接到怀里，吻了她，企图使情欲的一时冲动带上通常的朴实而粗俗的特征。但他做得很不成功,他的笑声听起来很勉强。莉泽用异样的眼光瞅瞅他,然后灵巧地挣开身子溜走了。

他到了上面几个楼层,逗留了大约一刻钟,然后返回住处。这时,他发现岳母正慌乱不堪:一刻钟以前,她女儿突然惊跳起来,伴着一阵强烈的喘息,两眼发呆,连母亲也认不得了。而原先她一直静静地躺着,因为近来病情已有所好转。那天晚上,她一直说胡话。磨坊主从一阵阵的发作中断定,她仿佛目睹了在磨坊楼梯脚发生的那一幕。他觉得,这比他曾经发现的其他不怎么重要的遥感实例更加难以理解。

从那天起,她的病发生了更加令人担忧的转变。

8

磨坊主一动不动地坐在那儿,回想着所有这一切。这一切就像个圆圈环绕着他,跟他保持同样的距离。他觉得这就好像是昨天的事:他赶车到龙院,她迎出门口收下热气腾腾的面包;似乎才过去没多久,他们俩并肩站在圆顶上看磨扇转动;他还清楚地记得,就好像是昨天,她曾在一次发高烧说梦话时喊道:"他们被压扁了——快停下——制动杆压扁了他们!"他眼前有血有肉地浮现出当年她的娃娃脸,一头绸缎般闪光的秀发垂下来遮住了脸蛋儿,瞪着大眼睛,嘴角露出惊恐的表情。现在,他细看枕头上的那张脸,又发现了许多以往的痕迹——尤其是嘴角上的同样表情,一边嘴角微微向下撇。她的外表并没有完全失去童年的特征，可是却说她的生命已临近终点，他们的共同生活仍历历在目，就好像才过去一天，但是却说快要结束了，他怎么也无法理解！

他想起了她的话：一个人要死的时候，会感到生命是那么短促。难道生命垂危的人的这种看法已经传给他了吗？

突然，他感到口渴极了。壶里没水，于是他穿过客厅去他的卧室，让通往病房的门虚掩着。

他的卧室里有灯光。莉泽正站在他的床边。

"你还没睡？"

"有好多事要做呢。"

"你用不着为我铺床。"

"我想，今天夜里您也许想睡一会儿吧，先生。"

近一段时间，磨坊主总是白天睡几个钟头，让岳母在病房照看，夜里则是他本人在妻子身边守护。

"只要睡上几个钟头，我也可以去病房守。"莉泽补道。

"不，不！你胡想什么呀！"他几乎是没好气地回答。

这想法简直使他毛骨悚然：病人醒来，却看见莉泽坐在她的床边！

莉泽背朝他站立，狡狯地笑。

这时，汉斯开始啜泣，并且在床上直打滚。父亲走过去，帮他整理好枕头和被子，轻轻抚摩他的头。孩子立刻平静下来了，在有磁力的抚摩下似乎睡得深沉一些了。

磨坊主迟疑地四下望望。他想不起自己为什么来这儿……对了：水！

他走近盥洗台，从罐子里倒出一杯水。

"这水是新鲜的，我刚从井里打来的。"莉泽说。

他一口气喝干了杯子里的水。这凉丝丝的水很提神——精神上身体上都很舒服。就好像它冲掉了病房的尘埃，带来了大自然生机勃勃的清泉的问候。

他越过杯子朝莉泽望去。

这情况使他觉得非常奇特：里面躺着病人，这儿却站着健康人给他铺床。她就像健康本身，整理着床垫、床单、枕头和被子。她那有力的动作卷起的气流带着生命的勃勃生机，似乎能把他吹倒。

他把杯子放回时，莉泽从旁边向他跨过一步，但不小心一滑，把脚给扭了。要不是他连忙扶住，她肯定会跌倒。一声低低的惊叫表明了她的疼痛和自我克制，她怕吵醒病人。她的身子笨拙地倒在他怀里，头靠在他肩上。他感觉到那颗受惊的心在咚咚地剧跳。

他觉得这没有什么不妥：就让她在这种愉快的感觉中沉醉几秒钟吧。她被他扶着，或者不妨说是被他抱着。

然后，她用右脚站好，把头转向他，低声道："谢谢！"

她的表情是感激的、亲切的，就像充满信任的孩子的脸。

"脚没扭伤吧？"他关切地问。

"哦，没有。我已经能用这只脚站立了。"

"算了吧。来，坐到床上来。"

"真对不起，我又把床搞乱了。"她在床沿上坐下，笑眯眯地说。

"嘘！"他突然惊恐地低声道。

他听见一声奇怪、可怕的响动，离他有一点儿距离。

通客厅的门虚掩着。他朝门走去。

莉泽吃力地站起来，瘸着腿走了几步，跟着他，心想要是能帮上忙，就帮一把。可是他激烈地表示反对，走进了病室。

克丽丝蒂娜坐在床上，左手按紧胸口，正在呻吟，大口地喘气。她瞪大了眼睛却看不见他，浑身发抖却似乎又不要他扶。痉挛渐渐减弱了，她上身松弛无力地倒到他怀里，头垂到胸前。

"克丽丝蒂娜！"他绝望地连声呼唤，让她在枕头上躺好。

但是，没有迹象表明她还能听见别人的声音。

她呼吸徐缓，带着剧烈的呼噜声。

这声响传到了莉泽那儿。她站在卧室里，离半开的门几步远，倾听着——面带胜利的微笑。

第二章

1

第二个星期三,在磨坊举行了葬礼。

除了死者的丈夫、儿子、母亲和兄弟外,葬礼上只有管林人带着妹妹,牧师和教师,以及一些农民到场——他们一部分是邻居,另一部分是住在几十里之外的远亲,不得到好处就不肯回去。

这对于莉泽是繁忙的一天,但也是得意的一天,因为最充分地显示了她的才干,给她提供了最好的机会,当着客人面像主妇那样忙活。最主要的是这些客人——可惜,他们没有多来一些!——离去时都赞不绝口:这的确是个可以使磨坊主满意的姑娘!若说在这个磨坊能感觉出缺少了主妇,那简直荒唐。

表示你们的满意吧,亲爱的人们!等着瞧吧,到时候一切都会来临!但今天只有这项任务,也确实值得花费这么大的劲。因此,她也就没有听从磨坊主提出的晚饭吃冷餐的建议。要是人们抱怨莉泽没能让他们吃上热腾腾的烤肉,那可就糟了!

咖啡使参加葬礼后心情沉重的人们初步恢复了精神,然后,刚才说的烤肉就端上来了,那是一大块烤牛肉。莉泽十分满意:汉娜刚才帮她准备咖啡,现在又来问她是否还能帮点什么。那就让她帮着切切菠菜吧。

与此相反,另一位安德森太太,也就是克丽丝蒂娜的妈妈,却很不合她的心意。她摆出一副阔气的胖农妇的傲慢派头,在厨房里大大咧咧地指手画脚。

"喂,小莉泽——怎么样?……你搞好了吗?"

关你什么事,老妖婆?莉泽心想,一边喃喃地说着什么,听起来就好像是对她的关心表示有礼貌的感谢。

她站在炉子旁边往外取烤肉,以便往烤肉上撒盐。这一大块肉激起了老太婆的惊叹。她俯身朝姑娘说:

"好呀,我敢说,今天饿不着了。"

"我不信你家的农夫能端上一盘更好的烤肉。"

农夫!这是指她的儿子亨利克。众所周知,他只对餐桌有兴趣,对别的一概不关心。这讽刺很谨慎,但说到了点子上。

"是的,你确实有运气,"安德森太太以尖刻的口吻说,"这肉烤得真不赖。"

"怎么——运气?它可不是从天上掉下来的!"

"哼,你大概跟卖肉的交情不坏——弗雷德里克森总是讨好姑娘。"

这是一发重炮——但是莉泽有射程更远的炮弹。

"弗雷德里克森吗?"她不慌不忙地答道,"不,这是我派克里斯蒂安进城买的。"

这句"我派克里斯蒂安进城买的",在舌头上味道很甜,况且并不是夸张。磨坊主放手让她安排,在这次聚会的准备过程中,她是完全按照自己的意愿行事的。

这句话在老太太身上收到了预期的效果:啊哈!已经有资格派车了?已经在磨坊这儿当起主妇来了……哦,等着瞧吧!到时候会叫你小心的!

胖老太原地转了个身,祖上传下来的陈年绸衫在厨房不太讲究的砖地上簌簌直响。好啊,这个大块头女人竟准备参观一切,餐桌上和架子上摆着的,或者墙上挂着的一切!莉泽扭头向她意味深长地瞥了一眼:好吧,你只管在所有的锅碗瓢盆上照你的丑脸吧——这样并不会使脸漂亮些!事实上,这张脸本身就不漂亮,再照也不会变得漂亮些:在这儿它被一把茶壶拉长了,像一幅痴呆的肖像;在那儿它又被一个铜锅肚扯宽了,仿佛有人用力扯着两边的耳朵似的。除了这些扭曲变形之外,影像自然也不够清晰。但安德森太太不是那种对一点点脏处就反感的人,因此她没挑出什么毛病。

可是,她还没有来得及做出这个违反心愿的结论,身边那扇通伙计房的门就被猛地推开了。门柄重重地撞了她的宽脊背。

"喂,莉泽,现在我们要——"

闯进来的约尔根没有再说下去,因为他看见了莉泽的制止的目光,再加上他自己也觉察到门撞上了什么。他四下张望,结果先发现了汉娜,这就已经使他的高声大嗓减弱了不少,接着又发现了胖老太,她那受了伤害的脊背使这个年轻人的欢乐劲儿完全消失了。他结结巴巴地道了歉,胖老太很不客气地勉强原谅了他。他这才想

磨坊

起，他进来是为了给烟斗讨个火，因为伙计房里没有火柴了。

这一要求马上就得到了满足。但约尔根仍然很不自在，离开时没有把门关好，可以听到拉尔斯正在伙计房里大发议论：

"要是师傅不很快娶亲，那就是我混账！而且我还知道是娶谁。"

"真了不起！"克里斯蒂安咕哝道。

"没错！她此刻离这儿也不远。"

莉泽赶紧关上门，解释道："可别让讨厌的烟味儿飘进厨房来。"

然后，她向旁边飞快地瞥了一眼，看那些从伙计房传出的话是否被别人听到了。胖老太似乎正在专心研究她的滑稽好笑的影像，刚巧向汉娜提了个无关紧要的问题。汉娜似乎没听见，等问话又重复了一遍之后她才慌乱回答。这对莉泽来说是引人注目的！她觉得，这个"宗教妹"似乎成了世俗的内心激动的俘虏。那些出人意料的议论是不难被女人的头脑迅速驳倒的，但其中有一条却把这种内心的激动与伙计房联系了起来，值得注意。现在，从那儿仍能听到说话声，幸而已听不清具体的语句了。莉泽当机立断，端起一碟喝咖啡时吃剩的点心，走进了伙计房。

她没忘了在身后把门关好。

"……师傅在墓地门口那么古怪地瞅她……"

是拉尔斯，那个小胖子，他看见莉泽进来，话才说一半就连忙打住了，就好像学生淘气被老师当场抓住了一样。他吓得脸通红，用手指敲打着桌子，尽量做出满不在乎的样子往外面院子里望。克里斯蒂安尴尬地笑笑；约尔根继续安闲地抽烟，烟斗轻蔑地叼在右嘴角上。他看到别人都说得不对路，深感只有自己是知情人，因此很愉快。他狡黠地眨眨眼,冲莉泽笑。

莉泽很满意:她恰恰在最有利的时刻进来了。她要干的活儿太多,无法跟大家一起去墓地。那个被磨坊主"十分古怪"地端详的女人,除了汉娜以外还会是谁呢?——原来如此!

"你们都是我的好小伙子,"她说,把碗放到桌上,"我给你们送点心来了,是我给你们留的。可是你们却一心想要个新的女主人,大概是你们对现在的状况不满意吧?"

"满意,真的,我们满意。"拉尔斯连忙保证,急得要哭,因为他没想到他所敬重的莉泽竟对他提出这样的指控,"你怎么能这么说呢?我们根本就没谈这个。"

"你敢发誓吗,拉尔斯?"讨厌的约尔根打断他。

小拉尔斯不能发誓。他沮丧地不吭声了,只是不安地偷眼看人,强忍住眼泪。

但这时大家的注意力已经从他身上移开了,因为克里斯蒂安居然冷冷地宣布,他的确不满意。要是磨坊里再来个女人,他会很高兴——而且越早越好!

莉泽的长着雀斑的脸无言地瞪视着这个红头发小伙子——她几乎被这明显的反叛行为惊呆了。她从正面盯视他,两边还有拉尔斯和约尔根的发愣的目光形成的交叉火力:"这家伙想必是疯了!"但是,冒失的小伙子在这咄咄逼人的环境中却似乎很安然;他把两条腿分开得更宽,把拳头深深地插进裤袋。

"对,这就是我的看法,"他用慢条斯理的口气说道,"像你这样在厨房里忙碌,适合你吗?这跟当初你在面包房里完全不同,对吗，莉泽？你称好面团我来揉，那才合我的口味。"

约尔根往前探着身子，使劲吸烟，用烟雾掩饰他的恼怒。每天上午在面包房，克里斯蒂安总是站在莉泽身边，不停地跟她接触，这对他来说就像是眼中刺。

"的确，我也这么看。"莉泽听了他的解释后完全谅解了，回答道，"那样可比孤零零一个人待在厨房里有趣——在厨房里只有皮拉图斯，而它毕竟是个畜生。"

"对，但它是一只出色的猫，"拉尔斯插话说，"比基斯好得多。"

莉泽友好地点点头，很赞赏这一忠实的声明。

"不过，我现在也常去那边嘛。"她说，为了安慰克里斯蒂安，更是为了气气约尔根。

"是的，偶尔去一下。既然有这么多事要干，就别想舒舒服服喽……不能再像原来，那时候不同……干一杯吗，为了能早日恢复原样？"

他把瓶子里剩的葡萄酒倒进玻璃杯。这瓶酒是莉泽好心照顾伙计房的。他喝了一半，然后递给姑娘。莉泽朝三个人笑笑，一仰头干了。

"为咱们大家友好相处干杯！如果东家想再娶——我也为他祝福！"

约尔根庄严地举起他的杯子——想到了那些斟满珍贵的葡萄酒的金樽，他那本日历故事中的骑士就是这样为女士们的健康干杯的——他作为莉泽的唯一知情人和盟友，再一次感到自己比克里斯蒂安高明；克里斯蒂安刚从这一祝福中听出了她渴望天天去面包房帮助他。而拉尔斯也心中有数,深知她在说"大家"这个词时特别温柔地望着他,暗示她绝不只是关心那两个妄自尊大的家伙。

2

莉泽重新走进厨房时非常高兴地看到,安德森太太已经离开了。她现在是跟汉娜在一起,于是便以全新的兴趣观察这个猜想中的情敌:汉娜正毫不拘束地站在窗边,为莉泽切着菠菜。看到"小姐"干这种家务活,莉泽感到极为不快:她已经做出好像是在自己家里的样子了!她已经做出是主妇的样子了!

黑色的羊毛衫裙在明亮的轮廓中泛出淡蓝色的光,姑娘的形象衬着从窗口射进来的明媚春光,显得比平时更秀气、更苗条。她的头微微向前倾,头顶上发髻的边缘闪着金光。额上的棕褐色头发向后梳平,这种发型引起了莉泽的蔑视,因为她自己每周都要用发钳烫两次刘海儿。只需往近处的蒸锅瞥一眼,她就能确信,那刘海儿拳曲得很惹人爱,就跟城里人一样。在这点上她意识到了自己的优越。但平时,心中隐隐的感觉告诉她,即使是照童话里的神奇镜子,而不是照这些使脸变形的炊具——她这张自我欣赏的笑眯眯的脸,跟汉娜那张正在毫无表情地埋头干活的脸相比,毕竟显得太短了。对,即使把她自己这张漂亮脸蛋儿充分理想化,也还是显得缺少什么——缺少一种端庄。这是任何精琢细磨的宝石凭着外部光彩无法赋予的,是素质高雅的反映。这种高雅主要是感受到而不是看到。

她对这种状况的模糊感受使得她心绪不佳。她差点把她的怨恨都倾泻到皮拉图斯身上。只要安德森太太在厨房里，这只"出色的猫"就静静地蜷伏在炉子后面的一个角落里，毫不引人注意。此刻，它又想让人注意它的存在了；莉泽正跪坐在炉前，用卤汁浇那一大块烤牛肉，它爬过来，用头蹭莉泽的手臂，想不到却被粗暴地推到了一边。汉娜想用一块肥肉哄它——但皮拉图斯几乎毫不理会，宁可再次挨近情绪变化无常的女主人，尾巴讨好地卷起来。莉泽突然被这只忠实的猫感动了——或者说被享有这种忠诚的自己感动了：是的，你是个听话的好朋友，你忠于我！随她引诱好了，你不买她的账，是吧，皮拉图斯？假如她搬来这儿住，把我撵走，那你也别留在这儿乞讨。不，你跟我走，我的皮拉图斯！

她几乎哭了，颇为清晰地想象着自己被赶走——从这家磨坊赶走，而她靠自己双手的劳动在这儿赢得了一份权利！——被一个外来女人撵走，把小包袱夹在胳臂底下，踏上冰冷的道路四处流浪。这时，皮拉图斯多次以柔声的"喵"来回答她的不出声的自白。她发现壶里还有一点儿咖啡，就把咖啡倒进一个大菜碟，再加些已经结了皮的乳脂。然后，她坐到小板凳上，把菜碟放在膝上。公猫伸直背，把前爪搭上她的膝头，用粉红色舌尖咂着嘴喝这美味的饮料，并且不时地向她抬起琥珀黄的眼睛。她也深情地透过因为自我同情和气愤而含在眼里的泪水望着它——在她的目光中闪烁着某种迷信的神色，就如同面对着一个更高层次的保护者，面对着一个以动物形态为她保驾的守护神，几乎可以说是一只神兽，正在接受这位女牧师给它献上每天的祭品。

"您喜欢动物？"汉娜友好地问。

"我喜欢皮拉图斯。"莉泽傲慢地回答——就像个不信奉别的神的正统女牧师。

"皮拉图斯？这只猫叫这个名字？"

"是的——您不知道吗？"莉泽问，对这种无知感到惊讶。

"是谁给它取这个名字的？"

"我怎么知道？它一直都叫皮拉图斯。"

"我给它另外取个名字吧。用《圣经》故事里的名字给动物取名，实在不妥。"

莉泽轻蔑地笑笑。

"我哥哥有一只好猎犬，叫赫克托。我有一只小鹿，一只可爱的小动物，叫燕尼。"

"我不喜欢狗，可是喜欢小鹿，如果把它烤熟……要是您哥哥愿意秋天送给我们一只，那倒很不错。"

"他肯定乐意，但是林子里的野兽不归他所有。"

喏，多一只或者少一只，主人大概不会发觉的——莉泽险些脱口而出，但她及时地想到了不能让自己出丑。她真恼火这个汉娜！这个伪君子！管林人的餐桌上当然随时都会有一块烤鹿肉！

"真的吗？哦，这方面我不熟悉。"她泰然自若地回答，表示自己是清白的——尽管她出身于一个古老的偷猎家族。

谈话停顿了，这真糟糕。或许，连她对汉娜的反感也被对方觉察了。至少这位小姐似乎已感到不宜再继续交谈——她此刻怎么想呢？跟她闲谈要明智得多——也许能让她道出实情——特别是探出她和磨坊主之间是否真有那种事。她肯定是个轻浮姑娘，因为她装作十分虔诚。

莉泽站到她身边，一边擦刀子，一边又开始闲谈，询问墓地上的情况。汉娜很友好地回答，详细地报告，以便这个很想送女主人下葬的好心姑娘对那个庄严肃穆的葬仪有大致的了解。然后，她开始提问，要莉泽讲最后几天病危的情形。是的，这对磨坊主肯定是非常痛苦的时刻。不过，因为那种病难以治好，这样反而好些，不然许多人都会受拖累。对磨坊主也是如此，因为他还年富力强，一旦悲哀平复，续弦还不太迟。磨坊里总得有主妇嘛。

谈话的转折使汉娜很尴尬。主妇刚刚入土，就已经想到要填补她的空位子了！现在就对家政做如此重大的考虑——显得多么卑琐，多么狭隘！何况不光是这点。她先前听见了拉尔斯说的话，说要当磨坊主妇的人就在附近——她把这话跟自己联系起来了。除了她以外，在场的都是结了婚的女人。她没有往莉泽身上想。磨坊主果真喜欢她吗？别人已经觉察到这点了？那么她呢？她喜欢这个严肃的、有点慢性子的男人吗？不过话说回来，在这么个日子里思索这些真是罪孽！

她天性老实，难免在这场谈话中流露出不大舒服的感觉，具体便表现为回答很简略，甚至也表现在她的表情乃至动作中。她没料到，跟她谈话的莉泽正期待着这样的信号，并且细心地记下来，表面上却若无其事地继续唠叨着话题。

按照莉泽的看法，磨坊主若续弦肯定还不算老——假定他不想娶个年轻姑娘的话。但是一个寡妇——归根结底，娶这样一个寡妇对他最有利——考虑到家务，也为了给小汉斯做继母——假定她自己没有孩子的话……比方说，现在城里就有个鞍具匠的遗孀——磨坊主认识她并且经常提起她。

莉泽感到这样说十分成功，她非常欣赏自己的狡黠。首先，她把嫌疑从自己身上引开了。这位小姐居然深信不疑！说到对管林人家这位小姐的责难，尽管莉泽认为她狡猾到了极点，"只是装作十分虔诚"，却又自相矛盾地看不起她，把她看成可以随意哄骗的傻瓜。假如以后在人们当中飞短流长，说莉泽谋求当磨坊的主妇，那么这位小姐会站出来否认此事。这是一个优点，而且是一大优点。其次——

"一个寡妇——不，何必呢？磨坊主即使娶个年轻姑娘也不算老，只要他想娶……"

啊哈！露馅儿了！莉泽设置狡猾的圈套，正是为了让她像这样暴露。

也许汉娜无法使自己或别人明白，为什么设想磨坊主与一个寡妇结婚使她感到十分别扭。也许只是因为她乐于看到磨坊主，她哥哥的朋友，娶到最好的人，得到最美的、真诚的、新鲜的感情，得到温暖的、坦诚的爱情——由于她天真单纯，便假定这些在一个寡妇身上是不具备的。她肯定不是考虑自身的利益，她也没有想隐瞒自己的观点——她始终是个心直口快的人。

"真的？您这么看？"莉泽惊讶地问，"当真？"

"是的，为什么不呢？"

"可是他的两鬓已经有白发了。"

磨坊 · 065 ·

"但我觉得这对他很好。"

"有时,他的前额也出现了深深的皱纹——他确实有点显老了。"

"这是因为他是个严肃的人,操心太多。这又有什么坏处呢?"

"哦,对,也许您说得对。他可能娶个年轻姑娘……可是我觉得,一个寡妇更适合他,听说那个鞍具匠的遗孀很有钱……"

莉泽已经达到了她的目的。汉娜把切好的菠菜拢到一起,询问是否还有事要她帮忙。莉泽答道,她非常感谢小姐,现在她一个人就能做完了。小姐离开大家别太久,大家一定想她啦。"磨坊主肯定想见您。"她真想再补上这么一句——但是忍住了:千万不要像一只笨狗那样不合时宜地龇牙咧嘴,应当在关键的时刻才果断地伸出利爪——对吗,皮拉图斯?

3

汉娜走进客厅,聚会已分为几组。磨坊主不在其中。他正在前院与管林人、教师和一个农妇谈话,他们都待在室外。只有安德森太太正在右边拐角的小屋里接受牧师的劝慰,她的女儿就死在那儿。小屋里不再有病房的痕迹,只有一个五斗橱、一张小桌和几把椅子,平时没人去。门朝客厅敞开着,客厅里有几个农民正围着小桌环坐。他们使房间里充满了淡蓝的烟雾,分成不同的层次盘旋飘向敞开的门口,或者从那儿涌回来。

处处都显示出某种内在矛盾的压力!这是一次社交聚会,这样一次聚会应当活泼快乐，但是另一方面，聚会的起因却是死亡和葬礼，因此应显得悲哀庄重。在乡村，人们一般都善于解决这个矛盾，使矛盾朝活泼快乐的方面转化，而在此处，主人的性格中有压抑不安的因素，因此难以形成适应这种场合的正常气氛。死者的弟弟，农民亨利克，又叫"龙先生"，在这种矛盾中最受罪。他是个三十多岁的金发男子，面色红润，蓄着大胡子，身体已开始发胖。前一段时间，他大约每个季度来看姐姐两次。如果说，今后每个季度少了两次这样的机会，他觉得完全不必要垂头丧气。

此外，咖啡和糕点，葡萄酒和香烟，都很合他的口味。此刻，由于他母亲走过时议论了几句美味的烤牛肉，他对晚餐的期望也就特别活跃起来。他毕竟有丰富的感情，正是感情使这一伙人有了灵魂，也就是说，在给了死亡所要的东西之后，现在也该给生命以应得的东西了。他受这种经过对比而有所提高的意识支配：既然活得挺好，目前就不要再搞什么葬礼酒宴了。不过，他并没有完全忘记他作为"深沉哀悼的死者家属"这一身份。这时，发生了颇为急剧的转变——他刚刚又喝光一杯葡萄酒，用湿润、微笑的双唇吧嗒着嘴，因为看见汉娜进来了，连忙把朝向她那边的右嘴角撇下来，皱皱眉头，让他的为了夸赞这好酒而准备发出的感叹变成了一声沉重的叹息：他是深感悲痛的死者家属！

就好像一个死者家属惹人注目还不够似的，与此同时，从隔壁也传来一个带哭腔的嗓音，并且在表示悲恸的最高音区突然发生了变调。

安德森太太正在厨房以正常的方式进行思考，几乎感觉自己不是在牧师身边。当她感到脸上发生抽搐以及鼻子和眼睛里水分骤增时,紧急使用了麻纱手帕——这是想到牧师把大家的注意力引到十分悲痛的母亲身上时深受感动而产生的反应。

好心的牧师怀着良好的意愿想跟她说几句恳切的话,便把她带到拐角那间屋里,但那地方却由于让她想起了在病床旁边度过的漫长时日而使她十分激动。尽管房间里已经大变样,远处的景色却依然如旧:一扇窗户朝向狭长的前院,院里有贝壳镶砌的花坛,寥落的花朵昨天还为装饰坟墓做了剪刀的牺牲品;经过修剪的刺篱底下已开始稀疏了;再往外便是原野,长着一行行低矮的白杨树;另一扇窗户朝向果园,看得见弯弯曲曲的枝叶和树干。以前她常常一连几小时地眺望这景色!她开始大声号啕,一部分是出于真心的感动,一部分也是因为她认为这样哭才合适。

牧师施密特是一位胖先生,厚厚的嘴唇清楚显示出他爱吃美味的食物,鼻子短粗,鬈发花白,嘴里唠叨着劝慰的话儿;因为这些话没起作用,反而引发了更大声的抽咽与呻吟,他便遵循他的职责更加严肃地劝导她。这样不对,尤其是不合基督教的精神,不该在死去的亲人还没掩埋的墓前如此绝望!你听,唱得多优美啊:"怨诉和悲伤要有所节制!"[①]是的,难道不该羡慕那些去世的人吗?他们长眠在主的怀抱之中,享受着天堂的幸福。他本人就因为这样想才克服了丧妻之痛。他天天祈祷,盼望能很快与妻子会合。所以,古代的基督徒并不庆祝使我们置身苦海的生日,而是相反,庆祝实

---

① 这一句歌词出自丹麦的赞美诗集。

为灵魂的真正诞辰的忌日。即使在古代的异教徒中,某些部族也有这样的概念,也有这种美好的习俗。

"啊,是的,是的,这想来是真的……牧师先生说得完全对。"胖老太叹息道,"人的一生不外是劳累与烦恼——亲爱的上帝知道!"

他们又走进客厅。

在摆满了饮料的长沙发茶几旁,龙先生刚刚就他最近的哥本哈根之行给邻座作了详尽的报告。这位北法尔斯特地区的乡绅养成了一个使他妈妈很恼火的习惯:每个季度至少一次,通常则更多,去首都"出差"。他在那儿跟两个谈生意的朋友聚会,一个原来是粮食贩子,但早就退休了,另外一个是仍很活跃的马贩子(但他从来都不向他买马)。就像他比喻的那样,在聚会中,他们要在生活的九柱戏球场上玩各种的新花样,玩他三天三夜。

他精心挑选了他的听众:一个上了点年纪的矮个子农民,从来没离开过家乡,从来没见识过这样的球场,可是别人背地里都说他在储蓄银行里有一大笔存款。在他的宽肩膀上仿佛没有脖子,也没有衣领衬出这么个脖子,而是直接架了个四边形脑袋;脸色灰白,但修饰得很光洁;眼睛是两条细缝,鼻子是一对小孔,嘴巴是一道弯弯的裂缝,几乎把两边的耳朵连接起来了。这张脸令人联想到一个具有极其简单的自然主义纹饰的陶制大杯。龙先生正往这个大杯子里倒美味的饮料,报告他新近在上述球场上玩的各种新鲜玩意儿。这时,那人的眼睛更加眯成细线,嘴巴也越发咧到了耳根。然后,忽然传出一声奇特的音响,就好像大杯子在压力下爆裂了。

龙先生好奇地收到了这样的信号,谈兴越来越浓,一直到最后达到了谈话的顶峰：三天三夜他大约花掉了一百马克，包括必不可少的往返旅费在内；当他确认这点时那大杯的裂响声简直令人忧虑，使人不得不提防它转眼就会破碎，并且从黑色的基座上掉下来碎成两半。

"您大概不会相信，霍伊，"龙先生嚷道，把他的手掌大大咧咧地按在那基座上，"但我确实花光了。我向您担保，这种蓝票子用起来就像流水一样。花掉一百马克算不了什么，您就放心好啦……也就是说——嘿！别说一百马克——不算什么，哈哈……'一百马克'——'放心'，这会引起误解——不，不——不算什么，霍伊，很不错，是吗？不，不，这很不寻常——哈哈哈！"

龙先生并不是每天都能开一个如此精彩的玩笑的（更何况是一个极其特殊的、用他的口头禅精心炮制出来的玩笑）；不幸的是，恰巧这时他母亲和牧师从隔壁房间走进来了。这使他想借着这句玩笑话大笑一番的打算落空了。但他毫无怨言地适应了这个情况，郑重地问候两位受尊敬的老人，撇了撇右嘴角，皱了皱眉头——因为他还没有掌握更多的表情变化。他长叹了一声（当然，这听起来似乎是他的胃比心更不舒服），郁闷地盯着他的香烟，就好像烟草是他仅有的安慰似的。

与此同时，他旁边那个既滑稽又亲切的大杯子发生了令人吃惊的变化，变成了具有一定风格的骨灰坛。

施密特牧师把他的圆脑袋同情地晃了晃，表示注意到了这个深感悲痛的死者家属的恰如其分的举止；于是龙先生深受鼓舞，更深地叹息，狠狠地吸了一大口烟，再让烟雾慢慢地吐出来，并且以难以形容的深思目光注视着烟雾飘散,就像是看透了"人世间万物"的如烟本质。

"您就喝一口葡萄酒吧,我亲爱的安德森太太。"牧师说,同时用他那白白胖胖的手既像安慰又像鼓励似的拍拍龙老太背上那件有上百年历史的绸衫,"这对您有好处——只喝一口!"

"嗯,嗯,喝两口也没关系,牧师先生。"龙先生说,并且神采奕奕地指出,"快活"是口号,"是的,妈妈!喝点儿葡萄酒,这对于太爱哭的人来说很合适,哈哈!……上帝的赠礼,牧师先生——叫人心里快活……这是《圣经》上的话,对吧?您尽管斟!"这时,牧师的手明智地掌握了酒瓶,没有让龙先生为他殷勤地效劳,只斟了半杯酒。"好酒,这种浓甜葡萄酒……是我亲自从城堡里搞来的……因为好心的雅可布——他平时可是个美食家——我总是说——雅可布是个美食家,这我敢担保——可是这些天,我的天哪!"

他像监护人似的摇摇头,朝花园里同情地瞥了一眼,这才算说完了他的话。花园里显现出磨坊主高高的身影,离门几步远。

施密特牧师赞许地点点头,把丰满的杯子递给龙老太,然后又给自己小心地斟了适量的酒——因为他不同意龙先生关于葡萄酒的看法。

"咱们碰杯吧,"他以主持圣礼的声调举杯,以一个环形手势对所有在场的人说,"然后把杯子干了,祝咱们的磨坊朋友通过上帝的仁慈使心灵得以净化,摆脱深沉的悲痛,并且得到适当的慰藉!"

农民们一齐含混地嘟哝着表示赞同,并且举起了杯子。但龙先生感到自己有责任作为合唱队的指挥给这种嘟哝以清楚的表达,并且给这篇有点儿沉闷的祝酒词另换一篇比较热情洋溢的演说。于是他说了以下精心斟酌的话：

"说得对，牧师先生！摆脱悲伤，我也总是这么说……活见鬼！雅可布是个身强力壮的男子汉——不能总是这样，垂头丧气……原来确实有过一段悲伤的时期——陪着生病的妻子——可怜的克丽丝蒂娜——愿她在天堂里安息！但是现在她已经长眠在地下了——他应该重新振作起来——让我们为这个干杯！祝他——"

龙老太见儿子如此口若悬河地唠叨不休，便瞪了他一眼，打断了他口中的话，迫使他把后一半咽回了喉咙，只是发出一些轻咳声。幸亏他有音乐天才，于是，这篇失败的祝酒词便几乎不使人觉察地中止了。他并不困难地转了弯：

"嗯——他应该生活——以净化之心——如同牧师先生说的——这是正确的——并且寻到慰藉——适当的慰藉——嘿——不——"

这次，是讲话者自己打住了，以便在短暂的停顿中做一次困难的脸部表情练习，结果使得除了他本人以外的所有人都很不安。他先是眯起左眼，眨眨右眼，然后再反过来做，以这种巧妙的方式提醒在场者做好充分的思想准备：现在说到精华之处了！然后，他继续说道：

"若不是小莉泽给人以安慰——嘿——她可真是个漂亮、丰满的姑娘——"

"亨利克！"

龙老太惊呆了，发现她刚才制止儿子的祝酒词，只是使糟糕的事情更糟糕了。因为这次她怎么瞪眼都不行，于是只好使用了她的声音:"亨利克!"

龙先生愕然地缄口,扮了个难以形容的鬼脸,大概是请求原谅吧,又做了个表示"别提了"的手势,结束道:

"嗯——是的——就像刚才说过的——从悲哀中脱身——永远快乐——能做到的——有上帝的帮助——会做到的。牧师先生,干杯!"

他大概觉得这结尾没能像他心里想的那么热情洋溢。真是活见鬼,假如时时都得刹着车,车子又怎么能开得动呢!

为了在一定程度上弥补这个缺憾,他不停地晃动着满满的酒杯,让葡萄酒从杯沿溢出来,并且相当热情地去碰牧师那小心伸过来的、几乎已空的高脚玻璃杯。

只听传出一声不幸而低微的声响,并且似乎被另一个奇特的声响截断了——就像是幽灵一般的声响,仿佛一个小家伙在吞咽什么似的。

情况如果真是如此,安德森太太就不会露出惊慌的神色。她瞪大眼睛盯着牧师手上那碰破的玻璃杯。大家也都把目光转向那儿,忘了喝酒。

附近又传出一个奇怪的声响,咔嚓一声,就好像是酒罐同情那只玻璃杯,也破裂了——不是错觉,因为每个偷眼往声音方向觑的人都注意到,并不是那个模样丑陋的、带纹饰的酒罐作怪,而是放在黑色基座上的样式典雅的骨灰坛发出了响声。

牧师也忘了喝酒——他的目光就像着了魔似的盯在面前平端的杯子上。从杯沿往下一直到高脚杯的细颈,出现了一道亮光闪闪的裂纹。他脸上健康的红润霎时变成了土灰色的惨白。他的手直抖，玻璃杯的裂纹在空中显现出银光闪闪的阿拉贝斯克风格①。

他终于控制住了自己，把酒一饮而尽，那表情就像是喝毒药——这显然与此种名酒的质量毫无关系——然后缺乏自信地一笑，环顾人群，用一种干巴巴的嗓音说话，失去了平时的徐缓庄严："喏——我们不迷信。"

然而真实的情况却是，施密特牧师属于这样一个家族：在其家族历史上有各种各样的征兆和预感发生过作用，甚至流行过离魂术，连遥感也是其秘密信条，因此他此刻确信，他刚才还把尽快得到生活在天堂里的永恒幸福当作最迫切的目标加以称颂，现在却已向他预告了这种幸福即将到来，并且很快就会要求他去做一个更好的世界的公民。他每天的祈祷即将实现，年底前可望与已故的妻子相聚。要知道，在庆祝她的上一个生日时，他们偏巧是十三个人围桌而坐！

在这件令人震惊的事当中，他超出了一般感官的范畴感觉到，一个新的目光，一个不属于这群人的目光，不友好地落到了他身上。

刚才龙先生说到"可怜的雅可布"时，他看见管林人正在花园里与主人谈话。现在，管林人进屋来了，走近桌子拿了一支烟，他却没发觉。

这个管林人跟几乎所有与大自然有密切联系的人一样，具有一种神秘主义的天性。他也许比其他人更相信预兆，因此立刻就明

---

① 阿拉贝斯克风格，指绘画中阿拉伯风格的装饰，以缠绕交错的线条为特点。

白了眼前发生的情况。牧师受那种感觉支配四下张望，遇上了管林人那清澈、冷峻的眼睛射出的锐利的目光。他知道，这个虔敬派教徒，这个国内布道团的狂热分子，常指责他太世俗，常说他是个尤勃勒①教士——好像一周打几次牌就是罪过似的。况且，他所热衷的并不是普通的粗俗的尤勃勒牌，而是打高级的惠斯特牌！他感到自己很不舒服地被这个对头看穿了，他在对方的目光中看到了对畏惧死亡的蔑视，而传播福音的人却往往难以完全掩盖这种畏惧。

他心想：先前在拐角那房间与安德森太太谈话，假如这个狂热的信徒听见了我的话——他也许会说我是个伪君子吧！可是，他应当从《圣经》上知道，心灵虽然乐意，但肉体却往往软弱。

事实上，此刻他的肉体就相当软弱。他在这群人当中感到很不自在，尤其是在这个人面前。他穿过敞开的门走进了花园。

啊，在闻够了绝不是哈瓦那烟草的呛人气味之后，呼吸到这温馨、潮湿的春天空气，这空气与田野里肥沃的泥土气息混合在一起，还透着大海带咸味的清新，让人真舒服啊！尽管他已是个"快要死了"的人——他毕竟还活着，胸中吸满了尘世的空气！

牧师面带祝福的笑容四下环顾。农妇们坐在右边的一条长凳上，宛如一根竿子上的鸡，一个挨着一个，在他的影响下突然沉默了。于是牧师走近她们，跟她们深入地进行了一场实际的、对于平衡他的情绪大有好处的谈话。他对各农户的生产经营进行了详细的调查，全面地推测春季作物的收成，也谈及教区田产的租佃问题，

---

① 尤勃勒是一种纸牌游戏，下面的惠斯特牌则是另一种。

磨坊 · 075 ·

因为目前的租约已经到期，他不愿错过这个有利的机会向这些农妇作宣传，说明重新承租对她们来说是多么有利。对于这一户来说，教区的田地位置合适；对于另一户来说，距离远近却由于种种令人惊异的理由而无关紧要；这一片草地对于养马的农户来说很重要——这是小马驹们真正的天堂！然而，对于以打猎著称的农民来说，林地则具有不可估量的价值。

正直的农妇们这时也不隐瞒她们的智慧。她们提出形形色色的反对意见，提出各种各样的顾虑，有几位甚至估计，由于年成不好，地租一定会降低。于是展开了一场活跃的讨论，其中也不乏小小的讽刺和玩笑。谁听了都很难相信，这个胖胖的牧师，这个如此热心而又风趣地经营他的事业的人，已经想到快要与世长辞了。后来，管林人走出屋来，经过他身边时匆匆瞥了他一眼，他也只是在一瞬间受到了干扰，想起这一点。但管林人随即跟他妹妹和磨坊主凑到一起，三个人走进了果园。牧师这才放了心。在门左边的长凳上只剩下学校教师和小汉斯——还有几只不咬人的家畜，例如鬈毛狗卡罗。它坐在他们前面，把嘴伸到他们中间，轮番地打量着他们。

汉斯在墓地上哭得很伤心。但是有许多陌生人慈爱地照顾他，渐渐分散了他的心思，而咖啡和甜点自然也对孩子的精神愉快起来发挥了作用。现在，女人们都争着疼爱他，他受到了比先前更好的照顾。不过，学校教师以男子汉的气概把他从女人的包围中解放出来了。教师是个脸色苍白的青年人，要说他天生是孩子们的朋友，还不如说他是借助于理智的判断，对他的"职业"充满了爱，对"教育万能"怀着朴实的信念。他非常努力地要把这棵叶子明显耷拉下来的小苗扶正。为了达到这个目的,他怀着特殊的热情描绘美好的前景:小汉斯明年就要上学了,天天在学校认字,并且用石笔把字写在黑板上。他发现孩子的脑袋瓜没能立刻明白这些活动的令人羡慕之处,就补充说,小汉斯也可以攀上一根像旗杆那样竖立的杆子。另外还有一根斜杆,他可以像猴子那样用手和脚攀爬。这个主意使得孩子很开心,他立刻跑进房去取他的图画书,给老师看树上那些滑稽的猴子。隔阂消除了,孩子明白了他在学校将会有许多小伙伴,可以跟他们在一起玩耍,因此很满意。为了给这一前景做好准备,他又提了好多详细的问题。

4

磨坊主与管林人兄妹已经横穿果园来回走了好几趟,边走边泛泛地谈论着各种事情。最后,他们似乎是不知不觉地停在一个靠外边的角落处,枝叶茂密的丁香树垂掩到小池塘上。两只白鸭在阴影里凫水,色彩鲜明,幽暗的水面泛出一连串环形的涟漪——白鸭隆起的胸羽不时像精灵的小船一样晃动。

谈话停顿了。磨坊主心神不定,无法使谈话继续下去了。两兄妹似乎心里有话,但一直到现在都没有找到机会,要不然就是缺少勇气说出来。

这个地方很偏僻,墨绿色的水闪着神秘的光。

"雅可布,"管林人低声开口了,声音不同往常,"你确切知道克丽丝蒂娜是几点钟死的吗?"

"哦,知道,这我很清楚——我听见钟响十二点,那时我还把她抱在怀里。"

汉娜和哥哥互相会意地瞅了一眼。

"对,我们也这么想。"

磨坊主愕然地望着他们。

"你们是怎么猜到的?"

"喏,似乎有人通知了我们。汉娜可以把这事说得更详细些。"

妹妹脸红了,眼睛瞥向旁边,避开那探问地注视她的、异样的、有点不安的目光。

"到底是怎么回事,汉娜小姐?是以什么方式'通知'的?"

她紧张不安地把两手握紧,死死盯住一小片正横穿池塘漂过来的白羽毛。

"就是——那天夜里,我按照通常时间睡了,大约十点钟……忽然,我又醒了,完全醒来了,听见有敲窗的声音。"

"是谁敲?"磨坊主脸色惨白,一把抓住她的胳膊,但随即又十分尴尬地放开了。

"没人敲,只是听见响声。"

"就好像有人用指关节敲。"哥哥补充道。

"你们没查看一下吗?"

"没有立刻查……我吓了一跳,然后翻了个身,想继续睡——我还以为是听错了……接着,又清楚地听见敲窗声——跟第一次完全一样。我跳下床,跑到窗前,可是外面没有人。光线挺亮的,因为月亮就挂在松树梢上,可以清楚地望见树影,没有人。"

"没有人?那不是怪可怕的?"

"哦,不,我只是觉得心情很肃穆。随后,我穿好衣服,到客厅去找威廉。"

"我当时正打算结账,第二天要上缴。我刚好看了一下钟,十二点,心想,天晚了,可是还得把事做完——这时汉娜进来了……她看起来一点儿也不慌,只是有点儿异样——就像她自己说的……她一讲完,我就不假思索地说,就好像必然如此似的:'一定是磨坊主的妻子死了!'"

"真怪,威廉说这话时,我觉得自己好像也这样想——尽管我知道,原来我没去想这可能意味着什么。"

"然后,我们就双手合十,静静地为她的灵魂祈祷。"

"多谢你们好心为她祈祷。"磨坊主说,深受感动。

"另外,我又点亮了一盏灯。我们走出屋,四处查看……肯定没有人到过窗下,因为看不出任何痕迹。泥土很软,我们自己的脚印很容易辨认。"

磨坊主直发愣,缓缓地摇了摇头——与其说是怀疑,倒不如说他是在仔细考虑。但管林人似乎把这个动作理解成怀疑了。

"谁又能想到有这样的事呢?"他沉默了一会儿补充道,"不,也许不是人的手敲的,雅可布。"

汉娜因为是当事人,见磨坊主有点怀疑而感到委屈。她满脸通红,目光灼灼,对他说道:

"以前我听说过,灵魂有这种奇异的力量,特别是当它与身体分离时——在垂死的人身上——"

"是的,"磨坊主说,"克丽丝蒂娜还活着就有这样的力量了。"

"真的?究竟是怎么回事?"两兄妹颇感兴趣地打听。

"嗯,也就是说,自打她患病以后就有了。"

"是的,身体垮了,灵魂便活动其羽翼,这表明了灵魂的永存性。"汉娜目光炯炯地说——她想起了一本修身读物。

"到底是什么力量呀,雅可布?"

"她能看见和听到用肉眼和耳朵觉察不到的事——完全不可能觉察的事——磨坊里发生的一切她都知道。"

"哦……是的,那就不奇怪了。"管林人说。

"也许她临死前想到了她的朋友,也想到了我们。"

"是的,无疑是这样。不,她特别想你们——跟想其他人不一样——而是非常想——怎么说才好呢?——结果,她的灵魂就被引到你们那儿,似乎怀着一个最后的愿望,要把一样遗产托付给你们。"

磨坊主十分激动地说了这番话,同时以异样的目光盯着她的眼睛——正是在墓地门口的那种目光,只不过更加神秘了。她感觉他的话让人听不明白,那目光也使她不安。

"这么说她谈起过汉娜?"管林人问。

"不是直接谈起——她没有提到汉娜的名字……但她肯定想到了你妹妹,而且似乎紧紧地纠缠着这个想法不放——"

"嗯,究竟是怎么说的呢?"

"这我不能讲——现在还不是时候……到时候,我就会告诉你她是怎么说的。"

磨坊主那神秘的窘态也传染了汉娜。她转过身，朝房子走去；两个男人默默地缓步跟随在后。磨坊主的目光始终不离汉娜的身影。他感到自己不仅是因为向垂死的病人作出的承诺与她有关系，而且知道，一只有魔力的亡灵之手已经把她和自己连接起来了。

当他们走近门前的座位时，汉斯朝他们迎面跑来，很高兴地终于甩掉了老师。老师本是好心，想通过描绘学校生活来让他散散心，快活起来，想不到却使他感到很无聊。他提醒父亲，父亲亲口答应过，不久以后去树林里拜访威廉叔叔和汉娜阿姨。这时，他大概是想起了母亲去世那天夜里的情景，想起了父亲当时怎样在花园的小土山上说起这次访问，因为他的眼泪又夺眶而出了。汉娜在长凳上坐下，把他抱到膝上，给他讲森林的美妙，讲林子里很快就会到处长满甜甜的草莓果和覆盆子果。这在一定程度上止住了孩子的哭泣。接着，她又讲猎狗赫克托和那两匹小马，讲那只神奇的小鹿——燕尼。

磨坊主怀着满意的心情注意到，汉娜已经本能地熟悉了母亲的角色。这角色已由天意分派给她，孩子怀着天真的信赖与她亲近，这也使他很高兴。

但那位教师却认为，孩子一见到女人就爱哭。他极力描绘用书和笔学习的前景，以便重新振作这位未来的公民的精神状态。他大声谈论学校的事，最后甚至请牧师也来帮忙。此时，收师仍站在另一张长凳前与农妇们无拘无束地交谈。

"牧师先生，一年以后小汉斯是不是要——"

牧师一惊：他听到一声玻璃杯发出的低微而混浊的声响，以及一个微弱的幽灵般的声音——就好像一个小精灵在吞咽什么似的。"一年以后——?"

这时,莉泽从屋里走出来收拾小桌上的盘子和杯子。

啊哈!已经把孩子抱在膝上了!她倒是懂得抄近路,这个狡猾的伪君子!看汉斯偎在她怀里那样子!这个愁眉苦脸的孩子,莉泽怎么逗他都没用,从来也没能让他听话!师傅也在她身边!原来如此——他瞅她那眼神——正像拉尔斯说的,"那么奇特"。多么动人的"合家欢"啊!牧师和教师也在——好像他们马上就要串通在一起似的!

她气得浑身发抖。一个精致的镀金杯子失手掉到地上,碰到台阶打碎了。

所有人的眼睛都转向莉泽。

她做出仆人应有的痛惜表情与姿态,因为她损坏了一件珍贵的家用物品。但在这之前她飞快地朝磨坊主瞪了一眼,磨坊主马上察觉了。

他的脸罩上了一层阴影,这大概很难归咎于那个打碎了的杯子。

5

说到梅特小姐和侍从雅尔马,他们的下场十分可怕。

正是八月中旬。磨子或是完全静止,或是转得慢慢吞吞,只能用一台磨机工作。往外看,空气在浅黄色的黑麦地上空闪着淡红蓝色。在石磨层上笼罩着持续的闷热——尽管磨坊有厚厚的草外壳。约尔根已经汗流满面地读到了那本历书小说的末尾。有时，他在面袋上睡着了，便做噩梦，内容都是由那些可怕的故事组成的。

故事的具体情节如下：

梅特小姐实现了她的目标：当上了红衣骑士的夫人，成了城堡的女主人。如果丈夫不在家，她就在侍从雅尔马的怀抱里享受邪恶的艳福。他们已经秘密商定，寻找机会把骑士干掉，而且要看起来像一次事故。这时她的叔父，仁慈的奥托大主教，出人意料地来到了。原来，是那位被阴谋害死的卡伦姑娘托梦给这个虔诚的人。卡伦倒不是为了替自己报仇，而是为了使自己的爱人免遭同样的厄运，防止骑士过早地丧失年轻的生命。梅特女士的箱笼受到了搜查，发现了种种可疑的粉末，以及令人恐惧的神秘的标签。于是，用锁链把她锁在情人身边，关在一辆囚车上押进城，然后投入了大牢。因为她不肯老实坦白，就把她交给了法庭，按照法庭的所有程序，经受了种种酷刑，最后被处死。

可以相信，作者参观过纽伦堡的刑讯塔楼——不然就是参观过另外一个酷刑的械具库，因为他极其详尽地叙述了审讯她的过程，具体生动地描述了每一种刑具，并且使它们面对越来越暴露无遗的罪证发挥效用。历书作家的正派不允许他在较早的阶段就通过裸体形象来揭示梅特女士最后的魅力，但是他又没有办法阻止那些膀大腰圆的打手。他感到拷问就像是一张床，读者可以毫不脸红地见到她一丝不挂地躺在那里。

这对于约尔根那单纯的、因而是既强烈而又易受感动的想象影响极大，以致他在读这本书的过程中越来越沮丧和筋疲力尽。即使在把书放下之后，他也没有逃出刽子手暴行的魔掌：它以最最可怕的方式在他的日常生活中扎下了根。

磨坊在他开始读故事时就像是城堡，这时竟完全变成了刑讯塔楼。犯人一层一层上去，受到越来越恐怖的拷问。磨坊的每一层都有笨重的、积满灰尘的、挂满蜘蛛网的房梁，很像他刚刚读过的阴森可怖的刑讯房，尤其是在破晓与黄昏时分。夜深之时，一盏昏暗的小灯系在房梁的钉子上，映出一小圈亮光，被小圈排挤在外的黑暗就显得越发咄咄逼人。似乎一切都已做好了刑讯的准备，那若隐若现的筛分机便是等候祭品的刑凳。

每当上边面袋层的滑轮吱吱嘎嘎地响起来，把一袋面粉绞上去，他就联想到他的第二个自我，那位不幸的雅尔马，被人家拴着拇指吊了起来。每当他把手放到启动柄上，让磨扇迎风转动起来，就因为联想到那架逼供用的铁刑具不寒而栗。它也正是利用这样一个启动柄把受害者紧紧扼住，再把他捅穿、磨碎的。然而，最可怕的却是磨机，它在上头以暴怒的嘎嘎声不停地转动。他觉得这简直像一架巨大的死刑机器。刑车跟刑场上的那种相仿，犯人就在这些刑车上被处死——他对此当然只有模模糊糊的概念，但却不无道理地认为，那绝不是什么舒服的待遇。齿轮的齿牙把身体绞碎，刑车施行着分厂的酷刑，每转一次就压碎一根骨头。他仿佛已看见那上面的一切都是殷红的，并且听到鲜血正顺着楼层淌下来。

但是，磨坊虽然变成了阴森的刑讯塔楼，但同时也被美化成了性爱的圣地。从那些可怕景象的阴影里闪现出赤裸裸的女性的光辉，在想象那个标致而又邪恶的肉体遭受刑具折磨时，有一种淫欲的战栗混入恐惧之中——当然只是一种不清晰的忸怩的想象。这对于像他这样的年轻人来说是必然的，因为他所受的乡村教育使他无缘欣赏一尊人体塑像，也见不到一幅美丽的人体画。他的想象早已让莉泽担任了梅特小姐的角色。在懒散、闷热的中午，半睡半醒的梦多次浮现，使他的心跳甜蜜，使他的脉搏急促，使他潸然泪下却又不明白为什么哭。他只是感觉到莫名其妙的恼怒和百无聊赖，而这些又不时激起他对莉泽的狂热思念。

"思念"——因为他觉得她好像十分遥远。在那个黄昏，也就是磨坊的女主人死去的那个夜晚，她在伙计房里离他很近，以后就再也没有那么近过。嗯，那是他们俩最后一次单独亲热地坐在一起。他常常闭上眼睛，想象当时她那张奇特的脸，那张脸如何从下面被火柴照亮。只要这么一想，他就总是陷入一种强烈而持久的激动之中。

一天晚上，莉泽给他把晚饭送到磨坊里，他就是处于这种状况。通常她都是叫拉尔斯送饭，这个乖孩子最乐意执行此项任务，因为可以由此看出，莉泽对目空一切的约尔根评价多低！她亲自送饭上来的情况虽说也不是很少见，但她几乎每次都是马上又离开。可是今天，她却主动地坐到一个面袋上，因为天热而有点气喘，望着由于这意外的幸福而惊呆的约尔根。不过，他很快就醒悟过来了：刚才在外面回廊上，他瞅见师傅带着小汉斯去"龙院"了——这可是个难得的机会！现在，莉泽决不会那么快就走掉！

"你可别把我吃了！快吃你的粥吧！"

约尔根大口大口地吃起来。

"太好了,你总算让自己休息一会儿了。"他嘴里塞得满满地说,"平时你总是那么忙忙碌碌!"

"嗯,说实话,磨坊里要我做的事太多了——真得加劲干……但今天晚上我想偷懒了——天气也太热啦!"

她打了个大哈欠。

约尔根朝吊门迈出一大步,打开吊门,往底下一层瞅瞅。

"没人,"莉泽说,"我把拉尔斯支派到花园去摘醋栗果了。"

"莉泽!"

"嗯,这样你——"

她没有说下去。约尔根想到是莉泽亲自安排了这样一次无人打扰的幽会,便欣喜地抱住了她。她先是进行英勇的反抗,但很快就没劲儿了。不过,他的小胡子刚刚触到她的脸蛋,她却又令人莫名其妙地挣开了,并且还用力一推,使他摔倒在一个面袋上——然后,她一步跳到了窄梯上。

"别这样!"她愠怒地说,"我是来跟你聊天的——有礼貌地聊聊天,可是——呸,你真不害羞!"

其实,约尔根感到很羞,但这只是因为他吃了亏。

"哦,你别这么粗鲁!你还不是老板娘呢。"

"正是因为这个。"

她用一种奇特的目光瞅着他,把他弄糊涂了。

"这话怎么讲?"

"我说你是个傻瓜。现在你舒服了吧?"

她转身要走。

"你自己跟我说,师傅吻过你。"约尔根气呼呼地说。

"师傅,嗯——那是另一码事。"

"怎么是另一码事?"

"这你明白!他应当成为我的丈夫。"

"当时还没有。那时女主人还活着。"

"哦,是的,可怜虫!可谁都能看得出她已经活不久了。那么,总得让男人再适时地物色一个嘛。"

"他跟你说过要娶你?"他换了另一种很感兴趣的口气问。

"是的,你看——要是你冷静点,咱们本可以谈谈这些——我正是为这事来的……想不到你马上就表现得那么蠢!"

"那好,你坐下来……我可以——让你称心如意。"

莉泽重新在面袋上坐下。

"你的粥快凉了……我那么着急干吗?"

"粥一点也不凉,只是不烫嘴罢了。"约尔根答,津津有味地吃着。

"不,还没到那种程度。"莉泽沉默了一会儿说道,"你大概以为,只要喊声'一、二、三'就行啦!"

"喏,你知道的,女主人入土已经有一段时间了。"

"你还记得当时你们胡扯些什么吗?在伙计房——说到管林人的妹妹?"

"是拉尔斯,那个笨蛋!"

"笨蛋?喏,你知道吗?当时他比你们聪明。"

磨坊

"这是什么意思?"约尔根叫道,吃惊地望着她,"师傅不愿意娶她?"

"喏,他们还没有订婚。但是要说这事没有快办,那不能怪他们。"

"可是,你快说说,你听到了什么风声,莉泽?"

"嗯,他时刻都想到外面树林去,去他们那儿……他在我面前感到惭愧……而那个小淘气也唠叨不休,讲他的汉娜阿姨——还讲燕尼——'可爱的燕尼'。"

"这是谁——燕尼?"

"她驯养的一只小鹿——我真恨这畜生!于是,孩子就总要缠着父亲去;喏,最近快有半个月没去了……她才不傻呢,小淘气!她马上就从小家伙入手了!"

"是的,你知道,我常想——汉斯会妨碍你,因为他不喜欢你。"

莉泽朝他不大友好地瞥了一眼。提起这个小冤家她感到不舒服。

"可是师傅的态度怎样?"

"哦,师傅跟她,跟她的哥哥,在林子里散步。然后坐在客厅里,她给他弹奏乐曲,因为她会弹钢琴——啊,真是一位高雅的女士,克里斯滕森小姐!"

"啊,是这样……不过,他爱上她了吗?"

莉泽讥诮地笑笑。

"爱上——不,说到这个嘛……可是,你看,他很愿意娶她——至少有时候他愿意——我相信,因为——那样他就可以甩掉我了。"

约尔根糊里糊涂地呆望着她。

"甩掉你？不过……我想……莫非他不再——难道他不想……"

"正是这样，只不过是调调情而已——但是结婚归结婚——你懂了吗？因为孩子，因为孩子不喜欢我，于是他以为，我不会成为孩子的好妈妈……总之——外边那位——那可是另一码事了！……一位会弹钢琴的小姐——而这边是一个只配在厨房和地窖里受累的女仆！"

她沉默了，独自发愣，牙齿紧咬着上唇，沉湎于经常困扰她的自我怜悯之中。这至少提供了一个证据，说明她并非没有幻想。

两人都默默无语。

只听见木勺刮碟子的声音、机轴的隆隆声和低沉的嗡嗡声、嘎嘎声。约尔根站起来，把粮食铲进磨粉机。

"那当然——哼！——喂，这事将来会怎么样呢，莉泽？"她突然轻狂地把头一仰，放声大笑，露出一口闪光的牙齿。

"哼，我还紧紧地揪着他不放哩！"

然后，她又垂下目光，用大脚趾在面粉灰中画起来。

"最糟糕的还是孩子……真见鬼，小家伙总是围着他转，叫我无法收拾他。那孩子瞪着不高兴的大眼睛瞅人……我给他买糖果，给他织袜子——毛线是用我自己的钱买的——我煎蛋饼时总是招呼他，从锅里给他一两张新煎出的饼——上帝啊，为了让他喜欢我，我该怎么做才好呢？"

约尔根把铲子丢到粮食堆上，两手插进衣袋，摆出一副劝导人的架势，似乎在思考着深刻的、显示出不寻常的知人能力的推理，并且打算把推理的结果说出来。

"不，莉泽，已经没希望了。我对你说，如果他年纪再大十岁，那你可以——我是说——你可以左右他——就像你左右我们其他人一样……可是现在不行了。"

莉泽轻笑一声摆摆头，承认约尔根的见解有道理。她很恼火孩子摆脱了她的控制，可是又感到心满意足的自豪，因为她看到自己对所有成年男子的控制已得到了无条件的确认。

"真是废话！你最好还是帮我想想点子吧——因为一定要想个主意出来！"她激动地补充道，内心充满了这种意识：什么人都有自己的标价，只要知道这个价钱，就可以按价钱买到。

约尔根搔搔耳根。

"嗯，我不知道——唯一的办法是——不，那一定很笨。"

"嗯，也许，"莉泽笑道，同时两手撑地，在面袋上往后仰，穿着蓝袜子的脚也晃动不停，"也许是很笨，但你倒是说出来呀！"

约尔根斜眼瞟那双漂亮的脚，这脚摸起来一定非常柔软、有弹性。他真希望能给她出个好主意！

"我只是——忽然想到——汉斯非常喜欢卡罗——"

"啊，是这样！你大概是说，我应该为这只狗做点好事吧。"

"是的，我只是说——但是这显然很笨——"

"不，真的，这不笨——说得对。"

她沉思着连连点头。

这赞赏使得约尔根受宠若惊。他坐到一个面袋上吹起了口哨，同时掏净他的烟斗，重新装满。

"别吹啦，安静点！"莉泽生气地叫道。她紧闭双唇，皱起眉头,显出深思的奇特表情。

"你真有主意,约尔根!"最后她以轻松的声调说,宛如解决了一个难题,"那么,我要说服我哥哥佩尔,叫他打死那只燕尼。"

约尔根瞪大眼睛瞧着她发愣,接着便大笑起来,因为他以为这是个精彩的笑话。

"你干吗这样傻笑?"

"嗯——不过你的本意到底是什么?"他惊讶地问,"假定那畜生被打死了,你又有什么好处呢?"

莉泽只是朝他草草地瞥了一眼,然后朝门外望去,轻蔑地噘噘嘴。她不屑于再作回答,再说也难以回答。怎样才能叫这个傻瓜明白呢?她那任性的不受拘束的女人想象力不会在任何理性的限制面前却步,不会受任何逻辑思维的链条束缚,具有某种能创造奇迹的力量,并且渐渐形成了小鹿与其女主人有着某种秘密关系的想法——这种关系意味着不难通过小鹿来伤害汉娜,杀死小鹿就可以破坏她控制磨坊主的力量。因为情况并不完全像她对约尔根所说的,磨坊主想娶汉娜只是为了甩掉她。尽管她不相信磨坊主真的爱上了别人,她却非常担心这个情敌,认为磨坊主是受汉娜控制的。她发觉另有一种魔法在反对她自己的魔法,属于那种老辈人称为"白色魔法"的类型,而她自己的魔法显然属于那种"黑色魔法",并且以那只不停地发出呼噜声、眼睛乌黑的公猫为保护神。对方的保护神,那只温驯、胆小的林中小鹿,它的毛皮上带着草香,它的深邃目光中映着池塘上的树荫——一定得把它除掉,然后——然后我们就会看到——也许——!

他们默默地坐了一会儿。莉泽陷入了难以用语言表达的沉思。约尔根绞尽脑汁要弄明白,杀死燕尼对莉泽究竟有什么好处。他忘了点燃他的小烟斗,有好长一段时间,除了磨坊的喧闹声以外听不见别的声响,而这里的喧闹声今天也显得特别低沉,用不着扯大嗓门喊就能够彼此听懂。

"燕尼有一个项圈——镀银的——在月光下闪闪发亮——小铃铛叮当响——"

约尔根偷眼觑她,被她这个耿耿于怀而他却无法理解的顽固念头吓住了。他看见她很美,不像平时那样,总有些陌生与自负之处。她的脸部表情显示出很有思想的特点。不过,首先是看起来更凶了——梅特小姐!

他的眼睛定定地盯着她。

房间里渐渐映满了红色的晚霞,但是被旋转的磨扇影子时时遮断,影子也掠过她的脸;这张脸在霞光中显得越来越柔和、可爱,但是在阴影中却显得越来越吓人。穿过敞开的门可以看见一小块天空,呈铅灰色。在回廊那铺满面粉灰的地面上散布着黑色的斑点——带着一种轻微的哑哑声,仿佛有昆虫飞落在上面。

莉泽往外瞅瞅,站起身来。

"我早就料到今天会下雨……哼,你干吗这样傻看我!"她又补道,从上到下打量着自己身上,"如果我这样冒雨出去,衣裳就毁了。"

约尔根一跃而起,用手摩挲她的衣裳。莉泽捶打他的手指。

"这有屁用!去拿个刷子来。"

"刷子在下面房间里。"

"喏,那就跟我来吧!"

她拿起放在磨粉机箱上的托盘,让约尔根陪着她走下楼梯。

在伙计房里,约尔根很仔细地刷净她的衣裳,然后又认真地检查了一遍,看是否还有他大胆拥抱她时留下的面粉痕迹。突然,她把头凑过来,在他的唇上吻了一下。

约尔根站着不动,既是由于惊讶,也是由于他不敢再用两臂搂她,免得又把她弄得浑身是面粉印,惹她不高兴。

"好啦!现在你跟师傅一样了——比他走得更远!"她说,一步跳到门道上,险些被疾驶而来的马车撞倒。

克里斯蒂安见莉泽像出膛的炮弹一样冲出来,赶紧勒住马。莉泽尖叫着贴紧墙,把衣裳扯紧,以免让车前横木挂破了衣裳。

"嗨!你可真急!"克里斯蒂安喊道。

"我有急事……我要是车夫,这些肥壮的褐色马恐怕就不是这么跑了。"

"它们跑得不赖吧?"

"这是因为它们想进厩,你勒不住它们……真是个好样的马车夫!"

"好样的马车夫——当然,说得对——这也是你的真心话,对吗,莉泽?"

莉泽咬住嘴唇,轻蔑地盯着车上那张长有雀斑的红脸。她很清楚,克里斯蒂安也像磨坊主和约尔根一样爱上了她,但是他的不怕挫折的狂妄劲儿总是使他占有一种虚假的优势,有时甚至暗示是她看上了他——这使她很恼火,尤其是这时候,约尔根就在屋里,听得清每一个字。

"装模作样!快让我过去!"

她站在那儿就像个俘虏。马儿已经到了右边,车前的横木几乎刮到墙。若往后当然走得通,但是她值得去绕远吗,更何况是在雨里、泥里。

她跺跺脚。

"把马赶到一边去!我要出去!"

但他只是笑道:

"你还是过来帮我卸下这几个袋子吧。"

"我?你大概以为我无事可做吧?"

"一会儿就完……你只要把钩子钩到袋子上。真的,这活儿轻巧极了。"

"那好吧……快点。"

她把脚蹬在车轮上,以猫一般的灵巧爬上车,根本不用克里斯蒂安伸手拉她,嘴里说道:"快让开!"克里斯蒂安连忙从另一边跳下车。

磨坊的门刚在克里斯蒂安身后关上,莉泽便抓起缰绳,用鞭子抽了马一下,使它们猛的一下冲出磨坊的出入口,朝马厩跑去。她用全身力气拽紧缰绳,迫使它们沿一道稍显生硬的弧线向右拐,朝厨房门口跑过去,然后她在那儿跳下了车。

克里斯蒂安兴冲冲地奔上楼梯,对这些一概没听见。当他打开小窗放下绳索时,不禁大吃一惊——下边只剩下光光的路面了。

活见鬼！他俯下身子，但还是既没看见车子，也没看见莉泽，只是看见约尔根唇边挂着讥讽的冷笑，傲慢地站在伙计房前面。

"你最好去把车子赶回来，克里斯蒂安，然后我再来帮你卸袋子，这样才合适。"

"多谢你的车子，克里斯蒂安！"莉泽从厨房门口喊道。

克里斯蒂安脸红得像只火鸡——不光是因为他上当丢了脸，主要是因为他看见约尔根也在莉泽刚才冲出来的屋子里。这两个人之间一定有什么名堂。

6

这时候，磨坊主和汉斯正坐在克丽丝蒂娜娘家的餐桌旁。

这房间跟法尔斯特岛的普通民宅一样，没有农户的特点，看上去像一个小镇上的宽敞而装饰单调的房间。大块头的主妇也没有因为衣裳带有某种乡下特点而使房间蒙羞。那衣裳若是穿在商人太太身上，显然会掩盖女人的魅力。至于她的儿子龙先生，他根本不摆农民架子，穿着西装完全对得起某些人恭维他的"业主"头衔。他穿了一件领口想来是白色的衣服，扎着蓝领带。他甚至想过在手腕上套一对硬袖口，但是又放弃了这种不舒服的做法。家里唯一的外来人是一个住在附近的农妇，穿着打扮也同样时髦，帽子上甚至有一大堆色彩艳丽的假花。也不知道是她太喜欢这顶显然还相当新的帽子，舍不得摘下来，还是她不听大家的敦促，担心不戴帽子太随便了，总之，她仍然戴着它。她只是解开了帽带——这对于她的双下巴来说显然是一件好事，下巴上还看得见勒过的印子。虽然下巴很丰满，她的脸却相当瘦削，尖鼻子，多皱纹。这个其貌不扬的矮个子农妇叫"兔院寡妇"，因为她家历来都叫作兔院。

早在几个小时以前，安德森太太就接待了兔院寡妇。客人想给她女儿阿妮找个工作，因此来向这位受人尊敬的农妇讨教。不知安德森太太是否听说了，牧师家的女仆已经宣布了十月份辞职。

安德森太太觉得这就像是老天爷的启示。阿妮是出身于好人家的聪明女子——干吗不叫她去女婿家的磨坊里做事呢？她早就力求限制莉泽在磨坊里的专制了，因为打破这种专制，推翻并赶走莉泽——她心里很清楚——自有其长远意义。她常劝雅可布，应该再雇一个女佣——然而，那只不过是讲讲而已，因为没有什么人好推荐。现在，兔院的阿妮正合适！于是，她夸说在磨坊里做事要比在牧师家好得多。

是的，去磨坊，阿妮要是能得到这个差使就好了！兔院寡妇早就听说了，莉泽现在照料着磨坊里的一切，既管家务和厨房，又管面包房。

是的，这个她也管，真遗憾——但这种状况应该结束了，因为把那儿的全部家务都交给莉泽，绝不是什么好事！

兔院寡妇皱起眉头，一直皱到了头发梢处，并且尽量让双下巴缩进去，结果底下那层又像垫子似的凸出来。她嚅动着嘴唇，假如耳朵能随意控制的话，她的左耳准会朝向安德森太太，而后者此刻正向前弯着身子，意味深长地摇头、眨眼睛。

平时，安德森太太并不十分心直口快，在家庭事务上更是守口如瓶。但是，她从年轻时候起就跟兔院寡妇有某种居高临下的亲近。现在，既然牵涉到一件如此重要的事，她便毫不犹豫地向兔院寡妇揭露了莉泽在磨坊所干的勾当，在她那去世的女儿还活着的时候莉泽就开始干了。要不是有孩子在，说不定她已经诱骗雅可布答应跟她结婚了。但是，因为他考虑到自己的责任，不好意思给孩子找这么个女人做妈妈。真是奇怪，看起来就像是他要在孩子身上寻找安慰似的，他总让孩子待在身边，特别是最近——她由此推断，情况恐怕又十分令人忧虑了。因此阿妮的事正中她下怀。她本不想让外人卷进这种境况——但阿妮是个懂事的好姑娘。一旦那边不再是莉泽单独掌权，整个情况就会有所不同。

兔院寡妇听了有关磨坊的情况介绍，喃喃地说了不少关心的话儿，表示完全同意。为了趁热打铁，马上就有个牧童去磨坊送口信儿。于是，没过多久磨坊主就到了，手里牵着小汉斯……

他们围桌而坐，等胃口差不多得到了满足，龙老太便提出了建议，说阿妮大概是能使他满意的姑娘。龙先生嘴巴里正在胀鼓鼓地大嚼，也呜呜地表示赞同。兔院寡妇则以恳求的口气保证，阿妮一定会尽力干好。

磨坊主虽然通过点头和简短的插话，对阿妮的出类拔萃给予了充分的肯定，但似乎不大热心赞同此事。他听凭别人尽情地唠叨不休，自己却固执地默不作声，盯视着自己的盘子，同时以漫不经心的周到把一个黄油面包切成薄片。

这件事使他很为难。这是对莉泽的进攻。已经有过许多次小冲突，但这次是关键的、经过周密准备的进攻。要是他作出让步的话，他家里就会出现一个外人，监视他和莉泽——一想到这点他就十分不安。另一方面，他又对发起这次进攻的人十分敬重：她是死去的克丽丝蒂娜的母亲，是小汉斯的外婆。她完全有权发表意见，何况她也并非没有道理。

谈话停顿了，但沉默很快又被汉斯打破了。他用炯炯有神的眼睛望着每一个人说：

"如果阿妮来，莉泽就走吗？"

安德森太太和兔院寡妇交换了会意的一瞥，这使磨坊主更不安了。龙先生则像平常一样，处于一种麻木的飘飘然状态之中，开始好心地给孩子以想当然的安慰：他用不着过分担心，莉泽会留下来。阿妮不可能一个人料理磨坊的所有家务——兔院寡妇也证实了这一点：至少在开头，这对于她的阿妮来说负担太重了。

汉斯用大眼睛凝视着这两个人，眼里闪烁着失望的泪花。

"天哪，别哭，小汉斯！"龙先生继续安慰道，"你已经听到了，她留下！莉泽不会走，她留在你们家——你还没听清吗？"

汉斯听清了。他没有哭，而是吼叫道：

"我根本不希望她留下！叫阿妮来吧！"

这一出人意料的抗议使舅舅大吃一惊。他往后一靠，瞪大眼睛打量着外甥。

"这可真是天底下最怪的孩子！刚才还为莉泽要走啼哭，现在又突然不愿跟她打交道了！一个怪孩子！啊，妈妈，给他吃点果汁麦糊吧——也许这有用！"

这种家庭常备药的使用效果甚佳。最后,磨坊主宣布,他不明白,既然雇一个人就能操持好一切,他又何必请两个女佣呢?

这个意见使他的内弟茅塞顿开,很惊讶自己竟没有马上想到这一点。他放下刀子,用手掌拍着桌子说:

"对,你说得有道理,雅可布!一定是撞上鬼了!"

母亲立即向他瞪了一眼,告诉他,他又说了蠢话。像通常一样,他对这事其实一窍不通。龙先生喝了一口酒,把他的尴尬冲下肚,又劝磨坊主也喝一口:什么也比不上烧酒,喝劣质烧酒容易醉——让他们的茴香酒见鬼去吧!再来点黑面包和奶酪,谁也比不上妈妈做的好!

"嗯,你说,现在一切都由一个女佣料理,"安德森太太继续道,"可是,这里有个能否照料得更好的问题。去世的克丽丝娜当时处处都能帮一下。"这时,龙先生叹了口气,兔院寡妇也直晃脑袋。"那时情况不同。况且,现在没有人带孩子——汉斯已经不信任莉泽了,你又不能总跟着他。那一点点开销——谢天谢地,你用不着算得那么细。要是一切都更加井井有条,带来的收益绝对比那点钱多!"

"对,这倒是真的!"龙先生叫道,很想弥补自己刚才的过失,"妈妈说的话很重要。你应当认真考虑,雅可布!确实,你应当考虑!"

"现在是个机会。"母亲接着说,"一个能使你满意的姑娘自告奋勇,这可不是每天都能碰上的事。"

"是的,您就对我的阿妮放心吧。"兔院寡妇恳求道。

"当然！当然！如今，说到雇女佣，必须抓紧。要是有好的，得十个指头抓紧才行。"龙先生也赶紧帮腔。

"好吧，我跟莉泽商量一下。我向她推荐阿妮，说不定她本人也很乐意要帮手呢。"

"我不明白，这件事干吗要问莉泽？"安德森太太尖刻地说，"莉泽想要什么，大家都知道。"

磨坊主被这不客气的暗示闹了个大红脸，从眉毛底下朝别人迅速瞟了一眼。兔院寡妇显出小心谨慎、并不知情的样子。龙先生则意味深长地点头：对对，我们知道！他昏头昏脑地苦苦思索着母亲的意思，鬼晓得这个莉泽要什么！这是因为安德森太太把儿子看成一个不可信赖的傻瓜，没有把自己对磨坊现状的忧虑告诉他。莉泽出身于沼地的贼窝，却想当磨坊的主妇，这对于龙先生来说是不可思议的。哪怕对这个问题再冥思苦想一百年，他也不会想到这上头去。我们怎么知道莉泽要什么？活见鬼！她又能要什么？增加工资？即使加点工资也比再雇一个人省钱。

龙老太又做了一番努力，可是磨坊主不为所动：他必须先跟莉泽商量，如果她宁愿一个人干，那就不再另雇别人。

龙先生满意地嘟哝着，站起身走到窗前。现在他明白了！

原来是这么回事：她愿意一个人干，同时加工资，这个莉泽——瞧，就是这么回事！

雅可布也站起来，他该回家了。

天空阴云密布，雨点敲打着玻璃窗。

安德森太太说，用不着这么急。可是磨坊主不愿再等。明天他还得早起,有好多事要做。看来雨不会马上就停,因为下雨而在这里干等实在没意思。

"对!"龙先生叫道,站在窗前往外探身,朝院子里看,然后猛然转过身来说,"对!雨不会马上停,这你就放心吧……你看,妈妈,多巧啊,咱们今天才把最后一批黑麦运回来——幸亏我极力主张,很好,好极了……我在家就预感到要下雨……'把所有东西都抢运回来!'我说——现在你看,这是多么正确!"

他搓着手,对自己的精明能干十分得意,尽管没有任何人想让黑麦留在外面地里。

孩子睡着了,把脑袋靠在外婆怀里。

"那就让小汉斯留在这儿吧。"她说道,"他睡得这么香。"

"不,我宁愿带孩子一道回去。"

"冒着雨走,就像他现在睁不开眼这样子?"

"没什么!他又不是糖捏的,走这么一段路化不了……汉斯!"

孩子半睡半醒地听见了末尾的话,揉揉眼睛说,他愿意留在外婆家。磨坊主烦躁地捻着胡子,从一张椅子上取过他和孩子的帽子。

"不——走吧,汉斯!还是你跟我一道回家好!"

其余三个人都站在窗前,目送父子俩沿着红花楸树的林荫道走去。磨坊主的高高身子有点摇晃,姿势和步态不大坚定。他手里牵着孩子,其实,说他牵着孩子,还不如说是孩子牵着他。孩子拉着他绕过了一个大水洼,两人的身影渐渐被雨幕隐没了。

龙老太深沉地点点头。

磨坊 · 101

"您亲眼看见了！他不准……不，他一定要孩子待在自己身边！"

"是的，没别的办法。他不放心。"兔院寡妇点头答道，用帽带把她的双下巴又箍起来。

"啊，对！雅可布总是这样——他总是有点谨小慎微，这点我们都了解。"龙先生附和道，尽管两个老太婆在瞎扯些什么，对于他来说是世上最难猜的谜。

可是，两个老太婆并没有瞎扯，她们根本不是在瞎扯。雅可布确实怕莉泽，更怕他自己！怕那种激情躁动不安，怕那种不断增长的欲望像磁石一般把他吸向那姑娘。他以为事情已经了结，以为这是一场已治愈的病。葬礼那天与两兄妹谈过话以后，他目不转睛地关注着将来与汉娜的婚事——这婚事对他来说已经是一件商定的事了。这桩婚事似乎由于向死者发过誓已经成立，而且受到了亡灵的祝福。克丽丝蒂娜的灵魂不是已经在管林人家里为他求婚了吗？当然，两兄妹几乎没猜到那神秘的死亡信息背后的隐秘含义。因为他虽然告诉了他们，克丽丝蒂娜在生命的最后时刻想念汉娜——但他没说是以什么样的方式。他清楚地感觉到汉娜对他很好。他也相信，两兄妹几乎把这件婚事看作是不言而喻的，尽管他们很可能还从来没有谈起过这件事，也许从来就没有认真地考虑过这想法。

因此，在外面树林中的宁静小屋里，他总是能享受到一种惬意的安宁，一种适合于休息的假日的平静，预示着一种愉快的前景，犹如远望一片不动产，一片合法取得的地产，在那里为他本人建一个安乐的家，并且给儿子扩建成一份有收益的遗产。可惜这一切只不过是一种幻想，是他的表面意愿哄骗他自己的幻想，并且是受他的义务感和经过良好训练的理智指引的幻想！这种十分清醒的意愿以认真的努力逐渐融入这个虔诚家庭的田园生活之中，而他内心的意愿却在做着一种由于爱情生活的疯狂而不幸的迷梦，在怀疑与希望之间来回摇摆，充满了明显的失望和欢欣的意外，处于一种在激情的甜蜜陶醉之中心神不定的休憩状态。因为一种强烈的性爱深藏在他的情感中，尚没有损耗，现在才慢慢苏醒。它决不是勉强地敷衍一下，第二次就换另一个来代替。一桩准备就绪的幸福婚姻就像一件准备穿的结实、舒适的睡衣，而不是他所渴望的那种闪闪发光的羽毛，插上它去尝试一次虽然危险但是引人入胜的飞行。

磨坊开始反对起管林人家来。

管林人家处在外面大森林的保护之下，地势那么低，有树篱围绕，三面有茂密的枝叶包围，北面有一排弯曲多节的山毛榉树直达海滨。树干之间是波光粼粼的水面——不是变幻无常的大海，而是平静的海峡，从来还没有一只船在这里搁浅，也没有一只小帆船在这里翻沉。那外面的一切似乎更可爱：冬天更晶莹碧透，春天更郁郁葱葱，秋天更五彩缤纷，而日落——在树干之间闪烁，并透过枝叶映入水中——也更加金光灿烂。当风暴掠过大地时，只听见那外面无边无际的树梢发出沉闷的呼啸声，以及浪花在沙滩上的单调拍溅声。

外面的管林人家就是这种情况。

而这里，磨坊屹立在开阔的田野上，并且处在公路蜿蜒上升的制高点上。公路从这里又开始跌降——因此它骄傲地自称是"山磨坊"。它耸立于林木之上，将四只臂膀伸向天穹。它只渴望一样东西：风！它只担心一样东西：没有风。而磨坊——也就是莉泽。磨坊里她无处不在，从她自己的房间到整个住宅，然后一直到磨坊上面的圆顶。那里她虽然从来不去，却也被她的思想占据了。因为不光是那些平凡的往事散布在住房、磨坊、面包房、院子和花园里——不光是它们，不，更确切地说是她的意志占有这一切。她身边不能容忍有别的女人，哪怕是让她付出艰苦的劳动，比磨石、机轴、齿轮和磨扇干得更加持久不懈——正是她的意志使磨坊生气勃勃，并且使它成了莉泽自身的一部分。

当他夜晚从管林人家归来时，磨坊在黑暗中影影绰绰地浮现——恰如他此刻在雨雾中见到的景象：磨坊似乎在等他，阴森吓人地矗立着，好像在等一个误入歧途而迷失了方向的人。

把孩子的手攥在自己手里如同一个活的护身符，这总是使他感到宽慰。这是那只他曾以庄重誓言紧握过的手的骨血。他保证过不让莉泽当儿子的继母。这似乎是那只敲管林人家小窗的无形之手在显灵。他用力攥紧它。汉斯吃惊地望着他，只是由于少年人的自尊心才强忍住没有叫唤起来。

父亲脸上的表情使他惊讶。他几乎想问：爸爸，你哪儿不舒服？但是他没出声，心中惴惴不安。

是的，今天晚上磨坊主异常激动，比以往更缺不了他的护身符。他真得再请一个女佣到家里来吗？那么，他与莉泽之间不受外人打扰的亲密生活也就结束啦。他相当认真地防止滥用这种不受干扰的状况。当岳母向他提议，让汉斯留在龙院过夜时，那简直是逼视着他的脸的诱惑，他的强壮的身体好像被发高烧的颤抖震撼了。

他可不能一个人回家,单独与莉泽在同一幢房子里过夜,墙挨墙,中间只隔一扇门!

7

他们踏进家中的走廊,看见莉泽正站在厨房里,热心地忙着给卡罗洗澡。卡罗无可奈何地听任肥皂、刷子和梳子在它的可怜的毛皮上为所欲为。它不敢动,也不敢出声,只是机灵地眨着眼,小心地摇尾乞怜。姑娘似乎干得很专心,直到父子俩从幽暗的走廊跨进厨房,才发觉他们,因为厨房里只点着一盏白铁小灯。

"卡罗怎么啦?"磨坊主惊异地问。

"哦,没怎么——我早就打算给卡罗洗洗啦——它被跳蚤折磨得够呛,这可怜的家伙。"

"这实在太过分啦……你还有足够的活儿嘛——好吧,这事咱们以后再谈。"

"哦,想干什么总能挤出时间。"莉泽说。

汉斯颇感兴趣地凑过来,好奇地往桶里瞧,桶里的水被许多活动的小斑点弄得更黑了——这是一个证据,说明这番仁爱之举取得了成果。他很奇怪,自己怎么就从来没想到这点?这工作并不难,他恐怕不至于干不了。他十分喜欢卡罗,卡罗也喜欢他。相反,莉泽本来一点也不喜欢这只狗,可是她却做了这件事!同样,她也对他始终很友好,愿意为他做好事,尽管他对她总是没好气,根本不喜欢她……这到底是为什么呢?

突然,莉泽丢掉刷子,一拍巴掌说:"我的天!你怎么这模样,孩子?你身上在往下淌水!"

她跳起来,跑出去,很快取了替换衣服回来。磨坊主走进起居室,让房门朝走廊敞着。她亲自给孩子脱下外衣,确认了衬衫袖口没湿——他可千万别着凉!……

是否沏点茶来?不必了,磨坊主说。至于小汉斯,叫他马上就上床吧。

"不,瞧瞧这件漂亮的新上衣吧,看它成什么样子了!"

孩子这才想起,那是他最好的礼服,只穿过几次。当然,现在上衣看上去很可怜——尤其是右边袖子朝外的一面,完全湿透了。裤子也溅得一塌糊涂。汉斯哭起来。可是莉泽安慰他:她把上衣摊在厨房的椅子上,就像撑在一个三脚架上,让那些湿皱褶互不接触,第二天就又像全新的一样。裤子晾干后,她会刷干净,保证看不出斑点来。

汉斯受到这样的前景鼓舞,停止了大声哭,可是仍轻声地抽泣,深感自己不配受到如此友好的照顾。卡罗经过清洗后又恢复了狗的活泼,扑到他身上,舔他的手,甚至舔他的脸,但仍然无济于事——相反,湿淋淋的狗提醒他,他和狗都对不起被误解的莉泽。

最后,父亲的声音从客厅传来了,气呼呼地命令他安静,他这才打起精神准备上床。在这个值得纪念的晚上,他顺从地让莉泽帮他脱衣服,他甚至是心怀感激地上床的。他舒舒服服地躺在暖和的床上。莉泽虔诚地提醒他,入睡之前要念主祷文。他甚至用双臂搂住她的脖子，亲了她一下并祝她晚安。

这时，磨坊主坐在客厅里，只有一道微弱的灯光从厨房横穿走廊射过来。

他以手撑头，沉思着。她把所有的事都料理好了——这个不寻常的姑娘！卡罗这件事只不过是小事一桩！她好像猜到了在龙院策划过反对她的事，她好像要表明她能够把远远超出了别人要求的工作做好。她一点也不大惊小怪！活泼、快乐，就好像是做一场游戏。还有必要再雇一个女佣，引起家中的不和吗？因为两个人显然会合不来——岳母会做兔院阿妮的后盾。所以，很有可能，莉泽宁肯自己多担一点，也不愿长此忍耐下去。在这种情况下他当然有义务给她一份补贴。

毫无疑问，如果磨坊主遵照一定的命令上战场打仗，他准能表现出是个非常勇敢的人，但是如果事情涉及棘手的讨论，他就绝不是什么英雄了。若是面对一个女对手，那就更不用说了。不单尖刻的挖苦，而且连责备的目光、叹息和哭声都是最有威胁的武器，甚至歇斯底里的发作也会成为重磅炸弹。

他是怀着特殊的反感去岳母家的，因为他预感到岳母有什么企图会叫他不得安宁。现在，他又要进行一场决战了！

他听见莉泽走进厨房，开始收拾东西，就烦闷地踱进厨房。

他十分小心地强调他作为一家之长的责任：担心她过分劳累，她要珍惜自己的健康，现在有个机会，因为兔院的阿妮愿意来磨坊做事。

此刻，他预料莉泽会看穿这是经过预谋的把戏，会做出种种尖刻的评论。但是，她却不动声色地答道，也许这最为合适，但只有师傅心里最清楚。

"这样吧，你不必马上就作出决定，我只是想告诉你这件事。你不妨再考虑一下。"

"嗯，您一定要按照您的心愿来定。"莉泽答，继续擦她的碗。

"就这样吧——毕竟——就像刚才说的，不急——晚安，莉泽。"

"晚安！"

磨坊主走进他的寝室，被莉泽的顺从弄糊涂了。他所遇到的情况显然是最糟的，因为莉泽把做决定的事推给他了。另外，假如莉泽不明确反对的话——对岳母该怎么说才好呢？然后，那个陌生的姑娘就会来到家里。这真是可怕的前景！

过了好几天，莉泽和磨坊主都没有再提此事。每天晚上他都以为岳母会过来，每天夜里他上床休息时都松一口气，因为这一天又平安地过去了。

接着，一天下午，小汉斯忧心忡忡地向他透露，可怜的莉泽多半是牙痛，因为他看见她总是用手帕捂着嘴。磨坊主当即走进花园，莉泽正在那里摘黑醋栗果。他问她是不是牙痛，如果是，趁着痛得还不厉害赶快去看医生。

不，她没什么不舒服，只是心烦。她以为一切都按照要求做好了，但现在却看出东家对她并不满意，因为他想再雇一个女佣。

磨坊主极力向她解释，他没有什么不满意的，这事仅仅是为她着想，她可以自行决定，但她也应该考虑，工作是否已超出了她力所能及的范围。

莉泽仍然以老调子诉苦：如果师傅以为好，那当然要再雇一个女佣啦！不过，他们刚刚度过了最困难的时期；在秋季和冬季，面包房里活儿不多；如果说迄今为止有她一个人就足够了，那么冬天她肯定也能应付。可是，显然——

"冷静点，莉泽！"磨坊主性急地叫道，"你已经听我说了，只有你自己最清楚……如果你当真以为，力气——"

"力气？"

莉泽忽然快活地笑起来，一下子把衣袖捋到肘部之上，向两边伸直手臂。

"我倒觉得，这儿没有什么能让我使出浑身的力气来！"

这是一双结实的女人手臂，其柔软丰满的肌肉表面在八月的阳光下显得白皙、光润。一棵果树的斑驳树影给莉泽神采奕奕的脸罩上了一层淡绿色的光，明亮的眼睛和牙齿熠熠生辉，脸蛋儿和酒窝都在倩笑。

"难道我像累垮了的模样？您感觉我瘦了吗？我在磨坊这儿不是长得挺结实吗？"

她仍然保持着手臂伸直的姿势，这使她的身段展现出生动的线条，轻匀的呼吸使身体保持着有节奏的波动。她的整个形象洋溢着青春的健康，她的表情闪耀着充满常胜力量的快乐意识。

磨坊主感到这股健康的浪潮似乎也奔涌到了他身上，渗透了他的内心深处，使得他的身心由于预感到一种新的动人心魄的人生乐趣而震颤不已。面对她那深色眼睛的迷人目光，他羞愧地垂下了自己的眼帘，因为在这种快乐的眼神中闪烁着一星讥诮的火花：即使是你也不许乱来!全是瞎扯!你休想让另一个女人来,也休想碰我——我站在这儿,使你的情欲发狂……你什么也不能做,我却可以随心所欲!……

"对,对!那就别再提这事了,莉泽!"他喃喃地说,快步走回寝室。

这天晚上,安德森太太大摇大摆地到了磨坊院。她到得太迟了。兔院阿妮应聘的事就这么吹了。

第三章

1

"燕尼！燕尼！燕尼！燕尼！——小燕尼！"

是汉娜在呼唤她的宝贝儿。

她与磨坊主站在一片挺拔的云杉树林边缘上，离管林人的房子大约五十步远。在井槽旁边，小汉斯正在给几匹硬鬃小马喝水。从小马的棕色脊背上冒出金色的汗气，映入阳光之中。其中一匹从井槽扬起头，嘴上淌下闪光的水珠。马厩和住房在一起。从马厩的暗褐色阴影里闪现出管林人的衫袖，他正在靠门口处挂马具。在山墙与一片细高的小橡树林之间，有一条路通往不远的海滩。路沿着一小块田地，田地的前部较宽，是一片刚刚耕过的深褐色。一架犁放在沟边，标出了那几匹小马刚才停止干活的地点。几朵发亮的云彩在波光粼粼的海峡上投下了白色的条带。在长了青苔的屋顶上方，在浅褐色的山毛榉树梢上，九月的阳光调皮地闪耀着光辉，一束束光线射入云杉的树干之间。

"燕尼！燕尼——！"

汉娜以一种独特的方式发出呼唤,音调轻而不变。开头的四五声"燕尼"喊得快速紧凑,声音渐强,音高不变,然后——在短暂的休止之后——声音挑高了八度,并且以下滑半音收尾:"小燕尼!"最后面这个分开的音节吆喝得特别响,远远地响彻了树林。在这叫声中有一种悦耳、诱人和亲热的意味,磨坊主很喜欢听,宛如一支充满神秘魔力的乐曲。

"今天它好像不想露面。"磨坊主说,盼着汉娜继续吆喝下去。

"哦,只要它听见我叫,就会过来的。也许它被赶得太远了。"

"赶?谁赶?"

"其他鹿呗。有些鹿不喜欢燕尼,因为燕尼跟我们好,也许还因为它戴了一块颈牌。"

他们缓缓地走过那片云杉林,站在一块差不多完全隐在树荫里的草地边上。

对面是山毛榉树林。强烈的阳光给树梢的青铜色镀上了淡淡的一层金,树梢间不时闪现出一朵白云。在树林中部,光线勾画出那些细长的灰色树干,矮矮的欧洲榛树、山楂树和小山毛榉树丛则没有受季节影响,在太阳的光芒中仍然保持夏天的清新和茂盛,呈现出一片翠绿。

在他们的头顶上时时响起松树柔和的飒飒声。一阵散发出松脂香的清风掠过,吹拂着汉娜脸上的几根秀发。她穿着一件海军蓝女裙,裙子的褶裥宽松自如,腰间束一根皮带。头上时髦地戴了一顶毛线织的小帽,这顶男孩式样的帽子给她十分文静的脸添上了一种调皮的妩媚。她此刻正把双手拢在嘴上,以便呼唤声更洪亮、传得远一些,样子显得挺滑稽。

在他们身后传出急速的脚步声,原来是汉斯跑来了,由赫克托陪伴。那是一只带褐色斑点的白色猎狗,它亲热地扑到磨坊主身上。

"燕尼不来?"汉斯喘着气问。

"嘘!"

赫克托扬起头,短促地失声吠叫起来。大家都全神贯注地听,很快就听见了远处有轻微的铃铛声,并且迅速接近了。突然,从对面的树叶底下钻出一个物体,只见一只栗色的小鹿灵活地跳跃着横穿过草地,径直朝汉娜奔来。汉娜又大声地叫"燕尼",并且拍巴掌,喜悦得像个小孩子。小鹿飞速奔过来,把它的尖嘴巴钻到汉娜的两手之间,然后用头蹭她的腿,沉醉在她的爱抚之中。

但燕尼对别的人态度很生硬。小汉斯要拍它的背,它却一缩身子躲开了。赫克托在它周围欢蹦乱跳,它也根本不理睬。

他们穿过小树林回家。管林人正在马厩门前用笤帚给小马刷毛。在一棵松树上吊着一只死鹿,树根处有一块凝固的血迹。燕尼从被打死的同类下面漫不经心地跑过去,这使磨坊主感到奇怪。赫克托却停住了,在血迹上呼哧呼哧地来回嗅着。

"你哥哥外出打猎时,你心里不觉得遗憾吗?"

"那当然!开始我根本无法适应……但现在我只是希望他打准些,让野兽立刻就死去。顺便说一句,他的确是个能干的射手。要是距离不够近,他决不会开火。他宁可再跑一趟,也不愿无把握地开枪。"

"嗯,反正野兽终归要死,老死或者病死,那么这样要好得多——既快当又意外——人恐怕得羡慕这点呢！"

"哦，不，对一只动物来说这可能是最好的，但对一个人来说却不是。"

"为什么对人来说就不是这样呢？"

"不，我可不愿这样死去。我需要时间对死亡有所准备，告别我的亲人以及这个世界——特别是为了集中我的心思以便安息。"

"对，你说得对。克丽丝蒂娜就是这么死的。这是一种幸福的结局。"

磨坊主站住了。想不到谈话竟出现了如此严肃的转折，他赞赏地端详着姑娘。她多么聪明啊，他想——换一个人就不会去想这些，但这是完全真实的——我也不愿突然地失去性命，说不定这时正沉浸在有罪的念头当中哩……她既虔诚又聪明。真的，跟她在一起，人会变得更好。克丽丝蒂娜看到了这点。她死得从容安宁，对死有所准备，这对我真是好极了！

沉默使姑娘有点发窘。她担心，客人想起克丽丝蒂娜之死会陷于哀伤，因而不愿再继续这场谈话了。她以一个突然的动作转身对哥哥说：

"怎么，你今天完事啦，威廉？"

"没有，还没有完。"

"我希望你别因为我们来访而中断工作。"磨坊主说。

"哦，不，马已经乏了。拉犁对这些小家伙来说有些吃力——尤其是左边这匹，它更年轻。"

"但它们跑起来有时简直勒不住。"汉娜说。

左边那匹马确实显得有点沮丧。它把头放在另一匹马的脖子上，骶骨朝一侧垂着。汉娜用两手抚摩它，摸它那被井水浸湿的嘴，冲着它的鼻孔嘟哝，就好像那是耳朵：

"小熊累了，是吧？想吃黑面包啦？想吗？"

"小熊"机灵地眨眨眼，抖抖剪短的马鬃，仿佛被人挠痒了似的抽打着小尾巴。

"你简直把它宠坏了。"哥哥说，快活地笑了一声，这让人猜到他在这方面的忧虑并不强烈，"不久，它也会像燕尼那样要求吃糕点——瞧呀，燕尼的姿态多天真！"

燕尼亲热地贴紧汉娜，使得她简直站不稳了。赫克托则蹲坐下来，然后又用前爪小跑几步，并且不停地哼哼着，因为没有人理睬它。

"对了，"管林人说，撂下用稻草扎的笤帚，"我还要跟老奥勒谈话哩。"

"那我陪你去。我很愿意走走。"磨坊主说道。

"要去马上就去，回来吃饭别太晚。我会照料这些小家伙的。"

她把厩门完全敞开，那些"小家伙"顺从地进去了。磨坊主想帮一把，但是被她开玩笑地谢绝了：莫非他不相信，她能独自对付这些小马？

其实，他并不是感觉这有什么不妥。于是，他便心安理得地倚着半边门，看她的身影在马厩里面的半明半暗中忙碌，有时只瞧见她那张可爱的脸现出柔和模糊的轮廓。她在给一匹不安生的小马套上笼头。热心的小汉斯在一旁帮忙，其实，还不如说他是在帮倒

磨坊

忙。他钻到那匹"小熊"的肚子底下去拉它的前腿，因为前腿被缰绳绊住了。这可吓了汉娜一大跳。小马固然并无恶意，但它们毕竟头脑简单，不会去考虑应该往何处踏脚，对它们可得当心。她把草料倒进食槽，端着燕麦走近拉套马的位置。那畜生因为急于得到它的精饲料，她不得不使出全身力气才把它的头拨到一边。这时，"小熊"又把头伸出了隔板。她突然感觉到它那呼哧呼哧的鼻孔正紧贴着她的脖子，便大声惊叫起来。于是，其他三个人都开心地大笑起来，小马的嘶叫和赫克托的吠叫也积极响应。赫克托正蹲坐在走廊门口，等着主人做林中漫步的准备。汉娜用力推了几下，又使劲拍马的屁股，最后才摆脱了纠缠——当然，她的帽子掉了，背上也喷满了成团的泡沫。不过，这没什么。衣裙反正是新的，自然经得起这番折腾，"小熊"也觉得那顶帽子不如预想的那么好吃，因此让汉斯轻而易举地夺回了帽子。

磨坊主已经好久没有这么笑过了。这笑声从情感的沃土中喷涌而出，既不需要玩笑的导管，更不需要讽刺的钻头。这是多么欢快的笑声啊！

他笑啊笑，笑出了眼泪，然后才接过管林人递给他的栎木手杖。管林人嘴里衔着木烟斗，肩上扛着猎枪。磨坊主谢绝了敬给他的香烟：他想尽情地呼吸林间的空气。两个好朋友精力充沛地出发了，先是在小橡树林边上沿着波光潋滟的海峡走，然后顺着小路向右拐，往凉爽潮湿的林荫深处走去。

赫克托是训练有素的猎犬，紧紧跟着主人。

磨坊主往后推了推帽子，把手杖挥舞得嗖嗖响，嘴里还吹着一支歌。他心情格外舒畅。他凭借他的并不贫乏的自然感受力热爱着这片海滨树林——一种直接的、在通常情况下差不多是无意识的自然感受力,就像没有文学修养的、性格内向的人常有的那样。正如一个池塘在雷雨天显得阴沉晦暗,但在阳光灿烂的云彩下却显得明媚秀丽一样,他的情绪也很容易染上环境的色彩。几小时以前,当他牵着小汉斯的手踏进树林时,秋天那五彩缤纷的富丽景象就已经在他心头亮了一下,有如节日的一声问候。随后他又集中了许多亲切美好的印象,直到刚才马厩里那一幕滑稽逗人的情景,其反响仍在他的内心深处回荡,仿佛他是在一座迷宫里迷了路,再也找不到出口了似的。

他的心绪长久以来一直处于重压之下,现在压力去掉了,因此在这自由自在的林间就显得特别兴高采烈。自从莉泽挫败了兔院的阿妮之后,在莉泽与他之间虽然没发生什么事,但磨坊院里的整个气氛却是压抑的,恰似近来这一连串没阳光的、乌云密布的日子,直到今天早晨放晴才算结束。这也是他决心来树林里拜访朋友的原因。

他在这儿还感受到一种勇敢无畏的气氛,也就是不仅仅要享受这愉快的心境,而且要抓住它,不让它成为匆匆的过客,而让它成为一个亲密的伴侣。把这幢房子当作他的家!如果上帝成全的话,他可以告别磨坊这份家业——约尔根和莉泽将为他在老磨坊里操持,而他则作为管林人,跟汉娜和小汉斯住在林木茂密的海边——他甚至可以自作主张地提拔威廉为附近一带的王家管林人!

这一切现在还不能做——可是有别的事能够而且应该去做。

开头他跟朋友谈得相当热烈：谈伐木，谈新的苗圃，谈秋天的拍卖，谈可以为威廉做的一切。但他渐渐地变得寡言少语了，只有零星的、不知所云的评论表明，他还在听管林人对附近的一位牧师发表愤怒的评论。那人订了《政治报》，这是一份无神论的报纸——要知道，他可是一名乡村教堂的神职人员！不知磨坊主对此有何高见？

磨坊主看来对此评价甚低。

"而且是法尔斯特岛这儿的牧师！"严厉的监察官继续说道，"是的，就是托斯特鲁普那地方的普罗伯斯特·马格努森——"

"宗教批发商，农民都这么称呼他。"

"哦，取笑他倒是容易。"

"不，这是认真说的。因为他与去印度传教有密切关系，才这么说他：他出口宗教。你知道一个老妇人前不久说他什么吗？'是的，普罗伯斯特真是臭名远扬！'她说——但他也的确非常放纵。"

"放纵！"管林人吃惊地叫道，"这我可从来没听说。"

"是的，他们这么说他，因为他总是参加一次又一次传教会；'臭名远扬'其实是说'很有名望'——哦，这可是地道的夸奖！'由于他的放纵而臭名远扬'，哈哈！"

磨坊主笑了，笑声在树林中回响，他的好情绪要抓住这个机会发泄出来。管林人本来就像个快活的守护圣徒，这时也放声大笑，尽管他有点顾虑，不知是否准许以哪怕是间接的方式拿一名教士寻开心。

他很快又严肃起来，继续说下去：

"再有就是我们自己的教士——施密特牧师了。他也不是一位信仰勇士。我在克丽丝蒂娜的葬礼那天见到,他居然害怕得脸色惨白,只因为碰杯时他把玻璃杯碰裂了。"

"他这么迷信呀?"磨坊主问,忽略了这个故事的关键。

"喏,我不认为这是'迷信'。碰杯时碰破玻璃杯是死亡的警告,这是经过验证的,我自己就经历过一次。不过,一个教士难道应该怕死吗?他应该如此留恋世俗生活吗?"

磨坊主只是赞同地嘟哝了一声。这就像一个铺垫,以便参加他决心要加入的谈话。他也想谈谈葬礼那天,他想起了那天在池塘边的谈话。现在,他只需接上话茬儿就行:你谈到葬礼那天,这使我想起——这话已经溜到他的嘴边了。可是他又立刻担心起关键的一步来——这些话说出来可能时机不合适。于是他让朋友滔滔不绝地继续批驳日益猖獗的非基督教的观点。

管林人把雅可布寡言少语归咎于他的不够完善的宗教意识。必须赶快"唤醒"他。这样一种迟钝、内向的天性,再加上由于丧妻而伤心不已,容易受到怜悯,只有在无意识的半催眠状态中才可能被唤醒。

管林人依然在寻找实现这种觉醒的适当途径,但这时,他发现离目的地已经很近,因此这一重要的行动只好暂时推迟了。

2

在树林边上,道路从饱经风霜的山毛榉树中间通向布满黄色禾茬的开阔田野，管林人小屋就坐落在这里，遮掩在一道又高又宽的刺篱后面。

两个朋友在路上就发现了他们要找的"老奥勒"。他正在后园里挖地。他耳朵很尖，这符合林区人的特点，他已经听到了园门的轻微响动。他直起高高的身子，把铁锹戳进地里，边往前走边在裤子上擦拭右手，再用手背抹平从下巴垂下来的花白胡子，尽可能使自己像接待客人的样子，然后跟来客握手表示欢迎。磨坊主是管林人的好朋友，因此他们也早就熟识。

"哦，奥勒，"管林人就即将做的木材生意向老人做了些指示，然后说道，"这也许是你参与的最后一次了。你确实应该退休了，养老吧！在侍从官那儿，你可以像在自家园子里一样自由自在地出入和干活儿。"

"对，管林人！是的，人会变老，在秋天的潮湿树林里走来走去真够呛——这没办法，我们无法改变。在侍从官那儿工作轻松，伙食好……自从我的老伴去世后，我不得不自己照料自己，这儿就再也没有什么舒服可言了——我不否认，我对老住处还有些留恋——总的说来不错……真活见鬼——请原谅，管林人，我知道您不爱听……的确……坏习惯……老兵的习惯，克劳森呀……可是有些人要让我走，在这么个重要的时刻，要我彻底地走人——"

显然，这个老实人要在详尽的补充里为自己的唯唯诺诺寻求某种补偿，在这个社会里他不能不靠这个来避开不好的名声。此刻他目光愤怒，磨坊主见状连忙笑着说，竟敢要求他信守诺言的一定是个厚颜无耻的家伙。

"不，不——我不反抗，他尽管放心地要我走吧，"老人微微一笑，对磨坊主的玩笑并不介意，接着，他的微笑变成了令人生畏的、吹胡子瞪眼的鬼脸，"假定我不能在这儿的战壕里坚持到流尽最后一滴血——我是个老兵，在杜帕尔打过仗，克劳森——那么，我能猜到，这个位子将要让给谁。"

"嘿，奥勒！你突然对汉斯·延森有意见啦？"

"我对汉斯·延森没意见——或者说没多少意见。"

"可是，事情已经定下来啦：由汉斯·延森接替你的位置，住这房子。"

"不错——这些都挺好，管林人。可是，谁又接替汉斯·延森的位置呢？"

"哦，这个我还不清楚。"

"可我知道在侍从官的心目中有谁。"

"是谁？"

"佩尔·威伯。"

"佩尔·威伯？"

两个人同声重复这名字，而且磨坊主的嗓音流露出的惊异并不比管林人的少。

"没别人。"老人点头道，"'聘用佩尔·威伯并不是最糟的主意。'侍从官说，'否则，他会把我们的所有野物都杀光。'这自然是半开玩笑，但我了解侍从官，他这么开玩笑——我认识他已经五十年了——他也是老兵，克劳森——曾在杜帕尔指挥过战斗。对对，管林人，您看，玩笑吐真言。"

磨坊 · 121 ·

"哦，那可是——"

威廉强咽下骂人的粗话，可是这滋味太不好受了。他因为极力克制而憋得满脸通红。

奥勒微微一笑，朝磨坊主眨眨眼。

"您说得对，管林人——连天使也会骂出声来——跟我的看法完全一样，虽然我出于敬意什么也没说——必须守纪律，尤其是老兵，克劳森——"

"这简直是请山羊当园丁嘛。"磨坊主说。

"不，并非如此。"管林人说，他现在已经完全咽下了那口气，"这样做能使我们的野物得到安宁。"

"当然，这话不假，"奥勒点头，"虽然他并没有洗手不干——还有其他树林可供他在闲适的月夜一试身手哩——在斯科特鲁普及其以北——他也可以很方便地去王家森林。"

"方便，"管林人叫道，"是的，他会很方便地遇到麻烦！有许多穷苦的正派人盼望得到这个位置——虽然官不大，可是日子艰难，谁都乐意找一份工作——可是他们都得不到，就因为害怕那个恶棍，想让他归顺！别人一定会猜我跟这个坏家伙有什么瓜葛。背地里人家都说，我的前任被杀时他就在场。"

奥勒向管林人赞同和鼓励地点点头，咬着他的大胡子，又眨眨眼睛向磨坊主示意：这个人有啥说啥，他会去找侍从官当面直说！他才不考虑纪律呢！

"难道我应该缄口不语？"管林人准确地领会了老头儿眨眼的含义，以更为激动的语调继续说道，"站出来反对这种不公平，是我的义务和责任。"

"是这样,管林人——是这样——这是您的义务——用不着谁来教您,我们大家都明白。"

"不不,奥勒,你尽管放心地离开这房子好了。只要我有机会说话,这事就成不了。你告诉我这件事,让我有所准备,这很好。喏,晚安,奥勒!我们该回家了。"

他们横穿树林往回走,不走道路,有时不得不钻过树丛自己开路,因此很难进行连贯的谈话。而且,他们俩看来也没有谈话的兴致。管林人皱着眉头:他强咽下去的那口气留在肚子里很不好受。磨坊主的脸色也不再像先前那样神采奕奕。他仿佛感到有一个阴影罩在不久前还十分明朗的秋林上空。

这片海滨树林不再是和善的管林人家的领地——它也成了莉泽的哥哥佩尔·威伯的偷猎区。因此,莉泽的势力似乎也延伸到了这里,威胁着他。

树林上空的阴影其实是磨坊的影子。

不过,只有到了日落时分,磨坊的影子才拉得这么长,竟然能遮暗一片树林。难道太阳已经降得这么低了吗?黑暗势力猖獗的夜晚已经这么近了吗?

磨坊主把几根树枝拨开,踏上了一块林中草地。大约百步开外是一片阳光透射的云杉林,树干之间露出一堵浅蓝色的墙壁。他没有料到离管林人家已经这么近了;这里恰好是燕尼最初出现的地方。赫克托已经欢叫着抢先蹿了出去,去报告他们的归来。管林人在他右边一点的位置踏上了草地。他笑着把几根蛛网的细丝从拳曲的黄胡子上摘去,脱下帽子,用衣袖擦掉额上的几颗汗珠。

"喏,你瞧!这么快就到家了!"

磨坊主把他的手杖深深地戳进松软的草地泥土里。

"管林人,"他面带引人注目的庄重神情开口道,"你还记得葬礼那天,咱们俩跟你妹妹一起站在小池塘边的情景吗?"

"当然,而且记得你当时说过的话,一句不漏。"

"好极了。那么,你还记得我告诉你们,我那过世的妻子在生命的最后一刻曾想到你妹妹,而且是非常亲切地想到她吗?"

"是的,可是她并没有说起汉娜。"

"说了——她说了,只是没提汉娜的名字。接着,我还对你说,时机一到我就会告诉你,她是怎么说起汉娜的。"

"这话我还清楚记得。那么——现在时机到了吗?"

"我想是到了。"

管林人满怀期望地看着他。可是,磨坊主的目光却好像在跟手杖赛着往草地泥土里钻。

"你看,我那可怜的克丽丝蒂娜已经告别了人世。也就是说,她已经不再考虑自己,但仍然为我们活着的人着想。她说,如果我续弦的话——因为她认为我应当这么做,不论从哪一方面看,这都是最好的,尤其是为孩子着想——接着,她就用恳切的话仔细叮嘱我,首先应当考虑娶个信仰基督教的姑娘。"

"原来是这么回事——嗯——你认为她是指汉娜?"

雅可布点点头。

"嗯——是的——很有可能,尽管——在周围的人家——我是指有些地方——就不难发现基督教精神，虽然大都有些淡漠，因为我们常说，世俗观念泛滥——不过，克丽丝蒂娜大概不会那么严格吧。刚才说有些地方——比方说阿尔斯莱乌的保罗·延森一家，那是真正信奉上帝的一家人，况且两个女儿的年龄都合适。另外，斯基比教区的一家佃户有个十分虔诚的女儿，她参加所有的布道会——不过在别的方面这一家就不大般配了。"

"不，不！"雅可布打断他的话，"她并不是说得这么含糊。因为克丽丝蒂娜接着又说，可是有些人显得严厉和过分了，她这话指的是你们。"

"嗯，'过分'，这是什么意思？"管林人激动起来，"我们这些有罪的人怎么会——"

"不，不，这一点她也说到了——她嘱咐我不要被这点吓住。归根到底，他们是对的，她说。"

"啊，是这样！"

"一个小时之后，有人敲你家的窗户，恰好那时候她在我怀里死去了……这是不可能误解的。"

管林人严肃地点点头，一言不发地发愣。磨坊主现在所说的话，他认为是雅可布已经"觉醒"的一个奇特的证明。假如克丽丝蒂娜的过早去世是一个必要的促进，促使他的天性失去了世俗的安宁，那么，显然汉娜不是现在才被选中，为他指引通往冥冥彼岸的方向，把这个朋友引到他迄今只是口头上信仰的救世主面前。

"雅可布，"他最后问，"要我跟汉娜说说吗？"

"哦，不——不要马上就说——也许以后需要。当然，你觉得怎

磨坊 · 125 ·

么好就怎么办——可是我要问一句——你觉得怎么样——你认为她喜欢我吗?"

"干吗不?她非常器重你,她也喜欢你的汉斯。"

"嗯——我偶然想到——在哥本哈根——她一定结识过不少更有修养的人——去年冬天她又去了那儿——"

"不,不——这点你尽可放心。她还没有考虑过婚姻大事。不过,她很快就要到出嫁的年龄了。这毕竟是女人的命运。此外,你看,如果婚姻是上帝的意旨,那么,它会找上门来。它不会迷路,不会像我们的有罪的意识那样,尤其是当情欲使人失去理智的时候。"

磨坊主深感羞愧地把目光瞥向一边。他很清楚,他的有罪的意识如果受情欲迷惑,很容易迷失到何处。他很庆幸管林人没有看透他的心思。

"嗯,那咱们就成亲戚了,威廉。"他说,以免自己的沉默惹人注意。

"这倒不是一件坏事,我想。"管林人笑着说。

两个人热烈地握手,然后快步穿过草地走进了云杉林。在针叶林的淡褐色幽暗之中,仍有最后一线阳光在闪耀。无数干树枝从树干横七竖八地伸出来,像玻璃丝一样发亮。透过它们编织成的亮网,磨坊主瞧见了汉娜俏丽的身影。她刚好走到门口张望,看他们是否回来了,因为赫克托已经早就去报了信。

3

在十月中旬的这个雨夜里，伙计房里很热闹。

在莉泽对面的桌边坐了个客人：她的哥哥佩尔·威伯。这个汉子作为偷猎者在方圆数十里以内声名狼藉（或者说遐迩闻名，人们因社会地位不同而看法各异），但外貌长得不怎么出众。他是个矮胖子——坐下后并不比妹妹高。而他赖以掩盖其冒险家气质的面具，竟是一张相当普通的农民脸孔，再配上当地人喜爱的胡髭，胡髭剪得很短，从稍显花白的黑头发上连下来，在凸出的下巴底下形成较大的一绺。细心的观察者还会注意到，他的深色的小眼睛无神地藏在眉毛下面，不时闪射出锐利而快速的一瞥，随后就立即熄灭了——这种目光跟一个农民的不慌不忙的眼神可不相称。他皮肤黝黑，饱经风吹日晒，虽然只比妹妹大十岁，可是看上去更像是个五十岁出头的人。

他嘴上叼着一只木烟斗，烟斗嘴儿很大，外面包着银饰。约尔根和克里斯蒂安的唇间也叼着质地较差的烟斗，不慌不忙地赛着喷云吐雾。甚至连拉尔斯那鳕鱼似的嘴巴里也塞了一截几乎焦黑的烟斗，整个房间里烟雾弥漫。

"傻小子"拉尔斯把两肘撑在桌面上，两手抱住脑袋，仿佛担心脑袋就要飞走似的。他用海蓝色眼睛仔细端详着坐在面前的这个怪人。在佩尔那并不引人注目的低垂的脑袋周围，有一圈冒险家似的、几乎是绿林强人的灵光——这灵光此刻在厨房小灯暗淡光线照亮的烟雾中若隐若现。因为两个小伙子不停地缠他,他只好讲了几个滑稽的冒险故事,用的是粗俗的语句,其中不仅有一般的荒诞不经的狩猎见闻,而且还恰到好处地掺入真正的偷猎故事。

在讲完故事之后,佩尔从嘴里取下烟斗,往旁边的地上吐了一口痰,凑着面前的杯子喝了一大口,润了润因讲话发干的嘴巴。

"这可比不上你自己酿的啤酒,莉泽!"他说,用手背擦干嘴唇,"味道完全不同。"

"是的,现在我没时间酿啤酒了。"莉泽答道,并不从她正在织的袜子上抬起眼睛。

"这我信。你来这儿从早到晚地忙活……究竟得了什么好处呢?至少总该让师傅多付点工钱吧。"

"这不关别人事,佩尔。"

"确实!"克里斯蒂安说,"师傅应该再多付一半钱。可是他向来都很小气。"

"要是我不想多要呢?你这个多嘴的家伙!"莉泽哼道,"你就别多话啦。"

"你知道,我这是为你好,莉泽。"红头发小伙微微一笑。

约尔根默默无言,平静地吸着烟,同时用手指在桌面上叩打,并且偷偷向莉泽眨了一下眼:我可知道这是为什么。

小拉尔斯显然对谈话转到了具体的家常琐事感到失望。

"先前那个管林人被害时您果真在场吗?"他突然脱口而出。

快速扫描的一瞥从佩尔突出的眉毛底下射出来,犀利地击中了多管闲事的问话人，惊得他把烟斗从嘴里掉了下来。他只好钻到桌子底下去寻，然后把仍在燃烧的烟灰从裤子上掸掉，但是裤子上已经烧出了一个小洞。最后，他又面红耳赤地钻了出来。另外两个磨坊伙计的笑声追着他传到了桌子底下，他一露面，起哄的笑声更大了，于是他的脸也就更红了。他看见莉泽的责备目光扫过来，差点儿哭了。

佩尔·威伯似乎根本没在意这个过程。他的呆滞的目光向上掠过低矮的天花板，然后心不在焉地停在那上面，显然是对灯罩投射到脏白灰上的一系列同心光环很感兴趣。

"啊，是的，老管林人！"他冲着天花板以及颤动的光环说道，"把什么都胡编乱凑到一起了……善良的老米切尔森——愿他在天堂里安息！他是平静地死在他的床上的……牧师最了解此事——施密特牧师对他的死亡相当满意，尽管米切尔森不像现在的管林人这么虔诚……'幸福的长眠！'当时牧师说，他肯定知道那回事。"

约尔根咯咯直笑，仿佛这些话包含了一个很不寻常的玩笑。他不管莉泽直皱眉头，开口说道：

"不错，佩尔——米切尔森是死在他的床上，可那是在——发生了一次冲突之后。"

佩尔·威伯惋惜地摇摇头，在他那乱蓬蓬的黑头发周围又开始闪现绿林强人般的灵光。他仍然面向天花板上颤动的灯影，用温和的声音说：

"原来如此！天哪，这个老头子！夜间他到树林里去乱跑什么？何况是个浓雾弥漫的秋夜——真够呛——不，不——我们这些人就已经够吃力了——更何况他是个老年人!"

"这么说,也许是迷雾往他的脖子上揍了一枪托?"克里斯蒂安冷笑着问,用手指挠挠红头发,因为这大胆的攻击使得他自己也略微一惊,连忙装出没有成见的模样。

"哦,不——迷雾只是绊了他一脚,让他在一棵树蔸上摔破了头。"拉尔斯解释说,因为这话说得阴阳怪气而又重新有了勇气,并且渴望着报复:现在总算把他逼入了困境——他该害怕了!

"哼,但愿你们知道得更清楚些!"佩尔气呼呼地咕哝道,"据我所知不是这样……我跟这件事毫无关系——我只不过是救护了那个聋人。"他磕打起烟斗来。

"是的。在岁月的进程中,干您这行免不了要经历各种各样的事情。"约尔根见佩尔似乎不打算再继续说下去,就小心翼翼地开口道。

"嘿嘿——是的,没错。"这个职业颇为可疑的汉子小声地咯咯笑着承认,"确实发生过这样和那样的事情。"

在这令人紧张的暗示之后,他从一个小皮口袋里仔细地取出新的烟叶来装烟斗。随后,他又用了充足的时间点燃烟斗,接着咝咝地吸着烟说:

"譬如——嘿——前些时候——没多久——咝——大约三个星期以前——对对,足有三个星期了——当我——咝,咝——干我的活儿时(他边说边朝约尔根点点头,对他使用的恭谨措辞表示赞赏)——嘿——你们猜,我发现了什么?——对对,这跟你们都有关系——咝,咝,咝——我发现了谁将要当磨坊这儿的主妇!"

莉泽和约尔根相互匆匆地对视了一眼。

"您撞上鬼了吧!"克里斯蒂安冲口而出。

"嘿嘿!要是我告诉你们,你们拿什么报答我?"

"我们拿什么报答?"拉尔斯嚷道,满面通红地跳起来,简直控制不住他的嗓音,因为现在他的时机终于到了,胜利与报仇的时机到了。"报答?我们什么也不给!我们已经知道了——是管林人家的汉娜!我早就说过了——葬礼那天我就说过:'师傅在墓地门口瞅她时眼光非常奇特,他一定会娶她。'我说过这话。你们可是都听到啦!"

"是的!"别人证实道。

"原来如此!喏,我还以为这是件大新闻呢。"

"您大概在树林里见过那两位吧?"

佩尔点点头:

"一点不错……因为树林比墓地更合我心意——他们早早就到了那儿——我从远处观察他们……那是九月份第三周的一个十分清朗的月夜——确实是偷猎和谈情说爱的好天气。"

把这两者拉扯到一起激起了哄堂大笑。只有莉泽没跟着起哄——皮拉图斯也没有,它睡在莉泽怀里,莉泽用织针给它搔痒。

"他们亲嘴了吗?"莉泽问。

"也许亲了吧。可是我不敢说亲眼见到了,尽管我离得很近。他们站了好几分钟,我就伏在一丛黑草莓下面的沟里——悄无声息,因为我可不希望被他们发现。"

"这可以理解!"克里斯蒂安笑道。

"嗯，没有什么大危险。他们太关注自己的事了，因而不可能发现我——嘿！另外，谈话进行得相当规矩、庄重。女的谈起上帝，谈到人的意念有罪——就像布道坛上的牧师——男的点头称是——就像教堂里的司事。他还请她回屋后再弹一遍琴，也就是上次她给他弹过的那支优美动听的赞美歌——对对，地道的礼拜，简直让我这个平时很少上教堂的人肃然起敬。"

"这真是一种谈情说爱的笨方式——尤其是在月光下面！"莉泽嘲笑道，但在她的笑声深处震颤着一种愤懑的尖声，金属织针也在她的手上铿锵作响。

"我还见识过更为轻松愉快的方式。"她哥哥说。

大家对这一声明报以哄堂大笑。

"喂，佩尔，"莉泽在短促的停顿之后问道，"讲讲她养的那只小鹿吧——它也在场吗？"

"那还用说！它就在路旁边走边吃草。有时它离我很近，我简直能用猎枪筒捅到它。"

"那我知道，肯定又有人手指头发痒了。"克里斯蒂安哧哧地笑。

这次大家更是笑个不停。因为这想法大逗人笑了：小鹿就在偷猎人的周围嗅来嗅去，而两位恋人却在大谈人的意念有罪。

不过，真正笑得开心的只是磨坊伙计们。佩尔很快就止住了笑——他有一种阴沉的感觉：这样大声笑会对他不利。至于莉泽，她几乎根本就没笑。她满脸通红，皱着眉头。这真是命运的莫大讽刺。哥哥藏在沟里，怕得要死，生怕燕尼会使他暴露——这情景难道不是管林人家胜利而偷猎的威伯家失败的一个象征吗？

"喂,到我回家的时候了。"佩尔最后打断了嬉笑声。

他把一条长长的羊毛围巾绕着脖子缠了三圈,扣好外衣。然后他又点燃烟斗,抓起帽子和手杖,招呼道:"诸位,晚安!"

莉泽跟随他穿过厨房,走到漆黑的走廊上。

"你明白,你向我答应过什么,佩尔。"

"是的。但是那时候不好下手。"

"当然——但只要一有机会你就下手!"

"对对……只是——你选的时候太糟了,莉泽!现在要打中那畜生很困难,因为秋天它总是待在离房子很近的地方。另外,我实在不明白你的想法,否则就让我立刻撞上鬼——"

"我告诉过你,是为了那块颈牌。"

"啊,那块颈牌又值得了多少钱?一点锌白铜——也许铃铛倒是真银的,因为听声音很纯正——可是他妈的——"

"我偏要它!"

"好吧!女人一旦想要什么,所有的妖怪都会出动。这点我们懂。"

"我会给你织三双最好的羊毛袜。"

"那好,我不久就要穿。对对,抓紧织吧!晚安!"

"佩尔,"莉泽拽住他的衣袖往回拉,"你要继续监视那两位的情况。他大多是星期天去——并不是所有星期天,但很少在工作日去。"

"好吧,只要这能为你效劳。"

"这是一件大好事,佩尔。很快又要有月亮了——并且不算冷……"

"好——只要有可能,我会去的。晚安,莉泽!"

磨坊

"晚安，佩尔。"

莉泽走回她的房间，点燃一盏脂油灯（因为她不爱用蜡烛），然后坐到床上。

她反复寻思着因为哥哥来访而增强的固执主意，但此刻重点已不再是刚才那神秘的想象了：假如她把燕尼干掉，就能剥夺情敌的力量。她现在重视的是这一现实的愿望：使她切齿痛恨的情敌遭受一次巨大的痛苦！因为她内心深处对那个伪装虔诚的小妖精怀着一种近乎疯狂的仇恨。就是她，坐在荒僻的树林中，把莉泽的心上人诱惑到自己身边——用虔诚的话吸引他，用她的精通《圣经》的嘴巴把这些话像甜蜜的毒汁一样灌进他的耳朵，用她的训练有素的手指在钢琴上奏出柔和的赞美歌拴住他。这种乐器及其演奏技巧在莉泽眼中简直是半神秘的。

她清楚地察觉，最近两个月磨坊主对她越来越疏远。树林里的情景，她哥哥偷听到的谈话，此刻仿佛借着月光和虔敬之光给她点亮了一盏灯。上次她击败了龙院老太婆的隐蔽进攻而大获全胜，从那时起到现在是一段漫长而黑暗的过程，此刻突然被照亮了。在那胜利的时刻，她站在阳光灿烂的果园里感到欢欣，似乎有一股激流从她的丰满的躯体内奔涌到磨坊主身上，震颤了他，直到他不得不把眼睛从她身上移开，仓促走掉，以免立刻投入她那敞开的怀抱——从那时起一直到最近，她不知道在哪儿能见到他；在他们之间似乎竖起了一堵看不见的墙；她也无法再一眼看透他的心思，或是以一个动作搅起他的内心波澜了。

由于这种疏远，磨坊主被一种似乎难以接近的诱人光泽笼罩着,从而在她的激动情感中产生了某种对爱情的幻想。实际上那只不过是害怕,害怕得不到那份当磨坊主妇的尊荣,以及那种看到已捕获的猎物重又逃脱的屈辱。但是这对恼人的双生子在她的心目中却又表现为热恋的形象。在她的恋爱方程式中,她把"磨坊主"当作"磨坊",并且得出等号另一边的结果是:"不幸的爱情。"于是在脂油灯的昏暗光线中,她端坐于床上,任凭失望的泪水淌落到襟前。她是个可怜的被遗弃的女佣,她的"磨坊主恋人"被一位狡猾的小姐勾引走了。这位小姐在骗人的技巧方面很有经验,这是莉泽的朴实的智力所不熟悉的。

难道她还不该憎恨这位小姐吗?她要击中这位管林小姐的要害部位,杀死那只燕尼!一想到汉娜的眼泪,莉泽就像发高烧的病人喝了一种提神的饮料。

然而,莉泽是个很注重实际的人。她不会满足于此,仅仅沉醉在幸灾乐祸的无用想象之中。她吹熄灯,钻到鸭绒被下面蜷缩成一团,在梦中依然慢慢地琢磨着各种各样显得杂乱无章的念头:她最好怎样着手,才能把糊涂的磨坊主心中那余烬未熄的炭火煽成炽烈的火焰。

4

中午。

十月的太阳透过又小又脏的玻璃窗,把耀眼的光线射进磨坊的最下面一层。低矮的房间里到处都堆满了面袋，显得很狭窄。金色的粉尘在阳光中颤动。每当约尔根从面粉槽——一个从上面通下来的封闭木槽——搬开一满袋面粉时，粉尘便又飞旋起来。约尔根用小轮推车把袋子推过铺了一层白面粉的楼板，运送到紧靠窗口的台秤处，然后卸下来，登记好重量，再用力拖向一根从屋顶吊下来的绳索。绳索又好像自动似的穿过一扇很容易打开的吊门，把面袋绞上去。这个过程使原有的大量粉尘飞旋起来，同时又补充了新的粉尘。尤其是当一个空袋子在面粉槽的铁钩上系好，面粉槽打开时，粉尘便大量增加：面粉从面粉槽的所有接缝和裂隙处涌出来，冒出来，纷纷扬扬，乱糟糟、亮闪闪的金色粉尘穿过斜射进来的阳光似乎飞旋而去——飞向远方，飞向光明，飞向太阳。

约尔根一个人在下面干活。拉尔斯则在石磨层上忙碌，给磨粉机供料，并且接运约尔根送上去的面袋。师傅坐在一边指点，同时用锤子凿一扇石磨。

约尔根一边忙活着他的面袋，一边寻思着他的不幸的爱情。因为自从那个美好的八月夜晚以来，他没有能再前进一步，可原来他还以为自己离目标已经很近了呢。莉泽近来显得很难接近。她总是派拉尔斯送晚饭来，不再像往常那样亲自送饭。至于收拾磨坊伙计的房间，她也一反先前的习惯，专挑白天他在石磨层上干活的时候进行，因而他无法去跟她会面。后来，他虽然单独碰见她一次，但是她不准别人碰她，而且就像启蒙课本似的没有什么话可说。

两个月了——不能再这样继续下去了！当初，她在石磨层上吻他，他本应该有所准备。可是他却老老实实地站在那儿，只是心怀感激地被动接受了那个吻;而且,在他仔细地刷掉她身上因为自己大胆放肆而留下的面粉印以后,竟没有把她再一次紧紧地搂在怀里!毫无疑问,这种尊重恰恰是他的失误;她甚至可以说他冷血无情!因为女人都是这样的:她们口头上不许别人做这做那,心里却盼望他去做!约尔根已经从他的历书小说中总结出了妇女心理学的这条普遍规律。他记得还曾在这本充满人生哲理的宝库里读到过,雅尔马像个铅铸的小兵一样直僵僵地站在那里,一动不动地任人亲吻,生怕给梅特小姐的衣裙弄上污渍。雅尔马总是穿着呢绒绸缎,而且戴着牛皮手套——那么,这算不上什么本事!

在这些深沉的思索中越来越急切地掺进了一个简单的念头:快到吃饭的时间了。师傅是否会永远不再从石磨层上下来?

可是,锤子凿在石磨上的有节奏的声音仍在不知疲倦地响着,透过磨粉机的沉闷噪声,每当天花板上的活动吊门被一个升上去的面袋冲开时,就显得倍加清晰。

接着,从底层的库房通上来的楼梯响起来了。是不是克里斯蒂安来了,叫他们都过去吃饭呢?或者是——?

约尔根站在窗边的小桌前,往账簿里记录一袋面粉的重量,同时颇为紧张地转过脸去,望着楼梯处昏暗的角落。

莉泽的脑袋从面袋堆后面露出来了。她端着个托盘,托盘上有三个碟子,碟子里是炸肉和好像花蕾般绽开的马铃薯。要不是约尔根只顾一个劲儿看莉泽,这饭菜完全可以供他欣赏一番。他惬意地闻到了一种与面粉味混在一起的油香。

"怎么,今天不过那边去吃饭?"

他激动地迎着她走过去，不由自主地小声问道。

"师傅说，他有好多活儿要做，希望我把饭菜送到石磨层来……别的人也就只好将就一下了。"

"哦，只要你能来，我就心满意足了。"约尔根答，用手摸她的下巴，把拇指按进那深深的小酒窝。她无可奈何，因为两手端着托盘，那些面袋又使她无处可躲。

"你就不能让你的手指放规矩一点吗？"她斥责道。说这话时她皱起了眉头，但又说不上是凶狠，不如说有点滑稽。她的眼睛调皮地笑着，使约尔根生动地想起了那条有关妇女心理学的格言。

她说得很小声，生怕被石磨层上听见，锤凿声正从那里不停地传下来。

磨坊主离得这么近，并且在不停地敲打，这情况对于约尔根来说特别有刺激性。

"不不，小莉泽！"他答，索性更热情地摸过去，捧住那丰满的娇嫩的脸蛋，"这里太无聊了。"

"喏，前不久我好心好意地吻你，你却规规矩矩地站着，你的手指也是老老实实的，那时你就一点儿也不无聊——每次我一想起来就忍不住笑，笑得我腰痛好半天……喂，这托盘上你要什么？你吃自己的一份够不够？"

"不，今天不够。"约尔根答，从她手里接过托盘，放到最近一堆面袋垒起的平台上。接着，好像为了解释他的话，他用手揽住故作惊慌的姑娘的肩膀，把她紧紧地搂在怀里，尽情地狂吻起来——她只好忍受，不敢大声抗议，因为她不愿让上边的人听见。

约尔根陶醉于狂吻之中。这些狂吻为他那觉醒的男子汉气概证实了下面一句话是千真万确的：给予比接受更令人快乐。锤凿声仍不停地按照正常工作的稳定节奏传下来。约尔根庆幸师傅就在近处，如此轻易取得的胜利显然应当归功于他。

"好了，"约尔根最后放开她，张着嘴大口地喘气说，"现在我回报了你，这是我早就盼望的事。"

"你真是个十足的怪物！"莉泽噘着嘴说，"接近你没好处。"她责怪约尔根，瞅瞅自己的衣裙。

"我马上去取个刷子来。"

"不不！没关系——今天没下雨。"

"哦——等一等嘛——你不能就这样——莉泽——你听着！"

可是莉泽已经登上了几级楼梯，只是转过身来做了一个强烈的手势，叫他别出声。

他吃惊地盯着她看，竟忘记了欣赏她的小腿肚子。

这丫头疯了吗？她忽然想到了什么？难道我的吻使得她失去了理智？……她竟敢穿着这样的衣服去师傅面前！……师傅恐怕会把我们俩都赶走——或者至少是赶我走，那可就更妙了！因为她肯定会撒谎——按照女人的方式（这是那本历书小说的出色说法）。她会把一切责任都推给我，尽管她是心甘情愿的——

这样的念头还在纠缠大胆鲁莽的约尔根，莉泽就已经来到了磨坊主面前。他正坐在石磨层中央的一块磨石上，右边是一柄大锤，大锤有锋利的宽刃。他就用这件工具凿那些凹槽，凹槽从中央的轴孔呈曲线向边缘辐射。砂岩的碎屑在他四周飞迸。他没有停下手里的活计抬头瞧。莉泽说了一句:"祝您胃口好,师傅!"然后把碟子放在他身边的磨石上。他只是漫不经心地点点头,表示感谢。

"咦!磨石是这个样子?真精巧——就像一幅图案……这么看,就好像它正在转动似的!它干起活来一定会叫人晕头转向。"

磨坊主笑笑,抬头瞅瞅莉泽。他的目光顿时僵住了,愤怒的红晕涌上了他的脸。

莉泽循着他的目光瞅瞅自己的衣服。

"哎呀,天哪!看我成什么样子啦!……下面到处都堆满了面袋,真够呛。到过那儿后总得刷五分钟衣服!"

她转身张望拉尔斯,很快就发现他正在磨粉机的粉箱旁一个难以想象的位置上,踮起脚尖尽量抬高自己的身量,用尽全部力气把一袋粮食倒进箱里。

"拉尔斯,这儿是你的饭菜!"她欢叫道,然后又落落大方而友好地说,"请吃吧,师傅!"说罢她跳跳蹦蹦地下了陡直的楼梯,脚上只穿着蓝色的长袜,显得很灵便。约尔根正在下面等她。

"他说了什么吗?"

尽管他是小心翼翼地低声说的,她还是把手捂到他嘴上,面带讥讽的笑容摇了摇头,溜走了。

师傅虽然没说什么,但是他已经看出来了——几个小时之后师傅下楼时,约尔根一眼就明白了这一点。师傅指责面袋堆得不齐、不巧;这儿显然还可以放许多袋面粉,用不着吊到石磨层去。他在面粉槽里发现了一道裂缝,于是更气愤了:这显然不是昨天才出现的,早就该修理好!约尔根的责任是提醒他注意这些事,可是他却什么都不管!

随后,磨坊主走到小桌前,翻了翻那本书,发现书中的字体很难辨认。

"这里面写的是什么?"

约尔根正闷闷不乐地面向一侧站着,默默地忍受着师傅发脾气,听见问话后才懒洋洋地把目光转向小桌。磨坊主拿在手里的那件东西——哦,天哪!——正是他的心爱的历书,而且恰好是翻到那页既恐怖又美妙的插图上。梅特女士正在刑讯塔楼里被残暴的打手们剥光了衣服拷问,就像故事里所说的,她倔强地挺立在刺眼的火炬光亮中,极力用乌黑的头发遮掩她的姣美的身子。插图作者显然想突出她这种努力是白费劲儿,连乌黑的头发也借助于印刷油墨精彩地表现出来了,比梅特女士在故事开头出场时的火红色头发要好得多。她在故事的发展过程中改变了头发的颜色——其原因不明,大概是要象征故事正在朝阴郁的方面转折吧。

"果不其然,一本庸俗小说——下流读物——而且把工作也耽误了!"

"这是我的历书,师傅……我要查阅去年的粮食价格,然后跟现在的价钱对比。"

磨坊主迅速地瞥了一眼封面。确实是一本历书,列出了近几年的粮价,目录上也用黑体字标明了这一点。当然了,这只是约尔根的一个哄人的借口,但是却无可非议!

然而——

约尔根的历书!听了这些话,看了历书的封面,看到封面的深蓝底色上那个金星拱卫的新年天使,磨坊主难堪地忆起了什么样的情景啊?在圣诞之夜,他不是曾看见莉泽往约尔根手里塞过书之类的东西吗?那就是这本历书,绝不会是别的印刷品!

想不到今天又在这里发现了它!

约尔根这时也在想:这件珍贵的礼物是在哪儿交给他的?当时师傅是否看见了?我猜想他看见了。他此刻也在想这事!真倒霉,怎么刚巧今天把历书放在那儿!现在他要大发雷霆了!

磨坊主倚着小桌研究粮食价格,也就是说翻到那页表格处。这是约尔根不用费劲儿就能看见的,但是他并没有阅读,这点更容易看出来。

小桌摆在靠窗口的壁龛里,阳光正好照到雅可布·克劳森的脸上,他不得不用手遮住眼睛。他的脸色因为发现了这本历书而涨得通红,但这显然不是因为书中的粮价引起的,因此在这种光线下就显得倍加引人注目。

雅可布做了个生气的动作,把历书扔到小桌上。然而这本惹祸的小书却有一个约尔根十分熟悉的特点:每次都正好翻到那页既恐怖又美妙的插图上——现在又是这样。也许是一种偶然的巧合,或者是事物的某种内在联系要求这样,艺术家在创作这幅约尔根喜爱的插图时,不知怎么竟使女主人公的相貌跟莉泽有几分相像。至少约尔根总有这种感觉。这恐怕不光是基于他的幻想,因为磨坊主也发觉了这一点。他凝视着这幅画——扭开脸——然后重新又看——脸色越来越红。

这一切都没有逃过约尔根的眼睛:师傅也看出她像莉泽——他

已经无法移开目光了——他希望看到她这样——"无可奈何地裸露出她的姣美的身子"……

磨坊主和伙计的目光相遇了，互相逼视着。

"你站在这儿发什么呆！"磨坊主呵斥约尔根道，"有好多活儿要干呢！"

"我以为您还要对我说什么哩。"约尔根气哼哼地答，并没有把目光避开。

磨坊主险些说出这样的话："我要告诉你，你卷起铺盖滚蛋吧——越快越好！我会付清你的全部工资，但愿明天在我的磨坊里不再看见你！"

约尔根从师傅那颤抖的嘴唇上看懂了这些话。现在到时候了，他要赶我走了！

怎么没有内心的声音，没有恳求的低语，从永远不会受日常想法干扰的精神生活深处发出呢？怎么没有警告的呐喊从心灵那超越时间洪流的高瞻远瞩的瞭望台上发出呢？怎么没有这样的声音提醒他，用不着害怕磨坊主说出那些话，而是迎接它们，向它们挑战，若是师傅欲言又止的话就使用激将法呢？谢天谢地，但愿师傅把他从磨坊撵走。他不是已经在这儿听到了鲜血一层一层地淌下来，而他靠自己的力量却无法摆脱吗？

真没有这样的声音？

没有！

磨坊主也在寻思：要是我现在赶走他，他会到处说莉泽和我的闲话，管林人也会得知……他会散布种种污言秽语……我们俩就会成为人家的话柄……

为什么内心就没有高瞻远瞩的明智声音规劝他：让人们去议论吧，利用这个机会，在发生言语无法挽回的事情之前就把这个伙计赶出磨坊——趁现在一句话就有效的时候说出这句话呢？

真没有这样的声音？

没有！

约尔根已经转过身去，把一个空袋子系在面粉槽的铁钩上。

雅可布·克劳森润了润他的干嘴唇。但嘴唇吐出的却不是可怕的话；他只是说面粉槽需要修理，必须立即着手。约尔根忙完以后就去找阿尔斯莱乌的汉斯·奥尔芬，请他明天来一趟；因为要非常细心，这可不是一般的活计。汉斯·奥尔芬是个信得过的人。

然后，磨坊主走下楼梯，沉重的脚步把楼梯震得嘎嘎直响，就好像要把楼梯弄断似的——与先前莉泽穿着袜子下楼的轻盈脚步声截然不同。

约尔根坐到面粉槽旁边的一个面袋上，闷闷不乐地摇摇头，心想：正像克里斯蒂安所说的，他是个吝啬鬼，是的，就是这么回事！他见我没干完全部活儿，就不想付清工资——所以他没有赶我走……可是，一到合同期满他就会解雇我，这已经相当清楚了。啊，想不到莉泽竟然这么不谨慎！

吊门的裂隙就在他脚边。他瞥见了磨坊门口的铺石路。一团白色东西一掠而过：是皮拉图斯！看来莉泽很可能正在他的房间里。不过，他应该避免现在就下去。师傅会不会在她那儿？不，他可以听到师傅的沉重脚步声，就在自己下面，在库房里。

· 144 · 磨坊

师傅正在到处搜寻，想找碴儿刁难我——此刻他大概到了筛子旁边，检查筛子有无毛病。这家伙正在寻找一个借口，既能赶我走又不用付清全部工资——这个吝啬鬼！

他通过头顶上的一道裂缝，穿过石磨层往上面一层看，看见了星状轮的一部分和一个石磨齿轮的边缘；它们正缓慢地转动，齿轮彼此啮合的轻微声音传下来。在这两个齿轮的上方，似乎有一只大眼睛在亲切地向他眨动；那是一根被粉尘铺上了一层白色的横梁，磨扇的影子不停地掠过。

从门口的铺石路到上面的磨扇——贯通整个磨坊的一瞥使他的心软了下来。他差点儿落泪，他跟这座磨坊就好像连生在一起！现在让他去投奔哪里？也许是去一处可怜的小碓房，那儿不分楼层，所有东西都像钟表那样塞在一个箱子里！他只好凑合，碰运气。再说了，去哪儿反正也无所谓，不管去哪儿，都不会有莉泽！……啊，这个不当心的丫头！她一定是爱上了他，被他的狂吻陶醉了。这倒是个安慰！……但是，接着他却要卷起铺盖走人！

他的泪水夺眶而出。

然而，他的专制的主人，这个在磨坊技术方面值得尊敬的师傅，心境也并不值得羡慕。他用锤子凿磨石的时候，他吃饭的时候，他在花园里走来走去，吸着烟斗把烟雾喷到晚霞中的时候，他夜不成寐，在床上辗转反侧的时候，莉泽的形象始终都浮现在眼前，蓝灰色工作服的胸口和肩膀上沾着白色的面粉印。他煞费苦心地调动他的想象力，想解决这个难题：身体无意中蹭到面袋，是否真的会留下这些印迹？当然，她是落落大方地这么说的——不过，这可能吗?

假如这不可能,假如确实是约尔根给她印上去的——假如莉泽真的让约尔根拥抱过——多少是心甘情愿地让他拥抱的(因为不然她就会向师傅控诉伙计的无耻举动),这一切又跟他有何相干?他最近就要跟汉娜结婚,或者不妨说已经悄悄地跟她订了婚。是的,若说这事跟他有关的话,那便是他应该高兴。这向他表明,莉泽的魅力虽然使他一度陷入了轻浮,而且他没能向她隐瞒这一点,但这种迷醉并没有造成长远的恶果。只要他还没有传染她,她没有把心愿寄托到他身上——又有什么可惋惜的呢?

总之,如果他的猜疑是正确的,那么他应该高兴。这是健全的、不可抗拒的理性引出的似是而非的结果。

然而,他企图唤出汉娜的可亲形象的努力却只是徒劳——他尽量想象她如何把燕尼从树林里叫出来,如何在厩房中照料小马,如何坐在钢琴前——但这个形象刚一出现就又消失了;取而代之的是莉泽的形象,神秘的笑容挂在丰满的唇边,用手掸掉胸前与肩上的可疑印迹——

不过,面粉印重又出现了,宛如民间传说中的血迹。

5

一股令人陶醉的香喷喷的热气从面包炉敞开的双层门里涌出来,在幽暗的炉膛里有七十个大大的黑面包正等着出炉。磨坊主使用一根长杆，顶端是个木铲，把面包一对对地取出来。莉泽接过面包后送到走廊上，克里斯蒂安再转送到揉面机上，跟先前出炉的面包排在一起放凉。在揉面房与烤房之间的许多次短暂的相遇，给厚脸皮的红头发小伙提供了机会。他开着种种亲热的玩笑，匆匆地施展种种拙笨的献殷勤花样。可是，莉泽今天的举止却有些古怪，直发呆，这使他破例地管住了自己的舌头和指头。

她用忧郁的目光打量着这个熟悉的小房间，室内的全部陈设只有靠后墙的大面包炉和对面窗台下的条案。条案上摆满了烤得焦黄的面包。角落里是台秤，她曾在这个台秤上为上万个面包称了面团。她能非常熟练地操作那把小手铲，差不多总是一次就能称准重量。此刻，小手铲正插在剩余的面团中。

又有一对面包出炉了，她端到走廊上交给克里斯蒂安。凉风从院子里穿过走廊的门吹进热烘烘的面包房。她的目光掠过院子，看到院子沐浴在十月的阳光下，阳光从屋墙的白灰上反射回来呈淡黄色，或在水洼中闪耀。在厨房的窗台上伏着她的皮拉图斯，正在晒太阳；客厅的窗口开放着天竺葵的火红的花——那儿本应是她担当主妇的位置！在左边的杂物棚里，上半扇门朝牛栏敞开着，幽暗处有一条摇摆的牛尾巴照到了一线阳光：她再也用不着天天在那儿进进出出了，将来她可以派女佣去那儿挤奶。右前方掠过磨扇的影子，巨大的嗖嗖声伴随着帆布的拍击声和呼呼的风啸声从上面传下来。由齿轮和石磨组成的巨大机器为她唱出了一首悦耳的小曲，这机器正在为她的利益而不倦地工作着。那儿还现出一角回廊，约尔根正在旋转机柄，想使磨扇稍稍转变一下方向。他也属于她所有——可供她作为偶尔的消遣。克里斯蒂安从她手中接过面包，发觉她有些迟疑便微微一笑。但是，莉泽只把他看作仆人，将来如果星期天她跟她的男人一起外出做客或是去教堂，就让他把锃亮的挽具套到棕马上，再把马套到华丽的车子上！

跟她的男人一起！她又一次来到磨坊主身边，只见他弯腰站在炉前，没有穿上衣和坎肩，衬衫敞着怀，衣袖挼到胳膊肘上，结实、多毛的手臂正在挥动长杆操作。汗珠从拳曲的鬈发滴到胡髭上，瘦长脸显出紧张的神情——他正在全神贯注地干活。若是莉泽的前任，那个矮胖的、慢吞吞的荷兰女人还在，说不定她也是这样站在他身边，像莉泽一样柔媚，目光里充满了活力。要不然就是他表面看上去如此，其实，那种紧张只不过是由于他极力克制自己，不去注意她就在身边？她的眼睛绝对不会看错：几天前，当他坐在石磨上，发现她衣服上沾的面粉印时，嫉妒顿时在他心中萌生，并且煽起了灼灼的火焰，烧得他满面通红！

啊，不！事情已经无可挽回了！她将失去这一切——这家磨坊院，而她在这儿靠劳动挣得了一份权利，她与磨坊已经难以分开了！还有这个她喜欢的英俊男子（她怎能不喜欢呢），他已经属于她了。她只需向他伸一下手指就行。是的，假如她不是个正派姑娘的话！现在她得到了报应！他打消了娶她的念头，死皮赖脸地去追求别个，去追求那个跟他在树林里调情的虚伪女人！

葬礼那天的情景又历历如在眼前，仿佛看见"那个女人"正在"她"的厨房里忙活。她肯定会被人家从这个院里赶走，被扫地出门，而且对她在这儿所做的一切毫无感谢之意！她想象着自己顶风冒雨走在湿滑的道路上，四处流浪，胳膊上挎着小包袱，怀里抱着皮拉图斯，因为它肯定不会离开她，也不会留在这里，等着"那个女人"把它一脚踢出厨房。要是它冒险重回磨坊那边去，野猫基斯又会把它的眼珠抠出来！不，她绝不是那种抛弃忠实朋友的人！

她感到一种同情在心中翻腾，但她并不去努力遏制它，仍然在克里斯蒂安和磨坊主之间来回奔忙。凭什么该她倒霉？凭什么要求一个可怜的女佣心如铁石？

磨坊主觉得已经是第二次或者第三次听见叹气和喘息声。他抬头望望。莉泽两眼含泪，接着，大滴大滴的泪水落到因天热而半露的胸脯上。

"你怎么啦，莉泽？你病啦？"他问，停下了取面包的活儿。

"哦，没有。"

磨坊主直起身，把长杆放在炉盘上。

"你一定是病了，恐怕是劳累过度了！"

她摇摇头，肩膀动了一下，提醒师傅注意克里斯蒂安。果然，他在走廊里没见到莉泽，就一脚跨进门，并且用鼓鼓的金鱼眼打量着他们。

随后，磨坊主重又弯下腰，往半暗的炉膛里望。可是他的手发抖，没能立刻把那对不听话的面包从炉子后部安全而又温暖的角落中取来。

在磨坊主和克里斯蒂安之间来回传递面包的工作又开始了，并且再也没有受到干扰，一直到七十个黑面包都摆放在揉面机上。接着，克里斯蒂安去了磨坊那边。师傅向莉泽递了个眼色，叫她留下来。

他用衣袖擦干额头上的汗,左手撑在身后的桌子上,背朝窗户,脸隐在阴影之中。外来的光线恰好落在莉泽身上。她站在那儿,就好像想要挤出门口似的——恰似一个女学生,在别人都走掉之后被单独留下来听老师训话,并且绝对不是因为什么好事儿。

"喂,莉泽,到底出了什么事?"

"啊,没什么……我来到磨坊已经一年,完全习惯了,可是现在——很快又得走,我觉得难过。"

她眨眨眼睛,又差点儿落泪。磨坊主吓了一跳。

"你要走?为什么?"

"是的,我要走,如果您结婚的话。"

磨坊主用双手撑住桌边,两臂伸直,身子稍向后仰。

"干吗胡思乱想?谁说我要结婚?"

"谁说都一样,反正我知道,您又要结婚——娶管林人的妹妹——这本来也是很自然的事嘛。"

磨坊主沉吟了片刻。他没有勇气断然否认这一指责。

"无稽之谈!"他叫道,"总不能因为我跟一个有年轻姑娘的人家互相来往,就跟原来熟识的所有女人都不——再说,我们俩根本就没有提过结婚的事。"

"嗯,有可能是这样——如果您这么说……其实,您用不着给我解释——如果您想结婚的话——"

"我根本不知道她是否愿意嫁给我。"

"天哪!这可是不言而喻的事!"

这一声叫喊十分真诚,并且伴着深信不疑的目光。别人对她内心的看法不可能有任何怀疑,因为任何头脑清醒的姑娘若能得到磨坊主做郎君,都会为自己庆幸。于是,受到青睐的磨坊主盯着自己的鞋尖,感到脸红了——这倒不是出于受了恭维的虚荣心,而是因为莉泽这单纯的信任投票证实了她对他的情意。

"不,她是不会拒绝您的,"莉泽接着说道,"如果您想结婚的话——"

"你就听我的吧,我跟你说,我和她根本没提过这事。"他着急地快速补充道,以表示对这话负责,"因此,你用不着为这事伤心!……要是真的有可能——那也还早着呢!再说也毫无必要因为我结婚就叫你走——磨坊里总得有个女佣嘛。"

"您当真这么认为,即使来了新的女主人,我也能留在磨坊?"

她走近一步,磨坊主一惊。虽然他固执地盯着地面,但还是感到了她的大胆的目光,很清楚那嘴唇在微笑——她的整个脸显示出的是那个问题的反面:难道我只是个平平常常的女佣?难道咱们之间就什么事儿都没有?要是我留下——或迟或早——咱们俩之间的感情纽带难道不会更加紧密?在此之前,他曾经一而再再而三地向自己提出过这个问题,并且早就坚决地回答说:不行,莉泽必须走人!一旦他答应了汉娜,再留下莉泽就是对汉娜的不忠。不过,现在还什么都没有约定啊!干吗莉泽现在就来烦扰他呢?

因为他无法回答她的问题,便以生气的不耐烦的口气说道:

"哦,我的天!你到底要干什么?假如你认为,你走更好些——但是我已经告诉你了,这事目前还说不上——我觉得你尽可

磨坊 · 151 ·

放宽心！你总不能要求我保证永远不再结婚，不管是跟谁结婚都不行吧！"

"要求！我怎么敢要求？我只不过是个可怜的女佣！只不过是想起来心情沉重罢了！我当然愿意一切如常，仍然留在这儿，尽我所能地照料好一切——这是我的唯一心愿……可是我怎么敢提要求？"

她用围裙捂住眼睛出去了，因为感到自身软弱无力真的哭起来，使磨坊主陷于一种尴尬、同情与怀疑互相交织的惊讶状况之中。

可怜的女佣！是的，假如她在这儿做了这么多事之后却不得不走人，那自然是严酷的。她是多么依恋他啊！她不图什么，只是希望能继续干下去，从早忙到晚，为了他过得好，为了这可爱的磨坊里的一切都井井有条！

说到底，他是否有必要这么急切跟汉娜小姐结婚呢？

结婚对他当然是最有利的——如果顺利的话。不过，决不能仓促行事。眼下一切都还算顺利，尤其是从莉泽和小汉斯的关系改善以后。

他弯下腰，透过低矮的窗子看看院子里，恰好看见小汉斯迎着莉泽跑过去，把玩具弓箭递给她。显然是哪个地方搞断了。乐于助人的莉泽似乎打算马上就动手修理玩具——尽管有许多更重要的工作正等着她去干——不过，那些工作也是决不会耽误的。这一双结实丰满的手臂，简直能胜任一切！

磨坊主笑着点点头，心不在焉地摆弄着莉泽称面团用的小手铲。

6

在十一月一个灰暗的星期天，磨坊主和汉斯去了管林人家。一种不祥的气氛笼罩着磨坊，这完全是莉泽造成的。

皮拉图斯基于猫的本性对雷雨天十分敏感，这时它也不敢凑过来。卡罗根本就不见踪影。约尔根自从那次吻过莉泽之后，莉泽对他态度一直很生硬。尽管如此，他还是竭力想跟她凑到一起快活地打发时间，不料却碰了个钉子。他怏怏不乐地一头扎进了他的小图书馆（这可是反戈一击）：取出他的历书再从头读起，从天气概况开始，只可惜书上没有列出这种雷雨天的情况。他让磨粉机随便磨着一些粮食。

莉泽打算去探望她在威克特沼地的亲人。她已经有三个星期没出去了。她想念母亲和妹妹，想念那头奶牛布丽丝，她还有重要的话要对佩尔讲。可是，路挺远的，尤其是去的路上还要挎一个沉重的篮子，因为母亲患哮喘病卧床，莉泽想给她带些果酱、面包和火腿去。此刻她觉得浑身没劲，无精打采，不知是否能打起精神走完这段路。还是回头再说吧。因为这时她很想快活一下，所以迁就了克里斯蒂安，跟他开着玩笑，弄得他笑个不停。莉泽给他和自己煮了咖啡，甚至往他的杯子里加了朗姆酒。克里斯蒂安面对如此的厚爱简直不敢相信自己的运气。他喝干掺了朗姆酒的咖啡，脸上的雀斑开始发红。这时，她忽然想到，他们俩不妨驾车出去兜兜风。这主意使他开心极了。可是,当她真的坚持要他马上就去套车时,他又吃惊地望着她说:未经师傅许可,他可不能这么做!马儿需要休息。莉泽说,这事就让她来负责好了!她做了那么多事,师傅决不会因为一次小小的消遣就怪罪她——相反,师傅一定会夸奖他。

克里斯蒂安迟疑地走进马厩,把光亮的挽具套到棕马上——因为他明白,平时干活用的那套挽具是不行的。他骂骂咧咧地把那辆漂亮的车子拖出车棚,烦恼地想着十一月泥泞的道路。可是等他套好了车子,却又觉得这次探险非常新奇,于是挥响鞭子,得意扬扬地驶到门前。

大门并没有打开,厨房门却在他身后敞开了。莉泽在门槛里出现了,撩起围裙,手拿一块抹布,惊讶地问他是不是疯了:他怎么连句笑话都听不懂?他不是昨天才出世吧?

说完她放声大笑,这使得克里斯蒂安非常伤心。约尔根也被车轮声和鞭子声吸引到回廊上。他从高处一览无余,明白了是怎么一回事。因此,他的笑声更响亮,这就使克里斯蒂安更加伤心了。

然而,这第二种笑声虽然幸灾乐祸到了极点,跟大门口传来的第三种笑声相比,却又算不得什么了。于是,形成了一场笑的三重奏。

大门口站着龙先生,大模大样,两腿叉开,以便使大腹便便的身躯在剧烈晃动中得到充分的支撑。他简直笑坏了。

克里斯蒂安一败涂地。他垂头丧气地把喜出望外的马匹又慢慢地赶回马厩。自然,如果他并不胆怯地仔细观察新来的人,就会跟别人一样明白,龙先生其实根本不知道这里哄笑的缘由。不过,对于这个天生合群的老实人来说，这是无所谓的。他随时都准备跟快乐的人一起快乐。另外两个人已经笑够了，他却依然在呐喊、笑闹和跺脚——这里真应了那句谚语：谁笑到最后，谁笑得最好。

他终于发现自己已经实现了这一目标。因此，见莉泽很有礼貌地跟他打招呼，向他欠身，他的笑声也就变成了一声叹息。他用有点气喘的声音说，他能在雅可布外出之前赶到，真可以说是恰到好处。然后，他才很惊奇地听莉泽解释，磨坊主根本不在家。她让克里斯蒂安套车，只是为了给这个懒小子找点事儿干。

"先生您走路辛苦了，不想进来歇一下吗？"莉泽邀龙先生进去，脸蛋儿上的酒窝带着甜笑。

这次"走路"步子极慢，而且频频停顿，总共用了几乎不到十分钟，可是龙先生却觉得休息一下也无妨。此外，莉泽说，如果他不歇一下就走，磨坊主会责怪她。龙先生心肠好，觉得没有理由让这个好姑娘为难。

她懂礼貌——真行，这个莉泽！龙先生暗自说，踏进了走廊右边朝向院子的小起居室，平常这里是磨坊主专用的。莉泽以略带惭愧的道歉口气向他解释，她为什么没有把尊贵的客人引进"客厅"。她说，在这个季节，这间屋比那个朝向花园的华丽房间更舒适和"安逸"。先生要抽烟吗？她把一盒香烟、烟灰缸和火柴放在他面前的桌子上，请他随便坐。她去煮些咖啡取些点心来——自家做的点心，希望先生赏光尝一尝。

她真懂礼貌，龙先生心想，在沙发里舒舒服服地坐好，点着烟。咖啡与点心激起了他的食欲，开口闭口"先生"也使他听了很

磨坊 · 155 ·

舒服。客套话进了他耳朵里的迷宫简直钻不出来了。她有礼貌——一切都很得体——真会说话！奇怪，这个沼地出身的小莉泽是从哪儿学会如此彬彬有礼的？……而且你得承认，她还是个漂亮、丰满的姑娘……对对——雅可布——有福气——这正好是雅可布的特长！

在得出深思熟虑结论的同时，龙先生一只眼瞄着香烟，另一只眼觑着莉泽出去后随手关上的门，感到很舒服。

不过，立刻就有一道阴影爬上了他那笑眯眯的脸。他想到，雅可布刚巧不在家，这真气人，因为他急于跟雅可布商量事情。当然，雅可布很快就会回家来，既然克里斯蒂安准备去接他，就不会再等好久。考虑周到的莉泽给了他报纸，他可以翻翻报纸，抽几支烟，等到他回来，用不着再跑断腿——况且，今天是星期日，是上帝规定的假日。总起来说还好，只不过龙先生有一丝隐隐约约的不安，感到并非一切都顺利。克里斯蒂安赶车去管林人家这件事就似乎不大顺利。车子驶到大门前的事也有些像谜。当然也有些好笑，很好笑——天哪！他们笑成什么样子啊！想到这儿，他心里又咯咯地笑了——但毕竟还就像谜。他没听明白，莉泽说得很快，没讲清楚——女人说话向来都不大清楚。他注意到，此时去管林人家接磨坊主似乎太早了一点。不管怎么说——总归有些不对头……

龙先生的思维器官向来就不大敏锐——何况今天又是上帝规定的假日。因此，等到他得出这个令人不安的结论，已经过了一些时候。从厨房传来的磨咖啡豆的声响让人听了很舒服，一开始曾陪伴并活跃了他的大脑活动，但这时已经沉寂，而促进思考的香烟也抽完了。龙先生渐渐感到煮咖啡时间太久了。这时，莉泽端着咖啡走进来，连声道歉，证实了他没有说出来的想法：她本可以早些煮好咖啡送来，但她宁可用新磨的咖啡豆，因此迟了一点儿。

这样，她就令人信服地为自己说明了理由。龙先生以满意的眨眼、微笑和咂嘴表示了赞许，同时搅动着褐色的饮料，津津有味地吃着酥脆的点心。

在斟满第二杯咖啡时，品尝活动中断了一小会儿。他利用此时空闲的嘴巴发表见解：克里斯蒂安去管林人家接磨坊主和小汉斯回来，不应该要这么久时间。但随后他就大失所望地获悉，克里斯蒂安根本没有准备去管林人家，车子驶到门口原来不过是个玩笑。这次，莉泽的解释既清楚又雄辩，因为她尴尬地意识到，她和两个磨坊伙计都对龙先生的到来感到意外，这情况很棘手，很容易给人留下这样的印象：在磨坊这儿，"只要猫不在家，老鼠就上桌跳舞"。她甚为关切，千万不要经过龙先生之口把这个意思传到那个老妖婆耳朵里去，那是她在龙院的死敌。因为她正确地估计了龙先生固有的理解力的明晰状况，于是她使出浑身解数来把事情说清楚，并且也相当成功，使得龙先生满怀着钦佩之情傻看着她，用手反复地拍着大腿。

"看你说的！因为这个懒小子闲得慌，你就让他套车，是吗？把马刷洗得油光光的，把马具擦得锃亮并且套好？谁听说过？……真是个能干的姑娘！确实，我想，最好把你请到龙院去，监督那些家伙……一个能干的姑娘——这正是你的特长，我可以担保——把这些都记入你的工作手册——好吗？"

莉泽不好意思地垂下眼睛，她很喜欢这样。因为龙先生如此激

磨坊 ·157·

动是少有的事,尽管她并不是龙先生答应担保的第一个人,但是对于她这个有工作手册的女佣来说,这毕竟是一次值得她珍视的表扬。

龙先生马上也作出了反应。他长叹一声仰坐到沙发里,解释说,真该死,他今天还得跟雅可布商量事情——一件十分紧迫的事——他已经答应了他那位患痛风病躺在床上的母亲。

但愿她在那里躺一辈子,这个老妖婆!莉泽心想,并不抬起她那低垂的眼睛,反而把眼帘垂得更低了,以免显得唐突莽撞。她用柔和的声音问,或许能让她转告?哪怕磨坊主很晚才回来,她也可以去给龙院送个信。

真是个能干的姑娘!没二话!亏她马上就想到了这个主意!她当然可以转告!事情很简单……龙先生开始略显笨拙地说明这件简单的事。

就是说,在夏天——八月——对,是八月中旬——他们刚收完最后一批黑麦——雅可布一天晚上曾去龙院小坐——当时谈起兔院的阿妮——

莉泽抬起她的乌黑的眼睛,露出会意的目光:她知道兔院阿妮的所有情况。

"这样吗?当然!嗯,阿妮早就有工作了——可是老太太——嗯——她总是记挂克丽丝蒂娜的磨坊,这儿的一切是否顺利?——你很能干,可是你会吃不消的——老太太说……对,阿尔斯列夫的卡伦·佩尔森——"

莉泽点点头。这次是一位漂亮的年轻姑娘。她认识她,同时也恨她。

不过，她只说认识她，却没有说恨她。

"是的，你看——有人要雇卡伦——是个好差使——可是佩尔森一家更喜欢磨坊这儿的位置——你看，我家老太太是卡伦的教母，跟她很亲近。她父母也这么想——教母——他们认为这样对孩子好……"

莉泽赞同地点点头：想不到是老妖婆在狡猾地策划这事儿！哼，她患痛风病！

"对吗？可以理解……总之——可是她——卡伦·佩尔森——正如刚才说的，有人要雇她——好差使——明天她必须定下来……因此很急，你明白。"

"是的，先生，我一定转告，今晚就给您答复。顺便说一句，我相信，我家师傅对我们现在的情况相当满意——他可能会说，既然不用请帮手我就能照应好一切，他又何必再花好多钱去雇一个女佣呢？"

"那当然！这也是我的看法！当时，讨论兔院阿妮那事的时候我就说过……他一定是疯了——这是我的原话……不不——现在不再是花钱大手大脚的时代了……不过你看，老太太不知这里的情况很不错，她担心……她想，如果你劳累过度，别人会责怪雅可布——说他是个吝啬鬼……她总是非常注意不让人家说闲话，老太太这么做……也对！总之，只要你愿意，我反正没意见。是的，我不反对。我还能喝第三杯——怎么？是第四杯了？哦，事不成三，一个房间还有四个角呢。哈哈！"

龙先生没有多推辞又接受了第二支烟。他让烟在嘴里转动，把外层烟叶充分舔湿,顺利地结束了准备工作。这时莉泽也已经备好了火柴。龙先生受到莉泽的周到伺候,惬意地吐出浓浓的烟圈。他搅动着咖啡,用手背擦掉浓密胡髭上的饮料,靠在沙发上,又想到了外出的父子俩。

"这么说他们是在管林人那儿!对,雅可布有些好朋友,不错……老太太也总是说:'雅可布在外边管林人家有这么两个朋友,很好。'……常去那儿对他有益处,她说……对对,老太太听说他在那儿一定会高兴。"

莉泽面带温顺的笑容点点头——同时想着自己的心事。

"不过你说,小莉泽,他干吗让车子回来?这么来回折腾!其实可以让车子在外面等他嘛。克里斯蒂安在那儿闲逛又不是跟在这儿一样,在这儿还得费心给他找事干——嘿!雅可布处理这种事总是这么怪。"

"不不,先生——车子根本没去那儿——他们是走路去的。"

"什么?"龙先生惊讶地叫道,"怎么着?走路去的?去管林人家?天哪!……那一定——到那儿差不多有十英里路呢……按照现在的道路状况,得一直沿着路边走——天哪,只要走一刻钟就累了……喏,管林人大概会送他们回来的。"

"不,先生!师傅从来不让这么做。不,他们仍然步行回来。"

这次,龙先生惊愕得简直说不出话来了。他只是一个劲儿疑虑地摇头,啧啧连声,并且搓着大腿,仿佛一想到这么辛苦,他的两腿就乏极了似的。

"是的,先生,可您瞧,师傅常说,马在平常日子干够了活,星期天也应该放假。"

"放假,"龙先生点点头,"我也赞成——除了收获季节以外——不错,上帝规定星期天为假日,但是,总不该让自己跑断腿呀!雅可布或许能行,可是小汉斯,这个小家伙——怎么能这样来回奔波呢?……要是老太太听说了怎么办?即便磨坊的棕马需要休假——只消派个人过去一趟,可以用我们那辆瑞典小马拉的单驾马车嘛——这段时间它没有多少事做——只是养得越来越肥!"

"哦,如果瑞典小马需要活动的话。"莉泽欲言又止,面带半狡黠、半羞怯的微笑,似乎生怕讲得太冒失,并且用手摩挲着蓝围裙,那是她为了向龙先生表示敬意而特意系上的。

然而,有身份的龙先生却执意要知道,她吞吞吐吐到底是想说什么。她越是忸怩,担心讨人嫌,担心太没礼貌,龙先生就越是叫她别瞒着,直到最后她满脸通红,不敢抬眼,连声道歉并做了某种保留,才道出了她的冒昧想法。

当龙先生谈到孩子以及他的患病的母亲时,她忽然有"那么一闪念",想到了她自己的母亲也患病在床,住在外面沼地里,是痛风病,刚巧跟龙先生的母亲同样。莉泽本打算去一趟,送一篮食品和病人需要的东西去——可是,由于龙先生的光临,现在自然太迟了——龙先生提起瑞典小马,她忽然想到,假如她能得到单驾马车,那么她可以从沼地返回时绕路穿过树林,去拜访管林人家,给师傅捎个信,并且立刻带回答复,小汉斯也可以跟她一道回来,那就不至于过分劳累了……

龙先生张着嘴巴细听,最后用拳头捶了一下桌子,把杯子震得

磨坊

跳起来。

"了不起！真是个能干的姑娘！你居然想出这么个好主意——太棒了！只不过——真该死！今天恰巧我家没人——只有索伦那小子，而且已经同意他回家去看看了。不然可以叫他赶车送你去——"

"哦，这个嘛——如果先生信任我——我自己能赶车——来磨坊之前我曾在牛奶场干过，常赶奶车。"

"你会赶车？当然啰，能干的姑娘！喏，瑞典小马听话得像只小羊羔……给你车，小莉泽，你是个孝顺母亲的好姑娘——给你车——索伦可以搭你的车到基克比——到那儿你们就岔路了……这样还有个好处——我们可以更快地得到回音，这很好；因为老太太挺着急——说不定最后会让我亲自驾车去……你高兴这样，是吗？小汉斯也可以坐车回家，而不是跑断小腿，好，很好！老太太会同意的，因为她对小家伙很担心。嗯，咱们马上就办！"

龙先生以一种非凡的灵活劲儿站起来，把桌子和喝咖啡的餐具弄得叮当乱响。

莉泽也站起来。她激动得满脸通红，因为她几乎不敢相信，她的突如其来的甚至有点空想的念头竟如此顺利地得到了同意。她能够从龙院得到小巧舒适的单驾马车，一个人赶着车驶来驶去，去做客，她觉得这已经意味着她的社会地位大大提高了。因此，她结结巴巴地说着颠三倒四的感激话。她发现龙先生站在她面前正把眼睛贪婪地盯着她，这些话就说得越发语无伦次了。

龙先生虽然主要对口腹之欲有天生的爱好，但是对温柔的异性的魅力也并非毫不动心。他先前的印象是这个莉泽很有修养，天分也不低，是个"漂亮、丰满的姑娘"。雅可布的确不仅仅在喝咖啡和抽烟方面是高手！此刻，这种印象又生动地浮现出来了。他一边笑着对她说，此事不值得一提，谁都愿意为一个如此漂亮的小妞儿效劳，说着就像有磁力吸引似的，他的伸出的食指凑近了莉泽下巴上的小窝。他小心地触触这个诱人的小窝，发出一种奇特的笑声。然后，整个粗大肥壮的龙爪又揪住姑娘的下巴，扳起她因为难为情垂下去的头，奇特的咻咻笑声也变成了更加奇特的咯咯笑声。

"谁都乐意——很乐意——为一个漂亮的妞儿……嘿嘿！不过，要是你感激的话——嘿嘿——感激是件好事，一件很好的事——喏，你这次给我什么报答呢？"

当他提这个微妙的问题时，浓密的胡髭被厚实的上唇挤开了，酷似一只绝妙的长鼻目动物，经过漫长的冬眠之后正穿过丛林。同时，他那无光泽的小眼睛似乎缩进了脑袋——这是一个比言语更清楚的鬼脸：我看够了，现在该尝尝啦！

莉泽把头尽量往后闪，两脚却不动窝。她自我克制的能力极强，对于龙先生这一十分亲热的举动并不感到危险。她真想放声大笑，陷于痴情状态的龙先生在她看来实在是冒傻气。可是，此时决不能顶撞他，这种痴情对她来说太宝贵了——谁知道还能帮她什么忙呢？她完全明白，客观情况要求她庄重严肃。由于在这样的场合颇难开口说话，因此她只是一个劲儿摇头，久久地坚决地摇头，直到下巴摆脱了龙爪。同时，她用阴沉的眼睛定定地盯住这个威胁她的贞操的男人，闭紧双唇，掩住平时光灿灿的牙齿。

平常相当迟钝的龙先生立刻就明白了，这里动不得手脚——他

磨坊

自以为看出了为什么，稍有些难为情，但又对姑娘有些感激，因为她如此鲜明地划清了界限，防止了他在姐夫的领地内出差错。他随和地哈哈一笑，拍拍莉泽的肩膀。

"哎哟，这么严肃！好严肃呀！哦，我明白了……我不傻。一切都留给师傅——实在是好姑娘——忠于师傅，我可以担保！"

他说着就抓起手杖和帽子，跌跌撞撞地走了。

在磨坊和龙院之间的路上，他又停住了，想喘口气，寻思一下。因为他喜欢直观，便用一只眼睛瞟着莉泽所在的磨坊，另一只眼瞅着自家的院子，母亲正焦急地盼着他呢！他深思熟虑地怀着圣贤的从容幽默眨眨眼，说出了如下的话：

"老太太不知底细——嘿——完全不知底细……还有兔院阿妮和她的教女卡伦·佩尔森……天哪！莉泽把一切都照料得好极了。雅可布若是再雇一个女佣——不但要多花不少钱，她还会四处乱跑、东张西望和胡说八道——那他一定是疯了。哦不，他犯不着——雅可布才不傻！哦不！他才精明哩……现在这样好得多，就好像结了婚似的！"

龙先生并不倾向于过圣洁的婚姻生活。这一点也是他跟母亲经常发生争执的一个原因——争执自然是母亲挑起的，形式有挖苦、责备、说教和直接提出结婚建议等——这一切虽然对龙先生的无动于衷不起什么作用，但有时也会使他感到讨厌的刺痒。龙院老太越来越反感，指责亨利克已经三十大几了，却还没有采取步骤"变变样"，给龙院确立一个法定的继承人。每当受到这样的抨击，他就想起他所喜爱的京城之游，想起他满不在乎地花掉的上百马克。他完全有理由怀疑,一个家庭主妇会给龙院和哥本哈根之间的旅途设置严重的障碍。在这些"业务旅行"确立为制度之前,他曾经跟母亲进行过多次激烈的争论。

深思熟虑的龙先生边叹息边嘟哝,重又迈出了沉重的步子。

"这样要好得多,就好像结了婚似的——我可以担保!"

7

在基克比的铁匠铺那儿,道路分岔了:一条往北通向海滨树林,另一条通向威克特沼地。莉泽勒住马,为了体现驭手的威严,她把缰绳扯得很紧,让那个像羊羔一般温顺的少年下了车,他从龙院回家只能搭乘这么远的路。

莉泽充分利用有他陪伴的二十分钟时间,提出了有关龙院内部人际关系的种种问题——十分小心的、似乎是偶然提及的问题,始终跟他本人有关,显然仅仅是由于关心他才提出的,以免"这头蠢驴"明天说,莉泽想向他探听什么。可是情况很快就表明,利用如此圆滑的策略从这个傻小子口里套出的情况还是很少,就好像用一个来回摆动的摇把从普通的唧筒打水。因此,看见他下车后慢吞吞地走了,莉泽松了一口气,然后赶马离开了公路,甩响鞭子沿着松软的土路驶去。从现在起,她才算真正开始了自己的周游。

上午,难以抑制的坏情绪曾控制了她,但现在已经彻底消失了,仿佛那不过是室内空气污浊的结果。十一月清新、料峭的风吹得她两颊通红，把那种压抑感吹光了。

　　一个人留在磨坊院里，她感到寂寞。磨坊主跑去找管林小姐了。她意气消沉地坐在那儿，忍气吞声。现在，她行动起来了！她去找他，去那个管林人家。她听说过那一家人的许多情况，却从来没有去过，这次可要里里外外地仔细察看一番。原来它一直在远处，就好像难以接近和神秘吓人的东西屹立在前方。抓住这个借口闯进去的主意是她突然想到的，当时龙先生恰好谈起闲置的马车和越养越肥的瑞典小马。她想，要是我得到这匹马拉车，就有办法让它掉些膘——接着，她又产生了第二个念头：干吗不让它拉着车送我去看望母亲，然后再去管林人家呢？想不到这个主意还真的实现了——现在她已经上路了。她模模糊糊地感到，她就要闯入那陌生的管林人家了。并且，这将会给她带来一些重要的成果。另外，若是能带上汉斯，把他从管林人家哄走，那看来就是胜利的开端了。同时，她肯定会给龙院带回消息：磨坊主不打算再雇一个女佣。他的岳母的教女，那个漂亮的卡伦·佩尔森，恐怕只好去接受另一个好差使了——在磨坊里没有她的位置！

　　她大笑起来，想到安德森太太偏偏在非常需要自由自在地活动肢体的时候痛风不起，这可真是太巧啦。因为在那个模样丑陋的兔院阿妮失败之后，这次新的阴险企图是把一个年轻漂亮的姑娘，而且是她本人的教女，安插到磨坊来，想在赌输之后再扳本翻番，这无疑是她蓄谋已久、寄予厚望的理想计划。唉，这个老太婆！在她认输之前，她一定会很痛苦！因为她是个冷酷顽强的怪物，肯定不会轻易认输——她肯定会痛苦得要命——莉泽很乐于看到这个！她肯定会怀着忐忑不安的预感把这项棘手的任务交给她的愚钝的儿子——不祥的预感已经完全证实了，因为龙先生已经轻信上钩了！这卑鄙的勾当完全是针对她的，是针对遭人嫉恨的莉泽的，想不到却是她作为龙院的使者去妥善地处理此事。龙老太明白这点，她衰弱地躺在家里，心里关注着莉泽的行动。这比痛风的全部痛苦更折磨她——这也正是事情的诙谐之处，引得莉泽大笑起来。她好久都没有这么痛快地笑过了。

驾——驾——好你个瑞典小马！快跑！前进！去管林人家，替龙老太传信！

但自然是先向右，去沼地——驶向她的老家，威伯家族的发源地！她本来已经灰心丧气，以为只好放弃这次远行了，不料，龙先生和他的马车以及亟须运动的小马好似从天而降。她此刻已坐在舒适柔软的车垫上，手持缰绳和鞭子。前头是马儿在小跑：肥壮的马身、飘拂的马鬃和摇摆的马尾都是淡黄色的，背部有一道深色的条纹使之连接起来，令她赏心悦目，就像一件至少暂时归她所有的漂亮玩具。身后，在铺着草垫子的车里，放着仔细包好的瓶装蜜饯、大面包、小火腿以及几篮苹果和李子——对于威伯家来说这是一个冬天的储备——比她步行可带的东西多十倍。她坐在这儿，独自赶着车，仿佛车和马都属于她，仿佛她已经是磨坊的主妇了！一旦她当上主妇，她也要有这么一辆小马车，经常载上些好东西回沼地里的老家去——是的，对于她的活跃的想象力来说，这不过是个开端——仅仅是一连串难以预见的舒适旅行的第一趟。

是磨坊的女主人在这儿驾车，她必须而且也应当是女主人——

因为不能再这样继续下去了！龙先生末尾那些狡黠的话向她清楚地说明了，在别人眼中，她此时在磨坊的地位到底如何。她的全部品德又顶什么屁用？她简直被人看成了磨坊主的床上宝贝儿。可是，等着瞧吧！我要让你们看看我是什么人！我能够驾车——也让你这匹懒马看看——怎么，你就不能走快些吗？

瑞典马怀着明显的反感离开了通向海滨树林的道路——不只是因为觉得这条路太曲折，通往一个不熟悉的方向，主要是因为路越来越难走：马路比公路松软难走，这段新岔路又比马路糟糕得多，它穿过一小片树林真正进入沼地后，只能分辨出车辙印向前艰难地曲折延伸，穿过灰不溜秋的青草或枯萎的褐色荆棘，穿过柳树丛和小桦树林，并且往往又分成好几条支路，似乎随便走哪一条都一样，因为它们看上去都不像道路——似乎随时会在什么地方突然中止，不像是通往任何一个可称是好人家的地方。越往前走，地面越松软，车轮陷得越深，按理说只能慢慢走，可是莉泽却果断地使用鞭子让马勉强地小跑着。小马赶上了一个推着手推车、衣衫褴褛的少年，突然惊喜地感到缰绳被勒住了。那少年推着一辆手推车，车上放了个大桶。在那个又旧又脏的桶里装有某种液体，每走一步都笨重地噼啪作响，散发出一种怪味。小马闻了显然很不舒服。它呼哧呼哧地摇着头，想继续小跑，可是缰绳又被勒紧了。于是，它只好平稳地慢行——比那个讨厌的桶超出一个头的距离。

"啊，是你呀，莉泽！"推车人喊道。这是个十二岁左右的黝黑少年，颧骨突出，嘴唇翘起，兜风耳。"你坐车来——这可真是新鲜事！这是磨坊主的马？"

"不是。"莉泽以略带愠怒的口气答道,"不管怎么说,我到了这儿。"

"而且很威风!"少年说,敬佩地望着她。

莉泽身穿一件相当新的黑外套,头戴一顶有椋鸟翅和棕色环带的时髦皮帽,还戴着手套——总之,是个真正的贵妇人。

"我总不能像下厨房的模样出门嘛。"她自命不凡地说,"家里怎么样,延斯?"

"啊,妈妈总是躺在那儿哭哭啼啼——她半边身子情况很不好——是风湿病,你知道。"

"真可怜!喏,我带来了几样好东西,还有点心,她肯定爱吃。"

"对,你来了她就高兴。她躺着总是说起你。"

"真的?好妈妈!可怜她总是这么躺着!夏天,其实不如出去走走,喂猪——或者牵布丽丝去牧场上吃草。"

少年放下手推车,歇歇气。莉泽也勒住马。

"的确,"弟弟说,"坐在车里晃来晃去,可比推着猪食桶走路舒服多了。"

"我像你这么大的时候也干过。"姐姐答。

她当然干过,这种使小马不舒服的气味在莉泽心中唤醒了对童年时代的回忆。她依稀看见自己是个八九岁的女孩,衣裳破烂,手推车上载着这个桶,来回几十里路,到各家各户去收集各种各样的厨房泔水,给那只宝贝猪当饲料。而猪又给威伯一家提供冬天吃的肉食,因为佩尔打到的野物都直接交给别人,换成现钱了。夏天,她"疯"跑时浑身发热,尤其是在回家路上,车轮深深地陷入沼泥之中，两手紧握车把而无法擦汗，汗水常从发梢流进眼里。深秋时节，笨重的木屐夹脚，攥住车把的拳头也冻得发青。

"说实在的，"她又点头说道，"我年轻时远不如你有力气。今天你都到了哪些地方，延斯？"

弟弟点出了各家各户的名字，接着，往手里啐了口唾沫，重新握住车把。

"足足转了一大圈！"莉泽赞许道，吆喝了一声"嘚儿，瑞典马"，她的马车又启动了。

是的，她熟悉这条路，她眼前浮现出各家各户的情况，就好像她昨天还推着猪食桶走过——其实，其中的大部分人家她后来再也没去过——她想象着它们如何各有各的特点，同时用颤动的鼻翼闻着这个桶发出的令人缅怀过去的气味。她就像人们常说的情况，被平静的童年岁月中一个生动的回忆攫住了。那童年岁月停留于瞬间的回忆中，面对着人世间关于荣华富贵的所有忧虑——一种少有的忧郁冲动控制了她。她从高高的车座上怀着妒忌俯视童年时推小车的自我，那时只要不饿不冻就知足了。

但是，突如其来的多愁善感并没有使她多说话。相反，她只是聪明地点点头说道：

"是的，你见到了，延斯！当时我推车，现在我驾车。只要振作精神，肯上进，就这样……你的学习情况如何？用功吗？"

延斯怯声怯气地说他还算用功。

"尤其是算术，怎么样？读书写字也很重要——别的都是胡扯——什么亚伯拉罕①呀、摩西②呀、大卫③呀,以及叫其他名字的老家伙——他们关我们什么屁事?"

弟弟快活地冲着她笑,打心眼里赞成。

"是的,不过算术就重要得多。情况怎么样?背熟九九表了吗?背给我听听。"

延斯考试的成绩及格了。

"还不错。"莉泽评判说,"不过,应该背得更熟!要用功!我会给你织一双手套,免得你手指挨冻——现在天冷了……我得继续赶路了——驾,瑞典马——快跑!"

8

威伯家的祖宅是一座简陋的茅草房。它之所以依然还在,似乎仅仅是因为它太不起眼,几乎不值得倒塌,也因为不知道该往哪边倒塌才好。

在那倾斜的凹凸不平的墙壁上,与其说见到的是脏兮兮的、斑驳脱落的白灰,还不如说是些糟朽的木梁、霉烂的芦苇和开裂的泥巴;黑洞洞的小窗上玻璃还在,并没有用油纸代替,可是它跟普通玻璃的差别就像臭水塘与清水池的不同;在生锈的门枢上是几乎要

---

① 亚伯拉罕,希伯来人的祖先,犹太教、基督教和伊斯兰教推崇的圣人。
② 摩西,古希伯来人的领袖,犹太教传说中最伟大的先知和导师。
③ 大卫,古以色列国王。

脱落的、在风中吱嘎摇晃的门；在凹陷的、长满青苔的草屋顶上到处都是修修补补，呈现出不同的色调，从浅黄色到暗褐色，只有一个角落没修补过。可是那儿屋架就像骨架一般透了亮——这草房向陌生人的目光展示了衰败凋敝的所有弊病，没有任何优美之处，更说不上具有往往与这种状况联系在一起的浪漫色彩了。

但莉泽只熟悉这个样子，并不期望它是别样——如果她发现这个"老家"处于更值得尊敬的状况，或许会由于异样的不适感而大吃一惊吧。

老家同原来一样向她表示热烈的欢迎——热烈得使那两扇摇摇欲坠的门经受了不小的风险。车子一停下，三个女孩就冲了出来。三个年龄虽然不同却又互相衔接的少女，多多少少都正在使身体的其余部分赶上提前发育的四肢，一律黑头发，肤色苍白，大颧骨和翘嘴唇，衣服也同样古怪，尽是污渍、补丁和破洞，并且都显得太短太窄。她们像野人一样叫嚷着：

是莉泽吗？从哪儿来？为什么这么久没来？能待到晚上吗？怎么弄到的车子？是磨坊主的马？这小马跑起来像样吗？她们是否能随车回去？车里带了什么东西？都是给她们的？

但最小的丫头以胜利的叫喊声盖过了所有这些问题：

"我赌赢了，洛娜！今天夜里我睡床，你睡地铺，活该！""别嚷，你们这些调皮鬼！你们的提问和叫嚷简直能叫一个人发狂！"莉泽笑着嚷道，从车上跳下来，立即被三个人一齐抱住了，并且被她们吻得简直透不过气来。佩尔的脸在门口出现了，露出欢迎的微笑，嘴也咧开了，牙齿间叼着烟斗。但他马上就把烟斗从嘴里抽出来，跑到紧挨着厨房的屋里去报告了。莉泽天生的敏锐听觉已经听到了母亲的激动嗓音。

实际上，即便沼地这个家是个真正的强盗窝，此刻莉泽是刚刚从外面扫荡归来，窃来了马匹、车子以及车里的所有东西，并且历经千难万险安全无恙地带回了家，恐怕她受到的欢迎也不会比现在更盛大了。在威伯一家人当中充满了猛兽之中特有的家族之爱。

"哟！浑身都湿透了！"最小的调皮鬼叫道，把手举到空中，拍拍马的肥壮屁股，"马跑出了一身汗！"

"拿一把干草来，用力给它擦——你，洛娜，给我取毛毯来，就在后边车里，替它盖上，别让它受凉——这儿有一袋饲料——小家伙该喂了，我们还得走一大段路呢——当然，先饮水——提水来！不不，我至多待半个钟头——至多！喂，玛丽，先放下那些东西，等一下咱们就打开。快点把饲料袋拿来！"

莉泽匆匆地摘下手套。她解开下巴上的帽带，从马嘴里取出嚼铁，以熟练的动作把瑞典小马头上的架子推到脖颈上。马垂下头，打着响鼻呼哧呼哧地拱进敞着口的饲料袋里，把地面上的碎草料和干桦树叶踢得四处纷飞。莉泽用手拍拍湿漉漉的马脖子，小马摆了摆鬃毛。

"行了，够了！"莉泽朝小妹妹喊道。她正用草束擦拭马的后身，就好像在擦一口锅。"递过来——把挽索解开——从上边穿过背带，别让马踩着——快点拿水来，你们这两个小皮猴！别把水都洒在路上！"

两个较大的妹妹从井里打来一桶水。莉泽的来访使她们处于兴

磨坊 · 173 ·

奋之中，她们笑个不停。看来莉泽最后那句话并不完全是多余的。当水桶放到小马跟前时，桶里只还有多半桶水。

"哼，看看这个自以为了不起的畜生吧！它大概觉得给它的东西还不够好哩。"大妹玛丽愤愤地叫道。

瑞典小马确实不大满意。它具有马类固有的洁癖和挑剔的口味，嘴巴刚往桶里一拱，就发觉这水远远比不上平时从龙院的井里打上来的水，简直差劲极了。因此，它又从桶里扬起了头，只是浸湿了鼻尖上的毛。

莉泽也深感受到了冒犯——因为这儿是她的老家。

"喝不喝随你，"她喊道，"没别的给你。"

多余的威胁。这话瑞典小马也已经对自己说过了。它渴了——非常渴。因此，它最后只好将就了，把头重新伸进桶里，伸长上唇小心谨慎地啜吸这种讨厌的水，并且只喝了必不可少的数量。当湿淋淋的马嘴从桶里抬起时，水桶差不多仍然是半满的。

这时，从厨房取来了一个小凳。水桶被拖到一边，把饲料袋放上凳子放到马跟前——从四个姑娘方面来说，这一切都是以没好气的动作完成的，并且伴随着种种含混的、吼叫的、气呼呼的斥骂，再加上四双眼睛射出的愠怒目光。她们的眼睛都像浆果一般乌黑，通常没有光泽，但这时被盛怒的电光划亮了。而她们示威的对象却微微眯起眼睛，装作好像没觉察她们的样子，其实明白是自己犯了众怒。

"瑞典马，既然你不喜欢喝水，那就吃吧！草料和燕麦是从龙院带来的，这该合你的心意了吧！"

莉泽把叠好的毛毯摊开,盖到马脖子上,尽量不让它受到冷风吹,然后把脸转向玛丽。玛丽刚从车里取出火腿,欢叫着举到空中挥舞,就好像一个偷猎者挥舞他的木棒。

"喂——家里的猪怎么样?长得快吗?嗯?我得看看!"

她把裙子拎高一点,向一个木板棚奔去。从那儿的一个洞里伸出了一只粉红色的猪嘴巴。她把身子探过矮墙,对那只咕咕叫的猪保证说,延斯马上就到,载着一满桶美味的猪食,肯定会合它的口味。

"好样的!"她说,"还有奶牛布丽丝呢?它走远啦?啊,不,在那儿呢——布丽丝!布丽丝!"

她一边喊一边朝不远处的桦树丛张望,那儿还留有大部分树叶。在这金纱帐后面活动着一个硕大的红色身体,传出一声低沉的哞叫。

"它认得我!你们听见了吧?布丽丝认出了我的声音!"莉泽深受感动,惊喜地叫道,朝树丛跑去。

她想见见布丽丝,这不奇怪。这头奶牛不仅是威伯一家的骄傲,而且跟猪一起养活着这一家人。不过,猪来来去去常换,奶牛却始终不变。布丽丝就像印度寺庙中神气活现的神牛一样神圣。

莉泽高兴地进行了这次朝拜式的访问之后回来,首先证实了瑞典马正在贪婪地吃草——她放心了,因为正如她对玛丽说的,她"担心"自己让马累过劲了,而这又是马不愿饮水的原因。接着,她吩咐妹妹们扛起带来的东西跟她走,自己也从车座上拿了个小包进了屋。

磨坊

在兼做厨房的前屋里,她看见佩尔正舒舒服服地吸着烟斗,手里用柳条编着筐,大堆柳条占了一半地面。正如圣保罗[①]本来是个使徒,却以做帐篷为业一样,佩尔·威伯本是个偷猎手,但公开身份却是编筐的。大量的柳树丛在威克特沼地几乎到处都是,长得很繁茂,这门手艺也就在威伯家流行起来,而沼地周围的树林也使偷猎这一行当成了传统。我们不清楚,那些游牧人是否特别赏识圣保罗的帐篷,不过,毫无疑问,佩尔编的筐并不怎么出色。说明这一点的最好证据是:操持家务的莉泽竟无法靠哥哥的作坊来满足磨坊院对柳条筐的需求。

莉泽满怀兴趣地看他工作,打听今年的柳条是否坚韧适度,夸他勤快,最后把小包放到他怀里。

"这是你的袜子——你现在还不配穿它……顺便说一句,跟我一起坐一段车吧——我得去海滨树林,磨坊主正在管林人家,我要给他捎个信……跟我坐一段车吧,佩尔!我要跟你谈谈。"

佩尔点点头。于是莉泽往里屋走,屋里已经传出了老母亲急不可耐的声音。

这间屋跟厨房一起组成了住房整体,这儿算是闺房。老太婆和三个女儿就睡在这里,其中有一个人要用草袋子凑合着睡,另外两个人共用第二张床。佩尔在厨房里过夜,厨房为他夜间外出提供了方便的出入口。延斯在上面有间小阁楼。威伯家的一切都安排得井井有条,划分得公平合理。

[①] 圣保罗,《圣经》故事人物,天主教的"圣人"。

因为厨房的一对门扇都向外敞着,通风和采光还说得过去。这闺房就不行了,霉味扑鼻,糊了一部分纸的小窗透进的光线少得可怜。莉泽进屋后,在半明半暗中只是模模糊糊地看到那张熟悉的脸。它在角落里用枕头垫高了,从阴影中向外窥视,面色苍白,两颊凹陷——颧骨和下巴苍白,眼窝和嘴巴乌黑,这一切都圈在花白头发组成的框框内。这张脸不大像丹麦人,有些非现实的特点,特别是在这种光线里——有点像鬼,至少有某种既不属于我们这个民族,又不属于我们这个时代的特点。这张脸来自一个更贫穷、更偏僻的小地方,在岛子的南部,那儿草地和水面交织错杂,似乎既不属于陆地又不属于海洋——那个偏远的地方令人想到,一个在我们的文明地平线之下生死不明但又继续繁衍的种族依然残存着——残存着那个从来没有见过却处处能感知到的种族的子孙。他们用未经磨砺的石刀打开了无数的牡蛎,把贝壳留给了学者——他们的首领就睡在史前时代的巨大石墓下。就好像这样一位从悠远的梦中醒来的长眠者把墓石掀到了一边,打算变成鬼怪钻出来似的。当床上的病人从沉重的被子底下欠起身子欢迎莉泽时,她看上去就是这模样。

莉泽发出一声轻喊,因为一眼望过去,她还以为母亲要死了。随后,她用双臂抱住这个瘦弱的身躯,吻那苍白的脸,以双手和话语爱抚着母亲。

"哪儿疼呀?这儿吗?可怜的脊背!"

她开始用小心但又有力的动作按摩疼痛的部位,手法熟练灵活。

"哦,好舒服——舒服极了。"病人喃喃说道,"别人都不会——

玛丽也不行。你知道，她按摩得太重……你可真够活泼健康的！就好像到户外呼吸到了新鲜空气——你的头发散发出秋叶的气息……哦，这头漂亮的金发！"

她让自己干瘪的脸温柔地来回蹭着女儿的鬈发。

莉泽是全家唯一的金发姑娘。母亲那花白的头发原先是乌黑的，因此，由于一种奇特的趣味反常，母亲对她怀有特别的偏爱。

"已经好久了——我开始担心，今天你也不会来了。"

"我有好多事要料理，妈妈……有时星期天也忙，如果没能完成所有工作的话。"

"对对……你有好多事要做——勤快的孩子！哦，你得照料磨坊的工作……一个好磨坊！"

"自然，是个好磨坊。"莉泽笑道，"你只需看一看，它给你送来了什么！"

莉泽穿过厨房，向外面招呼了一声。

立刻，出现了一支队伍。玛丽打头，面带野蛮人的表情晃动着火腿，刚刚赶到家的延斯殿后，他放下猪食桶，不理睬焦躁不安的猪直哼哼，把装苹果和李子的筐搬了进来。

莉泽从另外那张床上取过枕头，垫在母亲背下，使她再坐直一点，庄严地检阅这支欢乐的队伍。她用贪婪的目光盯着这些好东西。她的眸子射出幽光，在那像沼土一样暗淡无光的眸子中鬼火般地忽闪着火苗，好似民间传说中闪烁在宝藏和坟墓上的火苗。这次的确是一个宝藏。是一个摊开在她面前的宝藏，是磨坊向沼地偷猎之家进献的贡物！

莉泽撕开一个玻璃瓶的包装纸，两个妹妹从厨房取来一个托盘和一把咖啡勺。老太婆贪馋地舀着甜甜的苹果酱冻，吧嗒着嘴唇，揉着肚子，不住口地重复道："哦，这可真是好东西！"

"是吗？磨坊主也爱吃。我学会了按他的口味做。"

莉泽很高兴让母亲得到这种享受。她对母亲讲：磨坊主如何好心地同意她给母亲也制作一些食品；他听说母亲病了，又主动给她四分之一磅优质咖啡，那可是他自己每天上午饮用的咖啡呀；她还用他在某些场合塞给她的额外津贴买了火腿。

老太婆愉快地听着，不时点点头，面带半狡黠、半痴呆的笑容。其实，她像别的人一样毫不怀疑，莉泽是背着东家拿走这些好东西的——因此，这些对她来说就更为可口、更为珍贵。莉泽颇为恼火地感觉到，她越是努力向母亲郑重地说明事实真相，那双幽黑的眼睛就越是狡黠地眨动，头也点得越发心领神会，笑容也越发古怪。老太婆听得懂笑话，她很佩服女儿：女儿竟能编出这样的谎话，而且说这一切时竟是那么自然，仿佛全都是真的——哦，一个小滑头——这孩子将来会更有出息！

"哦，对，孩子——我对磨坊主表示衷心的感谢——真是个好心的磨坊主！"

她以亲热的变音重复着末尾一句话，仿佛在咀嚼一块美味的点心，想把所有的精华都榨出来。她轻声笑着，眯起眼睛。

"真是个好心的磨坊主——他不想再娶个好主妇吗？嗯？他很快就会让我的莉泽当主妇吗？"

"啊，我怎么知道？别胡思乱想了，妈妈！"莉泽咕哝道，对

磨坊 · 179 ·

母亲有这么个念头很惊讶。因为迄今她只是跟约尔根透露过自己的计划。

幸好,"调皮捣蛋的丫头们"已经不在屋里了!

"干吗不呢?一个漂亮的磨坊主妇……过世的那个并不漂亮……现在他会找个漂亮的……他去哪儿找更漂亮的?这样一头秀发——像丝一般柔软——而且金灿灿的……你又是怎么得来的呢?别人的头发都又硬又直像马鬃……我们大家都是——而且是黑色的……你的头发却柔软而明亮……好心的磨坊主——人家说,磨坊主是个英俊的人,是个魁梧的人——他也是金发吗?"

"不,妈妈,他是深褐色头发,褐色胡子。"

"你父亲也是——你只见过他头发花白,其实原来是褐色的……他有个堂弟——是金发……在阿尔森那边被打死了……一个好汉!像你一样的金发!"

老太婆的眼睛在眼窝里亮了一下,这次闪烁的是坟墓上的火苗——一个"金发好汉"的坟墓,在阿尔森那边。从这个黑发蓬乱、额角后塌、颧骨突出的老太婆的廉价激情中,一名历史哲学家或许能听出崇敬的口气,一个落后种族对比较先进种族的不由自主的崇敬。

但莉泽可不是历史哲学家。她吃了一惊。她并不是第一次听说这位堂叔。但她却是第一次问自己,那个金发好汉莫非就是她父亲?或者说,她是由于"一夜风流"变成了金发女郎?这两种情况都表明她是私生子——是那种可以在诗集和历书故事中读到的传奇爱情的产物。如果说她原来就一直觉得自己是这个黑巢中独一无二的白乌鸦,那么,她此刻鼓励自己,鉴于这个跟她的金发有关的特殊情况,她必定会有特殊的命运,必定要比别人爬得高,从而为这个古老的沼地小屋争光,给它带来幸福。

她再一次为调皮鬼们不在小屋里感到高兴。

那三个正在发育的野丫头,在进献了磨坊的礼物之后马上就跑出去了,去研究那匹马,那头在沼地难得一见的四条腿畜生。她们抖搂饲料袋,把滑到一边的毛毯扯好,激烈地争论着,时而拍拍马的肩部,时而又拍拍马的臀部,再爬上车,抽响鞭子。最小的丫头站在马前,手握桦树枝在马耳边不停地挥舞。她找了个微不足道的借口,说是要赶开几只并无危害的苍蝇——这一切都使瑞典小马很恼火不安,从心底发出一声又一声的叹息:"活见鬼!真讨厌!"它真不知这些穿裙子的野孩子是否会忽发奇想,连吆喝带鞭抽,赶着它穿越沼地,一直到它倒下为止。所以,当延斯喂完猪也加入这一伙时,小马甚至高兴地表示欢迎。当然了,这个少年也给它添麻烦,要看它的牙口,然后煞有介事地确定它的年龄——可惜他说错了!接着,他又抚摸和揉捏小马左前蹄上的肉赘。不过,他毕竟安分一点,习惯了一步一步地推着车走路。

瑞典小马觉得在这个给它喝不清洁饮水的地方很不舒服。因此,它瞅见莉泽走出来,显然是打算动身了,它甚至发出了一声快乐的嘶鸣。妹妹们和延斯给它撤掉毛毯,套上车前的横轭;莉泽又亲手把头架放好,把嚼铁塞进它嘴里;小马自然是极力向后挣,咬紧牙关进行了顽强的抵抗。

这似乎跟它急于离去的心情相矛盾。但是,瑞典小马这样做是出于原则:不能让一个陌生人轻而易举地像龙院的人们那样使唤它。

9

"你带着这杆旧枪干什么？"莉泽冲佩尔嚷，仍在为刚刚结束的凯旋兴奋不已。佩尔跨出门口，向左右两边迅速地、习惯地扫了一眼，然后走近车子，手上拿着一支很破旧的猎枪，枪口上塞了个软木塞。"咱们车上不好带这家伙吧？"

"要带上。你瞧，它躺在干草里就像睡在床上的娃娃。"

"可是佩尔！"莉泽说，她已经把下巴上不大听话的帽带系好了，"恐怕你不是要像一个地主老爷那样在光天化日之下打猎吧！"

"看上去荒唐，但却是真的。正是这样！"佩尔像说警句似的回答，细心地用干草盖好猎枪。"好了，"他微微一笑，"它藏在这儿就像那个瑞典老头儿——不是这小子（他伸出大拇指往肩后指指瑞典小马）——教书先生给我们讲过那个老头儿，一个农民把他藏在干草车里，龙骑兵从四面八方用剑往里捅，他都没吭声。我想，这支枪也不会出声的。"

他登上车轮，再爬进车座，显出一个已不年轻的农民慢吞吞的吃力模样——恐怕没人能根据他的动作猜到，假如必要的话，他能够像猴子一样灵巧地爬上一棵树。可是，佩尔不到紧急关头是不会表演他的技艺的。

"因为，"他在讲了瑞典老头儿的故事之后继续说道，"因为我带着猎枪在路上跑来跑去显然不合适，也不必要——就因为这个。"他特别强调末尾一句，话音重得如同一袋面粉落到了车座上。"我在海滨树林南边——喏，你们干吗站在那儿发呆，你们这些淘气鬼？帮帮忙——这儿，帮我用毛毯包好脚，系好挡泥的皮革！我在那边发现了一棵空心树——嗯，只有一个小洞口，可以从上边望进去，刚好能塞进一支猎枪。你听出名堂了吗，莉泽？……这样我就可以大摇大摆地走，即使路上有人碰上我，也说不了什么。"

"但这不是你那支英国造的新猎枪吧，佩尔？"

"'格林先生'①吗？不不，莉泽——我不把它藏在空心树里，只是偶尔让它藏在你的柜子里——这位'先生'十分适合藏入一个漂亮姑娘的柜子——嘿嘿！不过，有时旧枪它还有用场——现在我要把它藏到那边……全都系好了吗？挺像样的，是吗？喏，那就开车吧！"

可是三个妹妹却齐声呐喊，要跟车去树林里兜风。

她们已经从后面爬上了车子。

"不，不，"莉泽叫道，"我跟佩尔有话要说——你们以为我需要多余的耳朵旁听吗？下次再坐车吧——玛丽，你听话——当心！"

她催动了马。这次瑞典小马可不懒。玛丽已经站到后轮的轮辐上，结果被甩下去，滚了一跤。但是她很快又爬起来，追上另外两个尾随车后奔跑的妹妹。

"下次？那是什么时候？——下次！下次！"

刺耳的三重唱发出的"下次"在莉泽耳中轰鸣——失望、怀疑、

---

① 这是那支英国造的新猎枪的名字。

磨坊 · 183 ·

讽刺,几乎带着威胁——宛如一只倒霉鸟儿的呱呱叫声。意识到很难再有下次,不知道下次是在人世还是在天国或者地狱——这种年轻人难得产生的意识,突然使得她不寒而栗。

"下次见鬼去——见鬼去——见鬼——去!"三个调皮鬼跑得上气不接下气,不得不放弃尾追,扯着嗓门朝她嚷。

"这几个丫头真够野的。"莉泽不满地说,想通过谈话来抑制恐惧,抑制无所顾忌的诅咒在她平时并不虔诚的情感中莫名其妙地激起的恐惧。

"对,是这样,"佩尔点头说,"沼地这儿缺乏良好的教养,尽管桦树枝有的是。"

哥哥这干巴巴的幽默帮助她摆脱了阴郁的情绪。她快活地笑起来,转过身再向妹妹们瞥了一眼。她们显然没有因为桦树枝遍地都是而得到足够的"好处"。

那三个大有前途的沼地小丫头互相拉起手,转着圈跳起舞来。她们上身后仰,瘪鼻子朝天,短裙裹着细长的小腿飘拂着,六条黑辫子在脑后甩动。房子在她们身后显得很小,差不多陷进了沼地。但是在她们旁边,在一片桦树丛中,出现了一个红褐色的斑点,传来一声拖长的"哞——",似乎在向她告别。

这声音重又像阴影笼罩了她的心。真怪,她的心情就好像是最后一次听到布丽丝的叫声。

蜿蜒在树丛和灌木丛之间的车辙印甚至比来路更糟糕;车子加上了佩尔的体重并没有变轻。瑞典小马从一开始欢快的小跑转变为较为从容的快步,进而又变成逐渐放慢的踉跄,一直到最后变为慢慢吞吞的蹒跚。

赶车的姑娘在来路上始终用鞭子催赶，现在却放下了鞭子。莉泽准备进行一场严肃的谈话。

"佩尔，"她突然打破了沉默，"是你往妈妈脑袋里灌那些怪想法吧？"

"什么想法？"

"她说我会当磨坊主妇。"

"啊，天哪，她躺在那儿，脑袋里琢磨各种各样的事，因为她没有别的事好干。我吗？不，你知道，我对于磨坊主妇的看法是什么。"

"是的。你后来在外边见过他们俩吗？"

"哦，见过一次——那是我去磨坊后的第二个星期天——可是他们离房子很近，听不清他们说什么。不过，他们笑过。"

"哦——他们笑过！"莉泽重复道，那神情就好像她打算做最后笑的人。

她觉得笑不像在一起哀伤人性的罪孽那么危险，因为她很清楚笑是怎么回事，并且知道它有多大价值。

"他们进屋之后，她又弹琴了吗？"

"没有，没听见，我在近处待了很久。"

莉泽满意地点点头，用鞭子抽打路边黑黑的染料木树丛。

"他们这事成不了——还是妈妈说得对！"

佩尔有点费劲儿地转过上身，惊讶地探询地望着她，因为那条羊毛围巾绕脖子围了三匝，光扭过脖子来就太不舒服了。

"不过,你说,你跟他究竟到了什么程度?"

莉泽笑道:

"这件事我想到什么程度就能到什么程度。嘿——昨天上午,我收拾磨坊主的床铺,忽然感到乏极了——这段时候我偶尔有这个毛病——于是我坐到床上。这时,我听见他来了。我本想跳起身来,可是又改变了主意,索性向后一仰,闭上眼睛,装出累得睡着了的样子。他进来了,站在我面前——站了好久——我甚至听得见他的鼻息——他俯身看我——我感到了额头上的气息,仿佛透过闭着的眼睛看见,他的目光正贪婪地盯着我。哦,我感觉到了,佩尔——他的目光就好像触角滑过我的全身……我只需醒过来就能得到他。"

"他妈的,那你干吗不抓住他呢?"佩尔喊道,这一幕对于他那颇能忍耐的冷漠来说太有刺激性了。

莉泽面带嘲讽的微笑和动人的表情,摇摇头说:

"这不是妥善的办法,佩尔。"

"哼!我可不大明白。"

"这不是办法,佩尔——对他不能这样。"

"怎么?至少,不是可以破坏他跟外边那位的好事吗?他们不会很快就结婚——为了面子——这样一位贞女是很注重面子的。今年就要过去了——她是什么时候死的?五月——也就是说,现在他看上了你,管林小姐当磨坊主妇的事儿吹了。"

"然后呢?你说,他会娶我吗?"

"娶或者不娶——你至少要抓紧……一个小家伙到我们这儿来

野跑，那没什么关系；牛奶反正有的喝——你可以从磨坊主身上榨出不少钱——他是个软弱的人——"

"你听着，佩尔！"莉泽没好气地打断他，"我用我那点零用钱忠心耿耿地接济过你们，对不？买布丽丝时，是谁掏出最后一笔钱终于买成的？还有，你买那支英国猎枪时，是我支持你要世上最好的猎枪，因为你懂得用它。我问你，又是谁——？"

"对对，莉泽！这些都是真的——我们都知道。我们也感到——"

"嗯，要我牺牲自己，贬低自己，轻蔑自己……这公平合理吗？"

"啊，不是这个意思——这只不过是为你自己好。"

"是的，这我自己明白。我已经不小了，佩尔。"

莉泽说完后闭紧嘴唇，让人丝毫看不见她那洁白的门牙。佩尔由于有长期的经验知道，他最好暂时别再说这件事了。

莉泽皱皱眉头，显然陷入了冥思苦想。计划与前景，希望与忧虑，她都一一掂量，并且以一种不达目誓不罢休的决心加以审视。她心不在焉地盯视着浑圆的马。马儿正在她面前的辕扣中缓步行走，后腿叉开，小尾巴甩打着，松松的缰绳在体侧和大腿边摇晃。

路边的灌木丛中突然传出猛烈的沙沙声与唰唰声：一只受惊的牡狍以不均匀的、轻捷有力的跳跃穿过覆盆子和山毛榉树丛跑掉了，蹄子在身后扬起了成堆的干树叶。

瑞典小马受惊了。莉泽急忙拉紧缰绳，采取紧急措施，制止小马狂奔。佩尔向前探身凝望那只逃走的鹿。鹿的白臀仍不时在矮树丛间闪现。

"哈哈！"他笑道，"它不知道离我的猎枪这么近——居然毫无

磨坊 · 187 ·

危险！正像燕尼在九月里——你还记得吗？"

可是莉泽没有笑。

她完全忘了注意道路和方向，就好像从一场梦中醒来，回头往细长的山毛榉树干之间望。大而蓬乱的树冠向灰色的天空和光秃秃的田野展开，田野上现出一座乡村教堂的白色塔楼。

托斯特鲁普——教区森林！

道路穿过托斯特鲁普教区森林，通向海滨树林，莉泽当然知道——而且她清楚得根本就没有去想。她现在突然置身于这片树林中间，林子不大，从中间向四面八方都可以望见原野，她感觉精神一激灵。

她想起在磨坊主妇死前几小时，她在磨坊底层的黑屋子里跟约尔根进行的那场谈话。

"你也见过她吗？"她直截了当地问。

"谁？我'也'见过谁呀？"

"她。"

莉泽用鞭子指指右边一个小山包。一片小山毛榉树环绕着它，好像那里以前是一块林中空地。

"啊，这个！唔……是的，有一天晚上我见过。"

"什么时候？"

"春天——五月里。若要说得准确，就是磨坊主妇死的那天晚上。当时我心想，她大概快完蛋了；结果，第二天就听说她死了，我感到很不寻常。"

佩尔往旁边瞥了一眼。只见妹妹脸色灰白，眼睛半眯，嘴角抽动——什么都没有逃过他的注意,他以他的方式做出解释。

"多可怕!"最后,她自言自语道。

"嗯,是不大舒服。我不否认,当时我感到毛骨悚然。后来,我就没有来过这里,尽管这里鹿不少,咱们刚才已经见到了。"

"我不是说看见她。我是说,一个人死后还得这样来回游荡,真可怕。"

平时,莉泽并不多想死后的情况。倒不是因为她不信神。她很少去想在坚信礼课堂上学过的一切,也没空去怀疑。一切都依然存在,但似乎与她本人毫无关系。天国在上很遥远,地狱在下也同样很遥远。她很难想象下地狱受煎熬,也很难想象站在云端赞美上帝。其他人也许能这样。让阎王爷认为他很坏,上帝却以为他很虔诚吧。这些深浅她不懂。可是,永远在这片小树林里游荡,被砍掉的脑袋摇摇晃晃地架在肩膀上——这个她懂,这跟她有关。当然了,她的脑袋长得相当坚实,他们砍不下来。不过,任何一次偶然事故都随时可能杀死她,受惊狂奔的马刚才险些把车弄翻,险些把她的脑袋往树上抛。她平时从不考虑这样的可能性,可是这种想法现在却有了——也许是三个妹妹高叫"下次见鬼去"的余音吧——与此不可分开的是更生动的想法:假如像她在树林里那样,以后我也被永远关在磨坊里——我的全部追求就是得到它——永无休止地从库房到圆顶上上下下,在我一心想占为己有的地方疯疯癫癫……

她靠着车垫,感到快要昏过去了。

佩尔的目光又从旁边飞快地扫了她一眼,然后缩回到眼底阴沉的幽暗之中。

磨坊

"是的,关于她死后到处游荡之事,莉泽——我不能赌咒发誓。看上去是个白色的身影——穿着丧服——但也可能是一种错觉——模模糊糊的,就在天将破晓之时——"

"恰巧在我们谈到她的时候。"莉泽喃喃道。

"谁谈到她?"

"约尔根和我。他告诉我,他父亲见过她——在一个月夜——他在这里偷猎时——她看上去很像约尔根的祖父描述过的样子。因为她被砍头时他曾经在场——从那时起她就在这儿出没——至今仍然这样——"

她的声音很沮丧,握缰绳的手直抖。

"对,对——那就让她出没好了!你又何必这样伤心?"哥哥纳闷地问,"磨坊主妇死时反正没吃放了毒的油煎饼。"

"佩尔!"

"明白了,明白了——磨坊主妇是患一种很厉害的病正常地死在床上的,就像那位已故的管林人米切尔森一样。"

但妹妹似乎听了这个对比之后并没有得到安慰。

"我向你发誓,佩尔——"

"好啦,莉泽——她已经死了,埋了,不会再把她挖出来。你将会上升到她的地位,我祝福你。"

"我一定会升上去——驾——快跑!"

她扯扯缰绳,抽响了鞭子。

"我要坐在她的桌前,睡在她的床上。你放心好了,把你的祝福留给你自己吧。不过,请你帮帮我,把那只燕尼打死。"

教区森林已落在他们身后，海滨树林就在前面。她又感到自由自在和生气勃勃了。

"啊哈！到地方了！"佩尔面带开心的笑容说，"好像杀死那只燕尼能帮你忙似的！"

莉泽揶揄地笑道：

"是的，佩尔，但愿我能给你讲明白！我刚才对延斯说过，那些老家伙，摩西和大卫等其实都跟我们无关。可是有这么个大力士——他叫西姆森。女人给他剪掉头发后，他的神力就消失了。"

"不错，我也学到过。"

"喏，他的力气怎么会藏在头发里？但确实如此。如果说，那位管林小姐对他也有这样一种威力——"

她住口了，摇摇头，因为她发觉在与理智没有联系之处，她很难清楚地表达出有关事物联系的模糊想象，从而让这个顽固的脑袋瓜开窍。

"你大概没听明白吧，佩尔？"因为缺少一个更好的结尾，她又补充道。

"不明白！"佩尔以一个老实人的口气答。他虽然是偷猎手，却不是神射手。他当然想在猎枪的准星前瞄到目标，但是对一切魔弹和鬼花招不感兴趣。

"不过，我明白，你很厌恶管林小姐，很想给她一棒子。"

"当然！"莉泽叫道，感到如释重负。由于哥哥这一具体感受，她又重新站在了现实的牢固基础上。血色重又涌上苍白的脸颊，不时在母亲那几乎失明的眼睛里闪烁的阴森可怖的磷光，也划破了她眼中的幽暗:"我当然愿意给她一棒子!这个狡猾的伪君子把上帝和天使当作手中的王牌,想毁了我的牌!她还给他读诗集——是的,有一本是切口烫金的——大概是从哥本哈根的某个情人那儿弄到的。书中全是某个克里斯蒂安·温特尔[①]写的诗——内容无非是爱情——这些我也能懂。当然,都是十足的废话,根本无法解释。书名叫《木刻》,书里却没有一幅木刻——我给约尔根的那本历书中有许多幅木刻,这本书却没有一幅!全都是撒谎和胡说八道!当然,把古怪念头塞进糊涂男人的头脑,它倒是绰绰有余。这么个无耻家伙——居然自我推荐哩!喂,你能走快点吗?可以吗?什么?"

这句问话再加上几声响鞭,是针对瑞典小马的。它当然能走快,并且马上就表现出来了。现在,它脚下已不再是沼地和林地的车辙印,总算有了一条像样的路。马蹄踏在水坑里,水溅到车轮周围。有弹性的车垫摇晃着两位乘客,使他们不时肩膀相碰。

佩尔被这种颠簸摇晃着,更被发自内心的欢笑弄得前仰后合。

"很好,莉泽!"他说,鼓励地拍拍她的背,"这才是说出了心里话!对身体有好处。我跟你有同感,妹妹!就像你跟那位小姐是情敌一样,我跟她哥哥也是冤家对头。他妨碍我,也想用上帝的王牌妨碍我的计划。因为我打算碰碰运气……嘿!恐怕你永远也猜不到!你看,人上了年纪,就不愿再干偷猎这老行当了。我要在这片可爱的树林里——"他们这时正好驶入海滨树林。"你猜怎么着?我要当这儿的管林人!哈哈!看你目瞪口呆的样子,姑娘!但确实如

[①] 温特尔,丹麦古典抒情诗人。他的《木刻》集全都是短小的诗,描写田园爱情,颇受好评。

此。侍从官也不傻,他要聘用我,免得我再猎杀他的野物——是的,我到处都有朋友,能了解到最新情况——我已经听说了,管林人克里斯滕森对此事有意见。你瞧,我得勤快些:今年秋天猎到的野物越多,聘用我就会越早。你记住,莉泽:不管怎么样我都过得很快活,这样好,那样更好。即使不聘我,那也无所谓。那就会激励我比往常猎得更多,挣得我的一份收入。你看,我说这是实惠的小算盘。"

莉泽明白他的意思,这是叫她打好自己的小算盘。她立刻就发现了一条出乎意料的途径,可以回到自己的问题上。

"那就先打死燕尼,让管林人想想,如果连他自己养的小鹿都不安全……也许他不得不认输。只好让他妹妹再要一只不是总有生命危险的燕尼吧。"

"你说对了,莉泽——这倒是个不笨的想法。那好,等着瞧吧——哟,咱们到地方了!"

莉泽勒住马。佩尔下车。他用锐利的目光向各个方向察看了林中空寂无人之后,迅速抓了一把,从车里拿出猎枪,走向路边几十步开外的一棵平平常常的山毛榉树。他消失在树干后面,转眼又出现在最下面一根粗枝的分杈处,把猎枪在那里藏好了。

然后,他朝车子走回来。莉泽在车座上怀着紧张的心情注视他的动作,她从小就对哥哥与职业有关的每一个行动非常注意。

佩尔回到车子左侧,就好像他一辈子都是马夫似的,不慌不忙地细心掖好毛毯,系好安全皮带。

"多谢这次兜风。你就作出最后的决定吧。有的人没打中母鹿,因为他想要山羊，结果空手而归，而本来他是能够带回一块好肉的。'豁出去'也许不错，但是，'狡兔三窟'也不可忽略。总之，做个聪明姑娘，趁你能拿时尽量拿，这就是佩尔·威伯的忠告。我告诉你，你这辈子恐怕难得听到这样的忠告，龙先生也会向你担保……晚安，莉泽！"

他说完后转过身，迈开大步走了。

10

管林人家低矮的起居室里亲切而舒适，磨坊主和小汉斯坐在沙发里，坐在热情的管林人摆好的咖啡桌旁。从外面传来树林沉重的呼啸声，以及浪涛有规律地拍击在海岸上的沙沙声和翻滚声。这种组合起来的自然声响又与水壶的沸腾声互相混合，水壶光亮的铜肚则在铁炉的中心区闪光。火光从下面透过炉子的活门闪耀，屋子里暖烘烘的。汉娜刚刚把壶里的水倒入汉斯手持的咖啡锅。两个男子点燃了烟斗，虽然汉娜认为他们应该等一下，等到吃完了大蛋糕再抽烟。

大蛋糕摆在白桌布中央，周围环绕着碟子和杯子。磨坊主舒适地靠在沙发角落里，一个劲儿喷云吐雾，沉醉于只有在这栋林中小屋才能短暂享受到的安宁之中。健谈的管林人总是不闲着，正在整理一大堆奇形怪状的剥了皮的橡树枝和树根，它们就放在他面前的地板上。他挑挑拣拣，进行比较，看怎样配合效果最佳，并且标上记号。这是他闲暇时最爱做的事,用这些材料制作成花案——就像放在沙发与窗子之间角落里的那张一样。这次他干得特别仔细,因为这张花案更确切地说是一件装饰品,按照他的大胆计划除了主架外,还有好几个伸向各方的枝形分杈,可以各放一个花盆,是专为磨坊的客厅制作的。

"这一个花案将是我的代表作。"他笑着说。

"这我相信。"磨坊主说,"现在我只是担心我养花不内行。要是克丽丝蒂娜还活着,她自然会料理好,因为她的手很巧。"

"对,这是实话。哪儿花开得好,哪儿就一定有女人!她们不喜欢我们男人——往往就因为我们不是园丁!汉娜也是这样——瞧,花开得多好!"

他用烟斗的顶端指点着花案,朝磨坊主笑,一边亲切、神秘地眨眨眼:你不用发愁——花在你家里也会这样盛开。磨坊主虽然答以会意的目光,可是笑得有点无精打采、心不在焉。他深深地陷进沙发角落,烟斗冒烟也更冲了。

现在,隆重的时刻到了,该切开大蛋糕了。咖啡已经在杯子里冒气。不过,在把一块块蛋糕放到碟子上时出了一件憾事:蛋糕没有烤透,就像北方人的说法,有"水条"。磨坊主说这样最好吃,"水条"吃了可以提神——汉娜却以为这么说是为了安慰她,尽管她本人也喜欢这样的味道。不过,还算万幸:小汉斯的胃口不可能是恭维,燕尼也不,它正在津津有味地咀嚼,当然只是在汉娜用手把蛋糕喂给它的时候。汉斯追着它穿过整个房间,想强迫它吃东西,并发出高兴的喊声,可是灵巧的燕尼却总是躲开,有时钻过桌子底下，把身子俯得很低，腹部几乎擦到了地板，那模样正符合有些动物似乎担心腰椎太脆弱的情况。

"你现在值勤有时很辛苦吧，威廉？"磨坊主说，不由自主地向窗外瞅瞅，树林正发出大声的呼啸。

管林人也往外看。在起伏的松树梢上挂着一弯新月，如同一把弯镰。

"还行！再过八天以后月亮消失，那可就是地地道道的偷猎之夜了。"

"啊，要是你在那样的夜间外出巡查，我总感到害怕。"汉娜说。

"喏，没什么可害怕的。要是他们开枪打人，那当然够呛。可是那样做既不心安理得，也并不好玩，尤其是因为这种事总会暴露。偷猎的家伙只需爬上一棵树，我又怎么能发现他呢？"

"狗也不能嗅出他的踪迹吗？"

"啊，我不能带狗。他们会立刻打死它。"

赫克托发觉正在谈论它，便用尾巴拍打着地板。

"还有那个佩尔·威伯，"汉娜说，"人家说他做了许多坏事。原来那个管林人被害时，据说他就在场。"

"是的，毫无疑问，这是个相当危险的家伙。要是能抓住他，我的全部努力就不算白费劲儿。"

"在你们家干活的女佣，可是他妹妹？"汉娜问磨坊主。

"对，是她。"

"她看起来倒是个相当能干的人。我不喜欢她的脸，虽然它很漂亮。"

"噢，莉泽是个很正派的姑娘，我很欣赏她无论干什么都能干好。"

"是这样吗？哦，你知道，雅可布，"管林人说，"你要当心她，不然你会再一次后悔的。因为她的家庭！她哥哥是最坏的偷猎手，说不定就是半个杀人犯——父亲和祖父也是——那是一栋相当讨厌的小房子。那个沼地外面的老窝，从那里出不了好东西。我不大信任她。"

"哦，你有点太多疑了吧。"磨坊主说。

汉娜也责备哥哥这个过于简单粗暴的断语：她的亲属干的事，不能让她来负责。

由于莉泽突然成了争论的话题，磨坊主的情绪变得很古怪。更确切地说，这种情绪主要是因为他现在意识到，他的内心深处一直在不停地思念莉泽。她来到了这儿，作为汉娜的可亲形象的对立面——她就像画谜中要找的那个人，像那个人一样是个关键人物。在这场谈话中他清楚地意识到，她跟他的朋友，跟管林人兄妹，处于不可调和的对立状态——就因为她是偷猎者的女儿！他对怀疑莉泽可能偷他东西的想法感到好笑，她节省了很多钱，只是偶尔十分勉强地接受工资之外硬塞给她的额外津贴。她在经济上极为忠实可靠——这一点毫无疑问！可是——她在其他方面也对他忠实吗？她跟约尔根的关系如何？雅可布知道，她嫉妒汉娜，她最担心的事就是他与汉娜结婚。他到管林人家来玩——今天是面包房那次谈话之后的头一次——一定使她非常不安！假如她出于绝望——或者是为了报复——对约尔根表示亲近，他该怎么办呢？

磨坊 · 197 ·

这想法使他陷入激烈的心神不安之中。他想到莉泽，昨天上午他发现她睡着了——当时他看着她那已经完全成熟的少女身体的健壮而又和谐的曲线，意识到她在工作中被突然的困劲儿压倒，倒在了刚收拾一半的床铺上。这时，他看到的不再是身边这舒适的起居室以及安详虔诚的主人——他的忠实朋友和他的未婚妻，他看到的是那个很不适合这一场合的几乎有失体统的形象。

在这种情况下，他没有听见一辆马车驶来的车轮声，因为森林与海峡的啸声把它盖过了。但是，赫克托扬起头吠叫起来。汉斯跑到窗前，报告说莉泽来了。

磨坊主登时从梦幻状态中惊醒过来，站起身——就好像在这平静的房间里爆炸了一颗炸弹。他觉得就好像是他内心的想法把她招来了。

"一次出人意料的来访。"管林人说，这是对朋友那茫然目光的回答。他把手里搭配好的橡树枝放下，尾随冲向门口的汉斯出去了。

"不会有什么事吧？"汉娜悄声说。磨坊主的阴沉情绪感染了她。

"天哪！磨坊——莫不是着火啦？"

磨坊主冲到门口：

"磨坊出了什么事吗，莉泽？"

"哦，没有，师傅！我只不过替您岳母捎来个口信。"莉泽答。她已经从车上跳下，正忙着给瑞典小马盖毛毯、卸挽具。汉斯和管林人也在帮忙。

汉娜听说磨坊并无危险非常高兴，也来到门口，请莉泽快进暖和的屋里去——她哥哥会把马照料好的——莉泽接受了这一邀请。

她面带恰如其分的腼腆端坐在椅子的外缘上。汉娜给她斟了一杯咖啡，又把几大块蛋糕放到她面前。她垂着眼帘开始报告。

赫克托对新来的客人嗅来嗅去，莉泽想用手抚摩它。可是狗立即嗅出了莉泽对猎犬怀有敌意——猎犬是她那个家族的天敌——便失望地溜回了那个放着炉子的角落。这个小干扰刚过去，她的松垂的左手又感到凉凉的一触。她吓得一激灵，低头往下看：从台布的一角下面探出个嘴巴尖尖的灰褐色脑袋——雪青色的大眼睛凝视着她——一块银颈牌在暗影中闪烁，传出了小铃铛悦耳的响声。

莉泽在来路上曾热心地四下张望，并且竖起耳朵仔细听，不知能否在管林人家附近看见或听到那只出名的燕尼。现在，她突然毫无准备地跟这只她急盼杀死的动物见面了。她大吃一惊，椅子向后仰，险些翻过去。小汉斯恰好随管林人进屋，见了十分开心。

"莉泽，这是燕尼——它不咬人！"

"这是我的鹿。我对您讲过燕尼——您还记得吗——就在厨房里？"

"记得，小姐——真对不起。看我这傻劲儿……一只可爱的动物——真惹人爱！"

莉泽尽力克制自己，强迫自己的手向燕尼表示亲近，可是鹿头又像它出现时那样突然地消失了，只有清脆的铃铛声不时暴露出它在哪儿，每次都使莉泽惊慌失措，有时甚至把她吓得说不出话来。

磨坊主坐在沙发角落里，离她最近，用烦躁的手揪扯着胡须，并不抬头。她此刻竟然坐在他身边,他觉得这简直像一场梦——莉泽是偷猎人家的孩子,竟会来到这管林人家!以前,他只要跑到这儿来就能躲开她。莉泽只要稍微动一下,就从她的头发、衣裳和全身散发出一种独特的清新气息——十一月寒风的冰冷,树林、荒原和沼地的野香,枯叶和咸涩的大海的气味,一切都掺杂着她的呼吸那野性、健康的芬芳。这种气氛把他在舒适而略显重浊的室内空气中隔离开来,好像陷入了一种微醉的状态。对于莉泽所说的话,他只听懂了最必要的内容。

这时,她不再出声了,面带朴实的表情搅动她的咖啡。

"是的,莉泽,"他用有些沙哑的嗓音说,"我真不知该说什么好。可能是加给你的负担太重了。昨天上午你干着干着活就累得睡着了……对对——你自己不知道。"

"哦,知道,我打了一个盹。"

"可是你不知道我进来——你睡得很香。我没有吵醒你……但是这使我想到,对你不能要求得太多,可别把你累坏了——"

莉泽把杯子放下,杯子在托盘里当啷一声响。

"哦,不,师傅,我请求您别考虑这个!您好心,给了我一份补贴,即使您继续给我——那也比您再雇一个女佣省得多。我刚才去了沼地——给我母亲带了些蜜饯、面包和水果,是您好心让我给她的。她衷心感谢您,我也感谢您……我母亲相当虚弱,现在总是躺着,他们很需要我尽量多挣钱。假如您愿意给我这个机会——我年轻、有力气,即使有点累,也不要紧。有上帝保佑,我会胜任一切的……"

莉泽极少向上帝求助，可是这屋里的气氛促使她不能不这样。她也发现，这样做给人留下了好印象，特别是她这个孝女淌出的眼泪，她想到患病的母亲时不由自主地淌出的眼泪，已经在那善良的兄妹俩心中留下了对她有利的印象。

"对对，莉泽，既然你这么说，咱们就维持原状——我很满意。现在你得回家了，天快要黑了，然后你到龙院说一声，代我表示谢意，但我不准备那么做。"

莉泽站起来。谁都能看到她既谦恭又感激地表示高兴，但是没有人看出她心里正在得意地暗笑。她把龙院的口信传达得多么出色！假若不是她，而是龙院老太本人提出此事，谁知结果会怎么样呢？

可是，她临行前又提出了一项请求：

汉斯是否可以跟她一道走？龙先生很担心，因为这趟路对孩子来说够远的，不如给孩子免了回家路上的劳累。这主意使他感到欣慰。龙先生还说，外婆很乐意听到小汉斯并没有来回都步行。

可是，汉斯显然不情愿马上就回家——这种不情愿甚至混入了他原先对莉泽的敌意。因此，龙先生的良好愿望未能实现——除非采纳莉泽提出的无私建议：她步行回家，把车子留下。可是磨坊主对这话根本不想听。

他站在女佣身边，发现从她那黑外衣领子里露出的脖子白嫩极了。白皙、丰满并且裸露——只不过有点太露了，在十一月的寒风中乘车恐怕受不了，尤其是在傍晚。她没有带一条围巾来吗？没有，她没有带，但是她也根本没觉到冷。可是磨坊主说，傍晚要冷得多，况且她回去恰巧是顶风。他半开玩笑地提醒道，整个磨坊的家务都担在她肩上，她可不能感冒。因此，这也关系到他的切身利益。于是他取出自己的羊毛围巾，坚持叫莉泽围上。他自己根本用不着，围起围巾走路太热了。虽然汉娜也热心地取出了一条围巾，可是太单薄，他不满意。在车上围他这条才合适。

他不肯再听反对意见，亲手给她围上了围巾。

11

莉泽报告完情况就已到掌灯时分了。大家送她走后反身进屋，重新点燃了烟斗。汉娜仍在想莉泽，说她似乎是个孝女。看到即使在这样的家庭中，人伦之爱的神圣纽带也没有衰弱，真令人高兴——这显然是要表示小小的歉意，因为她，尤其是她哥哥，先前谈起威伯一家时不怎么友好。磨坊主深表赞同，但只是为了尽快摆脱这个话题，以便跟威廉展开一场政治方面的讨论。

两个朋友交谈常爱涉及这个方面。他们之间有分歧，这对交流思想与观点有好处，但又不至于闹到翻脸的程度。磨坊主比较超脱，但是赞成左派——这主要是为了家庭内部的和平，因为龙先生是个热心的政治家，随时准备向任何人担保，埃斯楚普[①]下次必定下台。"但是您要知道，要下台就是彻底地下"，然后我们的阿尔贝

[①] 埃斯楚普(1825—1913)，丹麦政治家、首相，长期无预算政府的领导人。

蒂,一个相当精明的家伙,一只"天狗",会毫不客气地教训容克贵族与教授们,必要时会叫他们彻底放心!管林人则属于右派——但主要不是出于政治原因,而是由于宗教原因,因为农民党与不信上帝的"欧洲人"[①]结成了极其危险的"非神圣同盟"。

这一次,两个朋友进行的政治辩论带有更尖锐的特点。磨坊主试图摆脱思念莉泽的缠人想法,热心地维护左派的事业:这种长久的无预算管理必须结束,它是从普鲁士容克贵族那儿搬来的,在丹麦决不适用。与此同时,他一直都在想莉泽已经走多远了,她围上他的羊毛围巾真合适。

管林人针锋相对地预言,如果农民不彻底摆脱无神论文学家的随从,古老的丹麦很快就会灭亡——他们已经几乎不再是随从,简直可以说是领导人了!

汉娜既佩服又担忧地发现,谈话正在朝认真和激烈的方向发展,很有可能危及这个夜晚的和谐。她煞费苦心地考虑如何用最巧妙的办法,使男人们离开这个伤脑筋的话题。

磨坊主清楚地看出了她的不安。她的目光不由自主地从手上的针线活移向了钢琴。他已确信,虽然他仍在积极地辩论,政治的魔鬼却绝对赶不走赖在他身上的小鬼。于是他甘情愿地中止了谈话。

"威廉,咱们把讨厌的政治丢开吧。请你妹妹给我们弹点什么好吗?"

"愿意效劳。"汉娜说,走向钢琴。她点亮灯,把一本薄薄的乐

---

① 当时属于在野党的一个文学派别名称。

谱放在面前,弹起来。

"怎么样?"她弹完以后充满期望地看着磨坊主。

"好听极了。"

"是的。不过,您不记得它了?"她的口气有点失望。

"很遗憾,我不记得了。"

"我想,这正是那支您很想再听一遍的曲子。"

"《魔笛》?我也觉得有点像——也许是我淡忘了。"

雅可布·克劳森少年时曾到过牧师家,那儿有位女士正在弹钢琴。他记得有一支名为《魔笛》的曲子,这曲子给他留下了强烈而又持久的印象。因为汉娜常给他弹琴,他产生了一种近乎狂热的渴望,想再听听这支曲子。它的余音仍留在他的情感中可说是个奇迹,这是来自一个截然不同的世界的小小启示——他常对汉娜谈起这点。几天前,汉娜忽然想到,在她的乐谱中有某个年份的旧《音乐杂志》。于是她找出来,在第一册就发现了《魔笛》这个标题。她认真地练习这支曲子,高兴地期望着听到热烈的反应——但显然没有达到预期的效果。

"哦,大概就是这支曲子吧,"磨坊主为了安慰她说道,"我不大记得清了。时间已经很久了。"

"不,您等等,"汉娜说,细看乐谱的背面,"这儿还有说明……是莫扎特的作品。他是最伟大的作曲家之一!您的鉴赏力真高。"

她似乎很为他的高雅情趣自豪。

她从小书橱里取出一沓乐谱,挑选出一份弹起来。

听起来那么悦耳,

听起来那么甜蜜——

"对!"磨坊主只听了头几个音符便马上叫道,整个脸就像孩子的脸一样熠熠放光。现在,他不再想莉泽了,伟大艺术的气氛净化了他的心灵。

管林人仍在忙他的橡树杈。琴声停了,他也笑着点头赞许。

"好,这曲子我也喜欢!虽然它很欢快,听起来几乎像舞曲的旋律,但是它有——我不知道对不对——我说它有虔敬的特点,让人乐意多听。"

"哦,这里还有好多呢。我也愿意弹,今天似乎很顺手。其实,过去我从来没看过这些乐谱。"

"但是时间有点晚了。"磨坊主说,"我们两个人该回家了。"

"真遗憾,难得这么愉快地聚在一起。"管林人说,"不过,你说得对,对孩子来说也许是有点晚了。"

"我有个好办法,"汉娜说,在钢琴旁掉过头来,"您就让小汉斯留在我们这儿吧。如果明天您愿意叫人把他的东西送来,他可以在这儿住几天——我已经答应了帮他讲情。天气大约不会变坏的,我想,已经转晴天了。"

"哦,对,天气看来不坏。"管林人说,往窗外瞧。

如果此刻兄妹俩仔细观察磨坊主,就会诧异地发现,在他脸上有一种难以理解的惊骇表情。他想起那天晚上在内弟家,也曾向他提出过同样的问题,就像是对他的诱惑。当时,他无论如何也不愿留下孩子，一个人回家见莉泽，他一定要带上天真单纯的孩子，把亡妻这个活遗嘱留在家里，作为一个小天使防备凶恶的幽灵。现在，情况完全不同了，这个建议在他心中激起的是急切的愿望：把孩子当作他的良心留在虔诚的朋友处。但是，发现这一点他又吓了一跳，他面对这出人意料的提议没有勇气采取果断的行动，几乎不敢抬起眼来。他在这个纯洁的姑娘面前感到羞惭。她正在跟凶恶的魔鬼打交道却毫无所知。她本来应当是朋友的保护神，但此刻却在无心地指点朋友背叛她自己！

"喂，小汉斯，你的意见怎样？愿意留在威廉叔叔和汉娜阿姨家吗？"磨坊主轻声问，充满期望地望着孩子。也许他没有兴致，他想，那么我决不勉强他。

可是，汉斯却高兴得跳了起来，并且保证乖乖儿的。

"好吧，但愿他不会给你们添麻烦。"磨坊主喃喃说道。

"咦，你想到哪儿去了？这只会使我们高兴。"

磨坊主起立，走到角落的小烟几前，又装了一斗烟。汉娜继续弹琴；后面的歌曲和庄严的乐曲比先前的曲子更使两兄妹欣喜；可是磨坊主的情绪却因为激动不安而变得太糟，以致这种天国之美未能在他心中激起反响。

12

莉泽坐在她那小房间的窗前织东西，表情就像是在织一张带来死亡的魔网。其实,那是一只灰色的毛袜。她两手勤快地织,越织越长,夜色也越来越浓。

外面晚风阵阵,从果树上吹落最后的叶子。果树已几乎无法与天空区分。五叶地锦的一根光秃的枝条不时地敲打玻璃窗,不时传来一只猫头鹰的怪叫。她几乎看不清自己的手,但是编织并不需要更多的光线。皮拉图斯在一边发出呼噜声。假如莉泽因为天黑看不清,感到需要光亮的话,她只需往下瞅就可以发现两点:一对黄色的小球向她射出亲切的光芒——那是皮拉图斯的眼睛。

这个忠实的小家神在女主人回来后立刻发觉,她不再难以接近了。随后,它自然而然地来到这里,并且自然而然地受到了欢迎。不知是因为它上午躲起来一声不响,积聚了不寻常的力气呢,还是另有其他不明的原因:此刻,谁听见它发出呜呜声,都肯定不会猜这声音出自一只猫,出自一只家猫的样板,而以为是听见了一只豹子在哼哼,吃掉一只鹿以后正心满意足地发出呜呜声。莉泽的钢织针也在铿锵作响,为这种她最爱听的声音伴奏——她正在为可怜的燕尼编织死亡与毁灭。

这是因为莉泽在顺利地周游归来之后,她此刻的心情并不比上午她使整个磨坊晕头转向时稍好。只不过这种坏脾气改变了特点,已经去掉了全部困劲儿。通过与慈母般的沼地泥土接触,莉泽像安泰①那样增强了力量,使她的生命力增强了十倍。她的怒气不再表现为隐约的沮丧压抑着她,而是更炽烈了,并且选择了坚决对外的

---

① 希腊神话中的巨人,格斗时只要身不离地,就能从大地母亲身上不断吸取力量。

方向，不再朝她身边的人与物发泄。因此，不光是皮拉图斯，就连卡罗现在也能安然地接近她了。

莉泽的怒气都向外面发出去了。

正如人们谈论佛教里的佛陀那样，他集中全部精神，对准一个确定的地区发功，便能使这个地区充满他的慈悲，充满他对所有受苦人的同情。现在，莉泽对准西北偏北的方向发功（她身为来自沼地与森林的偷猎人之女，头脑里自有她的罗盘），像对角线那样斜穿过屋子，越过柜橱一角，使这个方向充满了她的鄙视、她的愤怒、她对所有人与物的绝对仇恨。然后，她发出的功集中到一处，使那儿弥漫着她的本能的怒火。那个地方就是管林人家。

她认出来了，而且刚才的情景仍历历在目——自己又置身于那个大家围桌而坐的房间里。桌子中央摆着大蛋糕。就好像胆汁流进了血里，毒化了母乳，她的仇恨也渗透了大蛋糕。要是这种仇恨具有物质性的实体，而不光是呈精神状态飘荡的话，她会把它变成能毒死人的毒药。不过，磨坊主可千万别吃！哦，不！食品到他嘴里最好变成那种神奇的春药。熟悉中世纪的约尔根曾给她讲过，像梅特小姐那样的聪明人都懂得制作春药，谁吃了就会受无法抵御的情欲困扰。为什么不行？既然对畜类有这样的药，对人为什么就没有？她熟悉那些畜用的催情药——可是那些给人用的呢？为什么她那沼地里的母亲没能教她这个！

是的，给他以甜蜜的感官快乐，而且达到过分的程度，使他身不由己地跳将起来，穿过森林和夜暗径直朝她奔来——对其他人则是致命的毒药！

给他们所有人吃！首先是给她憎恨的那个女人吃！如果说有过一个女人痛恨另一个女人的事，那么，她最恨汉娜！然后再给那个哥哥——她的家族的天敌吃。再给那个孩子吃。她费了九牛二虎之力才使他听话，可是今天却又在他的目光中看到了以往的反感。给那只野狗吃，给燕尼吃——那么，佩尔就可以省下他的子弹了！她哪个也没忘，包括那两匹小马（厩门在右边），它们此刻正毫无所知地待在暖和的厩房里，吃着放了毒药的燕麦。这将伤害它们的壮实身子，就像冰岛的传说中西格蒙特喝的那种毒啤酒。

她坐在那儿，坐了一个又一个小时，不知时间是怎么过去的，也没有感到无聊，就像一头正在寻思如何解除饥饿的猛兽。她的手机械地移动铿锵作响的织针，袜子不断地向下延伸。袜子已经容得下一只男人的脚，织得十分稠密厚实，足以使靴子里的脚保暖，尽可毫无疑虑地踩过秋季树林的烂泥地。袜子正长长地吊下来。皮拉图斯在莉泽的腿上蹭，把头往上伸，它的嘴被袜边搔得痒痒的，打了个喷嚏。

莉泽终于站起身——并没有点灯——脱掉衣服上床了。

上床并不难，可是要入睡就困难多了。她辗转反侧，床板轧轧直响。皮拉图斯蜷缩在暖和的角落里——在柜橱和厨房的墙壁之间——大声打了几个呵欠，就好像在它那个睡觉的好地方说："安静吧，你这个傻瓜，别打扰我！你看，我要睡了。"

可是，莉泽并没有静下来。她感到十分燥热，便把鸭绒被掀到一边——但是又觉得冷了，只好把被子重新盖好。时间一定已经很晚了！难道他们不回来了吗？要是他此刻安然无恙地待在隔壁，在墙壁的另一边，而不是在汉娜那外面就好了！可是要摆脱那个女人谈何容易！她肯定正坐在那儿给他弹钢琴——她还清楚地记得——尽管她目光低垂，却一直在仔细打量那个魔箱。当时，钢琴默默地摆在那里，这时却发出了音响——在她的手指下鸣响起来。

这个念头缠着她不放，因为她在自我折磨中觉得这个念头最可怕。弹钢琴是一种她完全不懂的艺术，其奥妙使情敌的这种本来微不足道的能力膨胀成了庞然大物——我们以为这就是李斯特[①]的魔力，其实它跟汉娜作为钢琴师所具备的力量并没有什么不同。在这一点上，无知对文化的憎恶加深了她对汉娜原本就不算浅的仇恨，使之成为一个真正的深渊。她怀着令人头晕目眩的狂热瞪视着这个深渊。

她辗转反侧，咬着枕头哭，伤心自己是个可怜的被遗弃的孩子，一个条件更好的女人使得她相形见绌，讹诈并骗取了本应属于她的东西！在她像一只癞皮狗那样被赶走之前，她还能在这张床上躺多久呢？

然而，这是不是应该并且能够不发生呢？她在母亲那儿不是精神焕发，预感到她这个沼地出来的金发姑娘注定要步步高升吗？与家乡土地的接触不是给了她一种强有力的感觉，给了她一种可靠的信心，使她满怀信心地对哥哥说，那位管林人小姐肯定成不了事吗？那么，这突然的沮丧是怎么回事？究竟发生了什么事？她在管林人家不是贯彻了自己的意图吗？她不是已经在龙院喜气洋洋地传

---

① 李斯特（1811—1886），匈牙利作曲家、钢琴家、指挥家。

达了口信，说磨坊主不想再雇第二个女佣了吗？

她借助这些情况的调剂作用恢复了平静。平静——但还不是安眠。她不想睡。她想知道父子俩何时回来，哪怕睁着眼睛到天明。

实际上并没有拖那么久，不过也够长的。

房门终于被推开了！

她听见磨坊主跨进走廊，走进厨房，点亮了一盏灯。可是——她仔细倾听，在床上坐起来屏息静听——不！她没有听到小汉斯细碎的脚步声。

现在，他走进了隔壁的寝室——是一个人！

她的心怦怦直跳——既充满期望又不无恐惧。

磨坊主在屋里走来走去，好像没有脱衣服。他的步子越来越迟疑，有几次走近了她的房门。现在，他静悄悄地停住了——停了很久。她似乎听见了一声叹息。他肯定离门很近！

忽然，响起了敲门声。

她吓了一跳。她不知是应声还是装睡更聪明。

门轻声开了。

"莉泽，你已经上床啦？"

"是的，先生！已经很晚了，我想，快十二点了吧。"

"真的吗？"磨坊主看了看表，"哦，快到十一点半了。"

他站在门口好像有点踌躇。在他右边稍后的地方放着一盏小灯，就在他的盥洗台上，灯光照到了他的脸。她觉得他的脸很红，眼睛炯炯放光，但是目光游移不定。他仍然把表拿在手里，似乎不知道自己要做什么。

"您想要什么吗，师傅？要我起来给您沏杯茶吗？"

"哦，不，谢谢，不用了。"

"怎么——出了什么事吗？"

这句直截了当的问话和焦急的语气使他尴尬地想到，严格地讲，他不该待在她的房间里，至少在夜间不该，只要还没有发生什么特殊情况的话。

他把表迅速塞进衣袋，仿佛从昏昏沉沉的冥思中醒了过来。

"啊——只不过是——你没听见打雷吗？"

"没有。"

"哦，打雷了，暴风雨就要来了。你最好能起来一下。"

"好吧。"

"喏——今天有什么高兴事儿？"磨坊主问，他的声音已经摆脱了畏怯，要不然就是他故意装出开玩笑的微笑口气。

"啊，我们能有什么事儿？这儿没什么事。"莉泽不大高兴地嘟哝。

"也许……喂，小莉泽，嗯——也许——"

他亲热地一笑，打住了，似乎在暗示，耽误了的东西还可以补回来。

"请您走开一下，让我穿好衣服。"莉泽说。

她边说边欠起身子，用一只臂肘支撑，用鸭绒被遮住胸部，但这样背上又觉得冷。

"当然，当然！我就走。"

他退回他的房间，却让门半敞着。

莉泽跳下床，飞快地穿上必不可少的衣服，走到窗边。在光秃秃的树梢上空是满天星斗。雷雨想必是从相反的方向来临。她想到这儿笑了，因为她不大相信会有雷雨。大概是突然需要找个什么借口吧，于是他刚好想到了雷雨，因为现在跟以往一样，他无法坚决而又粗鲁地采取行动。她其实很欢迎这场雷雨，因为她也需要争取时间。不是为了考虑问题，而是为了集中心思。她用不着决定该如何对待——这点她早就决定了。现在需要的是振作精神，坚持已作的决定：决不退让！

不管佩尔在外面说过什么，千万不要自暴自弃！他的恳切忠告只能使她的决心更加明确：要是该来的事情终于来了，千万别退缩！

现在，终于来了！

门又轻轻地响了——迟疑的脚步声走近了——磨坊主来到她身旁。

他抚摸她的脸蛋——小心翼翼——莉泽的脸蛋发烫，他的手却冰凉、潮湿。

"可怜的莉泽！你很困吗？"

"不，我并不困。"她轻声打了个呵欠，答道。

"不困？喏，那好极了，因为我根本不困。"

"正好等雷雨到来，因为我还没听见雷声。"

"其实并没有打雷——哈哈哈！"

磨坊主大笑，拍拍她的肩膀。

"这有什么好笑的？"莉泽天真地问。

"哈哈！好像——哈哈哈！不，开什么玩笑！我简直不相信，莉泽！你可真能开玩笑！"

"可是——先生！"

"怎么？难道你不是跟我同样清楚，根本就不会有雷雨？"

"不，我怎么知道？您干吗要那么说？"

"干吗？嘿——也许是因为我不希望你躺下睡觉吧。我反正不想睡，我觉得咱们俩不妨聊一会儿……对吗？因为我很想你。"

"真的？"

"当然，我想你，莉泽！"

"您说服不了我，先生——您刚才到了外面——在小姐那里。"

她转过身子去——显然是满怀妒意。

"对，刚才是在她那里——可我始终想着……你还没到那儿就想，后来更想。我实在受不了，一有机会就跑回来了——现在，我又跟你在一起了。"

他想搂住她，可是她迅速闪到了一边。

"汉斯在那儿？"她呼吸急促地问，似乎想到孩子随时都会闯进来，很害怕。

"他在管林人家。我把他留下了，因为想单独跟你在一起。"

他把她拉到怀里。莉泽抗拒着，用两臂抵住他的胸口。

"不不！您想干什么？"

"莉泽！"

"放开我！您听着！"

她的声音怕得发抖。这是一种她完全不熟悉的恐惧，突然从她的心底深处冒了出来——这是她下决心遵守规矩的一个没有预料到的盟友。

"可是莉泽,别这么古板!你知道我喜欢你,你也有些喜欢我,对吗?"

他紧紧搂住她,吻了好几下。

"先生!"她恳求道。

在她的恳求嗓音里仍有那种恐惧。他感到她的整个身体都在颤抖。她自己也感觉到了。与不熟悉的神秘势力结盟可不是什么好事。那种帮助她的全新力量也似乎是并不可靠的同志,随时都会把她突然出卖给敌人。

"你这个小傻瓜!"他低声道。

"不,不!我不愿——我不愿!"她喊道,拼命挣开了。

磨坊主目瞪口呆地站在那里,莉泽只几步就跳到了通往伙计房的门口。这使她有了退路。可是她并没有利用它,却在柜子后面的角落里站定了。她在这里并不孤单,有皮拉图斯在她腿上蹭痒,给她做伴。

"这是什么意思?"雅可布生气地喊道,"别再胡闹了!"

他向她走过去。

也不知是皮拉图斯认为自己有责任保护女主人呢,还是它感到了那沉重脚步的威胁?只见它跳出来,弓起背,竖起毛,狂怒地发出咝咝声。

这突然的介入使磨坊主停下了。他没料到有猫在这儿。猫的突然出现差点吓着他,就好像从地底下钻出来一个精灵。磨坊主盯着猫,猫也盯着他,猫发出咝咝声,他也大声吼道:

"该死的畜生！"

他一脚把这"该死的畜生"踢向门口。

莉泽现在失去了守护神的庇护，看见自己直接面对着男人的威胁，便发出了一声刺耳的尖叫。结果，磨坊主没有像他打算的那样往前跨步，而是几乎退到了原来他站立的窗前。他完全没料到会遇上如此坚决的反抗。他的耳朵没有听出，这声叫喊与其说是害怕他，还不如说是害怕她自己，或者不如说是害怕那个她没有预料到的态度暧昧的盟友，此刻它也高举着飘扬的旗帜，高奏着军乐变成了她的敌人。

"你怎么这样乱喊！"磨坊主在恢复常态以后用略显沙哑的嗓音喃喃说道，"你用不着怕我。"

实际上，莉泽已不再害怕他。她已经从他的嗓音听出，她现在已经占了上风。她很清楚自己的有利地位。

"都是您不好，就因为我是个可怜的女佣，不得不伺候人……您决不会这样对待小姐……您要跟她结婚——可是却跟我动手动脚——您认为我根本算不了什么！是的，您这么想，别人也这么想，您的内弟就当着我的面这么说——"

"亨利克？他说什么——？"

"是的，因为我不让他吻我——他就说，这都是为了留给师傅，就好像我不是个正经姑娘，就因为我得伺候人……"

真心的愤怒引出了泪水——即使她的眼睛里没有泪，她的声音里却含着泪。她一边诉苦，一边拉开五斗橱的一个抽屉，在里面翻寻起来。

磨坊主被这滔滔不绝的话制服了，束手无策地站在那儿。他几次试图止住她的抱怨，几次惭愧地表示歉意，可是结果却使这股急流更加猛烈地冲破种种障碍，继续奔涌。

她很清楚，她不能跟人家比，她不是个小姐！不过，即便她不会弹钢琴，也没有烫金的诗集出借，她却不是一个"坏女人"。是的，她只是个生于沼地的穷孩子——她没有出身于管林人家——她的父亲和哥哥是偷猎手，他们打枪也许跟管林人一样好，甚至比他更好……这大概算不上是什么罪过吧——难道地主们的野物还不够多么？……尽管人家叫她"射手家的莉泽"，她却是个正派人……虽然她不参加布道会，她却了解"十诫"，并不是个"坏女人"！

她的滔滔话语在这儿被一道堤坝挡住了一会儿。

他并不想伤害她——绝没有这个意思——可是他相信，她喜欢他——她也许——有几分——

这道堤坝显然并不坚固，被急流一冲而破，并且在湍急的旋流中卷走了。

是的，她喜欢他，这点她不想否认，这大概也不是什么罪孽吧。可是她十分清楚，这事不会有什么结果——她只不过是个伺候人的穷孩子——她只希望一切能维持现状。当然，她并不指望他也这样想——现在完了——一切都完了！

这时，莉泽从抽屉里取出一顶帽子和一条围巾。她弯下腰——就在她说"一切都完了"的时候——又从柜橱底下拿出一双皮鞋。

"你拿这围巾和皮鞋干什么？"磨坊主问。昏暗的灯光从半敞的门口射进来，他颇感诧异地觉察了这些动作。

"我想走。"

"怎么？"

"我回家呀！"

这个想走的念头既让人感动又让人伤心。更加令人伤心和感动的是想到那可怜的家，几个小时前她还到过那儿行善施恩，现在却要作为一个光着身子裹在自己的贞洁之中的人被赶走，去那里寻找栖身之地了。另外，佩尔那冷嘲热讽的样子也实在叫人难受。他会面带轻蔑的表情说："是的，你早就该听从我的劝告！"在这三重影响之下，冻结的泪泉融化了。她伤心地放声大哭，一边把脚后跟往鞋里塞，一边抽抽咽咽地连声重复那句撕心裂肺的话："我回家呀！"

可是，磨坊主生气地打断了她——多少也有点害怕地说：

"你疯了吗，莉泽？回家——现在？在半夜里回家？！"

"我无所谓，哪怕是半夜走——哪怕电闪雷鸣（她现在也不由自主地接受了磨坊主的雷雨说法）——我不能留在这里——我是个正派的姑娘！"

"你冷静点，莉泽！我不准你这么走！别人会说什么？"

莉泽并不在乎别人说什么。她并没有请他们说什么，而他们反正已经说了最难听的话——就像龙先生那样——因此她必须走！她再一次指出，她是个正派姑娘，不是个"坏女人"。她只想获得许可，平平安安地走。

"听着，莉泽。"磨坊主说，"别再说了！你不能离开这房子——现在不行。我回我的房间，你如果愿意可以把门闩上。"

于是，在这个基础上达成了暂时的和解。不过，莉泽考虑得很周到，并没有闩上门。

　　磨坊主没有立刻上床睡觉。他坐在椅子上，任凭小灯把油耗尽。他惭愧地想，都怪他跟这个女佣太亲热了。的确，他常常感觉到她的全部举止似乎都带有挑逗性。然而，正是他自己把这种挑逗植入了她的目光、她的笑容和她的动作之中。的确，他自个儿有责任！她是爱他的——这点她已经向他承认了！

　　在墙壁的另一边，莉泽躺在床上累极了。她也在回想刚才所发生的事，但最后并不是像他那样责备自己。相反，她对自己相当满意。

　　这个磨坊的女佣在度过闷热的一天之后，拂晓前终于睡着了，而且自我感觉良好：她朝着她的目标又向前迈了一大步。

第四章

1

莉泽在床上翻来覆去地折腾了好一阵，终于揉开眼睛看得清东西了。屋里笼罩着不正常的暗淡光线——这光线十分暗淡，若不是粉白的墙壁好心帮忙，它简直会无力地熄灭。

窗上没有挂窗帘——可是看上去就好像有窗帘似的，而且是一种相当难看的深灰色窗帘：外面的雾浓极了，在十一月份这个阴天的破晓时分，没有丝毫的灿烂阳光，甚至没有丝毫的彩色条带或光斑。果树林中寒鸦的叫声沙哑，就像晨曦那么灰暗。当公鸡开始啼鸣时——磨坊的公鸡和龙院的公鸡遥相唱和——它们的晨曲根本没有报晓的意味，听起来就好像夜间吞下了大量的雾，现在开始咳嗽，正艰难吃力地把雾气咳出来，吐出来。

莉泽醒来时也像天色这样无精打采的。

她首先想到这是个工作日。今天是星期五。从那个值得纪念的星期天晚上算起，已经过去了四天。这段时间她和磨坊主之间没发生什么事。她似乎距离自己的目标并没有更近一步。只剩下几天了,然后汉斯就会回来,有利的时机就会错过!她的怀疑日渐增长:她对磨坊主做出那么坚决的反抗,是不是对头呢?在每一个不眠之夜,她似乎都清楚地听到佩尔的劝诫声:因为她想要山羊,就真的让母鹿跑掉吗?

她埋怨自己是个傻丫头,太老实,因此——也就像那些听话的孩子一样——一无所获。

晚上,她入睡之前,就像现在这样头昏脑涨、心情烦闷地醒着,一声不响地躺在床上,倾听隔壁有无动静。她不时爬起来,朝床脚望,看门槛上的光带是否还亮着。但愿上帝成全,让他再来敲一次门——或者径直推门进来,因为门并没有闩上!然而,上帝似乎不想成全——可能是因为她与上帝的关系不怎么好,而另一个女人却"出席所有的布道会"……但愿——莉泽心想——来一场雷雨,来一场真正的雷雨就好了!我们俩都得起来。我怕得要死,假如电闪雷鸣的话,我确实会那样——他过来安慰我,十分温柔,那么一声强有力的惊雷便会安排好其余的一切!然后,我就会充分表现出我是个正派的姑娘——总不能要求我是个木头人或者石头人嘛……

可是,这几天显然不会有雷雨光临,而呼风唤雨又超出了这个磨坊女佣的能力。

她快要绝望了。希望虽然还有,但每过去一天,希望就失去一分。如今,又一个天气恶劣的灰暗早晨毫无希望地看着她,提醒她抓紧时机。是的,要是知道该怎么抓紧就好了!她似乎已经预见到,这一天结束时,她仍然跟原来一样毫无进展。

随后,响起了敲窗声。

磨坊

是用五叶地锦轻轻地敲的,敲了好几下,这说明尽管外面有表面上静止不动的雾,实际上还是有风。不过,这敲击声听起来不大一般——声音不大,但是越来越坚决、笃定。她立刻就悟出了差别。

她从枕头上抬起头,凝视着窗上的雾帘。

没多久,这现象再一次出现了。敲窗声,不像在外面她的情敌那儿,是冥冥之手在敲窗;不,窗框里冒出了一个实实在在的、被火药熏黑的、沾有血迹的拳头;拳头下面有什么东西在闪亮——那东西的大部分显然还在窗框下面。但是,可以见到的这一部分却晶莹发亮,就好像那拳头从雾中挤出了大滴的发亮的水珠。

莉泽像猫一样无声无息地跳下床,来到窗前。

在那个被火药熏黑的、沾有血迹的拳头下面,是佩尔·威伯站在那儿,与拳头形成相应的人体关系。他戴了一顶皮帽,帽子的每一根僵硬的毛尖上都挂着一颗闪亮的水珠;羊毛大围巾绕着短脖子缠了好几圈,遮住了胡子拉碴的下巴;他肩扛猎枪;两腿不是塞在长筒靴里,而是穿了一双糊满湿胶泥的套鞋,黏着成团的枯叶与折断的细枝。佩尔·威伯身上最稀奇的东西是那高举的右拳上吊下来的物件——一个用锌白铜打制的项圈,项圈上有个可爱的小铃铛。

莉泽悄悄地走到五屉柜跟前,从抽屉里取出一双毛袜。她悄悄地打开窗户,用袜子交换项圈,再小心翼翼地把小拇指塞进铃铛,不让它发出响声。

然后,她谨慎地把头探出窗口,希望能见到燕尼就躺在窗户底下。

佩尔发出了快活的笑声,但声音低得几乎听不出,只能看到。

"你以为我会在光天化日之下把它扛在肩上到处逛吗?……不不——我打中它的时候,天色已经太晚了。我没法带来,只好把它留在外面——可是藏在了一个好地方。若是他们搜出这只鹿来,那一定是出鬼了。今天晚上我再去取。对对,狡兔三窟!这充分体现了老猎手与青年人的差别。"

他从肩上取下猎枪,递给她。

"莉泽,你最好给格林先生安排好今天的住处。它不喜欢大白天招摇过市。今晚我再来取——等我去扛那畜生的时候。"

他微微一点头,告辞了。

这真是一次"窗前的幽会"。

恐怕很难有更亲切的方式能使得这位女佣的心情如此快乐了。

莉泽把猎枪放进衣柜——她显然不是第一次"为格林先生安排住处",因为这位先生常感到大白天散步光线太亮了。她把燕尼的遗物细看了一番,怀着心里怦怦直跳的胜利喜悦。

这个项圈是个不会骗人的吉兆。它那闪烁的银光赋予铅灰色的天空以怡人的光彩。它的小铃铛响起来带着喜庆气氛。燕尼的项圈就在她手里!这是她战胜情敌的一大胜利。如此开始的一天必定会带来好运!

她把这件珍贵的宝贝藏入五屉柜,放进最下面一个抽屉最靠里边的角落,并且仔细包好。

她醒得晚了,今天有好多事要做,因为她得烘"8"字形糕饼。可是这不要紧,她工作得很顺手,就好像是玩一场游戏。

拉尔斯把头探进门来道别。他母亲病了,好心的磨坊主准了他

磨坊

几天假，让他回家去帮忙。莉泽的头脑此刻正琢磨自己的事，完全忘了这个情况。于是拉尔斯提醒她："你知道，我母亲——"她立即联想到了自己的母亲，因而颇为动情。

"对对，快进来，我的小弟弟！"

她热心地打开他的提袋，把热炉盘上已经烤好的焦黄、酥脆的"8"字形糕饼包进一个大纸包，再装进提袋。

"带给你妈妈！代我问好，祝她早日痊愈！早安——一路平安！"

她热情得过了头，竟在拉尔斯那张娃娃嘴上印了个热烈的吻。拉尔斯被这一亲昵举动惊讶得张大了嘴。然后，她把拉尔斯推出门口，在这个插曲之后又继续加倍热情地工作。

她的灵巧的双手并不因为心思惦记着树林里而受到妨碍。现在，"那位小姐"大概正站在屋前，小汉斯站在她身边。她不停地呼唤"燕尼！燕尼"，树林也回应着。可是，树丛里并没有悦耳的银铃声响应她，也没有燕尼奔来。晚上，她会又一次徒劳无益地呼唤，第二天再继续叫，但希望却越来越渺茫。她会痛哭流涕，因为她有一颗柔弱的心。哭泣决不会使她更漂亮——一直到最后她确信，她的燕尼再也不会回来了，她的吆喝声才不会在树林里回荡。

纯朴的想象使这个天真的人——出身于威克特沼地的莉泽——心绪极佳。不过，她心中绝不仅仅是无聊的幸灾乐祸在欢呼。她有一种神秘的、无法用言语概括的想象："那位小姐"的势力已经被彻底破坏，因为她的吉祥物已经被消除，现在跟燕尼同样，她恐怕很难再把磨坊主勾引回家了——这给了她所有的肌肉以力量与弹性，在她的眼里点燃了不时闪烁的磷光。这灼灼的目光得意扬扬地向她的宝贝儿——忠实的皮拉图斯频送秋波。它那么肥,毛那么亮,惬意地发出呼噜声,尾巴拳曲着,舔着嘴唇,心满意足地眨着眼围绕她打转转,宛如一只正在天国散步的猫——而"那位小姐"的小鹿则眼珠暴突,舌头从淌血的嘴里伸出,躺在某个林子里的一堆树叶下面。

2

磨坊主在客厅那边听见了她的愉快歌声。歌声与炒咖啡豆的香气一起涌来,比晴朗的阳光和蔚蓝的天空更使他开心。

雅可布·克劳森有个奢侈的习惯,每当他约莫十点钟或十点半钟从面包房里出来时,必喝两杯咖啡,而且要喝好咖啡。第一杯吃点白面包或者糕点,第二杯点起一斗烟。烟斗里绝不装乡巴佬的劣质烟,而是装荷兰的优质烟,因为正如龙先生断言的那样,他是一个美食家。然而,在这个星期五上午,他却在坐下来等候咖啡时点燃了一支香烟。他穿着一件干净的衬衫和一件考究的灰外衣,脸上现出某种庄重的坚毅,与精心的装扮颇为和谐。

莉泽也感到有必要让自己的外表与喜悦的心情更加协调。她用烙铁把前额的鬈发重新烫过了。她没时间另换一件衣裳,但工作裙的粗布料差不多已经完全被淡黄色的围裙遮住了。还有一件绣花胸衣,是她刚才飞快套上的。她穿着这样的盛装,笑眯眯地端着咖啡盘走进来,即使广告画上的"美味巧克力"女郎,跟她相比恐怕也成了可怜的形象。

她整个身子光彩照人,引起了磨坊主的注意。他愉快地朝她笑了笑:

"你也来一杯,坐下一起喝吧。"

她高兴地道谢,照办了。

"你看,咱们经常这样坐在一起多好!你喜欢吗,小莉泽?"

他亲切地望着她。她的表情朴实,带点羞答答的感激。然而,如果他的目光再进一步探索的话,就会看出在背景上隐藏着一种紧张的、几乎是不怀好意的表情。

"啊,当然,我怎么会不喜欢呢?"

磨坊主拿起一块酥皮糕点,泡进咖啡。点心在舌头上很容易就化了,味道很好,因此又有几块点心也同样干脆利落地进了肚子。磨坊主脸上露出愉快的笑容,评论也涌上了嘴边,称赞这次点心做得特别可口。莉泽显然很谦虚,但她并不否认,她做东家爱吃的这种点心可费了大劲儿。只要他满意,她就高兴。

磨坊主说,若是他还不满意,那也就太不知好歹了,因为她非常勤快,而且她做的一切都很成功——譬如咖啡,味道好极了。他必须承认,他从来也没有尝过这么好的咖啡。是的,他甚至抱有疑问:就是苏丹恐怕也不一定能招待他喝更好的咖啡吧?

莉泽承认,这可能是由于近来她成功地改进了咖啡的煮法。现在,她先把咖啡豆放在微火上炒,这自然要花费更多的时间,但是她知道,主人是多么重视一杯好咖啡。

磨坊主微微一笑,承认自己有诸如此类的弱点。

莉泽发觉他的杯子空了,便站起来给他再斟。她弯腰探过桌子,磨坊主的目光紧盯着她那既丰满又匀称的身材。朴素的衣服使得这身材有特别的迷人之处。

一个可爱的小妇人——人人都会这么说!

她发觉他在打量她,因此坐下时脸红了,这红晕显得很好看。她不知所措地用手抚抚头发,特别是那拳曲的额发。她心里清楚,比起"那位小姐"的简单发型来,这至少使她更显得有小姐派头。

或许连磨坊主也注意到了这种优越之处?他眼前是否出现了另一张脸孔,正忧郁而又责备地望着他?也许有内心的声音正向他低语,问他是否准备丢掉一块面包去换松脆的点心?他用手在眼睛上和突然皱起的眉头上一挥,赶走的可是这样的幻象和这样的念头?

"你也给自己再斟一杯吧,莉泽。"他说,划燃一根火柴点烟。

她为自己斟了半杯。

"多谢——可是您这样会宠坏我的,先生。"

"真的吗?宠坏!"

他靠到沙发背上,默默地吸了几分钟烟,让烟雾从两唇间或鼻子里喷出来,直到把莉泽和自己笼罩在浓烟之中。莉泽坐在他对面的椅子边上,以恰如其分的仆人姿态手端杯子啜饮着咖啡。杯子终于空了——她把杯子放到桌上,然后做了个动作,打算站起身来。

磨坊主抬起眼睛。

"咱们可以经常这样无拘无束地坐在一起喝咖啡。"他说,"你喜欢吗,小莉泽?"

"啊,当然,我怎么不喜欢呢?在这舒适的房间里,若是有人陪伴而不是一个人寂寞地喝咖啡，咖啡味道自然会更香。可是我要煮饭做菜，恐怕很难在这个时辰来这儿坐。今天的活计快做完了，所以才能来。"

"哦，煮饭做菜，这事好解决。"磨坊主说。

"您也许想雇用卡伦·佩尔森吧？"莉泽问，显然很担心。

"不是她就是另外一个——是的，我知道，你不怎么——"

"哦，这得由您自己定——当然了，如果您认为有必要的话。"

"是的，我当然这么认为。我早就对你说过，这担子超出了你的能力。一个星期前，你大白天就在我的床上睡着了，可见你太累了。而且，你自己也说过，我可能再婚，这恐怕不会使你高兴。"

这时，莉泽连忙表示，这件事将会使她十分高兴——但是，她并没有反驳东家的话。

"你最希望磨坊里的一切都维持原样，是吗，莉泽？"

莉泽并不希望。她是这样表示的：叹了口气，垂下目光，眨眨眼皮——完全没料到磨坊主却按照相反的含义解释了这些表示。

"对，这样不行，"他说，"不能再这样继续下去了——咱们得统一一下意见。"

莉泽其实跟他的意见一致，但由于真正的女性的谦恭，她仅限于不进行反驳——只是又叹了口气，眼眨得更厉害了。

磨坊主把香烟放到茶托上，双手交叉放在膝间，细看两个大拇指互相扭绞。

"另一方面……嗯……由于你可能离开这儿——"

莉泽从小口袋里麻利地扯出一块干净的手帕，那口袋是按照女高音歌手的式样缝到围裙前面的。她把手帕捂到眼睛上。

"至于这一点——这——嗯——这可不行,因为——嗯——因为现在磨坊已经离不了你,磨坊主也是……我想,如果咱们俩结婚,也就克服了一切困难!"

话终于说出来了,这些话,她早就盼望的话,她期待已久的话,这些姗姗来迟曾使她极为失望的话!如今,她当真听到这些话了!目标的突然实现使得她心潮澎湃,她的反应简直与有幸高攀的喜出望外无法区分。她的手直颤抖,并且忘了用那块干净手帕捂住眼睛,眼睛里闪耀着泪花。

"是的,我怎么也想不出更好的办法了,"磨坊主继续说道,隔着桌子朝她探过身子来,"可是,你对这事意见如何,莉泽?"

莉泽站起来,半掉开身子说,他不该跟一个可怜的女佣开这样的玩笑——因为这不现实——这是不可能的事。

莉泽趁着她的嗓音还没有哽住说出了这些话,接着——因为那块手帕太小,不能适应眼下的情况——她索性用围裙蒙住了涨红的脸,走到门边。

磨坊主被这种谦恭深深打动了。他想走过去,用爱抚和恭维话安慰她,使她确信不疑——因为他也许把事情说得太轻巧了。这时,他的注意力被一辆车子的隆隆声吸引了。他忽然想起了"另一位小姐"。

"啊,偏巧这时候来打扰我们!"他以不快的口气抱怨道,但接着又诙谐地笑起来。

莉泽站在门边,已经看见了车子。她稍稍向前探身,想看得更清楚些。

"是您内弟的单驾马车。"她说，有些不安，"不过，只有索伦赶车，车里没坐人。"她又补充道，放心了，因为她担心的是磨坊主的岳母不期而至，在这关键时刻千万别再出岔子！至少，她休想指望从龙院得到什么好消息。一看到那个呆头呆脑、并无恶意的伙计和她十分熟悉的瑞典小马，她就厌烦。他们要干什么？大概是要送她的亲爱的磨坊主外出吧？恰好是现在，眼看事情就要敲定的时候？现在！至少该把事情谈妥呀。

"啊，是他！我差点忘了。"磨坊主说，走到窗前，打开窗，朝外面喊道：

"索伦！你先把车赶到一边去，把马关好。我晚点儿再去。"

然后，他关上窗，转向莉泽。莉泽这时的感觉是一个巨大的危险被阻止了。

"我忘了跟你说这件事。饭后我要马上乘车外出，明天中午以前回不来。在城里，我要跟一个粮食商人谈一笔生意，接着还要去找县法官，向他呈交一份申请立即结婚的信件[①]。在进城的路上我还要拜访牧师，这不光是因为我还欠他什一税，我要让他准备一篇精彩的婚礼祝词。好心的牧师施密特自然会表示反对，因为他一定会觉得我操之过急了。但是这没有什么关系，我不想等到他认为合适的时候。喂，莉泽！"他向她凑过去结束道，"你仍然认为这是恶作剧吗？当然，假如你不喜欢，也可以让索伦把车子赶回去——跟

[①] 这种信请求准许立即结婚。否则，必须接连三个星期天在教堂公布结婚预告，然后方可结婚。

粮商打交道的事可以再往后推一推。"

只听见一声喊叫,这是真正发自肺腑的无法模仿的心声。莉泽激动地倒在了如意郎君的怀里。

3

磨坊主站在他的卧室里,从一个小柜子中取出旅费。他已经穿好了大衣,帽子和皮手套放在身边的一张椅子上。院里传来莉泽的叫喊声,接着是车轮的轧轧声,龙院的伙计索伦把单驾马车从马厩赶到了走廊的门口。

需要随身带的钱都在皮夹子里。他把皮夹收好,扣好外衣,要拿帽子和手套。可是他的毛围巾呢?一定要围好脖子。围巾到底在哪儿呢?不见挂在走廊的衣帽钩上……对了!星期天晚上他把围巾让给莉泽用了。围巾肯定还在她的房间里。

他打开门往里瞧。不见围巾。至少没有看见她随意乱丢,在这方面莉泽实在太有条理了。

左手边就是柜子。雅可布对手下人的财物十分尊重,从不会想到去他们的房间翻柜子。可是,既然在他与莉泽之间已经发生了那些事,现在他倒是没有什么顾虑了。

灰色的长围巾果然挂在柜子里。他取出围巾。不料,另外一件重物也跟着掉了出来,当啷一声落在地上。

一支猎枪——一支双筒猎枪。

在莉泽的柜子里藏着一支枪！热血顿时涌上了雅可布的两鬓。见到在莉泽的房间里竟然有这件男人用的物品，过去他对莉泽是否可靠的所有怀疑便骤然苏醒了。

这时，莉泽正好走进来，向他报告车子已经备好。通过敞开的门，她望见了自己的心上人站在屋里，一只手拿着毛围巾，另一只手握着猎枪。

顿时，她好像遭到了雷击一般。

现在，恰恰在一切都进展顺利之时，却发生了这样的事！

偏巧今天，佩尔把猎枪交给她保管！偏巧今天，东家打开了她的柜子！这两件事都是她自己找的！是她唆使佩尔去做那件事，害得他在林子里待了那么久；是她驾车去管林人家，东家在那儿给她围上了毛围巾。这不是成心跟她作对嘛！

她可不能忽视猎枪被发现的严重后果。在这儿，在这家磨坊里，在这家属于管林人的好友雅可布·克劳森的磨坊里，她竟然与臭名昭著的偷猎贼狼狈为奸！这对于一个磨坊女佣来说固然应当指责，但似乎还可以原谅——可是，对于一个未来的磨坊主妇来说就近乎不贞了……

她很快就意识到了这点，但又心中无数，惴惴不安，好似电闪雷鸣时只看见一片黑暗。

她发出了一声低微的惊喊。

雅可布抬起头，用异样的迷惘的眼神瞅着她。

"感谢上帝，幸亏没有上子弹！"莉泽叫道，很快就镇静下来，"佩尔答应过我，子弹不上膛。"

"佩尔？你哥哥？"

"是的，不然还有谁？"

"哦，当然……你哥哥。"

他怎么没有想到这一点！是她哥哥，偷猎者——对可怕的疑问给出的一个无可指责的答案。毫无疑问，这个答案是确实的。他莫名其妙地把枪握在手里，目光落到那块标明制造厂家的小铭牌上："格林，伦敦。"他记起来了，他曾经听人说过，佩尔·威伯有一支英国造的好枪。

莉泽毫不费力地看出了他的想法。最让她喜出望外的是，她突然发现，自己处于无辜受疑的地位反而有好处。

她拍了一下巴掌。

"哦，雅可布！你以为——"

"我什么也没有以为，"磨坊主咕哝道，并不瞅她，"刚才我只是弄不明白，这支猎枪怎么会进了你的柜子。"

"是的——你以为有人来找过我。"

她沮丧地坐到一张椅子上。

"我忘了你哥哥。"

这听起来像道歉——而且像忏悔。

"哦，你怎能——怎能把我想得那么坏！"

"我根本就没那么想。"磨坊主分辩道，"刚才我简直不知道有何感想。你哥哥的猎枪怎么会到了这儿？它放在这儿已经好久了吗？"

"刚几天。"

她不假思索地撒谎，怀着本能的自信，至少是为了保护自己，

磨坊

也为了保护哥哥不致因燕尼失踪而受到怀疑。

"就是前天。他一早就来敲我的窗户,请求我为他保管猎枪,因为天已经亮了。他打算随便哪天晚上再来取。他不是地主,地主可以大白天背着猎枪大摇大摆地到处走,没人会查问他的狩猎许可证。佩尔不是地主,尽管他比任何地主都更有资格扛猎枪。"

莉泽就是这样直截了当地说的。除了日期稍有更动外——一切听起来都是实话。从声音和话语里透出一种愤慨,批判这种与实际才能毫不沾边的社会不平等。要是那些地主老爷能跟她哥哥比试比试枪法就好了!那将表明,谁最有资格扛着枪走来走去!但因为现在不是看贡献,而是看谁继承的钱财多,佩尔·威伯只好央求妹妹给猎枪找个存放处。那么好吧!她住在这儿,是他妹妹!难道能因此责怪她?

磨坊主的脸色虽然舒展了,但仍然好久都未能阴云尽散。

虽然莉泽这令人满意的解释在恋人心上搬掉了一块大石头,但是却在另一方面又给这个未婚丈夫的礼仪观念加上了一个沉重的负担。柜子里的猎枪使他不能不把他的新姻亲放在心上;这位大舅子——对其"才干"他自然是满怀敬佩的——是个轻狂之徒,他身后还藏有威克特沼地的一家子,对此他有虽然十分模糊但却叫人害怕的印象。

他以不大友好的口气喃喃说出了他的愿望:既然她哥哥不能带着枪露面,那么最好还是给枪另找一个存放处吧。

莉泽含着泪向他保证,这样的事决不会再发生。况且,也许要不了多久,佩尔就能带着枪大摇大摆地随意走动了;侍从官大人要聘他当海滨树林的管林人，因为他是这一带最优秀的射手。

于是，磨坊主说，佩尔可望有一个正当的职务，这真是好极了，但眼下他毕竟还没有受聘。莉泽连忙保证，她很清楚，假如她是磨坊主妇，她决不会做这样的事。他用不着担心（此刻，她又在一定程度上忘记了刚才她对社会不平等表示的愤慨）。而且，她还认识到，身为女佣这样做也是不妥的；不过，总不能对自己的亲骨肉那么冷酷无情吧。但她愿意尽一切努力，不管付出多大的代价，也不让她的贫贱家庭成为他的负担。只要能让她偶尔去看望一下可怜、多病的妈妈，给她带几样小东西就行了。

她的处境令人感动，因此也就不能责怪她总是自我怜悯了。最近几天她显得特别容易激动。她越说越不连贯，最后竟痛哭失声。众所周知，磨坊主并非铁石心肠，因此也就不足为怪，他当即把哭哭啼啼的未婚妻搂进怀里，抚爱和安慰她，不停地亲吻她那被泪水打湿的脸蛋，并且向她保证，决不会阻止她对母亲尽孝道。一个好女儿自然会成为一个好妻子，她用不着为她原来的家羞愧，哪怕它比较贫困——因为听她说她的家庭决不会拖累他，他感到十分惭愧。他保证说，她那病弱的妈妈将过得舒舒服服，什么也不缺。是的，最后他甚至向她表白——心中感到对不起他的林中好友——从他这方面来说，他决不会恼恨一个天生爱打猎的穷人，哪怕他常利用别人的猎场来弥补自家猎场的不足。只不过不能以任何方式使磨坊成为他夜间出猎的庇护所！这一点她自己已经认识到，因此也就不必再多说了！

实际上，也没有时间再说下去了。客厅里那只总是慢一点的旧钟，以迟疑不决的叮当声宣布十二点已到。这钟点提醒磨坊主，如果他今天还想办完事，就必须马上出发。

于是，他撂下那支讨厌的猎枪，去拿毛围巾。莉泽为了答谢未婚夫在护林人家对她的殷勤照顾，也用温存的双手把围巾帮他围在脖子上。雅可布在车座上坐好，莉泽又热心地为他掖好旅行毛毯，免得寒风吹进去。她还体贴入微地把那床旧毛毯找出来，包好他的靴子，免得两脚受凉感冒！最后，她拍拍瑞典小马的屁股表示道别，提醒它路上要敏捷灵活，千万别像上次在教区森林那样受惊，记着尽快给她把当家人安然无恙地送回来！

4

五屉柜上玻璃罩底下的座钟敲了三下。磨坊主已经离家差不多三个小时，莉泽相当惬意地度过了这段时间，仿佛她已经是这整幢住宅的主人。她以主妇的身份巡视每个房间，好多东西她都想调换位置。她要告别自己的小房间——那里应该住新来的女佣。今晚，她就想叫约尔根把她的床搬到右边拐角那个小房间去——原来的女主人就是死在那儿的，她要用它作婚礼之前的住房。那房间大一些，也漂亮得多——首先，墙壁不是粉刷的，而是真正裱糊过的，并且还挂有一面镜子。另外，她住在那儿更合适，庄重空旷的"客厅"就处于她的卧室与磨坊主的卧室之间。她不怎么怕鬼，尤其是不怕原来的女主人，据揣测，她不是那种死后还要折磨别人的女子。汉斯以后也要搬到这个房间来。

她在其他房间里也发现了种种需要重新布置之处。特别是客厅，确实给人一种相当空旷的印象，只是角落里摆了几把普通的椅子。她注意到，大约一里外有个教士家据说要举行一次大拍卖，她今天在报上偶然读到了。在那儿或许能以便宜的价钱买到一架钢琴，放在角落里十分合适。有时，管林小姐不妨在这架钢琴上为他们演奏。她现在已经不再担心这位"森林女郎"了，身为胜利者当然要表现出宽宏大量。她还有一种感觉：一个女人如果马上就让她的男人跟老朋友疏远，那是不明智的——这兴许还有一个决定性的因素：一想到她是在自己家里接待管林人，她就感到非常得意——不错，是她，偷猎者的女儿，"射手家的莉泽"！

钟响三点时，她正坐在窗前遐想——她亲切地打量着座钟。这只钟是一幢有两根黑色柱子的桃花心木小屋——下面是个坐着的天使，上面是只卧狮，两者都镀上了厚厚一层金。她常擦拭这玩意儿，但今天才第一次发觉它非常美观，因为这是她的钟了。

她越过院子往面包房那边瞧。一个月以前，她曾站在那儿的走廊上，往住宅这边望。那时候天竺葵在窗台上盛开着耀眼的红花——她当时想，理应是她莉泽作为主妇坐在这儿。嘿，现在果真是她坐在这儿了！当然，天竺葵花已经凋谢了，但这样可以更清楚地看见主妇。瞧吧！你这个烤面包的莉泽！你能瞧见我吗？——我，磨坊里的莉泽·克劳森太太——喏，现在你满意了吧？

莉泽站起身走到门口，把鸡和鸽子召拢来，给它们撒了些饲料。她看见卡罗躺在井边，就招呼它过来。卡罗有点畏缩地走近，她也给它放了一满碗面包屑和吊着不少肉的骨头,而且绝不是像她过去那样心里打着小算盘——为了小汉斯的缘故——而是纯粹出于好心,因为这只狗毕竟也属于她的磨坊。然后,她在花园里溜达了一会儿,那儿只有几朵迟开的紫菀花在迎风摇摆。她又巡视了一遍房间,没有发觉什么新情况,便重新坐到窗前。时间似乎放慢了——她几次朝漂亮的座钟望,都怀疑钟停了——怎么才过去了半小时!她不止一次想动身回沼地的老家。天哪!那可是一件开心事!佩尔肯定会把眼睛瞪得老大……想不到就在他送来燕尼项圈的当天!这个念头差点促使她上路,不过,她有点累了……她想再休息一下……归根结底,还是等几天吧,到时候她可以坐车去。喏,小丫头们,那些高喊"下次!"的淘气鬼们——她们该开眼了!

她本来可以干点什么——但是,不,确实,她干够了。现在到休息的时候了!可惜有点无聊——这么寂寞!

这时,她想起了约尔根,他在磨坊那边也是一个人。拉尔斯回家去了,克里斯蒂安像往常这时辰一样,驾着磨坊的车去兜风了。他是孤零零的一个人,但自然不是无事可做,因为此刻刮起了一阵小小的疾风,是十一月份常有的那种风。磨扇只蒙了一半帆布,在空中呼啸着旋转。显然,在石磨层上有好多事要做。她本来可以过去帮帮他,这虽然是工作却又更像玩耍,因为跟她日常所做的事不同。整个磨坊里只有他们俩,却各自守在自己的角落里,这也有点太傻气了。

老实听话的约尔根!他对莉泽的遭遇十分关心,他还根本不知道情况已转化为盼望已久的幸福。现在,她应当马上让他得知此事,他肯定会十分高兴——尤其是因为最近他跟师傅的关系不大融洽。他心情不好,磨坊主多次抱怨他马虎偷懒。约尔根想必很担心,师傅到头来会辞掉他。总之,全都是因为在这段危险的时间里事关紧要,她不得不冷淡他,实际上她也一直在奋斗,所以几乎没有想到他。她想安慰安慰他,如果他知道她已是这一家的女主人,他就会感到放心。

她走进她的小房间,从五屉柜里取出燕尼的项圈,忽然兴致大发,把它戴在自己的脖子上。她穿过厨房,招呼皮拉图斯,刚才它一直待在火炉后面那个暖和的位置。它顺从地跟着她穿过院子。它在磨坊的门道里向左转弯,以为是要去伙计房做事。但是莉泽却打开通往磨坊的门,要它进去。这只猫十分惊讶地望着她——莉泽想来知道,它早就不再去磨坊了!

"喂,怎么还不动弹?麻利点!"

皮拉图斯伸伸懒腰,打了个呵欠——然后缓慢而矜持地走回院里,并不理睬她的招呼。莉泽却执意要带她的宝贝儿进磨坊,便追过来。它并不想逃走,眼看被追上了,便伏在地上,闭起眼睛。莉泽抓住它,把它抱到怀里。

"怎么啦,你这个傻家伙?你还不知道我已经当磨坊的女主人啦?现在你可以放心大胆地随我到处走了!你大概是怕基斯吧?哼!它要小心点儿,当心我赶走它……自然,这儿也确实需要有一只捕鼠的猫。"

她费力地挤进门,穿堂风马上就把门掩上了。震耳欲聋的喧闹声扑面迎来。她径直上楼,楼梯在她的脚下颤抖。到了第二层,她把皮拉图斯放下来。猫吸入了那种它早就熟悉但又已经久违了的粉尘，一连打了几个喷嚏。这儿只能用眼看，因为除了巨大的轰鸣声以外，什么也听不到。它显然感到不舒服，只见它原地转了几次身，张望面袋子上边是否有出口，然后就几乎是恳求地抬起它那瞪大的眼睛，望着挡住去路的莉泽，并且动动嘴巴，发出无声的哀鸣。显然，有冥冥之灵正在劝他们掉头，可是固执的莉泽却不肯听从这明智的忠告。

"走，蠢家伙！往上去！"她踢了猫一脚。

这时，猫的形象倏地变了：它弓起背，竖起浑身的毛，仿佛身上通了电流，气势汹汹地向莉泽发出"噗噗"声。她几乎听到了自己情不自禁发出的惊叫声——她简直吓坏了，险些滚下楼梯。

她觉得并不是内心的声音在提醒她，当心里面闹鬼，不要勉强进去，而是幽灵在说："别进去！"

她依稀听到了这样的声音，浑身一阵战栗，但她绝不仅仅是畏惧猫的利爪。这里面有阴森可怖之处，有那种在教区森林里使她窒息的东西——那种意象的影子，似乎有鬼魂被关在磨坊里，再也出不去了。三个沼地小丫头的不吉利叫声透过磨坊的喧嚣显得十分真切。莉泽暗自说：不，最好还是去找妹妹们吧——天黑之前还能赶到家。

但是她不能转身往回走，因为她担心，如果把目光从猫身上移开，说不定猫已经疯了，会扑到她身上。

关键的时刻错过了。

就好像皮拉图斯随着这一阵疯劲儿过去，恢复了它原来作为磨坊猫的本性似的，它猛地转过身去，几跃就蹿上了通往石磨层的楼梯。

莉泽心里怦怦乱跳，跟着猫到了石磨层上。

5

在这儿，在磨坊的主要部分，一切喧嚣的魔鬼都出笼了：撞击声和轰鸣声，叮当声和吱嘎声，嗡嗡声和咝咝声。还有一种呼呼的啸声，宛如发自地底的瀑布；上面则传出飒飒声和噼啪声，仿佛那儿有一只被囚的大鸟正在振翅拍击翅膀，企图突破牢笼。所有这些都强劲地冲击着耳鼓，眼睛却几乎看不出这儿有什么运动：六根立轴消失于屋顶，其中只有四根在剧烈地震荡，以飞快的速度绕轴旋转，结果它们就像是透明的，没有轮廓，宛如晃动的气柱，而所有微小的不规则之处——比如木头上的小木片或者节疤——都形成明亮的小圈。

姑娘麻木而拘谨地站在楼梯边有大约一分钟之久。然后，她向前迈出几步，于是发现了约尔根：他坐在一个袋子上，向前弓腰，双手抱头。她凑近他，他居然没发觉，她大声叫他的名字，他也一动不动。于是她俯下身，让项圈的小铃铛在他耳边叮当作响。他觉察到这种触碰，吃了一惊。

"原来是你呀，莉泽！我还以为是师傅呢——近来他总监视我。"

她在噪音中只听清了"师傅"这个词。

"我男人外出了！"她喊。

"谁？"

"我男人——我男人！"她冲着他的耳朵吼叫。

他退后一步，瞪大眼睛。

"结婚？"

"快啦——他进城了——去领结婚许可证——找牧师商量！"

约尔根仍然将信将疑地呆望着她。

"是真的！"她把手拢成喇叭状喊道，连连用力点头。

约尔根在惊愕之余不知该笑还是该哭。他明白，按照常情他应当高兴——但他却感到好像被当胸捅了一刀。他毫无表情地呆望着她。

"喏——你怎么一言不发呀？高兴吗？"

约尔根并不回答，而是指指此刻引起他注意的项圈。

"燕尼——哥哥——开枪！"

他会意地点点头。他想起了八月份那个晚上，她曾经坐在那儿告诉他，她要说服哥哥杀死那只鹿。这么说来，她说到做到了！这件事使他感到毛骨悚然。

"汉斯呢？"他突然叫道，朝敞开的门指指，指向能望见海滨树林的方向。

她点点头。

"一个人？"

"一个人！"她边喊边笑着点头。

"师傅——回来？"

"明天。"

他跑到回廊上。她跟着他,看着他把铁链子解开。随后,她又转身进去,为出人意料的寂静大吃一惊。只有上面还在迟疑地吱吱响,机轴还在缓慢地转动,但很快也就不动了。万籁俱寂。在经受了先前那种喧嚣之后,这种寂静简直让人透不过气来。莉泽毫无思想准备,因为她虽然已在磨坊里干了将近一年,但是对磨坊里的全部设备却非常生疏。她从来不受无用的好奇心摆布,只是留意那些能为她谋利益的事情。她的全部注意力都集中于她的个人利益上了。

"你干吗这样?"她问此时走进来的约尔根。

"我不爱干活。"

"你应该干活——我是来帮你的。"

"你?"他笑道,"你不会。"

"你指点我嘛。"

"工作?——现在!——亏你想得出!"

"那当然!像现在这样多无聊——就像是在客厅里。先前那种轰鸣声就显着欢快得多——那样我喜欢。"

"那样简直没法一起说会儿话。"

"那有什么!说那么多废话干吗?你已经听到了——他要娶我,进城去安排了。"

"是的——不过——"

"喏,快点吧,不然我要走了。"

约尔根很不情愿地向门口走去。

磨坊

"你,约尔根!"

他转过身来。

"快说说,我来时你坐在那儿想什么?"她模仿他的姿势。

"我想你,寻思你不喜欢我了。"

"胡说!"

"什么胡说?说你不喜欢我吗?"

"啊,你刚才唠叨的一切都是胡说八道。最好是根本不理你。你走吧!"

他在回廊上消失了。

上面又慢慢地嘎嘎响起来,机轴又转动了——仅仅几秒钟,比先前更疯狂的噪声就响彻了磨坊。

约尔根凑近脱壳机的木制大漏斗,握住打开闸门的手柄。咝咝声和呼呼声突然又增强了一倍。莉泽吓坏了,差点以为连脚下的地板都会被冲走。他笑容满面。她向他示意,她也想干点什么。他指指旁边的粮食堆,粮食就堆在一块齐腰高的隔板后面,占满了一个角落。莉泽拿起小铲子,按约尔根的吩咐把粮食铲进漏斗。

然后,他跳到磨粉机上方的框架上,转向她,见她探询地望他,就指指一堆袋子,又指指一根带钩的绳索。那绳索很近,是从楼上吊下来的。莉泽把钩子钩在一个袋子上,见约尔根手指一根粗绳,就去拽它。袋子马上摇摇晃晃地悬空了,没费多大力气就升高了——仿佛它是在自动升高似的,一直到约尔根抓住它,把它拖到一边,她才本能地放松粗绳,让袋子横越过木槽的边沿后放下了。这奇迹使她很高兴,她真想马上再重复一遍。这时她忽然想起了什么，把双手拢在嘴前，用尽力气喊道："克里斯蒂安？"约尔根正把袋子里的粮食往木槽里倒，半转过身子。"克里斯蒂安？"她又叫道。这时，他也记起来了，她在门道里曾经答应帮克里斯蒂安把袋子绞上去，可是等他上楼后却把车子赶开了。他连连点头，为弄懂了她的意思而扬扬得意。两个人放声大笑，这笑声甚至在嘈杂声中都几乎听得清。

他给这台磨粉机供好料以后，又回到了脱壳机旁边，通过楼板的小洞把小铁桶提升上去，熟练地把桶倒空，让已经很洁净的谷物进入筛分机。然后，他跳到另一台磨粉机的框架上，莉泽再一次重复把袋子绞起来的奇迹。当他装满木槽时，她就把粮食往脱壳机里铲，打开闸门。这一切都是按照他的手势推断，并且令人满意地实行的。她非常高兴。

像这样指挥莉泽的行动，约尔根感到是一种心旷神怡的享受。莉泽干这个活儿也很开心，因为这跟她平时的工作完全不同，有一种像游戏似的吸引力。以前她几乎没意识到，自己对磨坊的工作从准备开机到停机都很无知，现在她感到很惭愧。不过，这工作很快就不再新奇了，于是她有心到楼上从没去过的地方去视察一番。一个磨坊主妇理应对磨坊的情况了如指掌嘛。

可是，让她的工友或者说玩耍的伙伴理解这一愿望，却很快就表明是不可能的。于是，她拽住他的衬衫，把他拉到回廊上。这儿只要大声叫嚷，声音大得让整个院子都听到，就还能说点事。约尔根懂了，马上表示愿意当向导。他们先为石磨层供足了料，然后就爬上了像舷梯一样颤动的楼梯。

磨坊

第三层很矮，简直伸不直腰，而且十分狭窄。约尔根提醒她，担心地拽着她靠紧自己，以免她的衣裳被齿轮挂到。巨大的星形轮占据了大部分空间，正在旋转，叫人看了头晕。六个小齿轮给地面冒出来的机轴加了个顶冠，其中有四个被大齿轮带动，嗡嗡转得比大齿轮更猛，另外两个则静静地停着不动。约尔根把其中一个推到星形轮的范围以内，使两者互相啮合，它立刻就疯狂地转动起来，宛如一个跳舞者本来只是优雅旁观，此刻也被卷入了舞蹈的狂热之中。

莉泽移动了一步。

"当心！"约尔根喊，抓住她的衣袖往回拖，"不然你会像梅特小姐那样。"

这上面，噪声显然比石磨层小很多。她的耳朵在下面被震得嗡嗡响，在这儿却能听清大声叫嚷的话。

"她怎么啦？"

"梅特小姐在刑讯塔楼里被碾死了——被巨大的轮子碾过，碾成了碎块。"

"真可怕！"

她那幽黑的无光泽的眼睛探询而惊骇地凝视着他。

他也同样感到害怕。他原先把磨坊当作刑讯塔楼的想象又活跃起来。

"怎么，难道她不能再从牢里出去啦？"

"她被处死了。"

"是的，我是说……她死后也永远不能出去啦？"

约尔根摇摇头说：

"我不知道。这方面书上没写。"

"我相信，她再也出不去了……她得永远在那儿游荡……就像教区森林里那个女人，你父亲曾亲眼见过……佩尔也见过……"

"有可能，但是书上没写。"约尔根答，感到自己无权超出资料来源随意瞎编。

他又让第五个轮子停下了。在这个狭窄的楼层上似乎不会再有其他消遣，于是他们登上了通向面袋层的几级楼梯。

这一层顶上由一个木罩完全封闭，可是罩子做得十分粗糙，透过宽宽的裂缝可以看见，上面有些大家伙在快速运转。因为磨坊从回廊起向上明显变细，面袋层就显得窄多了，面积几乎还不足石磨层的一半。正中央转动着一个带斜面的小齿轮，另外，周围还有一些更小的类似的齿轮，呈竖直排列，有水平轴，似乎等着与这个忙碌而又暂时无用的小玩意儿啮合起来，它们之间的距离几乎不足一掌宽。约尔根拽一根粗绳，粗绳穿过地板上的一个洞——这样就满足了一个小齿轮的愿望：它横移过来，投入了运转，围绕它的轴绞起了一根绳索。

"面袋就是这样绞上来的。"他讲解道。

莉泽聪明地笑笑。她现在恍然大悟。先前，当她在下面石磨层帮助约尔根的时候，曾亲手扯过这根粗绳。她感到挺有意思，就扶着一根横梁向前探身看，因为朝向石磨层的一边是敞开的，可以看见绳索在下面的运动。但这时，她的注意力又被别的什么东西吸引了。

"啊！皮拉图斯抓住了一只老鼠，咱们得凑过去看看。"

她赶紧下楼。约尔根却抓住一根吊索，"哧溜"一声滑了下去。因此，莉泽下来时，他已在楼梯脚彬彬有礼地迎候她了。

一场残酷的游戏正在进行：皮拉图斯放开那只不幸的小老鼠，然后又重新抓住它。莉泽自己也像猫一样弓起身子，目光炯炯，尾随着皮拉图斯，给它鼓劲儿。最后，老鼠不再动弹了，公猫这才拖着猎物钻进一个角落，准备从从容容地吃掉它。

"我可不喜欢我的皮拉图斯又尝到老鼠的滋味，变得那么粗野！我担心它不愿意再跟我走出磨坊啦。"

"那更好！那么，你就能经常过来。因为你缺少不了它。你对我们其他人是完全不在乎的。"

"真的吗？这也许是我不对。"

"你跟我们玩，就像猫逗老鼠。你已经把师傅吃掉了。"

"当心！我还会把你也吃掉。"

她笑着露出洁白的牙齿，把牙齿咬得咯咯响。

"请吃吧！"

他们的耳朵已经习惯了轰鸣声，可以正常交谈了。自然，他们得放开嗓门，而且说话者几乎每次都得把嘴唇凑到对方的耳朵上。在这样的说话游戏中，接吻是天底下最自然不过的事，他们也就这么做了。约尔根首先采取行动，莉泽勇敢地作出响应。

"你看！我已经开始吃你了。"

"好吃吗？"

"还要。"

"给你。"

"好啦,重新放规矩些吧!你听着,约尔根!我还没有到最上面呢。"

"只还剩下圆顶了。"

"那也得领我去……喏,怎么?你傻笑什么?"

一声怪笑扭歪了他的嘴,横咧过整个脸。在他的头脑里冒出一些机敏的想法,正如每个人在生活中都有灵机一动的时候那样。他很清楚,这样的闪念一点火就着,便用雷鸣般的声音朝她耳朵吼道:

"你反正很快就要高攀到'磨坊的最上层'啦,哈哈!"

他们俩笑得好像发了狂。

"我要马上就到顶上去!"她喊——重又沿着楼梯飞奔而上——直向圆顶攀去。

6

走进这最上面一层是有点费力的,因为制动杆恰好横在楼梯前——跟通常刮北风时的情形一样。

"这根脏木头是干什么用的?"莉泽问。

"哎,这是制动杆。它的用处是让整个磨坊停下来。你先前曾看到我在回廊上松开铁链子——喏,你看见那根从圆顶的窟窿里伸出的长杆吗?现在它向下弯曲——是铁链使它向下弯的。如果我到下面去松开铁链,长杆就会往上翘——你瞧这儿,箱子里有好多大石头,它们把制动杆的一端向下压,使上端按紧环绕大齿轮的木环,大齿轮就动不得了。整个磨坊里的一切也就停下来了。"

"真聪明,这样的玩意儿你可想不出来。"

约尔根摇摇头。

"嗯,我大概不行。"

"这儿看起来挺怪的。"莉泽叫道,在这个类似蜂箱的小间里东张西望:在一个几乎不及她肩膀高的木基座上,有一个麦秆做的略尖的拱顶——一切都蒙上了灰尘,包括那些四处露头的、原本是金黄色的麦穗,拱顶布满了丝光闪耀的蜘蛛网,到处都吊着大块的布片,就好像挂在小礼拜堂里的旧旗子,在阵风中轻轻飘动。麻雀与燕子叽叽喳喳地飞出飞进。凡是草屋顶的木头椽子构成死角之处,几乎都露出鸟窝来。磨粉机的隆隆噪声在这儿减弱了,可是磨扇的噼啪声与嗖嗖声却相当热闹。

"这外面就是磨扇吗?"莉泽问,指着大齿轮后面,那儿有稍稍倾斜的巨大"棒形轴"穿墙而过,就好像正在剧烈地旋转当中钻孔似的。

"是的。"约尔根回答。他指给她看,固定在这个斜轴上的巨大"圆顶轮"如何与下缘上水平安装的"冠状齿轮"啮合,以自身的运动带动它,从而使磨坊下面各层的工作部件都投入运转。

莉泽会意地点点头。

"这一切真巧妙。"她说。

"仅仅在大型的荷兰式磨坊里是这样。"他补充讲解道,"在小型的风车碓房里，所有东西都塞在一个箱子里，就像一套钟表机构。那儿也只是有几台磨粉机和一台脱壳机，地方太小。"

莉泽笑了。

"就那么个简单玩意儿，你也想哄我上当！"

"我？怎么回事？"约尔根问，目瞪口呆。

"你不记得啦？就在女主人死的那天晚上——在你的房间里。当时你问我，要是你有一座风车碓房，我是否愿意去那儿当主妇？"

"是的，现在我明白了！当时你说：'干吗我不要个荷兰式的磨坊呢？'"

莉泽脸上的所有酒窝儿都得意地笑起来：

"现在我得到了，荷兰式的！"

"是的！"约尔根咕哝道，"还加上一个男人。"

"哦，一个英俊的男人，大家都这么说。我母亲也听说了。'大家都说磨坊主是个身材魁梧的人。'星期天我回去时她还这么说。"

"魁梧？……嗯……确实！他身量够高的！"

"当然，他有点儿太严肃。不过，要是我想寻开心的话，就像以前那样，我还有你——还有克里斯蒂安呢！"

约尔根似乎对莉泽分配给他的这个角色不大满意。

莉泽用门牙咬紧下唇，目不转睛地望着约尔根，食指往下巴上的小窝里抠，仿佛要把它抠成一个真正的狡黠深渊。她那无光泽的黑眼睛流露出难以捉摸的揶揄目光，注视着这个可怜伙计的不悦窘态，无情地欣赏着。最后，约尔根实在受不住了，只好往一边瞅。

她的整个身子被内心的无声笑浪冲击得颤动起来。

磨坊 · 251 ·

"喂,别傻里傻气地噘着嘴站在那儿,约尔根!再给我讲点风车碓房的事情吧——就是我没有得到的那种。"

"好吧,不过,那又有什么好讲的?当然,在调整磨扇方面有很大的区别。风车碓房的方法太笨了,得转动整个磨坊——啊,那可是件苦活儿!"

"这儿磨扇可以单独转动吗?"

"什么?磨扇?是转动圆顶!这是关键。"

"真的?但你不是站在下面回廊里转动那个启动柄吗?"

"不,哪儿的话!"约尔根叫道,两手直拍大腿,"亏你还想当磨坊主妇呢!"

"喂,你指给我看嘛!我可不愿意别人笑话我,即使我的男人也不行!"

"那好,你过来!"

他拉着她走向一个奇特的小扶梯,扶梯由顶楼的地面通到圆顶的窟窿上。可是,莉泽突然停住了,发出一声刺耳的惊叫,两手在空中挥舞。

"怎么啦?"

"蜘蛛——讨厌的蜘蛛!"

约尔根放声大笑。

"你可真是个怪丫头!蜘蛛有什么要紧?"

"我怕蜘蛛——这点你应该知道。"莉泽噘着嘴答。一种并非生气的目光暗示他,了解她这个小小的怪癖是他的无可推卸的责任。

"对,对,明白了——就同贵妇人一样……同梅特小姐一样。

她不怕骑上一只暴怒的公猪飞跑——可是，一只老鼠或一只蜘蛛却能把她吓得钻进洞去。"

莉泽点点头，很满意这个比喻。因为蜘蛛早已消失在积满灰尘的高处，给她让开了路，她顺从地让约尔根拉着，登上了圆顶的窟窿，然后在斜撑梁上紧挨着他坐下。

"咱们现在是坐在短斜梁上。"约尔根以讲演的口气一本正经地说，"长斜梁同样也穿过圆顶——但是在前面，在扇翼处——它向两边伸出得更长。"

"也许正因为这样才称长斜梁吧。"她说，嘻嘻地笑，用右手把因为跟蜘蛛搏斗搞乱的头发整理好。

"你是说？真聪明！……是当心！这儿是主杆，这根大木头就叫主杆，"他用摆动的腿亲昵地踢了它一下，"它向下直通到回廊，终端就是启动柄；斜杆从这两根斜撑梁通下去，把这一切联结起来。喏，如果在下面转动启动柄，向前移，主杆就会跟着动，圆顶也随之转动起来——明白了吗？"

莉泽聚精会神地盯着他讲演，若有所思地点点头。

"对，我懂了……但我要亲眼看看——就是说，我留在这上边。你下去转动圆顶——连我也一起转。"

"咱们可以试一次。小小转一下不妨事。这风真鬼！它今天越来越朝向东——并且越来越猛了。听，这吼声！幸好我把磨扇上的帆布收缩了一点儿——刚好在你来到之前。"

磨扇在他们身后有规律地嗖嗖作响。风声凄厉，就像一艘大船的帆具那样，风穿过格架的裸露部分掠过扇尖，暴怒地摇撼着圆顶的连杆装置——摇撼着下面回廊上与尖端相接的两个大三角形,两根斜撑梁各在圆顶的一边构成了三角形的底边。他们坐着的短斜梁不停地微微颤动,就像是受内部的一种电力带动似的。人在这里完全处于背风处,这使风的吼声显得更为突出。

"对!咱们试一次……可是莉泽,有一点你必须对我郑重保证。"

"哦?是什么?"

"你待在这里不动。"

"有那么危险吗?"

"喏,危险——对于懂行的人来说并不危险。在圆顶的这一部分本来没什么危险。地板和墙壁的下部根本不动,可是在那条装饰带以上,一切都转动——制动杆也转——它哼哟哼哟地动——刚好擦过墙壁。我可不希望你到那当中去。那两个齿轮也不大安全,假如你突然慌里慌张地碰上它,想往旁边躲——讨厌的女裙说不定会被挂住。你最好是坐在这儿别动——你可以看到我在下面的启动柄旁边。你也可以往里瞧,观察是什么在转,什么不转。这就够你开心的了。"

莉泽点头。

"从这里能俯瞰一切,多美啊!"

"对呀!就像在学校里看地图——只不过这里的一切都是真的。"

莉泽怀着难以形容的欣喜眺望着她的磨坊,磨坊整个儿展现在她的脚下。可惜,她的财产没能大大地超出住房与花园的范围;只有一长条农田可以说是她的,其大小仅够为两条奶牛和几匹马提供饲料。附近到处都是精耕细作的农田;那边已经犁过了——这边正把萝卜装上车。这时,刚巧有一辆空车从龙院里驶出来,由高头大马拉着,驶向萝卜地。龙院也可以一览无余,高大的木板屋顶耸立在黑柱黄墙的桁架建筑上,院子一角上有一大堆肥料,另一角上有六大垛金黄色的干草。一条整齐的山梨树林荫道通到大路上。路边是大池塘,有许多鸭子在映着白云的水面上搅起一圈圈涟漪;在池塘后边的黄色禾茬地上,有一群白鹅在活动。

正在那边院子里走路的不就是女主妇吗?看哪,是安德森太太!喂,送我个飞吻吧!咱们原来的关系一直挺好,现在,我也可以说是属于这一家了,龙先生将为我担保这一点!

她当然属于这一家,因此,也理应让她亲眼欣赏这一切。好心的安德森太太不会长生不老,说不定龙先生不久也会吃错什么。然后,她的继子便是继承人,假如他的体格也像他妈妈那么虚弱——他可别年纪轻轻就结婚,这事她是会操心的——那么,为什么她的后代就不能到龙院定居呢?

她对于眺望这些真实的和可能的财产极为满意——要越过已实现的目标向新的目标努力——她转过头来,让目光转向北,尽可能远望,同时稍向前探身:她只看到了一片海滨树林,树林的大部分消失在圆顶后面。但是她已经满意了。此刻,已是傍晚,那外面肯定仍回响着呼唤燕尼的无可奈何的声音。谁耳朵长,就能听见!她真希望现在正待在那外边,待在道路像一条灰线拐入淡红色树丛的地方。一个微细的小点正沿着道路向前移动,从树林里出来——大概是一辆车;她想到她的主人,也正在路上这样奔波。什么?——胡思乱想!他一定早就到城里了,也许他已经把结婚批准书揣在口袋里了。

她得意地笑笑，目光前视，稍微向左——接着再向右，显然在寻找远处的什么东西。就好像坐着还不够高，看不见那目标似的，她小心地站起来，把头伸出圆顶上的洞口，用一只手紧抓住洞口的上沿，让约尔根扶着，挺立在斜撑梁上远望大地——远望无垠而单调的岛国，岛国的表面泛出一股金红色的光潮。因为太阳此刻已落到地平线上，自下面映着天空，使原来罩着一层灰蒙蒙雾气的天空变成了金红色的云彩，背景则是到处微微闪光的嫩蓝色。在下面的原野上，只有光秃秃的白杨树梢彼此相交的行列闪着淡黄色的光，不久就融入一片丛林之中。丛林里不时露出农户的山墙或坚固的教堂塔楼，落了叶子的山毛榉树林呈现出紫红色。

然而，在这令人愉快的宁静之中，她的目光并没有沉醉于整个美丽的晚景，而是在寻找某些细部，仔细搜寻，整个光照效果只不过是有助于寻找的一个手段。确实，她平时几乎没有注意过磨坊旁边的那座教堂。不错，两片树林也在那儿，其中，一片低矮，中间只有一棵大树——不会认错。在它们之间，像莉泽这样锐利的眼睛，可以从普通的白杨树中区分出几棵低矮的、分布不规则的树冠：那儿便是沼地。可是茅屋太矮了，看不到，莉泽此刻也不希望它更高。经过仔细比较，她确定了茅屋的位置：就在那边，她可以在那儿插上一根针。

是的，她父母的家很低矮，距离也相当远。她这个猎手家的莉泽，走过了一段漫长的路，终于爬上了高处。正如一个经过一整天辛苦旅行的人，她累了，身体乏极了。那种懒散、松懈的倦怠，近几天积攒起来的倦怠,此刻大量地聚在她的肌体内。然而奇怪的是,这种倦怠还伴随着内心的不安,就像一股野火流过血脉,有时也涌上头,引起一阵轻微的晕眩,尤其是在这儿,站得这么高。眩晕把她往下拖——但不是坠入脚下的深渊,而是温情脉脉地跌入了约尔根的怀抱……

不过,她在向后倒时把头往旁边偏了一下,目光落到从磨坊通往树林的路上。她又发现了那个黑点,现在显然已经近多了,原来是一辆单驾马车。在这种光线里,道路全凭白杨树行才显出是从树林通到磨坊的一条线。单驾马车正在这条线上向前移动,宛如一只沿着蛛丝爬行的蜘蛛,笔直朝她驶来。这一瞥给她的愉快心境蒙上了一层无形的阴影,是不快,是莫名其妙的害怕,正如有蜘蛛在附近爬时她的感觉那样。

然而,她的注意力马上就被约尔根的举动引开了。

这位对女主人颇为忠实的伙计知道,尽管他有相当浪漫的修养,却不能像他的女主人那样,把深邃的思想与远见结合起来。如果他只是观赏风景,而不是欣赏这幅风景画上的人物,不是目不转睛地盯着她看,那么,他一定会感到无聊极了。因为他的右臂必须紧紧揽住她的腰,以免她失去平衡,朝相反的方向跌下去。这地方既矮又窄,他不得不跪着,夹在她的身体和圆顶洞口的拱顶之间:这种姿势虽然使他的手脚很不舒服,但是却使他的心情十分愉快。莉泽使他联想起雅尔马和梅特小姐,他们一起高高兴兴地站在城堡主楼的瞭望孔前,观看红衣骑士出发去打仗,衷心盼望他千万不要过早地归来!

现在，这个人物突然从画框中掉了出来，不是作为画的一部分，而是作为一个活生生的整体跌进了他的怀抱。他大胆地抱着她跳到地上，毫不顾忌她的叫喊，也不理会她的抱怨，抱怨她的衣裳可能被飞速旋转的机轴上的润滑油弄脏。

他对她要求马上放开她的急切希望毫不让步。相反，他在棒形轴、圆顶、冠状齿轮和制动杆之间的狭窄空间里站定，把她抱在怀里摇，又把她热烈地按紧在胸前。

"你想什么呢，你这个坏家伙？"她喊，"你就这样对待你的女主人？"

"我就想这样。你其实也想。"

"你怎么这样不知羞耻！"她揪扯他那拳曲的、沾满面粉的头发。

"要是我向你证明了这一点，我得什么报答？"

"你该挨揍……喂，你到底要怎么着？"

"有一次我说，你别这么傲慢，因为你还不是磨坊的女主人。那时你笑了——就按照你的方式——并且相当狡猾地回答：'正因为如此！'"

她狡黠地笑道：

"对你永远也不能说聪明话，你记得太清楚了。"

"这你早就该想到！你对我还说过好多聪明话，说你如果当上磨坊的主妇——"

"闭上你的嘴！你也该——"

"例如——"

"不，不——我不要听。"她堵住耳朵。

"你说，那时我们仍然应当友好相处。"

"你这个可恶家伙，你这个坏蛋！放开我，你总不至于把我抱下楼吧。"

"干吗不呢？"

"不，不！你听着！我要生气了——正经点！"

"这么说刚才是不正经啦？"

他在制动杆的另一边把她放下——不过，作为抱她的酬劳，他先痛快地吻了她一通。

"喂，咱们走吧。"莉泽喊道。

她忘了，她刚才曾决定在圆顶转动时留在上面。他或许记得这一点，但根本不愿离开她。

约尔根走下了几级楼梯。这时他身后响起了一声低低的惊叫。他转过身。原来她正要向下迈步，身子却被拖住了。她的衣裳被制动杆的一块裂片从身后挂住了。

"该死的木头！"她抱怨道。

在她向后转身并弯腰，把衣裳扯开的动作中，有一种朦朦胧胧难以辨清的东西，使约尔根由微醉发展到了狂喜的程度。他一步跳上去——两人双双跌倒在最高一级楼梯上，他的头撞在制动杆上，撞得眼前直发黑，但他仍紧紧地搂住她。莉泽伸出双臂抵住他的胸，默默盯着他。一切嬉闹、一切少女的戏谑都突然从她脸上消失了。她那乌黑的眼睛射出凶猛的光，眼睛缩入眼窝，仿佛要把眼前这个人也一起吞掉似的。

她没有注意到一只大蜘蛛正好吊到她的眼睫毛前面,在有弹性的蛛丝上升升降降,就好像这位织网大师正在观察形势,考虑该从哪儿入手,才能把这对男女织到一张冲不破、扯不坏的大网之中。

7

磨坊主在基克比的铁匠铺那儿离开公路向右拐,正好是莉泽上个星期天走的那条路。他看了看表。

表的指针指着三点钟。

他原来自然是预计这时待在别的地方——譬如说是在温特施特鲁普磨坊,眼前先是展现出海边的小镇以及红屋顶、尖塔楼,在车子逐渐爬高之后,就该朝着目的地欢快地往下一溜小跑了。

然而,现在他却行驶在通往海滨树林的路上——去管林人家。

他先是赶车到了牧师家,心情相当烦闷。因为他清楚,施密特牧师肯定会对妻子去世后如此突然和过早地确定婚事表示惊讶,向他提出讨厌的问题,劝他再等一等,提醒他至少跟亲人好好商量一下。他心里真怵这场谈话!他宁愿付给牧师双倍的酬金,只要他以直截了当的、公事公办的态度接受他的申请,并且跟他商定必要的事项。偏巧,牧师不在家,这反而使他感到如释重负——当然,这只是意味着推迟那场令人担忧的谈话,即便如此他也高兴。他向那个上了点年纪的女佣交清了什一税,就继续往城里驶去。

离开牧师家一里多路,他按照习惯到路边的一家磨坊休息,那家磨坊还附设有马厩和小酒店。他的小马在厩里吃着草料。他也在酒店里要了一份点心，跟他的老熟人——酒店的主人闲扯，主人为了陪他也喝了一些酒。主人一听说客人要到城里去找那个跟他十分要好的粮商谈生意，就告诉他，那个粮商去博岛短期出差还没有回来，但是明天晚上肯定能到家。

于是，磨坊主只好掉头，把进城的事推迟到星期一。他赶车往回走，但是当他在基克比的铁匠铺那儿看见道路向右分岔，通向海滨树林时，他又决定绕一段弯路去拜访管林人家，因此在最后一刻勒转了马头，迫使马儿离开了径直回家的路线。

瑞典小马立刻猜到是去管林人家。当给它留下不愉快记忆的车辙印向右拐，通向沼地时，一种不舒服的疑虑顿时袭来了。但是，令人担心的右缰并没有被扯紧，它这才放心，动作也立刻显得欢快多了。瑞典小马在它的头脑里自有一张清晰的地形图。一年前，它曾载着磨坊主走过这同样的路程。当时这儿的岔路更难走，因为磨坊主还带了妻子，她毕竟也加了些分量。当然啦，若是龙先生和安德森太太坐车，那又不同，那意味着完全不一样的负荷。

马的想法与磨坊主的心思不谋而合，因为他也在想着那次行程。

他坐在车上，一路颠簸摇晃着，轻便马车在松软的乡间道路上产生出令人安神和引人思索的摆动。他坐在那儿，心不在焉地驾着车，缰绳松松地拿在左手，右手悠闲地用鞭梢抽打着路边，时而抽落一片荨麻叶，时而又打断一株蒲公英。他坐在那儿，坐在车座的软垫之间，僵硬地裹在旧大衣里，毯子包住两腿，安全皮带扣得很紧，大衣领竖起来遮住头，好似两边都挡了遮眼罩，限制了视野，

磨坊 · 261 ·

几乎是昏昏然地盯着脊背上有一条褐色条纹的浑圆的马身子。他坐在那儿,几乎无法区分现在与当时。情景竟跟原来完全一样!

当时,风也丝毫不弱。风在耳边呼啸,道路与海峡平行。海峡呈长条状,深灰青色,有无数的白色条纹,宛如撒着点点雪斑的石板瓦屋顶,在矮篱笆围起的光秃秃原野那边清晰可见。风从那边吹来,夹带着腐烂海草的荒野气息。风把缰绳向左吹,缰绳摆成大弧形;风甚至卷起小小的马尾巴,把尾毛拂开,露出了灰色的尾巴根;风在马屁股上形成一个奇特的小毛旋。这些小事恰好都相同,竟使幻觉达到了这样的程度——雅可布不由自主地以为克丽丝蒂娜就坐在他左边,并且随时都可能对他发话:"雅可布,把缰绳扯紧些,不然瑞典小马会失蹄的。"

跟当时完全一样!可是又根本不同!当时,他还从来没见过莉泽。

莉泽!他干吗不径直回到她那儿去?他此刻几乎后悔自己离开了磨坊——如果现在尽量向旁边转头,尽量向左转,在地平线上他还能看见磨坊,就像一个矮胖的穿宽大外套的人,衬着天空黑乎乎的,以旋转的扇翼向他热情地致意。

他在管林人家有什么事呢?喏,差不多八天没见到小汉斯了。他想听听这孩子的情况,听听朋友们对汉斯住在那儿的表现是否满意——延长他的寄住时间是否合乎大家的愿望。当然,假如这个可爱的小家伙明天——或者今天晚上——就回磨坊,他会很不自在。好心人还以为是父亲太想念儿子了。后天进城去可能要两天时间。这是一个好借口,就留他暂时住在管林人家吧——越久越好。因为他害怕孩子回来，孩子肯定会很快发觉，家里的情况有了变化。

可是，接着又有一种突然的思念之情向他袭来。他渴望重访管林人家——向那儿以及他对那儿的回忆告别。谁知道以后他是否还会再来这里？无论如何，一切都会截然不同，往时的亲切感永远不会再有了。

于是磨坊主在三点半钟驶进了海滨树林，而他在往返路上一直能看见的磨坊，却消失在树林后面了。到处都是山毛榉树，不很高，但是十分粗壮。全都有奇特的树瘤，几乎是畸形的——特别是在枝杈的抽芽处。树上没有苔藓和地衣，树皮也不是皱巴巴的，树干裸露、光滑，呈银灰色。右边，在这些树干后面，海峡的青灰色表面及其泛光的浪花幽明变幻，浪花在平坦的海滩上汇集成一条长长的奔腾的泡沫带。左边，树逐渐变得修长，聚成一个淡红灰色的雾团。不时有几株挺拔的橡树顶住了向它们包围过来的劲敌，淡黄色的叶冠在上面闪亮，下面到处有紫铜色的叶簇点缀着单调的灰色。森林在呼啸——但不是清新、欢快的啸声，像叶子沙沙作响地问候最初的秋风时那样，而是沉郁、凶恶的，用枝条向空中狠狠地抽打。

外面的海滩上咝咝响，就好像是一个海蜇状的怪物用冒着泡沫的、以海草为胡须的水唇发出的，怪物就平伏在那儿，想激怒树林。这一点它似乎成功了。因为树林的呼啸声不时发展为疯狂的沸腾声，盖过了车轮的辘辘声和田野的啾啾声。枯叶成堆地飞过沟壑，横越道路……

树梢上空有几只猛禽在高高地盘旋，不停地啼叫。

磨坊 · 263 ·

晦暗的树林气氛如面纱一般罩在磨坊主的心头。在树林外，他一直是果断的、有魄力的；可是一到看不见磨坊，被森林包围起来了，他就像从一种魔力的势力范围进入了另一种魔力的范围。诚然，管林人家所在的树林并不是海滨树林的一部分，也许汉娜从没到过这里，很可能她那只灵巧敏捷的小鹿也从没到过这里，燕尼的小铃铛大概从来没有在这些树皮光滑、粗壮多节的山毛榉树当中响起过。可是，它们与管林人家北边海滩上的那些树很相似。他经常与汉娜在那片树林中漫步，从她口中倾听亲切的值得铭记的话语，而山毛榉树也以其百年沧桑和根深蒂固的天然智慧认真地表示赞同。

他从这条路去过管林人家一次——也就是与克丽丝蒂娜一起去的那次。已经有一年多了，他们先去别处做客，因此沿着这条路进了树林，乘的是瑞典小马驾的同一辆车子，因为当时磨坊的马没空，内弟便把这辆单驾马车送来了。对了，这就是路右边那棵高大的橡树，树梢上有一个鹳巢，克丽丝蒂娜曾指给他看。当时巢里有一只鹳，现在自然已经空了。他仿佛觉得她此刻就活生生地坐在他左边，向他赞许地点着头说：

"这就对了，雅可布！现在你总算走上了正路！接着走下去吧！在树林外面你可是乱走一气哟。"

是的，她准会这么说，因为她就坐在那儿，尽管看不见。

"可是实际上并非如此！我并不是这个意思！我只是去道别……"

"你不是答应过我吗，雅可布？为什么要去道别？因为你想娶莉泽吗？你不是向我保证过不这么做吗？快别说当时没提名字啦！

难道你想违背你向临终的妻子许下的诺言吗?"

"没别的办法,克丽丝蒂娜——没办法!我作过斗争,你想必知道。我不能再这样下去了。这事一直折磨我,必须赶快结束,结束……"

"别忙,雅可布!还有时间!"

周围在神秘地沙沙作响,仿佛这些植物也听懂了这场心灵的对话,提醒他要忠于森林。相反,动物的心在他眼前体现为瑞典小马,却似乎与这种怪声毫无关系,因为小马并没有不安,而是十分从容,缰绳在马腿旁边晃动得越来越松,鞭子声已久没响起了。马儿的小跑渐渐慢下来,最后甚至变成了慢悠悠的步子。这时,鞭索才突然惊了它一下。

但磨坊主很快又无精打采地沉思起来,竟没有发觉通往管林人家的路向右拐。可是瑞典小马注意到了。它自动转入了这条路,转弯转得过急,后轮撞上了一块路边石。

雅可布从沉思中猛醒过来。他刚才反复地掂量,直接回他的磨坊是否更相宜,通磨坊的路再往前几百步就要往左拐。但现在,他已看见前面那条熟悉的林间路了,它在路两边的浅灰色山毛榉树之间呈黑褐色,最后又转为云杉的鲜绿色,随后远景上便是那幢白房子。

他很喜欢在这段路上走,喜欢它不再继续延伸,而是在房子跟前中止,仿佛那里就是世界的尽头。只有几条林间小路向两边岔出,但它们也被牧场的栅门挡住了去路。只要走上这条路,就无法再回避了。这想法使雅可布平静下来。果断的瑞典小马为他解决了

磨坊

"往何处去"的问题。他平静地容忍了,正如他过分倾向于容忍一切那样。

因为这条路没有铺石头,车子颠簸不已。车轮深深陷入湿漉漉的车辙,马儿在这里有充分的理由慢步缓行,垂着头,后腿岔开得宽宽的。若是为磨坊主着想,其实还可以走得更慢些。越接近目的地,他就越心虚。他在那儿有什么事?他该说些什么?对,他是为汉斯来的……然后呢?他们一定会察觉他的异常的情绪,向他频频提问。其实,他应该如实地告诉他们,他有何打算——这才是正确的,这是他的责任,至少跟威廉挑明。不,不!何必呢?他们很快就会得知的。

以前他完全不同,总是精力充沛地走完这段路,轻松自在,甩掉在树林外纠缠他的烦恼——可是现在!

他一惊而起——竖耳谛听。

8

"燕尼,燕尼,燕尼,燕尼——小燕尼!"从云杉林中传出了喊声。

过了几分钟,小汉斯和汉娜已跃过壕沟,欢快地跑来迎接他。

"您现在来,是要接汉斯走吧?"

"我当然这么想过。要是您想打发他,就让他跟我回家。"

"哦,不,我们舍不得放他走。"

"那他也可以留下。后天我要外出几天。"

"嗷,那我可以再住一个星期了!"汉斯叫道。

"别这么放肆!"

他轻轻一甩缰绳,催马走起来。汉娜和汉斯跟在车旁边走。

"威廉在家吗?"

"不在,我还以为您已经见过他了呢。他应该正好在路边呀!"

"我是从另一条路来的——原来想去谈生意。我只是想顺路进来看看情况。"

"可是,您留下吃晚饭吧?"

"不,多谢了,不行。"

"真遗憾!威廉也一定会很遗憾的。"

她显然感到失望,并且毫不掩饰这一点。

磨坊主听了很难过:她已经喜欢上我了——可是这不应该——已经没希望了——这是无法改变的!从他胸中发出一声深沉的叹息。汉娜吃惊地望着他。他连忙克制自己,问起燕尼怎么样。

"啊!它根本不露面。我今天清早叫过它,中午和现在又叫。昨天它还在。我很担心,因为夜里有枪声——将近拂晓时——离房子不远。"

"也许枪声把燕尼吓跑了,它害怕。"雅可布安慰她。

"可是你要知道,爸爸!威廉叔叔认为是莉泽的哥哥开了枪。"

磨坊主知道,佩尔·威伯的猎枪放在莉泽的柜子里已经好几天了,因此很安然。

他们来到了屋门口。磨坊主把缰绳抛到马背上,松了松挽具,转身进屋。

"怎么，您不卸套？"

"不值得费事儿。"

"值得！干吗让马这么可怜地待在外头呢？天气怪热的……到里面可以跟那些小马赛着吃草料，好多了。"

"您说得对，这活干起来也快。"

六只手一齐干，瑞典马被卸了套，牵进马厩，得到了充足的燕麦和草料。

"您喝杯咖啡吧？"他们进屋后汉娜问。磨坊主显出筋疲力尽的神色，靠到沙发上。

"不，不——多谢了。"他几乎是惊慌地婉谢道，想起了上次喝咖啡的情景。

"难道就不能给您喝点什么吗？至少来杯啤酒吧？"

"好，谢谢，我愿喝杯啤酒。"

汉娜出去了。汉斯爬上沙发坐到他身边，给他讲这些天在树林里经历的一切。磨坊主几乎没听，只是抚摩着他的头，问他这问他那——同时环视屋里的摆设：那儿是花架，她种的花长得好极了——她的缝纫机放在窗边——擦得发亮的小炉上有一把铜壶——在炉子和门之间是书柜，不仅有修身书籍，而且有优美的诗集。那是她逐渐添置的，在玻璃后面排列得非常美观。其中有一列出现了一个缺口，原来竖在那儿的那本书被他借回家去了。

钢琴上摊开着一本乐谱，他走过去，正好汉娜进来，把盛着一把壶和一个杯子的托盘放到桌上。

"是的,您看见了——我正在练习这些曲子,很快就能把它们弹好。"

"请您马上给我弹弹吧——就是那支小曲子,您知道的。"

她坐到钢琴前,开始演奏那支"十分动听、十分悦耳"的曲子,接着又弹她最喜爱的《在神圣的殿堂里》。磨坊主若有所思地坐着。歌词他不熟悉,但那曲调却给他清晰地讲述了一个"更好的国度",他"快乐地拉着朋友的手"漫步而入——啊!再也不会有漫步了。他意识到,上星期天晚上那一刻,她给他重新演奏这支他童年时就喜爱的乐曲,那其实是他一生中心灵纯洁和真正幸福的最后一刻。

汉娜从乐谱上抬起眼,朝他望,期望听到一声感叹或是几句道谢和夸奖的话。可是他却默默无语,双眼低垂,避开了她的目光。他的眼睛在眨,他的手做了几个不由自主的动作,就好像要赶走一只苍蝇——可是无济于事:一大滴眼泪终于滚下了面颊。

"您不必为您的泪水羞愧。"汉娜说,站起身来,"这曲子确实优美动人,引人落泪。我自己弹时也流过泪。"

"是的,这对于我来说太美好了。当时,我初次听到它还是个孩子——那时候不同——我的变化真大啊!我听着听着这么一想,泪水便来了。但是您却无法感受到这个,因为您依然善良和纯洁。"

"哦,我也能清楚地感受到。"汉娜答,坐到他身旁,"这是天真无邪的美,但是留不住它——我们应该了解,应该认识我们身上的罪孽。不然的话,悔恨和信仰何在?"

"可是救世主说,如果不变成像孩子那样,我们就不能进入天国。"

磨坊主有点儿得意，以为自己用《圣经》的一句话镇住了精通《圣经》的汉娜。

"对，这话他确实说过，我们应该变得像孩子一样……但是我们不应该满足于做孩子，纵使我们能够也不行。如果满足于此，那么一个纯洁的人就不需要拯救了——也就是说他可以缺少基督的献身——而这样的人是不会有的。我们大家都生于罪孽之中，这一点应当认识到。"

雅可布刚才得意得太早了，现在感到了心悦诚服。这种心悦诚服使他高兴。他惊讶地赞叹这种信念。汉娜凭着这种信念轻而易举地摆脱了他满以为已经缚住她的圈套。此刻他觉得，她是智慧与神学洞察力的一个真正的奇迹。

"真的，汉娜小姐，我相信，您若是在讲坛上布道，会比我们的牧师好得多。"

汉娜不高兴地站起来。

"您干吗开玩笑？要正确地表达这些很不容易，但我是出于好心。"

她差点儿哭了，想掉头走开。磨坊主握住她的手，拉她回来。

"您怎么能这样想我？汉娜小姐！我可以说同样的话：表达这些是困难的，但这是出于好心。我刚才的意思是说，您的话总是那么美好动听，我希望能时时听到。"

"我觉得，您听我说得已经够多了。"汉娜涨红着脸低声说，"我担心，我已经使您厌烦了。"

"厌烦！您怎么能这么说？汉娜小姐！"

磨坊主以略显不安的口气说了这句话,由于心慌意乱仍紧紧握着她的手。他想,上帝呀!我这是说了些什么?她一定会以为这是闪烁其词的求爱哩——万一威廉已经对她说了些什么的话!

汉斯看到父亲流泪,也悄悄跟着哭了一会儿。这在母亲的葬礼以后还是初次。他很奇怪,父亲和汉娜阿姨显然是在说使他们难受的事情。他已经习惯把汉娜当作最知心的朋友了。现在,他从沙发角落里坐起来,紧紧偎依着阿姨,样子就好像要把她跟磨坊主推到一起——就像一幅洛可可风格的图画上的小爱神。他探询地望着父亲。他的灰色的大眼睛酷似母亲——尤其是这种表情时——这使磨坊主的心情十分忧郁。当这双眼睛开始微笑时,他感到又出现了同样的想象,同先前坐在外面的小马车里一样——只是更强烈得多了:是她在这里,克丽丝蒂娜!她通过这双眼睛望着他,向他赞许地微笑:对,这很对,雅可布!现在你做对了——今天上午你显然错了。

这时,他忽然发觉自己还握着汉娜的手,便几乎是惊慌地松开了:我不是这个意思,不能这样,哪怕违背了神圣的诺言——我也不能这样!

汉娜却马上用得了自由的手去抚摸小汉斯的头,并且戏谑地来回晃动它,跟孩子打趣说,他这么急切地跑过来,大概是想求爸爸带他回家吧?对于她来说,汉斯是很受欢迎的,这可以使注意力转移,因为她实际上也处在并不亚于磨坊主的尴尬之中。

她当然是这样理解他的意思的:这些话是出于对她的爱,出于让她猜到这种爱的目的。因为她心里对这个严肃的朋友的隐隐约约的爱慕正在悄悄地增长,所以这些话的效果是很好的,虽然并不会马上就出现激动人心的场面。哥哥对她绝口不提曾经在林子里劝说过磨坊主的事,但她自己却早就朦胧地意识到,这或许与那次神秘的敲窗有联系。她从哥哥的许多不怎么好懂的话中得知,两个朋友已经商量过成亲的主意。可是另一方面,她又感到跟亲密的朋友多谈此事很不舒服,因为按照她的观念,在谈及恋爱与结婚之前,无疑要经过很长一段时间。不过,从这种气氛中脱身出来,再过渡到一种平心静气的家常气氛并不容易,因此汉斯来得正合时宜,帮了她大忙。

磨坊主喝了一杯啤酒,赞不绝口——因为这是自家酿的——然后便起身告辞。

"对了,"他说,目光落到书柜里面那个空隙处,"克里斯蒂安·温特尔的诗集还在我家。我离开家的时候没打算来这儿,不然我就把书带来了。"

"哦,不急。"

这句普普通通的话所包含的信心,比这次来访的其他所有话都更使磨坊主感到难受。他站在这里告别,本来并不感到这么压抑。当然了,她怎么能猜到为什么必须赶快还书呢!这件事有可能顺利了结吗?他自己也不懂,但是他明白:事情已经没希望了!

"真的吗?我是说,您也许要用哩。"他说,走到门口。

"哦,不——虽然我常爱翻翻它,但是更愿意让您也读一读。"

她说这话时目光很友好,她自己已感到应当尽可能别这样看他——可是,向人家祝福总不能样子很凶地瞪着人家嘛!况且,向他说这话也只是随便的客套嘛。那本书里自然有好多处谈到爱情——她仔细想想，书里甚至没有别的内容，主要是森林里、田野上和村庄里的淳朴爱情；没有提到磨坊——且慢，在一首诗里提到了水磨坊——她真希望书中有一首诗提到风磨坊！想到这儿她忍不住笑了。

"您喜欢那本书吗？"

"当然，很喜欢。"

"我很高兴。我也给威廉朗读过——晚上，您知道，他坐在那儿雕刻东西的时候——可是这不合他的口味。他不喜欢诗，除非是收在歌本里的诗。不过，我们要努力使他逐渐明白过来，对吗？"

磨坊主尽量有信心地笑笑，喃喃说了些附和的话，同时打开门要出去，喧闹的树林啸声马上淹没了他的话。

瑞典小马很快就被套好了。汉斯爬上车，因为他不愿错过这次机会，想出去兜兜风。汉娜说，他可以跟威廉叔叔留在外面，然后再跟他一起回来，因为他们肯定会遇上他。

"请代我问候他，"汉娜叫道，"告诉他按时回来吃晚饭！要是见到燕尼，就送这个坏家伙回来！"

小马耷拉着脑袋往前走，两腿远远地叉开，车轮在湿漉漉的车辙印中轧轧作响。不时听到车轮扑腾一声掉进坑里——汉斯被颠得跳起来，兴高采烈。他很不安生，不停地转动着身子。磨坊主也不得不这样，因为汉娜仍站在房前，一只手按住头顶的小帽，另一只手挥舞着手帕。毫无疑问，她这么做只是为了让孩子高兴。可是她做得太殷勤太持久了，一直挥舞到不仅那块手帕，而且连她本人都成了白墙前的一个小黑点。这时，他们拐上了大路，瑞典小马转入了快步小跑。

9

　　磨坊主已从忧郁的沉思中醒过来，情绪变得生气勃勃了。现在他要去见管林人。他该不该对他说呢？说无疑是正确的，他有责任告诉他！用不着讲明他要娶莉泽，这点不必说；只需要说，管林人用不着再恪守当时对他说过的话，因为他不能娶汉娜。是的，要是对方随后问为什么不能，情况有了什么变化——又怎么回答呢？不，还是把一切都老老实实地说出来为好……可是孩子又在场。当着他的面可不能说这些。要是他走开——他可不愿直截了当地赶他走开，因为那样他就会对汉娜说，爸爸和叔叔在一起说秘密话——假如他自愿走开，那就对管林人实说——就这么定了！

　　他们刚向左转弯——走上横穿树林直通磨坊的路——就听见远远传来了斧斫声和拉锯声。不一会儿，车下闪现出白色的东西，是一棵伐倒的山毛榉树：长长的树干已经锯开，宛如一根断成若干段的柱子横卧在那里。高处又有一棵山毛榉树的树冠已经倾斜，靠绳索拽住还勉强立着。秃枝在空中可怜地来回晃动，仿佛盼望能抓住什么。旁边有两棵高大的橡树，快乐地摇晃着灰黄色的叶冠沙沙作响——毫无疑问——它们明白那两棵山毛榉树是因为它们倒下的，是为了让它们得到光线、空气与空间。它们的叶子飞扬而去，似乎有心去向其他受困的橡树报告这可喜的消息。

这时，嘈杂声中传出了威廉的声音，他的身影也出现了。他背向他们，抬头仰望，用手杖指挥着工人的行动。他尚未发觉驶近的马车。可是赫克托已经跑过来欢迎他们了。它快活地吠着，在瑞典小马的鼻子底下不停地蹿跳着。马儿可不喜欢这种讨厌的、吵闹的、跳跃的举动，连连摆头，训斥地打着响鼻。

车停了，汉斯跳下去。磨坊主也下了车，把缰绳系在灯柱上，松开挽具。虽然他不打算久停，但是，坐在车上进行他预先想好的这样一场谈话毕竟是不舒服的。大衣碍手碍脚，他吃力地跳过沟，这时管林人已朝他走来，迈着军人般的大步，沾满泥的鞋子时而踩进溅水的水洼，时而又蹚过厚厚的积叶，使树叶像尘土一样飞扬。

"哎，你来了，雅可布。你是从我们家来的吧？"

"是的……你好吗，威廉？"

"嗯，挺好。真感谢你来接我，我们这儿很快就干完了。"

"不，我不能留在你们家，我得回去。"

"啊？难道这只是一次趁我在树林里干活进行的匆匆访问？莫非你来的时候是悄悄溜过去的？唉，唉，雅可布！"

"我是从基克比来的——原来我打算进城去。"

管林人大笑，拍拍他的肩膀。

"喏，我要说——那一定是风太大了，因为这可不是你进城最方便的路啊。"

磨坊主只是勉强地笑了笑。他感到很不舒服，但同时又感到，这对于他要说的事是并非不合适的提醒。正巧这时候孩子也走开了。

磨坊 · 275 ·

"听着,威廉——我想跟你说——"

"嗯?……汉斯!别去那边——待在我们这边!……我不愿意让他在工人那边玩,那边容易出事。"

"自然,你说得对。"

"怎么样?你想说点事?"

然而,此刻孩子就站在身边,竖着大耳朵听哩——没法说!

"哦,是什么事来着?……对了,因为这孩子,他愿意留下。请你坦率地告诉我,这是否给你们造成了不便——因为我不大信你妹妹的话。"

"嘿,你想到哪儿去啦?不便?他使得我们十分快活!再说了,"接着话音低了,他以一种教师的明智目光向孩子暗示,这时候用不着他旁听,"如果他们俩相处得习惯了,那也是好事。"

"你这是什么意思,威廉叔叔?"汉斯问。

管林人惊讶地望着他。

"嗬,这小家伙耳朵真尖!我像他这么大的时候什么也听不见。"

磨坊主忍不住笑了,虽然他心情并不快活。

"喏,乖乖地待在你爸爸身边。"管林人说,巧妙地避开了令人难堪的问题。他刚才一直用左眼瞟着那棵倾斜的树,这时说道:"请稍等一下,雅可布,树快要倒了。"

他走了,踏着树叶和泥泞走了。

磨坊主坐到一个树蔸上。他从衣袋里掏出烟斗和烟包,装上烟,点燃,悠闲地吐出烟团。可是冷风马上就把它从唇边吹走了。由湿土、枯叶、腐烂的植物和新伐倒的木头汇合成的树林气味,亲切地混入了令人陶醉的野草香，令人安宁并唤起灵感。这使他生动地想起了许多愉快的时刻，他和朋友在林子里吸烟度过的时刻，他的心情更加沉重了。管林人被小汉斯打断的话仍在耳中回响，这使他迫切感到应该向朋友澄清实在的情况，但同时又感到要作出这样的解释更加困难了。

汉斯正在跟赫克托玩耍，让它叼回扔出去的枯枝。

"看哪，爸爸！赫克托棒不棒？它总是能找回我扔的树枝——哪怕我扔得再远——看哪！"

"对，对，小汉斯！但愿你做个听话的孩子，就像赫克托是听话的狗一样。"磨坊主打趣道。

"啊，爸爸，一起来玩吧！你可以扔好远！这里有一根好树枝。"

"我倒很想扔一次，可是吸烟时不能玩。"

"不能？"孩子的声音很失望，又有些怀疑。

雅可布把那根树枝在赫克托嘴前晃晃，做出要扔的样子，狗见状冲了出去，但马上又兴奋地吠叫着掉头了。这激起了小汉斯的高声欢呼。一直等到把狗折腾够了，他才让树枝划了个远远的圆弧飞出去。

小汉斯发出一声赞叹，尾随赫克托跑过去，消失在树叶丛中。

雅可布又发起愣来，吸着烟想心事。

在起伏的山毛榉树梢上方——全都是巨大的干树枝——云彩正飞旋而去，不是零星的云团，而是相互渗透的低云，比平时颜色更深。它们阴郁地掠过五十步开外的林间草地，草地呈嫩绿色，被树林的边缘圈住，树林如一团淡紫色的云雾耸立在远处，衬托出草地

磨坊 · 277 ·

上零零落落的桦树及其透明的黄色枝叶。

那棵已经歪斜的树的树梢在笨重地点着头。斧斫声越来越响,越来越急。人们叫嚷着,但是乌鸦的啼声更响。它们对林中这件事颇为关切,黑压压地在空中盘旋。

一切都阴沉沉的,秋意肃杀。他的心情既不快乐也不振奋。这是一段要告别的生活。

"嗷——嗨!嗷——嗨!"

"啪嗒!"

一声震耳和噼里啪啦的巨响——所有的枝叶互相碰击,山毛榉树倒在了那两棵得胜的橡树脚下。

管林人又朝他走来。现在已没有危险再威胁汉斯了,他由赫克托陪着飞跑过去,想凑近看看那棵被放倒的山毛榉树。这时机对于诉说心中秘密是十分有利的,机不可失!

"你今天来,真是好极了。"管林人说,坐在对面的另一个树蔸上,弄好他的烟斗,"我是说,这可以使我妹妹快活些,因为她有些忧郁——因为燕尼的缘故。"

"是的,她对我说了。我来到时,她正在那里呼唤。嗯,我想小鹿会回来的。"

"当然,当然!可是今天清早,在离我们家不足十分钟路程的地方响了枪——是佩尔·威伯干的……"

他跟朋友借火点烟斗,把烟丝点燃,然后以管林人的细心弄好小盖子,猛力吸烟,显然很惬意。

管林人提出这一指控时的自信使雅可布十分不安。说不定偷猎贼有不止一支枪哩！

"你怎么知道准是佩尔·威伯呢？"

"噢，我一听枪声就知道是那支枪！跟这支枪是兄弟。"他亲热地拍拍自己的枪托，"一支真正的格林枪。这么一支好枪竟落在那种人手里，真真岂有此理……即使他很能干——说到这个……"

磨坊主怔住了。如果这是真的，那就是莉泽对他撒了谎。那么，她哥哥是今天清早才把枪交给她保管的。

"你不会搞错吧，威廉？"

管林人鄙夷地笑了笑。

"我很熟悉自己的枪声！我告诉你，这种枪在整个法尔斯特地区只有三支。斯克约林格伯爵有一支——他不可能跑到我们这里来打猎。我这支是男爵给的，有一次他对我很满意赏给我的。喏，威伯也弄到了一支。他把野物都偷偷杀死了，这个胆大包天的家伙！"

莉泽撒了谎。然而，为了什么呢？为了掩护哥哥。只是为他吗？或许也为了自己？因为燕尼之死？是这样吗？这些联想发人深省，使磨坊主感到情况不妙。

那个九月的下午在他心中记忆犹新。当时他站在林中草地上，在汉娜旁边，她把燕尼从树林里叫出来。现在，他坐到了莉泽身边，莉泽却打发她哥哥进树林去杀死燕尼。这是谋杀，尽管只涉及一只动物。这只动物由于仁爱之心而受到尊重。杀死它的子弹也伤害了善良、虔诚的汉娜，她决不会忘记自己宠爱的燕尼。而他就站在那两个深深伤害了她的人一边。"是这样吗？我的天哪！"

"看你冷得直发抖，"管林人说，站起身，"咱们还是来回走

磨坊

走吧。"

磨坊主也站起来。

"喏,猎枪在他手中很快就会捞回本来。"他说,仅仅是为了掩饰他想到莉泽和汉娜时的愧疚想法。

"说得对,太对了。"管林人讥讽地一笑,答道,"他眼看就要谋到一个好位置了。将近一小时以前,男爵骑马路过这里。我告诉他,佩尔·威伯昨夜又在这里捣乱。男爵露出狡黠的脸色说,他已经想出了对付他的办法。"

"他果真要雇用威伯吗?"

"啊,你已经知道了?"

雅可布咬紧嘴唇。他以为自己无意中说漏了嘴。因为此刻他并没有去细想,除了从莉泽口里,他还能从别处得知这个消息。可是,朋友接着说的话又安慰了他。

"啊,对!我想起来了!上次,咱们一起去老奥勒那儿,他说到这件事——这个正直的老朋友,宁愿身患风湿病坚守在'战壕'里,也不让偷猎贼接近——那是九月份——晴朗的一天!"

"十分晴朗的一天。"磨坊主长叹一声道。

"他本人正巧在这儿。刚才我就想,如果他看见你,就会过来。现在,他在男爵家的花园里做事。可是,树林时时吸引着他。伐木一开始,奥勒就在花园里待不住了,他一定要来。喏——他在这里就如同一个老见习生。"

这时,高个子的白发老人已经走过来了,带着一个热心参加但又受到优待的人的闲散,随便说了句:"欢迎你到林子里来,磨坊主克劳森。"然后握握他的手。

"永远忠实于自己的老行当,我明白,奥勒。我们刚好说到九月去您那儿,您跟我们谈起男爵和佩尔·威伯……管林人告诉我,男爵现在——"

奥勒咧开嘴笑着点点头,眨眨眼,左手在空中挥动,仿佛要把一群蚊子从耳朵和鬓角上赶走似的。他高兴地来回晃动着他的高大身子:这可是个令人愉快的故事!问他算是找对门路了!

"喂,你怎么说的,威廉?"

"我问他,他怎么会指望我要一个臭名昭著的偷猎贼当下属?而且,人们私下里都说,我的前任被害时他在场。给坏人面包吃,却夺走好人盼望的饭碗,这是否对头?他难道认为,与丑恶结盟会得出好结果?'对不起,男爵先生,'我说,'您还不了解威廉·克里斯滕森。'"

奥勒的脸成了眨眼、鼓腮帮子、咬胡髭和晃下巴的生动集合体——这一切都是做给磨坊主看的,而且比说话更清楚:哦,他把男爵顶回去了——一点也不顾忌纪律!

"男爵呢?他说什么?"

"他能说什么?他只是开了个愚蠢的玩笑。"

"这是他的习惯。"奥勒解释道,"战士的幽默……在杜帕尔那里——普鲁士人猛烈开火,他却开了个绝妙的玩笑,结果整个战壕都哈哈大笑……当然,这没有什么用处。"

"怎么会有用呢?"管林人恼火地嘟哝道,"在这里也不会有用。他感到惭愧,因为他明知自己不对。开玩笑——只是为了下台阶。"

"为掩护步兵撤退的炮火,"奥勒点点头,咬着一块口嚼烟……"骑兵,我想说,因为他是骑马的,男爵……哈哈哈!"

磨坊主出于礼貌对这个玩笑咧嘴笑了笑,笑得很勉强,因为他没有兴致笑。他感到自己所处的几乎像奸细一般的不利地位越发难堪了——他打心眼里希望,莉泽的哥哥能得到一个正当的职位,就在几个小时以前,他还十分宽厚地跟莉泽谈到佩尔的事!

就好像为了让他彻底摆脱这处境似的,威廉把评论针对他,仍然保持着铁石般的严肃:

"不,不,雅可布!与丑恶结盟,这不会给任何人带来好处!"

"您说得对,管林人!"奥勒叫道,"古时候猎手需要的魔弹也是如此。它们是夜间念着咒语铸成的,百发百中,但最后一颗却要射入猎手自己的胸膛……实际上,我在一本古书里读到过——按照德国人的说法……他们懂得——他们一直跟魔鬼打交道。还有马丁·路德,他倒是跟魔鬼打过架——把什么东西砸到了魔鬼头上——这您一定知道,管林人。"

"一只墨水瓶,"威廉证实道,"那是在瓦尔特堡。至今墙上还能看见斑点呢。"

"当然。正如我刚才说的,他们一直都在跟魔鬼打交道。他们当中最聪明的把一只墨水瓶掷到魔鬼头上,好像鬼还不够黑似的——哈哈哈!好汉!啊,男爵开了个绝妙的玩笑——他当时是上校——我们当中只有最机灵的脑袋瓜儿才能理解……是怎么回事来着?唉!我忘了……人老了,糊涂了——对对,克劳森——是这样,没办法。"

奥勒对自己的生活经验进行了一番哲理性的总结，显然玩世不恭地低估了无法影响的环境，然后从一侧的黑色牙根间吐出唾沫，把烟块送到嘴巴的另一侧——他准备回去了，揪住裤带把裤子提了提。

"哎呀，我得赶快动身。男爵说，等山毛榉树倒了就回去。他有一件小活计要我干。"

"好，好，去吧，奥勒——再见！谢谢你又来看我们。"

"哦，该奥勒做的尽管放心。晚安，管林人！"

威廉跟他握手告别后走到几十步开外，去给工人作指示。奥勒摆出狡黠的面孔，用大拇指朝肩膀上指指，小声说：

"他不喜欢我拿路德开玩笑——嘿，他可真虔诚。不过，这一点他是对的：不跟丑恶结盟，这没错。好样的！而且——他非常器重您！对，对，克劳森，您要当心！他要感化您——女人传教——也就是家庭传教，说到这个，怎么样？嗯，嗯，倒也不算坏。独身没关系……但愿我是您这个年纪！……我试过——在我的老伴去世之后——没什么！在管林人小屋里怎么样，在磨坊里也会怎么样……喏，对不起，我心直口快得就像个老兵……晚安，克劳森！"

连他也知道了，在人们当中已经传开了！磨坊主心想，目送着奥勒。他的高大身影向前倾，有点儿踉跄，蹒跚而去。也许，没有什么能使他如此深切地感到，他已经难以挽回地跟老朋友疏远了，跟他以往的生活决裂了，他又是永久性地放弃了什么样的前途，就像这个怪老头儿说的那样。即使在管林人的小屋里，面对汉娜本人，他也没有这样的感受。是的，要是还能吃后悔药，取消他先已

磨坊

采取的行动就好了！然而，不，这种摇摆必须终止。莉泽已经得到了他的许诺。此外——他也渴望得到她。即使在这儿，在敌视她的环境之中，他站在管林人和奥勒之间，一想到把她那因为啜泣而震颤的身子拥入自己的怀里，就仿佛有火焰流过他的血管……即使情况确如他想的那样，是她打发哥哥到树林里杀死了汉娜的燕尼，那又何尝不是出于对他的爱，嫉妒得昏了头？

管林人又过来了。现在正是说出心中秘密的好时机。可是，他的勇气已经彻底消失了。他现在怎么能跟朋友说，不愿做他的妹夫，却想和佩尔·威伯结为姻亲呢？他很明白，只要他一透露自己的心事，就决不能半途而废……他又怎么能告诉威廉，他正打算弃善从恶，"与丑恶结盟"呢？——因为威廉准会这么理解。

磨坊主撇开这种使人麻木的犹豫不决，迎着威廉走了几步。

"好吧，我也得回去了。"

"非走不可吗？也好，天色晚了。"

管林人陪他走到车前，套好挽具。

"一辆小巧的车子，一匹能干的小马。你曾经驾着它顺这条弯路来过我们这儿一次。一年啦，你还记得吗？克丽丝蒂娜一同来的。"

"哦，是的。我也想起了那一次。"雅可布喃喃说道。

"我还清楚记得你们是怎么走的。汉娜帮她把旁边的皮带扣好，也就是现在我正在做的事。接着，克丽丝蒂娜弯下腰来吻她。啊，是的，这个好心人！喏，现在她好了，我希望，她仍然喜欢汉娜，没错。"

磨坊主向另一边俯下身去，扣上那边的保护皮带。这事儿并不轻松,当他直起身子把缰绳从灯柱上解开时,已涨得满脸通红。

"有空再来,雅可布,"管林人说,真诚地握着他的手,"要讲信用,你知道!就是说,对我也同样。"

"好,好,我会来的。再见,威廉!"

"爸爸——你就回家吗?"

雅可布完全忘记了孩子。汉斯这时上气不接下气地带着赫克托赶来了,向他道别。

父亲朝他点点头,又做了一番嘱咐,叫他乖乖的,不要成为朋友的累赘。管林人和蔼地一笑,拍拍小汉斯的肩膀,似乎这种危险并不存在,因而削弱了这番嘱咐的效力。

雅可布用缰绳抽打马背,车子走了。

"代我问候莉泽——还有约尔根!"汉斯追喊道。

约尔根大概是作为伙计中的领头人被提到。但是,把这两个名字联成一对,使磨坊主觉得很难受。他不寒而栗。

管林人看出了这一点,摇摇头:雅可布今天情绪不佳。但愿不是患了重感冒!

磨坊主缓缓地穿过树林。

两边的树迟疑不决地掠过——几乎每一棵都是他的老熟人,因为他经常走这条路——这是那棵大山毛榉树,打老远就可以看见它的半球形树冠,比别的树都高得多,宽得多——现在来到这两棵连理树了——那边那棵,一直到树梢都缠满了常春藤,在一片悲戚的灰色中显出鲜艳的孔雀绿,使得它跟夏天完全不同,从周围的树中脱颖而出。每一棵树处在光秃秃没有叶子的状态都显得独特而引人注目。每一棵树都以其独特的风格责难地望着他,这棵粗鲁,那棵忧郁——那棵畏缩,这棵则以强有力的枝杈向他抓来——柔韧的桦树摇晃着黄色的叶簇,就像先前汉娜挥动她的手帕。所有的树都加入了无穷无尽的忧郁的喧闹,令他几乎绝望。

不过,这时树林开始变得稀疏了——微风吹入树干间,他觉得比今天早些时候要明亮。刺篱后面的养路工小屋一闪而过——两边的树木已经消失,四周展现出田野,广阔的原野,在正前方的最高点上矗立着他的磨坊。

他心头好像揭下了一块轻纱。在外面的大自然当中仿佛也掀开了什么:是光线、色彩。天空越来越清晰,闪耀着淡蓝色的光芒。在越来越灿烂的云层上方,原来压得很低的灰蒙蒙的天空开始向上隆起,越来越高,越来越轻,仿佛一场紫红色的霞雨已滴落到无垠的原野上。

磨坊主催马,马也勤快了。在吱吱嘎嘎的小跑中,车轮不停地溅着水,直奔磨坊。莉泽临别时的叮嘱并非无效:瑞典小马显然正在努力把磨坊主尽快送回来。

在雅可布身后,在树林的阴影中,留下了所有有关汉娜的想法。他眼前只有莉泽,她已经站在磨坊的轮廓中向他热烈地招手致意——不是在空中挥动一块手帕,而是挥舞着四面磨扇。现在,莉泽跟汉娜的力量对比,就如同这四面巨大的磨扇跟一块小手帕之比。

她恐怕难以料到他会在此时归来!她一定会感到惊喜,兴高采烈地迎接他!这个晚上他们原以为要分开,各自都在无聊中度过——不料却是在一起欢度今宵!

在他右边，太阳西沉了。可是在他的前方，在红色的云层底下，地平线上还延伸着长长的一条光带，闪耀着金属的光泽，映衬着黝黑的磨坊。在笔直、坚硬的道路上，车辙仍积满了水，就好像大地只是一块薄板，这儿被磨穿了，透出了底下的天空。

磨坊主愉快而满怀希望地驶入这光芒之中。

然而，磨坊却是一片漆黑。

10

雅可布跨进了磨坊的门道。

他卸下马，给马备足饮水和草料，对莉泽并没有蹦蹦跳跳地迎来有些纳闷儿。也许她正在另一边，在她的小房间里，没有听见车轮声吧。

可是，在房子里到处都找不到她，花园里也不见。这对于他是个小小的失望。不过，她肯定很快就会露面的。也许她出去散步了，因为在好长时间的灰蒙蒙天气之后终于迎来了绚丽的晴天。她自然不会去想这些，但是他天真地相信，凡是使他高兴的事情，也一定会使别人高兴——尤其是她，自己的心上人。

这时，他想去察看约尔根正在干什么——一心指望她或许待在下面的伙计房里。他轻轻地打开门往里瞧，可屋里也是空荡荡的。

随后，他走进了磨坊。

隆隆的喧闹声立刻告诉他，这里正在辛勤地工作。在这样一个难得的刮风天也理应是这样。最底下一层没人——这点他早就料到了。

此刻，他已经站在石磨层上：三台磨粉机和一台脱壳机正在工作——好极了！约尔根没有帮手，因为拉尔斯回家去了。可是，他躲在哪儿呢，约尔根？天色已经半暗，一下子看不清，在这儿叫喊又没用。

磨坊主到所有磨粉机旁寻找——还有那些面袋后面——他又走到回廊上，还是没有人。

他重又跨进喧闹之中，在这喧闹之中发现了什么，除了他这个磨坊师傅以外，别人的耳朵都会忽略这种情况：一种空空荡荡！他得出结论，磨子里已经没有东西可磨了。他登上最近一台磨粉机的架子，用手在容器里摸了一把：果然，全空了。其他磨粉机也处于同样的状态。让三台磨粉机在这儿空转，真行啊！

他从第三台磨粉机上跳下来，刚想骂一声"懒驴"，就发现在下面的阴影里有什么在活动。他向前探身瞧，原来是两只疯狂扭打的猫。一只自然是基斯，另一只大概是偷偷溜进来的野猫——是白猫，跟皮拉图斯很相似。此刻，它们两个已滚打到门口射入的光带里，静静地伏在地上，互相窥伺，互相威吓。这难道可能吗？磨坊主跳下来，走到它们跟前。真的，是皮拉图斯！

皮拉图斯怎么到这儿来了？人人都知道，它从来不上磨坊来——从来不会，绝对不会！这是磨坊院的一个牢不可破的信条，就像上帝创造了世界一样。在这点上绝对不容动摇。可它确实在这儿，皮拉图斯——在石磨层，在磨坊的中心。如果说发生这样的奇迹是有悖以往经验的，那么，它们显然有一定的意义。皮拉图斯在石磨层，这意味着什么呢？为什么磨坊主的脸色大变？刚才他还是气得满脸通红啊！他观察着这只通常不会到这儿来的公猫。为什么现在他的脸色变得那么苍白？就好像敲打着楼板的猫尾巴把石磨层的所有粉尘都扬到这张脸上了。不管是什么原因，反正磨坊主不再观看这场搏斗的过程了。他退出了现场。在黑暗的角落里，他踏上窄梯缓慢地攀登。

可是，猫战却以并不减弱的狂怒继续进行，因为两位高贵的斗士并不是为了博得赞赏与虚荣才武装起来的。一山不容二虎，双方都认为是自己占山为王，因此基斯和皮拉图斯便在这石磨层上厮杀不已。很难预见战神会把胜利赐给谁，因为阳光与风都是均匀分配的。它们互相对阵，犹如一名骑在丹麦战马上的铁甲十字军骑士，跟一名骑在阿拉伯马上的撒克逊人①对峙。皮拉图斯更粗壮，裹在它那十分厚实的皮毛里也比对手防护得好，然而基斯却敏捷和灵活得多，而且耐力也显然占优，只要能使战斗拖下去，它就有希望获得胜利，因为它依然像最初那样生气勃勃，而皮拉图斯却已经气喘吁吁了。可是，它并没有察觉自己的这一优势，因为它虽然具有凶猛武士的特长，也不乏敏捷的狡猾，有许多诡计花招，但是缺少高瞻远瞩，而皮拉图斯却在沉着冷静方面比它优越，这正是教养以及常与更高级的人和神交往才赋予它的美德……有法律依据的道德优势究竟在哪一方，也是一个尚待解决的问题。人人都知道，一只小

---

① 欧洲中世纪时对阿拉伯人的称呼，后泛指伊斯兰教徒。

狗往往能在自家院里战胜一只大狗。可是，石磨层到底属于谁呢？基斯毫不怀疑是它的。不可否认，皮拉图斯已有这么长时间——差不多一年了——实际上承认并尊重基斯的权利，因此它自己的权利已经失效了。但此刻皮拉图斯——不管它平时做了些什么——却把基斯视为狂妄的侵略者，是基斯掠夺了它，因而激发了它的正义勇气进行不挠不屈的反抗。

战斗在继续，并且不断变换着花样：基斯逃到了面袋子堆成小山一样的高处，皮拉图斯发起了一次虽然持久却并不成功的进攻；现在，在磨粉机与粮食囤之间的角落里，因为损失了半边耳朵而被击退的皮拉图斯暂时藏身不出；但是接着，它又在有利的时机突然冲出，攻击对手已被划伤的胁部——它们又来到了平地上。它们匍匐前进，互相兜着圈子，互相窥伺对手的弱点，然后跳起来在空中相撞，滚成一团，用牙齿和爪子互相撕咬。石磨层目击了一场猫战的种种恐怖，真是无所不用其极——不过已经看不清了，因为天色很快就黑了。夜幕呼吁着和平，降临到战场上——但是决胜的铁骰子已经朝有利于白方滚动了。

基斯小心翼翼地向窄梯后退，以便留个退路。皮拉图斯确实无愧于这位罗马统帅的名字[①]。它考虑到自己虽然进攻有力，但是追击起来却太不灵活，不愿冒险做追击的尝试，于是便集中了所有的力量进行最后一次突击，以彻底打败敌人。在窄梯脚下，基斯被抓住了，恰巧这时从上面掉下来一只鞋子，使它们俩出乎意料地分开

[①] 皮拉图斯本是一个罗马统帅的名字，也是《圣经》故事里的人名。

了。恰似古人打仗时如果发生了日食,继续战斗的勇气便顿时消失那样,这不可思议的外来干预竟然结束了这场杀气腾腾的格斗。胜负双方都悄悄地溜掉了。

然而,高级的人类并不理会低级的动物之间的相互关系。他们走自己的路,但是却强有力地影响着这些关系。磨坊主在踏上石磨层的时候并没有发觉被两只猫绊了一下。他要横穿石磨层走上回廊——因为他需要呼吸露天的空气。

他在回廊外面果然吸到了,那自由、清新的海风!

海风朝他扑面吹来,把帽子从头顶上刮飞了。可是他没有觉察。那是他最好的帽子,一顶很新的帽子,戴上它是为了进城,后来忘了摘,戴着这顶帽子走进满是灰尘的磨坊就已经可惜了,更何况是让它越过回廊的栏杆,呈一条大圆弧飞到田野上!它落地后又继续竖着帽边滚动,就像一个轮子——天晓得它去哪儿,也没有人去关心它。

至少它的主人并不关心它。他只是感觉到,清风在他的额上自由地劲吹,在他的头发里翻搅,真舒服。他从两鬓拭去汗珠,把几乎无法支撑他的颤抖的两膝靠在主杆上。然后,他烦躁地用力一扯,扯开了坎肩和衬衫,袒露出胸膛。"来呀,吹吧,吹吧,你这十一月的寒风——吹进这儿来——这儿需要凉快——别吹脑袋,那儿十分清醒,我全都明白——我一直很清醒——哦,不,我的头脑没毛病。可是这儿却好像燃烧着烈焰,我的心简直要蹦出来。把你的凉意送到这儿,同时也暖暖你自己吧!"

然而,风却并不需要这种恳求。它几乎像冬天那样强劲,带着夜间的阴冷，来势凶猛，而且似乎是潮湿的，散发出清新的、咸味的海浪气息。

"这风到底是怎么回事？我现在到底站在什么地方？这是启动柄嘛！"他用脚踢了一下，仿佛要证实这并不只是一种幻觉。"我靠着的这个东西是主杆。我这样侧着站，狂风怎么会直吹我的脸和胸口呢？这根本不可能！今天晚上磨坊里真蹊跷，磨扇竟没有对准风向！磨扇朝北，风却从东北来——风只要再偏东一点，就会从后面攫住磨扇，把整个圆顶掀掉！啊，那倒不坏！那两个家伙就无处藏身了——他们在露天下尽情地继续调情吧——哈哈！

"可是，有磨坊师傅在此，圆顶就能够转动——可以让它在适当的时候转动！"

磨坊主收敛了笑容。他咬紧牙关，独自出神。

四周绵延的大地宛如幽深的大海。在天边，沿着那巨大的圆弧，仍有一抹暗淡的天光。头上乱云飞渡，在云团之间，他的正前方，不时浮现出一轮苍白的月亮。然而，他的目光对这一切却视而不见。面对眼前的景象，为什么他的结实身体会发抖，眼睛从眼窝里凸出来，牙齿也咯咯作响？

他干吗不转动圆顶呢？

启动柄已经准备好了。

不使用它时总是用一个推到轮子底下的大木块把它固定住。但现在大木块不是在轮子下面，而是在栏杆旁边，就好像是被人一脚踢过去的。磨坊主很奇怪——莫非他刚才踢了一脚？管它呢！启动柄已经准备好，风向眼看要转向东了。

他的手触到了铁杆，但马上又缩了回来，就好像铁杆烫手似的。他双手紧抱脑袋，仿佛要求助于脑袋似的。

可是脑袋看来比铁杆还烫。也许是那根铁杆有吸力？因为它正在吸引着双手——不容反抗地把双手吸了过去。

双手已经落在了铁杆上——毫无疑问，只是为了通过这种接触满足内心的渴望，而不是为了像往常那样进行工作。因为，看起来他并不想转动磨子。

怎么回事？难道这样轮子就不会转动了吗？磨坊主以为是这样。他并没有用力按铁杆，肯定没有——可是它自动转起来了，带动了双手——他感到双手被拽着，无法抗拒地拽着——

他发出一声几乎是狂喜的叫喊，全身扑在铁杆上。

绞盘真的动了，嘎嘎地、嗡嗡地动了。轮子艰难地向前滚动，摇摇晃晃的主杆嘎吱嘎吱地移动，斜撑梁也在上面摆动。磨扇迎风旋转，转得越来越快，帆布欢快地发出啪嗒声和嗖嗖声。它们早就在渴望这疾风了："是的，该开始了！了不起的风伙伴将全力帮助我们……

"可是为什么这么迟缓？怎么回事？快转！我们早就不耐烦了！现在我们才知道这风是什么玩意儿！它脱逃以后，已经变强大了许多。而我们却不得不可怜巴巴地停下，因为没人愿帮助我们，帮我们重新捕获它……加油干吧……怎么？别停下——现在风向是东北偏北吗？不，是标准的东北风！在下面启动柄旁边站着的可真是一个马马虎虎的家伙！"

然而，它们还是停下了，不得不停下，因为人力再也无法继续

磨坊　·293·

转动启动柄了,就是一个狂人的力气也不行。磨坊主不是狂人,虽然他有时候疯疯癫癫。此刻,他重又站在那儿,靠着主杆,或者不如说是紧紧扶着它,支撑着自己,似乎觉得自己就是个狂人。

大约过去了多久?他不知道。不会很久。四周如大海一般的原野更暗了。月亮挂在幽暗的空中,浮在镶了银边的云彩之间,更加金灿灿,把栏杆的轮廓映在回廊的楼板上。

他到底干了什么?他转动了磨子。这有什么关系?为什么想到这儿他就浑身发抖?或许是因为天冷?因为夜风早已把他吹得透心凉,并且现在仍然吹拂着他——但只是吹到一点点,因为启动柄和主杆已不在先前的位置上——大木块就在他身后几步远,借着短小的影子能清楚地辨出。磨子刚才转动了。是的,它确实转了……可是,原先有那两个人待在上面呀!原先吗?现在他们在哪儿?

喏,毫无疑问他们是在下面,在各自的房间里。

当然,当他狂怒地旋转启动柄时——别人从来不会像他这样旋转启动柄——他确曾想过:用制动杆把那两个人压扁!但是,现在再一琢磨,他发现,他们有足够的时间逃脱。磨子转动得并不快。当然了,那里很窄,他们又是两个人挤在那儿,但即使他们留在那儿——他眼前清晰地浮现出整个的情景,实际上,这段时间他别的一概没看见——他们也还是能逃脱的。自然吓得不轻,但这正是他乐于看到的。

他笑了,可是并没有恶意或幸灾乐祸。那是一种病态的怀疑的笑容,一种勉强做出的笑容。

接着，他战栗起来——因为风仍在飕飕地吹。风是罪魁祸首！也就是说，磨子没调好。为什么？为什么转动启动柄时那么困难？为什么它就像中了魔一样卡住不动？他刚才忘记了那一刹那，想到这儿他感到害怕——因为在这个过程中有着谜一样的东西。

他振作精神，走上石磨层，但不是为了做完他的磨坊活儿。他调好磨子，然后给磨粉机供料。他没有点灯，从左边走进角落，那里没有顶盖。他瞪视高处，可是什么也看不清。只有许多轮子的喧闹声从黑暗中传来。

接着，他感觉到额头上响了轻轻的一声"滴答"，随后，又是一下，险些落进眼睛里。他不由自主地用手一抹，发觉手湿了。他急忙划亮一根火柴：手已经染红了。火柴从颤抖的手中跌落，在楼梯上燃烧，四周的面粉中显出了大块的红迹。在火柴熄灭前，只听"噗"的一声，又出现了两块红迹。

从高高的圆顶上，血如雨下。

11

树林依然像白天那样单调、阴沉地呼啸，但是不再那么一成不变和暗淡了。在起伏的树梢上空，银光闪亮的云彩掠过，月亮掩映在秃枝之间。在磨坊主一动不动的脸上印出了树枝晃动的影子。磨坊主正摊开手脚躺在一棵大山毛榉树下。

磨坊主是怎么来到树林里的，连他自己也几乎不明白。他从磨坊里冲出来，横穿过田野——于是就突然来到了树林里。这是树林的一个尖端，呈楔形插入田野，距离磨坊比大路穿过树林之处近得多。这里既没有大路也没有小径。

很可能是树木吸引了他。原来，他同时生活在两个分隔开的世界里：莉泽的磨坊和汉娜的树林。他被赶出了磨坊，于是逃进了树林。当然，他在这里并不寻求什么。无论是在哪里，他都既不寻求什么，也不盼望什么。对于他来说一切都完了。

这种情感完全控制了他。他根本就没有想法。他感到自己做了件可怕的事。但他并不是对罪行深恶痛绝，也不是对受害者深切同情，而是痛惜自己：巨大的不幸闯入了他的生活，并且把他彻底毁了。他意识到，最好是从云中劈下一道闪电，劈倒他，或者是风把树连根拔起，再把他压在底下。

树枝的噼啪响声使他从沉思中惊醒过来。不知是野兽还是人？人……敌人！一个男人正从五十步开外的灌木丛后面钻出来。磨坊主一动不动。他屏住呼吸：千万别让对方发现！他没顾上问自己：要是有人瞧见他躺在这里，会给他带来什么危险——任何人的目光对于他都是危险的——任何人都可以是指控他的证人。

那人敏锐地环顾四周——左右张望——然后才小心地低头屈身，从高大树干间的灌木丛里钻了出来。此刻，他正轻手轻脚地穿过一条有月光的地带。看起来是个矮壮汉子，戴皮帽，脖子上围一条围巾。从他手上射出一道微弱的亮光。

佩尔·威伯！雅可布认出来了。莉泽的哥哥在这里——离他只有几十步远。可是——谢天谢地——并没有发现他，偷猎贼又悄无声息地消失在灌木丛中。

佩尔的出现把磨坊主从冥思苦想的一潭死水抛到了真正的情感湍流之中。现在他才意识到自己做了什么事。她的哥哥！莉泽不只是跟他有关系。她还有一个哥哥——她有一个爱她的母亲——有整整一家人，她是这家人的骄傲与希望——现在是？不，曾经是！他们会恨死他！他们心里一定会呼唤复仇！

从这种情感与思想的激荡中产生出来并留在头脑里的并不是悔恨，而是由于见到一个人影后大吃一惊造成的对自身安全的忧虑。他宁愿闪电从天上劈下来，他宁愿死——但不愿死在断头台上！不惜一切代价，决不落入法庭手里！

他必须为自己辩护——必须考虑一切，预先想好对所有可能提出的问题该做何回答，以免意外地陷入自相矛盾之中。

他开始仔细检查全过程，一点一点地，心里渐渐感到宽慰了些。人家怎么给他定罪呢？他直截了当地转动了磨子，根本没料到上面有人。然而，这个巧合实在是怪：他没能见着牧师，只是缴了什一税，甚至也没提他想找牧师谈话！要是他已经告诉牧师，说他想娶莉泽，那他就完蛋了。同样，要是他已经跟威廉谈过这些，就像他原本打算的那样。是的，只要他说过他不能娶汉娜——那就十分可疑了！

他很惊奇，看来是有人保护他不暴露此事。他明白自己得到了侥幸的庇护，因而感受到了某种简直难跟快乐区分开来的情感，尽管仍伴着一种不可名状的恐惧：就好像是魔鬼帮助了他。

对，树林中的那场谈话非但不可疑，而且完全能起脱卸责任的

磨坊 · 297 ·

作用。因为这表明,他跟汉娜的婚事已经在望。汉娜也会被传讯,法官必定会从管林人家的情景推断出他爱汉娜。至于莉泽和他所发生的事情,约尔根或许知道,但他已经不能再作证了。克里斯蒂安是唯一的危险人物(他没有考虑拉尔斯)。万一他知道什么就糟了。只要他说,他认为磨坊主爱上了莉泽,伙计们曾私下议论过这件事,那就糟了,非常糟。但是,他越是掂量克里斯蒂安那沾沾自喜的性格,就越是感到这家伙靠他那双无神的金鱼眼看不出多少底细。此外,还有岳母,她会爽快地作证说,她丝毫没有觉察这样的事。而亨利克也会向法庭作同样的担保。

一想到龙先生将在预审法官面前作出的姿态,磨坊主忍不住笑了——他发现自己居然还能够笑!

某种响声吓了他一跳。显然是一只小动物。但是这使他记起了佩尔·威伯,想到这儿他又笑不出了。他在盘算中忘记了佩尔!

这家伙什么不知道啊!莉泽肯定向她哥哥透露过,她跟他发生了什么事,以及她所抱的期望。佩尔也向她介绍过取得管林人这一职务的前景——他们俩相互肯定没有什么秘密。对,假如莉泽最近几天见过佩尔,他甚至连星期天晚上的情景都清楚……假如她见过他?肯定见过他!几天以前,不,就在今天清早,他还到过她这儿!佩尔了解他曾试图说服莉泽。毫无疑问,佩尔是最危险的敌人——他的证词有可能折断他的脖子!

可能——但是用不着匆忙采取行动。千万别丧失勇气!好吧,就假定必然会对我产生杀人嫌疑,也找不到充分的证据。"过失杀人"又怎么样?会不会受到重刑惩罚呢?

他立刻就发现,这也丝毫不会损害他。那些行家——也就是其他磨坊的师傅——会为他作证:对于一个待在圆顶的伙计来说,若是圆顶出其不意地转动起来,根本不会造成危险——因此,也就没有理由要求磨坊主,在风向改变而需要进行调整之前先上去检查一番。

思考这些实际的想法,为自己的安全着想,而不是在空虚的绝望中哀叹不幸,这确实非常有益。

他要再仔仔细细地检查一次。

总之,他转动了磨子,没料到上面有人——压根儿没想到。随后,他注意到旋转启动柄相当困难,觉得很奇怪。接着,他上了石磨层,点亮小灯,看见了鲜血。然后,他就惊骇地跑开了,不知道该去何处——只是想离开磨坊!

且慢!他不去检查到底发生了什么事,却径直跑掉,这岂不是很可疑?然后——假定他攀上窄梯张望时留下了某种痕迹(他在所有衣袋里搜寻,检查是否遗落了什么,结果没有)——在厚厚的粉尘中,他的鞋印说不定会在某处留下来——他读过类似的故事——那么,他就会被抓获!可是如果他说,他在离开磨坊前曾上去过,其实不难证明,他并不了解上面的情况到底怎样。

这时,他产生了一个可怕的念头:万一他们没有死,万一他们还活着,还能救活,怎么办?不能不弄清这点。如果现在上去查看残缺不全的尸体,那景象肯定是令人毛骨悚然的——因为肯定是尸体——绝不会是两个严重致残的活人,那太可怕了!但他必须去看,只能这样。

磨坊主果断地一跃而起。走，回磨坊！

突然，一声枪响——双筒枪的枪声……抑或是树林的回声？……没错！是佩尔·威伯开的枪……离得不远。

他又想到了莉泽的哥哥——这个威胁他的危险人物。莫非是佩尔使他颤抖得连忙用手扶住了树干？他扶着树，因为两腿根本不听使唤。不然，就是一种可怕的预感，随着枪响袭入了他的心里、肢体里？真快——几乎跟第一声枪响同时，第二声就响了……会是回声吗？不然又是什么呢？

他过了好久才克服突然的麻木，这才敢让手放开树干，走了几步。随后，他加快脚步朝林子边缘走去。坠地的细枝和脆朽的粗枝在他的脚下噼啪作响。他不时绊到树根。

"站住！谁在那儿？"

喊声似乎从云中飞来。

在他前面几十步远，他看见了一个人影，半隐在一棵树后面，一支猎枪的枪筒在月光下微微闪亮。

"站住！谁？"

磨坊主向后倒退了几步。他的紧张的神经受不了这突然的吆喝，在他站的地方恰好有月光照到他脸上。

"雅可布！我的天！是你吗？"

雅可布听出了管林人的嗓音。这时，管林人已经挎上枪朝他走来。

雅可布发现，管林人肩上背着两支枪，两支双筒猎枪。

"你在这儿？我正要找你呢。"

"找我？这么晚？"

"是的，雅可布——我必须找人聊聊——找一个男子汉聊聊——那么，我还能找谁呢？"

他把手放到磨坊主肩上，亲切而又略显沉重——就好像他必须扶住他似的。

"有时候，人特别需要有通情达理的朋友，现在我就是，雅可布，你没听见两声枪响吗？"

"两声？听到了——"

"雅可布，我把佩尔·威伯打死了。"

"佩尔·威伯……被打死了？"

他所担心的唯一证人被除掉了——借助的是朋友的子弹！

高兴吗？——是的，一种异乎寻常的快乐——但更多的是惊恐。先前那种阴森森的感觉更强烈了——强烈得清晰可见。他仿佛看见了一只魔爪，正在为他安排好一切，让他安然脱身。

管林人误解了他的目光所流露出来的恐惧。

"正是——有他没我，有我没他——我是在执行公务！"

雅可布点点头。

威廉用衣袖擦干了额上的汗珠。

"真是天晓得，我原来只想打伤他的手臂——可是在朦胧的光线下难以瞄准……没想到这样——我的子弹大概穿透了他的心脏。我赶过去他已经死了，一动不动就像一块石头。"

雅可布又点点头，目光木木地发呆。魔爪！它们伸向偷猎贼，它们针对他，死后就像一块石头！哦，他不会再胡说八道了！他不会再对杀死他妹妹的杀手提出足以判罪的证词了。

"雅可布!"管林人几乎在恳求,"你怎么对我什么也不说——确实,我需要朋友的忠告!……哦,把一个人杀死,这真可怕——尽管他是个坏家伙——可是想到我这是送他去见法官——而且是在他犯罪之时——不然他就会把我打死——哦,他习惯了在这种光线下瞄准——可是他那一枪打飞了——因为我那一枪——啊,天啊!"

"哦,你是无罪的,威廉——不怪你!"

"啊,别这么说!谁知道是不是光因为光线不好呢——也许我太激动了——由于愤怒——这是有罪的……或者是因为怕死——那就更有罪——"

"不,不,威廉——你是无罪的——我可以在上帝面前发誓!……虽然你手上沾了他的血,但是你照样可以把手高高举起来——你纯洁得像一个天使!"

磨坊主这种少有的庄重并没有使管林人在自身的激动而又严肃的情绪中感到诧异。他只是从中听到了他十分急需的深信不疑的保证。

他默默地握住朋友的手。两人默然地站了好几分钟,各自想着自己的心事。不过,管林人很快就平静下来了。他感到自己当时并不是非常激动,他从容地瞄准,并且大声数到了三。接着他问:

"你怎么会来到这里——在夜间,来到这没有路的树林里?雅可布——你怎么这模样?你的帽子呢?"

"我不知道——我的帽子?我戴了帽子吗?"

"雅可布——你怎么了?出了什么事吗?"

"是的，威廉，发生了一件不幸的事——在磨坊里。"

"真要命！是伙计受伤啦？"

"是的，我自己也不清楚是怎么回事——但肯定是件可怕的事。"

他给朋友讲，发生了什么意外，只是没说自己先爬上了面袋层，看见了那两个人。他十分详细地叙述了一切，解释了许多细节，因为管林人对磨坊里的设施不大熟悉。

"你没有查看一下吗？"

"没有，我吓坏了。"

"这可不对。"

"嗯，当然，不对——现在我想起来了，刚才我正在往家走。威廉，跟我去吧！"

"好吧，我跟你去。"

"谢谢你。真幸运，我碰上了你。"

"这是命运的安排——万事皆如此。"

"是的，不过——难道这也是命运的安排吗——"

他慌忙停住了，因为他险些补充道："偏巧是那两个人在上面。"他忘了自己必须装作不知道是谁遭了难。

管林人点点头。

"不错，我把佩尔·威伯打死，这是命运。不管你的磨坊里出了什么事——也是命运。没有一只麻雀是违背主的意志跌到地上的。"

他们快步朝树林的边缘走去。

"什么时候出的事？"

"大约五点半钟——或者是六点钟，现在几点钟了？"

管林人看看他的表。

"快八点了。"

这时,他们已经来到树林边上,到了用干树杈和嫩树枝编成的篱笆那儿。这在法尔斯特地区的树林里是不可少的。他们翻过篱笆,跳过一道宽沟,穿过一块收割后的庄稼地,直奔磨坊。那黑乎乎的目标已经在远处依稀可见。

"你一点也不知道是谁吗?"

磨坊主犹豫了一下,然后才回答这个他早已料到的问题:"不知道——我想不出。"

"在磨坊里你没见到任何人吗?"

"没有。我想,女佣外出了。"

"伙计们呢?"

"克里斯蒂安赶着磨坊的马车出去了,拉尔斯这些天回他父母家了。"

"那么还有一个伙计——他大概在照看磨子吧?"

"是的,可是我没见到他。"

"嗯。"

"可是——假如他在那上面——我真难以想象——他非常熟悉情况,天天都干这活——他只需往旁边跨一步,我已经给你讲过了。"

"喏,会弄明白的。"

磨坊主长叹一声,没有再说话。

12

实际上,很快就弄明白了。

他们翻过最后一道篱笆,走上了属于磨坊的草地。在他们前方,房子坐落在暗影里,磨坊衬着银灰色的云层高高耸立。磨扇的嗖嗖声从空中传来,匆匆的影子掠过他们的脚背,使周围青草上的露珠在月光下晶莹闪亮,宛如眼睛在眨动。从院里传来了卡罗的吠声。

磨坊主穿过田野时产生了一个奇特的想法。这想法先是像一丝希望轻轻掠过,继而又反复出现,每次都显出更清晰的轮廓,更具体,等他们从后面到达院子时,已经变为一种明确的期望。

他的想法是这样的:

我们走进院子。厨房窗口有灯光。门开了,莉泽出门看是谁来了,不然卡罗干吗这样大声叫?磨坊里也亮着灯——是最底下一层亮着灯,窗口隐在厩房的屋顶后面——约尔根正在那里干活。整个事故根本就没有发生。也就是说,他们刚才的确在上面——并非幻觉。但是他们逃脱了,也许在转动磨子之前就已经下去了。石磨层上滴下来的血——滴到额头上和手上的血,只不过是不安的幻觉的一种假象。在横穿田野跑向树林时他跌倒了,手被潮湿的泥土弄脏了,现在已看不清手上是不是有血——那完全可能是一种错觉。

假如是这样——假如厨房和磨坊里有灯光——假如莉泽和约尔

根出现了：他就会由最深沉的悲哀转变为最快乐的轻松！未来会向他微笑——而几分钟以前他还对一切都感到绝望！这未来就是汉娜。他跟莉泽是彻底吹了，他想到她的不贞时似乎并不痛苦。他已在自己心中把她杀死了——她不在了——他自由了——

但愿情况如此！

哦！那么他将真诚地感谢上帝！为他的双重获救而表示感谢：因为上帝把他从那个小妖精的淫威下解救出来了，还因为他没有成为罪犯——他不知道最主要该感谢上帝哪一点。为了这两者，也为了未来，因为上帝先给他看过了地狱，然后又向他敞开了天堂。

但愿情况果真如此！

现在，他们到了。他们从厩房的山墙和面包房之间走进院子。

磨坊主在厩房那儿站住了，打开上面的吊门往里瞧。只是在最近的位置上有动静：那是他今天用过的瑞典小马。磨坊的马都不在，克里斯蒂安还没有回来。

他正是要确证这一点。要是马都在厩里，而且走进院子时厨房里亮着灯——那么，仍然可能是克里斯蒂安，是他去厨房找些食物当晚餐。但现在，这灯光只能是莉泽。

警觉的卡罗已经吠叫起来，围着他们打转转。可是磨坊主的嗓音马上使它安定下来了。它偎依着主人，高兴地哼哼着。这可怜的畜生从来不曾像今晚这样守在空无一人的磨坊里，感到十分孤独。

院子里空无一人，磨坊主心中怦怦乱跳，转过屋角。没有灯光，到处都没有。面对这幅空寂寥落的景象，他突然感到自己对全部希望是多么痴迷。

前面有一段砂砾地被月光照亮了,在紧挨着水井那一边。在左边的住房旁,三角形的白色山墙亮亮的,正好是在拐角处,花园的白色栏杆又继续把这白光往下传。上边,烟囱像隐蔽的岗哨一样兀立,在这两种白色的光泽中间,长满青苔的草屋顶若隐若现,宛如一块海绵吸满了月光。别的东西都被磨坊遮住了。它迎着光巍然矗立,磨扇旋转着,从圆顶到基座一片漆黑——透过敞开的门道只能看见外面的一小块天空,银白色的云朵飘浮在零散的树木上空。

这个正在运转的磨坊有点特别吓人之处,里面没有丝毫亮光。在我们的想象中,夜间工作的磨坊是与光的概念紧密相连的——灯光从小窗口向四面八方射出,远远地照亮了黑沉沉的大地,宛如简朴的乡村灯塔的灯光,殷勤地告诉孤独的行路人:在广阔的黑暗中还有其他不眠者。这两种因素结合在一起,甚至创造出一句谚语:"磨坊里有灯光。"我们常常这么说,不知是否还有什么词语能更好地表达出孤寂凄清与阴暗荒凉的反面?

可是,这儿显然不是"磨坊里有灯光"的情况。

不管这种情况本身是多么微不足道,它正好从那句谚语中获得了一种象征的意义,对这两个朋友起到了简直是令人胆寒的作用。他们在厩房和面包房之间伫立了片刻,望着这个朦胧的、不知疲倦的、疯狂运转的磨坊巨人就好像中了魔。

然后,管林人振作精神,由磨坊主陪同穿过院子。卡罗大声地吠叫,在他们周围跳来跳去,可是一走进门道它就不出声了。他们从右边走进磨坊,卡罗沮丧地停在了门外,因为它知道里面住着一只野猫,就连强有力的皮拉图斯都不敢进去。因此,它哼哼着留下了，显得悲伤而又孤单。在这个穿堂风十分厉害的地段它冷得直发抖，但仍然不肯下决心离开，因为它知道这儿离人最近。

在磨坊里，管林人放下两支猎枪，把它们靠在墙上。磨坊主划亮了一根火柴，用手围起来挡住穿堂风，火柴为他们向上面攀登提供了微弱的亮光。

"这里有一根梁，当心脑袋。"磨坊主走在前头，不时提醒着。

他们到达下面的一层时火柴刚好熄灭。接着又划亮了一根，它引着磨坊主从面袋垒成的小山之间穿过，直到他点亮挂在大筛子旁边的小灯——那是一盏铁皮小灯，没有灯罩，只在近处照出微弱的亮光，可是却向四处投射出令人惊异的影子。不管怎么说，这样毕竟能较好地对付黑暗了，于是他们又继续往上，向逐渐增强的喧闹处攀登。

"嘘！你什么也没听见吗？"磨坊主问，在窄梯中间停下了，摆出倾听的姿势。他的头已经达到石磨层的高度，颤抖的左手握着小灯，颤抖的右手挡住风。小灯向上一层宽敞的空间投射出幽灵般闪烁的影子。

"什么？"管林人喊，不明白他的意思。

"你什么也没听见吗？"

"我只听到了嘈杂声，以前我从来没听过这样的嘈杂声——还有什么？"

"哦，没有什么！什么也没有。"

他听到了——或者是他自以为听到了——一个声响，尽管很微弱，却透过整个磨坊的噪声传来：似乎有什么东西滴落下来。接着，他又听到了一声。

他想继续往上,可是两脚就像生了根,手也抖得更厉害了。正前方,窄梯通向上面一层,他忽然发现了什么——并不引人注意,更谈不上可怕,实际上还不如滴水的响声那么引人注意:是一只灰猫。基斯正蜷伏在梯子底下,浑身战栗,在灯光前眯着眼睛,舌头舔着伤口。那些伤口若加以仔细观察自然是十分悲壮的。尽管如此,这情景却带有家常的特色,本身并没有什么吓人之处——它只是使磨坊主记起了他这一辈子清白做人的最后一刻。

他迅速登上最后几级阶梯,转身面向管林人。

"威廉!帮帮忙吧!你一个人上去,我——我不行了。""好吧,我一个人去。"管林人答,从他手中接过小灯。

"等一等,我要先点亮这儿的灯,把磨子停下来。你不能这样上去。"

他又找到了一盏跟前一盏灯十分相似的小灯,把它点亮。然后,他打算走到回廊上去。

管林人把他拉住了。

"雅可布,你听着!"他喊——不得不尽力扯大嗓门喊,"你先前不是告诉过我,要想停机就使用制动杆吗?"

"是的——我正是要这么做。"

"不,不!别动它。还是让一切都保持原样好——那上面,你明白。"

"那你可要千万当心。"

"嗯——那当然。"

"要当心脑袋,你记着。那里很矮,窄梯刚好擦着头顶。"

"好的,我会熟悉的。"

他离开了,消失在机轴范围以外的黑暗中。只有微弱的亮光仍在移动,照亮了一根斜撑梁,一根吊索,几级窄梯——然后飘忽而上,消逝了。

只剩下磨坊主孤零零一个人。

他坐在一个面袋上。他的肩膀旁边,在磨粉机的边缘上放着小灯。小灯上方,隐约地现出了框架和进料槽,向后面的山墙和粮食堆投出昏暗的影子。就在他的脚前,脱壳机敞着黑乎乎的大洞,大漏斗和旋转轴也在光照区内;再往前往左,隐约现出横梁的长条形和箱子的平面;头顶上有一个挂满粉尘的大蜘蛛网,宛如一只大飞蛾的双翼在缓缓地扇动。

约尔根经常坐在这种光线下,手捧他那本宝贝历书,陷于昏昏然的想象之中。他周围的一切,从上到下幻化为刑讯塔楼,拷问即将开始。他本人——化名为雅尔马——被绑在刑具上。可是他那时决不像磨坊主现在这样心惊肉跳。

雅可布抬起头:莫非他又听见了那种可怕的、轻微的、清脆的声响?它透过嘈杂声零零落落地传来。左边白糊糊的一团是什么东西?他几乎不敢往那边望,只见它奇特地兜着圈子。可能是皮拉图斯?

他拿起小灯,站起来,向前走几步:是的,是皮拉图斯。它原地转着圈,偶尔抬起头来望望高处,动动嘴巴。

在地板上放着一块木头,磨坊主用脚踢了踢。他拾起木块,向猫扔过去，但没有打中。那畜生——假如它确实是畜生的话，但磨坊主觉得它好像一个变成了动物形体的幽灵——皮拉图斯对这一掷并不在意，仍然不受干扰地继续兜着圈子。

在那个圆圈的中心上是什么——那个圆圈的黑黢黢的中心？……现在又传来了那种响声——在那黑暗的中心有什么东西在活动，亮闪闪的，像一只眼睛在眨动。

颤抖的手碰翻了小灯，灯灭了。

他觉得已经过去了好久——可是管林人还是没下来！磨坊主并不是在紧张地等候消息。他确信那两位已经死了。太可怕了，站在这黑暗之中，简直就像服地狱的苦刑——在这咆哮吼叫、乒乒乓乓和噼里啪啦的黑暗之中，默默地数着滴了多少下："一滴……又一滴——"

上面又开始晃动着朦胧的灯光，而且越来越亮。

磨坊主很快就想到，如果管林人告诉他，那两个人已经死了，他必须装出惊讶和恐惧的模样，否则会令人起疑。

是他，管林人——他朝磨坊主走来了。

磨坊主不敢看他的脸。茫然的目光注视着朋友右手拿的东西，那东西在小灯的亮光下熠熠生辉。他感到恍恍惚惚，宛如在梦中。他仿佛认得这东西，极力想弄清那究竟是什么。

管林人把小灯放下。此刻他已站在磨坊主身边，左手放在雅可布肩上，右手漫不经心地拿着那亮闪闪的玩意儿。现在他认出来了：是燕尼的项圈！

"雅可布，"管林人说话了，"上面有两个人丧命——被制动杆压扁了——是约尔根和莉泽。"

"万能的主啊！"磨坊主叫道。

这惊讶也许不大能迷惑人。然而，他此刻面对的并不是一个敏锐的观察者。

"他们死于罪孽之中。"管林人说。

第五章

1

雅可布和管林人坐在磨坊主的小客厅里，从花园照进来春天的明媚阳光。管林人坐在上首的沙发上。磨坊主坐在他对面，在圆桌的另一边。

管林人驾车来是为了把他的手工艺品——已完工的花台交给朋友。此刻，这件精美的物品立在窗边，看上去春意盎然，虽然还没有叶子和花，但是已经漆得锃亮，犹如一枝要绽开的栗树花蕾。高兴的磨坊主对他的杰作表示了由衷的赞叹。

两个人吸着烟，等咖啡送上来。

"现在，克丽丝蒂娜去世已经一年了。"管林人说。

"是的，今天刚好是一周年。"磨坊主答，叹了口气。

管林人在火柴盒上从容地弹掉烟灰。磨坊主吸着烟斗。

"嗯……我想说，并且我也这么觉得，你应该考虑变变样了。"

他向朋友瞟了一眼，可是看不清朋友的面部表情，因为磨坊主是背着光坐的。另外，烟雾罩住了他的头，而且他的头向前倾得很厉害。雅可布平常就有点耷拉脑袋，而近来好像脑袋又随着情绪变得沉重多了。喏，这用不着大惊小怪，但是得帮助他，让他重新挺起胸来，自由自在地仰望上帝的澄明天空。

过了一会儿，磨坊主才答话：

"啊，是的——关于这事么——由于时间的缘故——是的，该考虑了。"

平时十分爽直和自信的管林人很尴尬。他猛力吸烟，又划着一根火柴，重新把烟点燃，同时考虑着该怎么处理这件事，以便打消朋友的顾虑。他刚要开口，电铃响了，吓了他一跳。

磨坊主站起来，走到窗子与走廊门之间的角落。管林人这才发现那儿有一台电话。

"喂……是我……你是谁呀？"

磨坊主的身子突然一惊，握住听筒的手哆嗦起来。不过，似乎并没有什么能引起情绪强烈波动的缘由：通话一直围绕着一笔粮食交易进行，而且似乎很快就谈妥了。管林人发觉，磨坊主说话时摆动着臀部，轮到听对方说话时就静静地站着，接着他的手便抖起来，每次对方说话时都能看到。谈了几分钟之后，双方道别，挂断了电话。

磨坊主重新坐到客人对面，点燃了烟斗。他脸色苍白。

"这倒是新鲜事——磨坊里安电话。"管林人说，他希望使谈话逐渐过渡到家常事方面，然后也许还有机会小心地转到那个问题上，因为他是专门为这事来的，而磨坊主显然避讳这个问题。是的，把这个问题再一次拿到桌面上来讨论，他自己也感到不自在。

因为劝说一个朋友，劝他娶自己的妹妹，毕竟是一件怪事。可是，他必须这么做——为了雅可布。

磨坊主慢条斯理地答话，这种方式近来已成了他讲话的习惯——即使对朋友也这样——就好像要集中思想非常吃力似的。是的，他说，人必须跟上时代。电话是很好的发明——他终于下了决心。

这大概花了不少钱，管林人说。

"当然——不过——我想，我会得到补偿——因为你知道，威廉，这样可以避免浪费许多时间——还有许多开支……例如——我告诉你——刚才跟我通话的那个人是斯图伯克宾的粮食商人，那天我就是去找他——就在那天晚上磨坊里出了事——因为半路上听说他去了博岛，我便掉头回来了。刚才我跟他通话时忽然想到，要是当时我就有了这种设备——我已经盘算过这事，但是凑巧钱不够——要是当时我装了电话，就不会再外出——事故也就不会发生了。"

磨坊主不再吸烟。他朝前探着身子坐在那里，让烟斗在两腿间摆动，同时反复地考虑着，一定要有大量相互孤立的情况相遇与交织：第一，才能使事情发生；第二，才不致使真相暴露——譬如说，假如那天他去牧师家没有扑空，向牧师通报了自己跟莉泽的婚事，他感到——同往常进行这些思考时一样——自己被一种超自然的力量以可怕的方式牵着鼻子走，仿佛受到一种邪恶的天意监护。这天意把一切都仔细考虑好了，把最不要紧的小事都安排好了。现在他清楚地记起，去年九月他差一点就购置了电话。要是当时账上再多五十克朗①，他肯定就买了。缺少这笔钱只不过是由于粮食价格的关系，粮价又取决于天气，跟一年前同样——在克丽丝蒂娜死之前！或者，这笔钱是由俄国南部某条铁路的竣工决定的（因为他突然想起，当时他在报上读过这方面的一篇文章）……假如那条铁路的建设拖期了——还有什么情况会起作用呢？他用一只手摸摸头——想到这里他觉得头昏……但假如——对，那么又怎么样？那么就不会出事，他也就娶了莉泽，可是莉泽却骗了他，是个坏家伙。那也还是不幸。但那样至少不会心中有鬼，一天到晚都在心里嘀咕，自己是罪犯，应依法处决或者坐牢。

"这么一想就觉得奇怪，威廉！"他又开口说道，"要是当时有这东西，那就不会出事——那两个人就还活着——真怪，偶然的事件竟有这么多含义。"

"偶然是根本没有的，雅可布。"

"你这么看？好吧，也许是这样：大多由天意来安排，但魔鬼偶尔也插手。"

"不，魔鬼——它自然很有势力，四处物色吞食的对象。凡是信奉基督的人都不否认这点……然而魔鬼也只是一个造物，自己做不了主。这点我们在《圣经》中也见到，那里讲到约伯②，说魔鬼撒旦必须有上帝的许可才能去诱惑世人。上帝最后把这引导到他所希望的方向，完全如他所预见的那样。"

"可是，说一切都是按照上帝的意旨，这并不全对，威廉——

---

① 克朗是丹麦的货币名称。
② 约伯，《圣经》故事人物，见《约伯记》。

就好比这里，那两个人的事偏偏让我赶上了。"

"那也同样——没错，对此不容怀疑。我们无权解释上帝的意志。可以想见，如果那两个人不死的话，还会干很多坏事，他们的子孙后代会干得更多。"

"是这样，不难想象——是这么个情况。然而，假如真有那么回事，就像预审法官怀疑的那样，我是故意干的，是为了向他们报复——类似的事也的确发生过，我们在报上读到过。那么，这个丑恶的行为不可能是按照上帝的意旨发生的。"

"照样是，对此我们可不能怀疑。"

"不，不，威廉！这我不信。上帝怎么会容许罪行发生？"

"也许是为了你的缘故吧。"

"为了我的缘故？"

"是的……罪行是可能因为犯罪者的缘故发生的。我们不可忘记，清白无辜地过一辈子，这不是我们的命运——就跟我们难得幸福一样。是的，这样一种清白无辜可能是最最危险的，因为它很容易导致自我满足，导致相信自己的事业。不，我们的看法是，我们了解了尘世的罪孽，尤其是我们自己的邪恶天性，于是我们感到害怕和畏惧，于是信教。自然的人在我们身上被制伏了，这就是问题所在——以便使我们的灵魂获救——别的一切又有什么可说呢？如果一个人囿于世俗的观念，他的意志就会因为犯了一次罪而动摇——不然他就发现不了自己身上的魔鬼，永远也不会在彻底的悔悟中坚信上帝的恩赐与基督的献身——那么，为什么这就不可能是天意的一条途径呢？"

磨坊主既不回答，也不抬头。他思索着这种全新的、完全出乎意料的思维方式。这种方式突然说出来吓了他一跳。他把牙关咬紧，嘴角的肌肉绷紧，太阳穴上的血管也胀了起来。假如此刻有预审法官坐在他对面，他很快就会供认一切。但管林人却只是在这个朋友和未来的妹夫脸上看出，出事后始终压迫着他的压力仍在增大——而这种增大是这次谈话导致的一个自然结果。

"是的，亲爱的雅可布，可以理解，你背着沉重的包袱——也包括你刚才提到的嫌疑——"

磨坊主哼了一声，摆摆手。

"我明白这一点——说到遭嫌疑，你实在不必耿耿于怀，因为没一个人相信，除了那个预审法官自己——喏，法学家们不得不处搜寻罪行，他们就是干这行的，更何况是个爱出风头的年轻人呢。再说，现在他本人的看法大概也变了。审讯已经非常清楚地证明，这里根本谈不上罪行。我对这一切很理解，这是个沉重的包袱，你千万别让它压倒在地。休要意识到这是上帝的意旨，你应当重新愉快地面对生活，摆脱这种忧郁——不要总为这件事胡思乱想，因为毫无用处，也不会有什么结果。我认为，最正确的是振作起来，认真办好婚事。"

管林人仰坐在沙发上，呼吸得既深沉又轻松，就好像完成了一项困难的任务。

"谢谢你，威廉，"磨坊主说，"你真好。我明白你的好意。"

"是的，是这样，雅可布。我这样劝你，你不会不明白。我知道，你只是缺乏生活的勇气。因此我说，你必须让生活重新开始，因为现在这样简直不叫生活!"

"是的,你说得对,这不叫生活——就像这个冬天我一直在彷徨一样——现在是春天了——啊,天哪!我恐怕难变样了,威廉。"

"是呀,必须变变样!"

磨坊主闷闷不乐地摇摇头说:

"可是,你知道,与一个青年姑娘结合,这是一项重大的责任。如果是这样——我为汉娜感到惋惜。"

"不,你听着!别再胡思乱想!汉娜不像大多数姑娘那样追求享乐……不,不,她懂得这是给她的一项任务。你尽管放心她好了,不会出错的,我担保。"

"你不认为现在办这事有点太早了吗?"磨坊主说,按照他的习惯想拖延时间。

"肯定没人这么说——这是——相当特殊的情况。你要考虑到,经过审讯已经尽人皆知,你们——你和汉娜是什么关系,甚至连你那去世的妻子也盼望这桩婚事。这是你岳母亲口说的——谁还会有异议呢?新近你岳母又说,最好能快些办喜事,因为她觉得,你再这样彷徨下去,性情会变得很古怪。"

"真的吗?她说过这话?那好吧——"

2

通向走廊的门开了,一个女佣端着咖啡盘走进来。

磨坊主如释重负地松了口气——谈话总算有了个小小的中断——也许下面不再那么咄咄逼人吧。管林人的脸上也显出愉快的神色，倒不是为咖啡高兴，而是因为他看到了一个大有希望的信号：朋友又恢复了他原来的好习惯。磨坊主的确曾取消了他上午本来很爱喝的咖啡。他一喝咖啡就联想到十一月中旬那个星期五的上午，当时他在咖啡桌旁对莉泽说了十分重要的话。今天，他是头一次重新喝，而且是作为殷勤的主人款待管林人。

他啜了一口，不由自主地做了个鬼脸。这可不是莉泽煮的咖啡！连克丽丝蒂娜也煮不出好咖啡来——真怪，莉泽是唯一能满足他口味的人。汉娜能给他煮出可口的咖啡吗？他苦笑着望望管林人，以为跟先前那好喝的咖啡相比，这种味道很差的饮料定会引起朋友的大惊小怪。可是管林人对咖啡的味道不大讲究，以毫不挑剔的满意神情把这杯咖啡一饮而尽，并且和气地笑笑，因为他看见磨坊主笑了。他给自己又斟了一杯，重新拾起了话茬儿：

"不，关于这个，雅可布，你不必有顾虑。"

"嗯……可是你看，还不能不考虑到，这个磨坊——很不像样——让一个年轻姑娘搬到这里来当主妇不合适。也许我能把它卖掉——然后——换一家磨坊——那就好多了。"

"是的，不过，那就很容易再拖一年或者更长的时间——正是在这段困难的日子里，汉娜可以做你的帮手。"

"不，不！你不知道这里的情况。不，但愿我能带她到一个新磨坊，这里的一切——这一切——威廉！你信鬼吗？"

管林人听到这突然的提问不禁吓了一跳。

"我从来没见过鬼。不过,也许有吧。"

磨坊主把上身探过桌子,小声说:

"磨坊这儿闹鬼。"

"真的吗?"

"是的,这并不奇怪。否则还能在哪儿闹鬼!我早就料到了。"

"从什么时候开始的?"

"哦——当时就开始了,那只猫。"

"皮拉图斯?"

"对。你知道,皮拉图斯平常从不去磨坊——可是那天晚上它去了——是的,你亲眼见到了。喏,你以为它从此离开了磨坊吗?也许它到过厨房几次,或者在院子里溜达过——但自从出事以后,它基本上赖在磨坊里,把基斯赶走了。"

"喏,大概是皮拉图斯跟新来的女佣合不来。它原来就熟悉磨坊嘛。"

磨坊主讥讽地笑道:

"不错,都这么说。我把这事也告诉了克里斯蒂安,他马上就意识到这畜生有鬼附身。晚上,皮拉图斯总是在石磨层,它转着圈圈——在楼梯的右首——就像你当初见到的那样。它不时地朝上边望,喵喵叫着。根本赶不走它。"

"嗯——是的,这确实奇怪。也许这畜生疯了,就像别的动物——至少鹿就会发疯,狗也能得狂犬病。"

磨坊主又心中有数地笑笑,然后把他的椅子绕桌子移了半圈,坐到管林人身边,轻轻碰了碰他的肘部。

"又滴了。"他低语道。

"什么？"

"又滴了——在石磨层。"

"你什么时候听到的，雅可布？"

"我自己还没听到。可是今天清早克里斯蒂安说过。他吓得魂飞魄散，不愿再在磨坊干下去了。他说，那畜生有鬼附身就已经够糟糕了。晚上呆坐在那儿听滴答声，却又啥事没出，他简直受不了。我答应今天陪他去那里坐——在相同的时间——尽管天黑以后我不愿去磨坊，可是我不得不打起精神来。"

"嗯——是的，这自然很可怕。可是，鬼出现过吗？你没见过吧？"

"没有，谢天谢地！我没有……不过，会碰上的……好了，你现在明白啦，这磨坊不是你妹妹待的地方。"

管林人起立，磨坊主也站起来。

"听着，雅可布！如果你以为，汉娜愿意为自己选中的丈夫当好帮手，却害怕妖术或者鬼怪，那你就太不了解她啦。汉娜不论去哪儿都有上帝保佑，所以她安然无事。我想，你这里需要她。总之，为了她，你不该再推迟到卖掉磨坊以后。好好想想吧，雅可布。"

他伸出手来——表示要告辞了。

磨坊主抓住他的手，用力地握。

"谢谢你，威廉！听到这些话我真高兴。也许你说得对——我要好好考虑一下。"

他随着朋友走进马厩，帮他套好小矮马。这时他想起了汉娜，她当时在马厩里跟小马欢快地嬉闹，帽子被那只"小熊"抢走了。当时他们笑得多开心啊！他再也不会那么笑了——或许她也笑不成了！在磨坊这儿，她将不会再有笑容。

"再会，威廉！再一次谢谢你——谢谢漂亮的花台以及别的一切。代我向汉娜多多致意！"

他送到大路上，然后又久久地目送着车子向树林驰去，卷起一股白色的烟尘。一阵柔和而清新的风轻拂着他的头发。白杨树簌簌作响，一只看不见的百灵鸟送来颤声的啁啾，就好像是耀眼的光本身发出的声音。越冬作物的低矮秧苗在阳光下比草更青，一条条绿油油地发亮，不时掠过一阵柔和的波浪般的起伏。

磨坊主把手搭在眼眉上。现在，马车已成了一个小点，很快就会融进青翠的叶丛之中——融进阴影把叶丛切断的地方。汉娜就在那树林深处，好像在一个安全的隐蔽处。他已经很久没见到她了。

他真的应该把她从那儿请出来吗？他能这么做吗？

百灵鸟的啼声越来越弱，仿佛已缩回了它们的光明之乡。然而，几乎就在他的头顶上空，磨扇嗖嗖地响起来，又开始运转了。磨扇在轻柔的春风中旋转，带着某种快活与自得的从容，毫不匆忙和费力。它们看起来春意盎然，喜气洋洋：已经换上了新帆布，在阳光下白得发亮。它不再是原来那个黑乎乎的玩意儿了。当初，当磨扇转到对准风向时，十一月的狂风曾拼命摇撼它，凶猛地拍击它。不过，木条、风板和尾部都还是原来的没有换，尾部的木格把它的方块图案映在透亮的布上。它们都曾经在场，还记得，当时刚转了一半就卡住了，它们焦躁地努力迎向风，可是风却依然斜着刮

磨坊 · 323 ·

过去，向它们鼓劲地呐喊："加油！加油！"它们没有成功，没能转到东北方向，而是停在东北偏北的方向。

这样一件事是不会被四扇磨扇轻易忘怀的。它们在圆顶上嘎嘎作响，似乎正在议论这件事。它们沿着尾部发出低语声，并且在翼尖的嗖嗖声中化为一个可以听清的问题："师傅，您真的一点也不知道事故是怎么发生的？当时到底是什么卡住了？回廊告诉我们，那天晚上是您本人站在启动柄旁边。回廊想必知道……好了，您也许会说那是了不起的一转，要不然您肯定能作出辩解，说明当时为什么非要那么做不可吧？"

磨坊主用手抚一抚额头，走回房里，步子拖沓，垂头丧气。

3

两盏小灯都处于艰苦挣扎的状况。

一盏放在磨粉机箱上，另一盏放在筛分机上。它们尽力散发出一点光。光从肮脏的白铁小盒里吃力地钻出来，散开，有一个红色的舌尖，最后是烟舌与黑暗连接起来。磨粉机上那盏灯像个孤零零的岗哨，而它的伙伴背后让草壁挡住了。一根根落满面粉屑的草茎从墙里伸出穗头，欢迎这可怜的光照。这里是唯一的光亮地段。周围是一片黑暗，自上而下向小灯罩不可及的两边散开。是的，即使在黑暗给微弱的光团让出位置的地方，粗大的黑色剪影也不断挤进去；小火苗在穿堂风中闪烁，暗影则颤抖不已，好像很害怕似的。

可怜的火苗不停地哆嗦着,因为没有灯罩挡风,风势很猛。风是受欢迎的,因为此时有好多活儿要干。两个伙计通常要忙到十点、十点半。除脱壳机和筛分机外,有一台磨粉机在运转,噪声很大。磨坊主若想对几步开外的克里斯蒂安讲什么,就必须大声叫嚷。此刻,他正站在筛分机旁边叫喊,左手握着小铁桶的提梁,右手把表从衣袋里掏出来,迎着灯光举起:

"到底是什么时候哇,克里斯蒂安?大约是这个时辰吧?"

在磨粉机上方——另一盏灯闪烁的地方——伸出一个脑袋,红头发在粉尘中微微发亮。粉尘是从进料槽飞扬起来的,因为刚刚有一袋粮食倒进了料槽。

"哦,不,师傅,要等到大约九点半钟!"

磨坊主向前跨了几步,把桶放入脱壳机的洞口,把提梁踩紧。然后他坐到一个袋子上,用手撑住头。

他又重新陷入了没有结果的沉思,一小时一小时地打发着日子,重新体验整整一年前发生的事情。日落之后他想起,当时他站在医生的车子旁边,用颤抖的手扣好挡泥皮革,绝望地问危险大不大,是不是医生治不好她了……随后,他引着牧师进屋看克丽丝蒂娜,然后是他在前院的山墙前来回踱步;从放下窗帘的窗口射出两道目光,跟病室里那发烧的目光盯着他一样……此刻呢?此刻他正在外面大门口徘徊,被那个想法苦恼着:莉泽和约尔根肯定正一起待在伙计房里。他嗅出了劣质烟草的气味,看见磨坊门道里的灯光弥漫着飞旋的烟雾;他走过去,约尔根正站在屋里的床脚处抽烟,莉泽把床单铺到褥子上——果然是他们俩在那儿——这时,莉泽转

磨坊 · 325 ·

过头来，满不在乎地望着他——

突然，响起了一声叫喊。

他看到一张布满雀斑的苍白而惊慌的脸，红头发一绺绺像火焰般竖起，两只手抓进头发里，仿佛要让它更蓬乱似的。他已经不再坐在面袋上，而是直直地立着，盯着这张脸。他渐渐明白了，这是克里斯蒂安的脸。

"我主耶稣啊！"

"出什么事了？"

"您听见了吗，师傅？"

"我听见有人叫喊。"

"是的，是我叫喊。可是，您没听见滴答声吗？"

"没有——你听见啦？"

"没有，可是您忽然跳起来，师傅。那样子怪极了，于是我想，也许您——"

"胡闹！"

磨坊主弯下腰，把铁桶从洞里提上来，凑到灯前检查粮食的情况；但是手抖得厉害，结果好多谷粒撒出来，在地板上乱蹦。他把桶放到磨粉机箱上。

"你站着傻看什么？干吗用手扯头发？你的样子就像疯了似的。你是故意装成这样！……你编造出这一切，好让我提高你的工资！"

"我才不想要更多的工资哩！我根本不想再在这个滴血的磨坊里干下去了。"

"可以，我没意见！自然有人愿意干。"

"干吗不愿意?假如我是别人,我也会来这儿干。要是我不认得那两位,那就让它滴好了,随它滴多少……假如只是约尔根的话——他跟我有什么相干?可是我爱莉泽,她也爱我。确实,她是多么爱我呀!"

一阵突如其来的感动之情控制了他。他开始用手揉眼睛。磨坊主一把拉开他的手。克里斯蒂安泪眼模糊,看见一道难以理解的凶恶目光正瞪着他。

"你也是她的情人吗?"

可是,不容受惊的伙计答话,磨坊主就放开了他,重又坐在袋子上,转过身背向他,用双手捂住了脸。

克里斯蒂安已经从激情中完全恢复过来了。他仔细瞧瞧自己被扭红的手腕,向磨坊主斜睨了一眼,摇摇头:他才是真的疯了呢!然后他又开始照料磨粉机——只好一个人干吧。不过,他时而溜到楼梯那边,站着倾听,然后又生气地摇摇头。接着,他又担心地回头看看磨坊主,看他是否发觉了自己的显然毫无意义的行动。

磨坊主一动不动地坐在那儿。

他一直在想与管林人的谈话。有两种可能性紧迫而严肃地摆在他眼前:自己去法庭自首,或者跟汉娜结婚。这两种可能性对他来说并不是新的,相反,它们本来就一直浮现在他眼前——但那时显得遥远和模糊。现在,它们已经紧迫地摆在他面前了。

他的全部自卫本能反对自己去自首,这种本能曾使他安然通过了审查。审查时,情况就像他自己那天晚上估计的一样。当时,他躺在外面树林里,以被审查者的高瞻远瞩检查了所有对他危险或有

磨坊 · 327 ·

利的因素。是的，在审查中，甚至连一些他并不知道的情况也揭示出来了。这些都在很大程度上起到了为他开脱的作用。例如，拉尔斯作证说，早在举行葬礼那天，伙计们便议论过磨坊主与汉娜小姐的婚事。作证对拉尔斯来说是个伟大的时刻，他恰如其分地利用了这个机会，对自己的观察做了最透彻的说明，叙述师傅如何在墓地门口"意味深长地"注视管林人小姐。他和克里斯蒂安都报告说，那个已死的偷猎者佩尔·威伯曾在十月份一个月光皎洁的夜晚，从很近的位置监视磨坊主和汉娜小姐，因而知道了谁将成为磨坊的新主妇。

于是，雅可布·克劳森在审查中安然过关了。没有什么嫌疑落到他身上。难道现在他反而去自首？仅仅出于软弱，仅仅因为在这样一次打击之后不那么容易再恢复平衡？

或者是出于悔恨？嗯，他真的感到后悔吗？有那么多可后悔的事情吗？他在脑子里重温了那天晚上的事情。从他站在那个克里斯蒂安此刻正一跃而下的磨粉机箱上，看见两只猫在地板上厮打的时候起，一直到他站在右边四五步开外，觉察到额头上的血滴时为止，他并不觉得自己身上有什么可担心之处。仿佛可怕的东西是在他身外，在磨坊里，在启动柄那儿，在斜撑梁那儿，在磨扇和制动杆那儿。但是他本人呢？他本来是这么可恶吗？他难道是一个跟他历来了解的自己并不相同的另一个人？整个事情发生得那么自然，那么按部就班，那么特殊地循着其自身的发展过程，就好像根本不可能是别样似的……当然，他是该诅咒的。他也确实诅咒了自己——但并非因为那天晚上发生的事情。这对他来说只不过是一次命中注定的灾祸——主要是因为他爱上了莉泽,因为自己被她俘虏了。他跟莉泽搅到一起是有罪的,先是对不起自己的妻子,后是对不起汉娜。这个虔诚的姑娘作为守护神当他的生活伴侣是合适的——可是他却与魔鬼结了盟。他觉得,本来不该这样,也可以不这样——他感到了自己的全部责任,也不想推脱责任;他为此将遭受永无休止的内心痛苦。可是,难道这样他就应该自己坦白是凶手?就该上法庭?……枉法者与他有什么相干?……

然后,是管林人今天说过的话。他对此仍糊里糊涂。朋友说,假使他犯了罪,那也是依从上帝的意志,上帝要借此来引导他赎罪和解脱。如果真是这样,而他却心如铁石地反对上帝的意志,不让上帝引导自己达到目标——那岂不是一种罪孽,从而受到比杀人罪更厉害的惩罚?

他双手箍紧额头,由于莫名的恐惧而颤抖。

然而,这难道不是一种只有虔敬派教徒才说的偏激说法?因为这和他在厨房里听惯了的话完全不同!他明白该怎么做了!他要随便找个借口去见牧师,在谈话过程中问他,管林人说得对不对——当然要装出根本不是谈自己的模样。总之,一个人成了罪犯,痛悔地恳求上帝的宽恕——这比根本没有犯过罪,像其他基督徒那样生活,晚间进行祈祷,星期天上教堂,每年吃一次圣餐,是不是就真的好一些呢?因为按照管林人的看法,这一切还远远不够哩!

一定要虔敬皈依、改邪归正并获得新生——这些都是他以前根本不懂的陌生词语。可是现在他觉得恐惧似乎是一名翻译,正向他低语着它们的含义——眼下当然还不够清楚。那个善良的老牧师不怎么严厉；他说话总是那么和气、宽容；当然了，管林人说他"俗气"——但也有可能牧师是对的。他有学问，被授予了圣职，他背后有整个教会的权威。是的，得找他谈谈。

且慢！这是多么荒唐的想法啊！他很快就会上当！到第二天晚上打牌时，牧师就会告诉预审法官，磨坊主到过他家，向他提出了什么问题——那就糟了！那时，整个法庭又会缠着他不放。不行，他得当心每一句话，当心每一个表情！

他刚才是怎么对待克里斯蒂安的？天晓得这小子会怎么想！他刚才是那么吃惊地望着他。往往正是这样的小事导致真相败露。他得振作起精神来，要特别小心谨慎！

说他这个冬天过得简直说不上是生活，那倒是确实的。可是，他坐在监牢里恐怕也好不了多少。

总而言之，要像过日子的模样，就得下决心跟汉娜结婚。这是第二种可能性。而他对此也是心怀忐忑，不敢近前。

如果说走向监牢的路对于他来说太难走，那么，他走向婚礼也很难步履轻盈。他感到娶汉娜就像是一种亵渎。这婚事只能推迟，要逃避是不可能的——尽管可能有一些意料不到的情况拦路。在法庭调查中，有一点对于排除磨坊主的重大嫌疑特别重要：摆出所有证据来批驳那种认为他爱上了莉泽的看法；而要这样做最好的途径就是指出，他爱上了另一个人并且要娶她。因此，汉娜也被传讯了。她作证说，她喜欢磨坊主；尽管他们并没有用明确的语句谈及爱情，她的坦率的证词并没有因为不适当的害羞而隐瞒什么，并且跟其他人的证词一起为事件排除了疑点。虽然法庭并没有正式开庭审理，但这是不可能保密的。这个犹犹豫豫、优柔寡断的男人如此轻松地跨过了人生这往往是相当困难的一步：求爱送上了门。不等他明白过来，大家就认为他已经订了婚。在这种情况下他岂能退缩？在今天的谈话之后，恐怕不能再推迟婚事了。总之，他得振作起来，把那鲜血从良心上抹掉，把过去的事遗忘，与汉娜开始新的生活。

他脚下响起了如同瀑布飞落般的哗哗声，是脱壳机的闸门打开了。他很惊讶，自己这么晚了还坐在石磨层这儿。对了！是因为滴答声——他正在等着闹鬼：鬼真是叫人久等了，也许它根本不来了。他想，要是又滴起来，我就先不办喜事——随便什么借口还是不难找到的。但是如果不再滴了，我就结婚。我就在周末邀请他们，包括岳母在内，然后确定婚礼的日期。

他站起来。克里斯蒂安正在楼梯边细听，因而吓了一跳，显然很尴尬地转过身。

"喂，克里斯蒂安，"磨坊主面带嘲讽的笑容问，"今天大概听不到了吧？"

"啊，凑巧刮这么大的风，真讨厌。这么吵闹怎能听得见？"

"这你也说是吵闹！即使吵闹得再厉害，我也听得见！"

克里斯蒂安把眼睛瞪得大大的。

"您已经听见了，师傅？"

"是的，当时……但那时是真正的鲜血。"

"啊，原来如此。"

"这个鬼——我想——大概也不难听到，哪怕磨坊里所有能出声的东西都乒乓乱响。不过，它得快点，因为我不能再久等啦。"

"鬼说不定要等您走后才开始闹呢。"

"哦，那你可以去叫我。"

磨坊主开始往磨粉机里加料。这是为了打发时间，他不愿再无所事事地坐在那儿想心事。

"皮拉图斯今天在哪儿？"他问，从箱子上跳下来。

"哦，不知道，奇怪——平时晚上它总在这儿爬来爬去，就好像有鬼附身似的。"

"连猫都不在！"磨坊主哼道，几乎发脾气了：有心让鬼一显身手，但石磨层上却如此平静！

又过了一刻钟。磨坊主不时地帮一下忙，或者在回廊上来回踱步，尽管他是硬着头皮踏上这回廊的。

克里斯蒂安又站在楼梯边细听——他开始感到绝望了。他刚刚转过身，磨坊主就过来了，走到小灯旁边，看看表。

"喂，我走了，已经过十点了。"

他拿起小灯，朝楼梯走去。

"要是情形很不好的话，你可以叫我，不然我想清静一下。"

克里斯蒂安溜到筛分机旁，默默地忍受了这一讽刺。他明白，鬼至少是今天晚上让他白等了。

可是，磨坊主干吗还不走呢？他站在楼梯边上，一脚踏在最上面那级阶梯上，往下瞅。

克里斯蒂安飞快地奔过去。

皮拉图斯正顺着窄梯爬上来。

它在下面几级阶梯处停住了，琥珀黄的眼睛望着磨坊主，瞳仁在眼里成了一条竖线。然后它又往上爬，磨坊主给它让开路。

皮拉图斯径直向右拐，那边通往上面的楼层。它在袋子与绞起的绳索之间爬行了一会儿，便开始兜圈子，不时地抬眼瞅瞅，动动嘴巴——因为磨坊里很嘈杂，听不见它的叫声。

这并没有什么不寻常之处，但是磨坊主和克里斯蒂安一动不动地站着，目光紧紧盯着它。

突然，皮拉图斯一惊，就好像挨了电击一般。它站住，举起一只前爪，把头转向圈里一侧，瞪视着，仿佛要把眼睛从脑袋里瞪出来似的。它立着——前爪依然扬着——大约停了半分钟，才又下决心重复无目标的兜圈子。

这情形重复了好几次：猫突然立定，短小的耳朵抖动着，露出粉红色的内侧，同时朝圆圈中央瞪视，定格为转圈运动形成的姿势。

"它已经听见啦，师傅！"克里斯蒂安低声说。

"胡扯！"磨坊主咕哝道。但他的脖子伸直了，脑袋偏向一侧，就像一个正紧张谛听的人那样。

又过了几分钟——猫再次做出那奇特的举动——此刻又——

克里斯蒂安惊叫起来——他的胳臂好似被夹进了一把虎钳之中。

"师傅！来了吧？"

磨坊主并不答话，但答案却相当清楚地显现在抿紧的苍白嘴唇上，显现在瞪大的眼睛里，显现在已变成土灰色的扭歪的脸上。他的右手本来用大拇指扣住小灯的把手，这时痉挛地一抓，紧紧抓住一根横梁，指关节都白了。

他又辨出了那种微弱而清脆的声响,正透过整个磨坊的巨大噪声传来——跟那天晚上他听到的一样。

这时又滴了一滴——再一滴——皮拉图斯每次都一惊,站住;克里斯蒂安则感到利钳夹进了他的胳臂。

现在,他也听到了那响声。

"您听,您听听!"他低声道,就好像磨坊主还没有绷紧所有神经仔细听似的。

他们一动不动地站着。

响声重复着,间隔越来越短。音色渐渐变了,不光是变强了——不,不再是那种微弱的、生硬的、干巴巴的敲击。它拖长了,柔和了,最后劈劈啪啪的,就像滴到水坑里的屋檐水。

"拿上灯。"磨坊主说,但主要是借助动作和目光示意,而不是靠他那几乎听不见的嗓音。

他在黑暗中摸索着下了窄梯。到了底下,他去摸门拉手,这时仍好像听到那可怕的滴答声。

他就要踏进住房了,可是又在门槛上转过身,瞅了一眼磨坊。上面,淡红色的灯光从石磨层穿过回廊的门射出来。

磨坊主举起攥紧的拳头,在齿缝间喃喃说道:

"我要赶快办……我要娶她,现在就挺合适——必须这么办,不然我会发疯!"

4

"呸!"龙先生哼道,扣好坎肩的几个纽扣,让食指在脖子和衣领间来回滑动。衣领有一种讨厌的倾向——总是形成潮乎乎的褶子贴在脖子上。他靠在长椅上朝天仰望。虽然太阳很快就要下山,天空却奇怪地没有颜色——若不是那棵大梨树的繁花在前景上把眼睛弄花了,对所有白色的东西都提出了完全不同的要求,那么,可以说它是白色的。

"呸!"龙先生再次以轻微而巧妙的声调哼道。他的小眼睛似乎在脂肪中浮游,就像夜间一盏小灯的灯芯,在周围的人身上瞟来瞟去。这眼睛向坐在对面长椅上的母亲眨眨。她坐在汉娜旁边,穿着老辈人传下来的绸衣显得很呆板。这眼睛又询问地瞅瞅管林人,责怪地瞅瞅他姐夫。

磨坊主站在门口,管林人则坐在一张椅子上,各自手夹一支烟,向宁静的空中喷吐形状美妙的烟圈。龙先生因为身体肥胖,独占了一张长椅。

此刻正是谈话静默下来的时候——但不能说屋里静,因为大家都待在屋前的院子里。老实的龙先生认为,他两次为谈话做出了至少是较有说服力的贡献,似乎得到的推崇与赞同理应更为热烈。

"今天真热。"汉娜附和道,显然是出于对龙先生的同情。

这一下,大家又七嘴八舌地讲开了。

大家一致认为，天气闷热、无风，叫人喘不过气来。龙先生为得到这样广泛的赞同而深受鼓舞，大声嚷道："对，确实，真叫人喘不过气来！的的确确，太闷热了！"他用红方格手帕擦脸，使得脸更红了。"真想不到这么热！脑袋就好像要炸开似的。"他的脑袋看上去确实如此，但这也许并非由于外部的炎热，而是因为晚饭时喝了大量的葡萄酒。酒是那次葬礼留下来的，也就是他搞到后赞不绝口的那种波尔多葡萄酒。今天喝这些酒对于龙先生来说是件庄重的事。

"磨子在转。"安德森太太说，往屋顶上方瞧。

"够慢的，"磨坊主答，"不过，在这种时候只好将就了。"

"若是今晚来一场雷雨，我决不会奇怪。"管林人说。

"对，快点儿下吧！不停地下！"龙先生插话了，"哗哗地下，倾盆地下，随它从天上往下落什么！他妈的！我们用得着。活见鬼，但愿地面别这么干燥——"

在这种情况下该做什么，恐怕只有天晓得。因为话卡在他的嗓子眼里引起了一阵咳嗽，这是很可能导致中风的。就在他说"他妈的"时，安德森太太已经不满地皱起了眉头；他骂"活见鬼"时，她更是用力地摇头，吓得儿子不知所措。刚才从家里来磨坊的路上，她曾经恳切地提醒他，要他检点自己，保持恰如其分的举止，尤其不要当着两位"圣徒"的面说脏话，现在他们跟管林人兄妹已经有某种亲戚关系了。龙先生想到他将无法避免受到训斥，幽默感顿时消失了。他一定是在席上喝得太多了！记得他给自己的杯子斟满时，母亲曾瞪了他几眼。结果，他也就变得如此饶舌。可是天哪,无论如何得喝光这些葡萄酒!葬礼时喝的葡萄酒居然一直维持到订婚的宴席上,这可真够糟糕的!但愿举行婚礼时别再摆上席来——要防止这种家庭丑闻,有他龙先生哩!

他毕竟是热心尽责才喝过了量——他可以吸烟,谢天谢地!他要吸多多的烟——

"雅可布,给我一支烟。"

磨坊主一惊,茫然地瞪了内弟几秒钟,才明白他要什么。刚才他只顾注视汉娜和小汉斯了。孩子站在汉娜身边,把头靠在她的怀里,抬眼望着她。

磨坊主注意到,汉斯在冬天的几个月中十分怀念在管林人家做客的日子。夏天和秋天去那儿已经成了他的习惯,十一月份在那里度过的三个星期更使他感到如在家一样亲切。当时,他回到磨坊,发现家里一切都变了,整个院子有点叫人害怕。他时时想到约尔根,尤其是想到莉泽,真没料到他们死得这么惨。有时——例如在圣诞节那一周——他虽然还是去威廉叔叔和汉娜阿姨家做客,但总是惦记着父亲。等到父亲终于摆脱了怕见人的心理,能够陪儿子拜访树林中的朋友时,孩子却分明感到与过去大不相同了。

今天,汉斯得知,汉娜阿姨不再是阿姨,应该叫妈妈了。安德森太太承担了向他通报此事的责任,并且没忘了说,他那去世的母亲很喜爱汉娜。要是他爱这个新妈妈,待她好,亲妈妈在天国也会感到高兴。磨坊主想到这会给汉斯造成什么样的印象,感到很不安。可是,看到孩子向他扑过来,没说什么话,只是偎依着他,透过欢乐的泪花仰望着他,他心上的石头终于落地了。他看见儿子跟他的未婚妻在一起的情况，心中充满了喜悦。他如释重负地自语道，他做对了——哪怕只是为了孩子。孩子这个冬天既无父亲又无母亲，不能再这样下去了。他自己由于迷途和犯罪丧失了对于家庭幸福的要求，可是，不能让无辜的孩子也跟着遭殃啊。要是他现在给孩子一个妈妈——其实他给自己娶个妻子倒是次要的——那么，也许会使他感到一丝安宁，为了孩子的缘故而感到安宁……

雅可布手拿香烟从客厅走回来，满足了内弟的急需。这时谈话正准备从天气情况转向天气征兆，作出一次出色的跳跃，而且这一跳跃是通过毫不显眼的过渡进行的。安德森太太向汉娜提问，该请谁为她和雅可布主持婚礼？因为他们的老牧师，施密特神父，刚刚去世了。

"大概得请那个宗教批发商吧。"龙先生说，在嘴里仔细地转动着香烟，以黏紧外层烟叶。这是一个程序——他认为是掐去尖儿以后必不可少的第二步。

"你说的是普罗布斯特！"母亲以严厉的目光纠正道，似乎她本人从来不使用这样的措辞。

"是的，我们不妨这么称呼他。"龙先生随和地同意了，从容地完成了第三步——点烟。

"我不知道你说的'我们'是指谁。"母亲以不满的目光驳斥他。他只好表示道歉。

"好吧——对不起！我并没有什么恶意。普罗布斯特是个名声很不好的人。他属于你们那个教派，克里斯滕森——是的，他干这事是由于宗教——嗯，普罗布斯特——以传教的名义，我是说——

正好合适。因为我们的老施密特——愿他在天堂安息——嘿,他可就随和多了。他很爱打牌——我应当说是惠斯特牌——打惠斯特牌是他的嗜好,有时很上瘾。哎,天哪!有一天夜里,他在尼克宾赌了车子和马。这位老先生把车马都输掉了。"

管林人克里斯滕森面带恼怒的表情摇摇头,仿佛对这位"打牌牧师"的逝世不以为然似的:

"是的,这事我也听说过——"

"当然是事实!几匹好马,尽管车子有点旧了——哦,一对挺棒的黑马——全输掉了——是的!"

"啊,总有人夸大这类事情。"母亲严厉地说,因为一般地说来她很尊重国教,具体地说呢,她一向都很尊重国教在当地的代表。

龙先生有一种不愉快的烦闷感觉,他今天总是找不准"音"。真见鬼!该怎么找准呢?最可靠的是闭住嘴!他恼火地吸着烟:鬼晓得今天我怎么这样忘乎所以!总是这样胡言乱语!呸!一定是天热的缘故——或者是由于我喝下的那些葡萄酒。真该死!闭上嘴,抽烟——这才对。

他下了这个值得称赞的决心,但管林人却对龙先生的沉默作了似乎并无危害的评论,说施密特神父死得太突然。安德森太太伤心地摇了摇头,张开嘴刚要讲她获悉这死讯后多么震惊,龙先生却一拍大腿,啪的一声把卡罗从瞌睡中惊醒了。他转向管林人说道:

"是的,活见鬼——意外死亡?我忽然想起来——您还记得吗,管林人?一年前——葬礼那天在这儿——牧师祝酒时把酒杯碰破了——啊,不,您大概不在场——你在场,妈妈——你还记得吗?

当时你吓坏了！而我们大家——的确，施密特牧师脸色就像墙那么惨白，真的！他紧张极了——可怜人，嗯，嗯，他也信这个！……真怪，确实，怪极了！"

考虑到牧师阁下已近高龄，他那肥胖的身子和红润的脸色有中风的症候，地区医生是常跟他玩牌的牌友，早就预言过，假若他不听从一定的饮食建议就有可能猝死；而这位神父素以对一切苦行怀有强烈的反感而著称，他没有听从医生的忠告；另外，还有一个需要特别强调的情况要考虑，就是施密特牧师仍担任教职，不会由于有"退休者"的称号而扛得住死亡的进攻（因为退休的保养作用似乎属于人生经历的基本内容）。考虑到这种种情况，这桩丧事也许并不怎么引人注目，似乎并不特别要求作出超自然的解释。可是，所有在场的人都跟龙先生见解相同，感到此事极为特殊和深不可测。

尤其是安德森太太深受感动。

"啊，上帝，我一想到这事——就难以自慰！'来吧，亲爱的安德森太太！'善良的牧师说，'喝一点葡萄酒对您有好处。'"

"对！"龙先生喃喃道，"这是牧师爱说的大实话。"

"是你跟他碰杯，亨利克，"母亲更加激动地继续说，"那么用力——结果出了事——你总是这么笨手笨脚……"

谁也弄不清，这个女人因为牧师之死会怪罪自己和儿子到何种程度。龙先生显然也稀里糊涂。他搔搔背，嘟哝说：

"知道了，知道了……我碰杯稍微重了点——因为心情激动……但是，真该死，我实在弄不明白，为什么杯子打破了，人就不能愉快地活下去。"

管林人在他的椅子上不耐烦地挪来挪去。他很恼火,龙先生竟憨气十足地给一件严肃而重大的事情作出这种可笑的解释。

"这是不可理解的,安德森。这正是给人的一个信号,叫他对死亡有所准备,不要在罪孽中告别人世。"

"天哪——还是饶了我吧!偏不让人平平安安地度过有生之年,真讨厌!呸,真可恶!一连几个月怀着对死亡的恐惧走来走去,叫人吃不下喝不下!不,但愿这些信号离我远远的!我多谢了!"

他大大咧咧地向母亲眨眨眼,就好像是对一个可靠的朋友说:对吧,妈妈?但愿咱们俩能安然地活到咱们的寿数,能吃能喝。可是母亲并不理会他的目光,而是以不满的表情否定了儿子,甚至用修身式的语句把儿子"出卖"给了"圣徒们":

"啊,是的,管林人先生!这样的预兆和预感来自上帝。这一切都是为了我们好。"

龙先生又一次产生了烦闷的感觉:不知怎么又说错了话。他再一次向自己发出了严厉的命令:闭住嘴,吸烟!

安德森太太注意到磨坊主皱起了眉头,可是刚才他还怀着明显的喜悦打量汉娜和汉斯呢!于是她想让他的心思转向更快乐、跟现在这场合更适应的方面。她巧妙地暗示,她也学会了认识某些预兆,感谢上帝!不是关于死,而是关于生的预兆,今天更有理由去多想这些。

"是的,是的!更有理由!我也这么看。"龙先生喃喃地说,意味深长地点着头。

他忘了母亲先前发出的指令,凭着孝顺之心站出来支持母亲,因为他意识到今天不知怎么搞的竟接连几次不顺她的心，引起了她的不满，所以就更想这么做了。他大声表示了坚决的赞同之后才想到，自己其实对老太太要表达的意思一点也不了解。因为他的思想状况极为活跃，他克制不住好奇心，就向母亲提了个与此相关的问题，却没有考虑到这使他刚刚表示的支持失去了某些价值。

他又被粗暴地顶了回来。

"喏，这一点你会知道的，亨利克。"

实际上，前不久，雅可布和汉娜即将结婚的事得告诉亲友了。母亲出于慈母之爱心血来潮，向儿子讲述了那次神秘的敲窗事件。现在，真该诅咒这种不谨慎的坦率直言，因为她发觉，一种她无法理解的、相当危险的欢畅心情使儿子在浑浑噩噩之中越来越开窍了。

"我知道！我知道！当然啦，有人在管林人家屋外敲窗——你是这么说的——对吧？哎，对对对！好心的克丽丝蒂娜费心尽力，而且是在她快死的时候！天哪！其实她大可不必。即使她不敲窗这婚事也会成功的，对吧，雅可布？"

磨坊主听到内弟的意外问话后又一惊。管林人关于牧师突然去世的话在他心中唤醒了另外那两个人暴死的可怕情景，他们就像管林人说的那样，"在罪孽中"未经警告就一命呜呼了——此刻，周围的人对于他来说都消失了。他发现内弟向他发话，便机械地抓起放在椅子上的烟盒递过去。

龙先生哈哈大笑，给他看那支刚吸了半截的香烟。

"不，多谢，我可没本事这么快就吸完一支烟——上等的货色——棒极了！对对，你已经懂得了什么样的是好货——但我刚才是说——即使不敲窗也会成功!"

"什么成功?"雅可布问。

这次,龙先生笑得更厉害,在长椅上笑弯了腰,脸也涨得通红,仿佛眼看就有爆开的危险。

"哈哈!这位仁兄真是专心致志想婚事呀!"他向大家嚷道,并没发觉别人显然认为磨坊主的心不在焉并不好笑,相反却感到压抑,而且几乎都不认为原因是在想婚事。他又接着说:"像这样专心致志想婚事,我还真没见过。要是克丽丝蒂娜不出力,这事是不会实现的!就像我说的那样:克丽丝蒂娜从来不会让一件事听其自然,她总是要插手——妈妈,你摇头也没用——"

母亲继续很不耐烦地摇头。然而,这次龙先生是一发而不可收了。

"不不,不管你说什么都没用——克丽丝蒂娜从小就这样,她总是到处插手。是的!所以,最后她也必然要去敲窗子——哈哈!别人是不会想到的!"

汉娜站起身,慢步走开了,沿着花园小径走到那些苹果树之间。在果树带红斑点的白色花枝后面有淡淡的清风掠过,略带粉红色的光亮。她感到难堪,这个生活中的小小秘密曾使她的爱情颇为神圣,而且将它献给了高于世俗激情的东西,现在竟被一个粗俗乡巴佬的无聊玩笑亵渎了!她现在需要一个人想一想。所以,她听到身后有细密的脚步声,并不怎么高兴。

不过,小汉斯马上又被外婆叫回去了。外婆开始向他详细打听学校的情况。

磨坊主目送着姑娘的身影，她穿的浅红色衣裙渐渐与清风和花朵融合了。他真渴望能单独跟她在一起。

他想到了一个好主意，说不妨搞点热饮料喝——虽然有点儿尴尬，但很快就表明这种尴尬是没有来由的。

"我不反对，雅可布。若是给我喝，那我决不会反对。确实，我不是那种人！"龙先生大声地声明，就好像有人指责他有这种情形似的。

磨坊主走进厨房，为热饮料的事通知了女佣。然后，他匆匆穿过菜园和果园，同时小心地避开屋前那些人的视线，这样也能走到池塘边。

5

正如他所估计的，汉娜来到了池塘边。她坐在一块石头上——也就是葬礼那天她跟哥哥和磨坊主站过的地方。接骨木树荫下的池水像当时一样墨绿，那两只白鸭依然凫游其中，水面泛起闪闪发光的涟漪。有些地方漂浮着一片小羽毛。没有丝毫的变化。但是在当时和现在之间，却横亘着她在宁静生活中经历的一切。下面又会怎么样呢？在短时间内这儿就会成为她的家。上帝保佑，她想独自坐坐，哭一会儿，因为她的爱情并未能驱除丈夫情感中的浓重的阴影，给他带来安宁！

她陷入了认真的思考，直到磨坊主来到她身边，她都没有发觉。

"我料到会在这儿碰见你。"他说。

"是的,我怀念这个安静的角落。你来这儿真是好极了。"

磨坊主坐到草地上。

"我也喜欢这个池塘——从那一天起。我常常站在这儿想你。"

"真的吗,雅可布?你真的想我?"

她抓住他放到她膝上的手,他们互相对视,怀着稍许羞涩和抑制的柔情。

"你要知道,雅可布,就在那一天——我相信,我已经爱上你了。"

"真的吗,我的亲爱的、亲爱的汉娜?"磨坊主叫道,吻她的手。

"当时,我这样做不对,也不能说出来……当然我也不想这样,可是我相信,在内心深处我已经爱上了你……现在,我总算可以全心全意地爱你了。"

她抬起头,欣喜的目光望着他。

这种坦诚的充满信心的目光,这种体现出开朗情绪的圆润的纯正的语调,却使磨坊主迷惘,使他惭愧。他清楚地意识到自己的态度不诚实——这种感觉也在他脸上清楚地显露出来。汉娜探身凑近他,用手抚摸他的额头。

"是的,雅可布!我知道,这是上帝给我的一项任务,靠他的帮助我会成功的。"

"啊,汉娜!你始终是我的好保护神!"他叫道。

"不不,雅可布,你别这么讲。"

"哦,我只能这么讲——我一直是这么感觉的。你是引导我信奉上帝的人……可是我却无法跟上你的步子!啊,你不知道我是怎样一个人,你永远也不会明白这一点。"

"会的,我的朋友,我会明白的。你将看到,只要能在一起推心置腹地畅谈一切,咱们就会是同甘共苦的好夫妻——"

"不,不!同甘共苦?——啊,你根本不知道我的情况——情况完全不同。我永远也无法给你讲清,你是这样——就像一个天使——哦,是的,我这么感觉。我是这么看你的,就好像要双手合十,向你祷告——"

他在激动中半直起身子,跪坐在她身边。

她吃惊地望着他的脸,这张脸显现出恐惧与虔诚混合的奇特表情。

"雅可布,千万别对我说这些!你应当更多地想到上帝,为我而向他祷告。你别忘记,我像你一样是个可怜的有罪的人,你会喜欢我的——因为——你已经可以爱我了,雅可布。"

她略带羞怯地说完了末尾的话,满面通红,因为她觉得这些话似乎包含着女性的卖弄。她对自己作出这样的表露感到羞愧,尤其是在这种情爱方面。她忽略了这些话其实出自一个更深得多的来源。磨坊主对她的态度总是虔敬过多,凡人之爱太少,而她的柔弱的天性却渴求爱,她身上少女的温柔也下意识地渴求着爱。

虽然她自己并没意识到,磨坊主却听清了隐含在话中的深情责备。他想起自己先前的感觉,感到这责备是恰当的。她今天穿着浅色夏装,以完全另一种方式使他喜欢:当她以不寻常的柔媚在房间里或树木间走动时,他不断地偷眼觑她,就好像订婚的气氛使她的举止带上了情欲的色彩,他渴望跟她单独在一起。这样他就能在真诚的信念中说出真心话,握住未婚妻的手说——要知道这是第一次!——他爱她胜过了世上的一切,她是他打心眼里挚爱的唯一女性。因为现在他意识到,沉湎于使他倒入莉泽怀抱的那种糊涂、狂热的陶醉,那其实是对爱情这神圣感情的一种亵渎。

"你怎能这么说呢?这对不起克丽丝蒂娜。"

"啊,是的,克丽丝蒂娜我也爱过,不错——非常爱……但是那不一样。你知道,我们从小一起长大,彼此情投意合,我们结婚是十分自然的事……但我爱她不如爱你。"

汉娜再一次听到这种说法虽然心里很舒服,但她还是否定地摇摇头,似乎认为这只是他的不符合实际的想象。

"你不是相信克丽丝蒂娜正在一个没有这种想法的地方吗?因此,这想法是一桩对不起她的罪过,就像你说的那样,我仿佛觉得她现在正俯视着我们;不过我也知道,她为我们的爱情高兴,并且为我们祝福。"

汉娜面带愉快的笑容望着他,话就像是从她心底说出来的。令人尴尬的窘境就这样以令人满意和虔诚的方式摆脱了。

"是的,这我相信。"她说,"而且她还看到,我们是多么诚挚地爱着她。我多么感激她啊,她乐于看到我们互相……她本人还在世就想到了这一点。倘若不是这样,我也就不会像现在这样幸福。"

她看上去确实很幸福。可以尽情地去爱的喜悦,这种她视为神圣不可侵犯的天性的纯真苏醒,使她的青春血液把脸蛋染得更红了，使她的笑容更加楚楚动人，使她的目光射出以前在沉静的清澈中从未有过的光辉，使她的整个身体的动作带着不寻常的妩媚，就像她现在探身向前那样。

汉娜与莉泽的一系列对比在他的脑海里飞快地掠过——真是鲜明的对立，并且具有令人渴望的、富有魅力的、迷人的因素，就好像造福的仙术与作祟的妖术之间的对立。磨坊主不寒而栗。

汉娜立刻发觉了他目光中的阴影。她关切地俯身凑近他，温柔地爱抚他，就好像要把那些不祥的忧虑从他头脑中驱除似的。他靠着顽强的意志力克服了自己的虚弱。不，他不愿成为过去的经历的牺牲品，不愿俯首帖耳地听凭往昔的幽灵摆布。不，他不愿自暴自弃！一个年轻、美丽和善良的女子坐在这儿，这是上帝赐给他做生活伴侣的，作为一件信物能使他免受灾难威胁。宽恕就在这儿，在这个虔诚姑娘的怀里，只要他有勇气去争取，就能避开报复的魔影，就意味着完美无瑕的生活和无上的欢乐。

磨坊主怀着热烈而真挚的感情把汉娜搂在怀里，亲吻她的嘴、脸蛋和前额，朝她喃喃低语着亲昵的称呼、钟情的话儿和温存的提问，听凭它们从他的想象中杂乱无章地奔涌出来——其中大多是毫无意义的，有时甚至是不可理解的问题，对此只能满足于这样的解释：磨坊主热恋他的娇小的未婚妻已经晕头转向了。自然，汉娜也回报以爱抚，跟他赛着说甜蜜的话儿，既笑又哭——直到她突然惊叫一声跳起身来。

在他们面前的幽暗水面上突然亮起了一道闪电，仿佛池塘里有一只妖魔的眼睛向他们瞥了一眼。接着，雷声也从他们头顶上沉闷地滚过。原来,丁香树透着孔隙的深色叶冠映着夜空,此刻,在浓云密布的深蓝色背景上已经几乎辨认不出了。像雾气一般翻卷的云层呈褐色的暖色调,而云峰以柔和的玫瑰红晕直冲天顶。

汉娜挣开身以后一跃而起。磨坊主也站了起来。他的幸福的、充满希望的心绪被闪电粗暴地破坏了。他听见隆隆的雷声后脸色煞白,只不过因为天色太暗看不清罢了——而汉娜也没有看他。她略显狼狈地转过头去,抚平衣领。

他们面前的大片乌云——在东北方向——并不是天空中的唯一变化;右边的田野上空也弥漫着紫色的浓雾,其淡红色边缘在高处才让位于明亮的夜空。他们向那边远望,就仿佛墙壁从内部微微透出了亮光。不过,等听到远处那拖长的雷声时,他们已迈着不慌不忙的步子快要到达房子了。

"我哥哥的意见是对的——看来你内弟的愿望也会实现。"汉娜说。

靠花园的房间里亮着灯,门都敞开着。

几棵果树成了遮挡室内泻出的光明的最后一道屏障。磨坊主静静地立在那儿,用胳臂揽住汉娜的肩膀。

"那边多热闹呀,咱们也该醒醒了。"

她不答话,只是摇摇头,走了几步。

然后,她突然转过身来,扶住他的肩膀,定定地凝视他。一道惨白的闪电把电光射进了树叶底下。在她的眸子里闪耀着泪花。她偎依着他,热烈地吻他,低声道:

"你说得对,雅可布……我永远不会忘记这个时刻。也许,咱们再也不会经历这样的时刻了。"

"瞧你说的——为什么不呢?"他吃惊地喊道,因为他自己仿佛也有类似的感觉。

"我不知道——我忽然这么感觉。你别介意——这一定很荒唐。"她很快地擦干眼泪,向房子走去。

小小的聚会正围拢在小茶几周围,女佣刚刚在小茶几上放了个热气腾腾的锅。她迟疑地手握锅耳,正在以谦恭的口气回答安德森太太的问题。面包房里的工作是否顺手?家里的情况怎么样,小阿妮?——因为正是兔院的阿妮幸运地得到了磨坊里她所期望的职位。但龙先生已急不可耐了:他从沙发上抬起他那肥胖的身子,从阿妮手中温和而又坚决地接过了锅,以一位教授的神情开始搅匀他的饮料,俨如要做一次十分重要而又不无危险的化学试验……

饮料已经搅得够稠了,这不仅仅有表面上的美食意义,因为按照龙先生的坚定信念,他的饮料若不比别人饮用的浓烈三倍,就会使他的胃遭几天罪——总之,当一种颜色相当深的液体装满了他的杯子,他得以重新自由地品尝之后,才发觉磨坊主进来了。与此同时,阿妮的尖细嗓音传入他的耳鼓,形成一种他暗自十分赞赏的美好联想。因此,他迅速放下已举到唇边的杯子,往沙发上扑通一仰,拍着大腿哈哈大笑。这笑声听起来有点不自然,但尽管如此还是达到了目的,也就是把大家的注意力引到了自己身上——包括阿妮在内。阿妮由于老太太大发慈悲刚刚获准离去,却又不知该走还是该留,因为龙先生的小眼睛机灵地眨了一下,似乎要留住她。

"雅可布,"龙先生开口了,"你还记得去年八月那天晚上,你和兔院大娘在我家的情况吗？阿妮，那时恰好说到你来磨坊这儿工作的事。当时你不想收她，雅可布——他不想雇你，阿妮，不是他不想——是因为莉泽，我的天，不让他雇你！"

他的脂肪团团裹紧的心显然并无恶意。他一个劲儿朝大家笑，并不知道他的话给别人留下了什么印象，也不知道自己有多少道理。除了磨坊主以外，自然只有他母亲了解这些。她对儿子的社交才能感到绝望，在桌子底下绞着双手，弄得手指噼啪作响。提起莉泽自然给其他人留下了可怕的印象。汉斯坐在管林人膝上哭起来，龙先生极力安抚他，劝他喝一口自己特制的饮料，可惜没有奏效。

安德森太太为了使谈话转到适当的方向，开玩笑说，上一次她在这里当女主人，曾吩咐过送一壶热水来。可是现在要有新主妇进屋了，她一定想自己当一回女主人吧，这是合情合理的要求。汉娜听后答道，但愿安德森太太在克丽丝蒂娜原来的家里别拘束，就像在自己家一样。不过，她现在也确实想当一回主妇，给雅可布调一杯酒。她当真颇为仔细地这样做了，使龙先生甚为吃惊：怎么，她竟想给雅可布灌这样的酒糟？呸，真恶心！这简直是毒害丈夫！他抓起朗姆酒①瓶，要按照基督徒的规矩把酒毫不客气地往她身上洒，但汉娜笑着挡开了。雅可布也连忙声明，他非常满意，酒正合他的口味。

他看着汉娜快活地料理壶、杯子、勺子和糖，身子笼罩在水汽

---

① 一种用甘蔗汁酿制的甜烧酒。

和烟雾之中,烟雾在灯光下舒卷盘旋——这可真是个娇小玲珑的女主人——他很快就克服了龙先生的幽默给他造成的不快。他拥抱汉娜,喝了几口她调的酒,感到很舒服,尽管这种提神的饮料让人联想到丹麦的民间单方:天暖时请把舌头伸出窗外。

这时,花园的一扇门砰的一声被风关上了,传来了一声轻微的玻璃响。花园外面响起了声音,好像是一只大牲口在抖动身子,然而从门廊进来的却是阿妮。

"师傅,"她说,"磨子转起来正常吗?"

"它怎么啦?"

"风鼓满了帆篷,磨扇就转起来了。暴风雨就要到了!"

磨坊主把杯子重重地放到桌上。

一道耀眼的闪电照亮了花园,汉娜和安德森太太都惊叫起来。阿妮赶紧把侧门关上。磨坊主快步走进门廊,焦躁地打开通院子的门。

对,磨子就在那里,磨扇转动得很慢,几乎看不出转动。磨扇朝向西南,从那边吹来清新的晚风。它似乎还没觉察云团已覆盖了其余的天空;尽管现在已是雷声隆隆,磨子仍然处于漫不经心的状态。没有伙计到回廊上查看出了什么事——上面甚至没透出一点灯光,简直看不出磨坊还醒着。

磨坊主骂了一句,打开通往那个朝花园房间的门。

"请原谅,我要离开一会儿,"他朝屋里喊道,"我得上磨坊去!"

6

在门道里,通伙计房的小门敞开着。里面亮着一盏灯。克里斯蒂安坐在床上,双手托腮。

他看见磨坊主进来吓了一跳,然后以一种少有的放肆目光瞪着他。

"你坐在这里,而磨子却在转,这是怎么回事?"磨坊主斥责他,"你没听见打雷吗?"

"听见了!"克里斯蒂安比平时更没好气地回答。两手在红色的头发里抓挠,头发一绺一绺地挓挲着,仿佛遭雷雨洗劫过似的。

"那好——你来!"

克里斯蒂安一动不动。

磨坊主快步走过去,想打他一记耳光,但又忍住了,只是摇摇他。

"你疯了吗,克里斯蒂安?"

"这有什么奇怪?——是的!"伙计哼道。

磨坊主有点慌乱——克里斯蒂安从来没这样过。他还是以平和的口气说:

"别再浪费时间了。暴风雨随时都会袭来。"

"对,那您就赶快吧,师傅……今天晚上我反正是不去磨坊了。"

"这是什么意思?"

"等您上去了,就会明白是什么意思。也许您会跟我一样快快地下来。我在楼梯上摔了一跤,把膝盖碰伤了,差点儿站不起来。"

"啊,胡闹!来吧!"磨坊主又摇摇他。

"您怎么处置我都行——"

"听着,克里斯蒂安!"磨坊主几乎是以恳求的口吻说,"冷静点!磨扇必须再转半圈,帆篷必须卷起来。你知道,若是一个人干,即使好天气也要花不少时间,而现在暴风雨眼看就要到了——"

"这不关我的事!我跟上面闹鬼没关系——我干吗要玩命呢?又不是我在那上边把两个人压死的!我没有杀人——您——"

他突然停住了,并且用胳臂护住头,因为磨坊主的脸色把他吓坏了。说不定现在他会打死我,他想。他正要开口喊"我去",磨坊主却掉转头从盥洗台上拿起灯,好像什么事都没发生似的问道:

"别人都不在家吗?"

"不在,师傅!"克里斯蒂安回答。他颇感宽慰地看到,磨坊主出去了,并且在身后关上门,把他留在了黑暗中。他坐在那里,想着心事,闪电越来越频繁地划破夜暗。

"看他瞪我那凶样——前不久在石磨层上也如此!可是现在更凶了——要是他手上有家伙,会把我打死——没错,准会!他大概是有意害死他们的!因此才要我跟他上去!即使跟别人我都不干,绝对不干——更别说跟他了!……假如他真是故意杀人,那么,他们就会在那上边扭断他的脖子。天哪!这么个天气!恰好是出事的天气!"

平时门道里总有过堂风,现在却很平静。小灯闪烁着平稳的火苗，跟在房间里一样。磨坊主有点犹豫地打开了通磨坊的门。大自然仿佛在屏息谛听，忧心忡忡地期待着什么。从院子里传来卡罗的吠声，使他想起那天夜晚他和管林人穿过田野向磨坊走来的情况。从那时以来他还没听到过如此悲哀的吠声。

跟克里斯蒂安进行的短暂谈话使磨坊主陷入了极度的恼怒不安。那些话向他表明，嫌疑依然在作祟。不过，当门在身后关上，他已站在磨坊的窄梯下面时，这并不是最使他不安的事情。

那上边到底出了什么事？

克里斯蒂安没有明说，而恐惧也就在这种不明确之中增长。他没有刨根问底，真傻！

雅可布差点把灯放到阶梯上，返回房间——但他马上又鼓起了勇气：不能露出怯意来，更不能失去宝贵的时间！很可能只是通常的滴水声，他想，顶多是声音略强罢了；也可能是皮拉图斯做出的新的不正常举动。

他迈着坚定的步子踏上了楼梯——并非因为他特别勇敢，而是为了不至于听得太清楚。四周围安静极了；磨粉机轻轻地嘎吱嘎吱响着。他一到第二层，就听见了他所担心的响声。他用衣袖拭去额头上的冷汗。喏，其实没那么严重！假如石磨层上没有滴答声，那才叫人不安哩！

我要快快地经过这一层，绝不东张西望，他想，于是继续往上爬。尽管如此，他还是在窄梯中间停下了，擦了擦小灯。他的头恰好平了石磨层的高度，他听见滴答声更清晰了——响得很难听，声音比他预料的更强。

现在,他已经站在了石磨层上。这个熟悉的地方有磨粉机箱,有六根机轴,天花板很低矮,有从上面吊下来的绳子、大堆的袋子和堆成小山的粮食——在暗淡的、阴森的光线中呈不透明的、怪异的剪影在他面前展开。雅可布觉得这一层比平时窄得多,距离敞开的门只还有几步远!

只有最近一根轴在迟疑地转动,似乎随时都会停下。

他刚看清这些,小灯就熄灭了,尽管并没有什么风。他脸上没有感觉到一丝风,而身后却有一股凉风吹拂着他的头发。他两腿发抖,向前迅速地迈了几步,被一团盘好的绳索绊倒在一堆袋子上。

然后,他听到身边有悄声的耳语和压低的笑声。他觉得仿佛身上的一切都停滞了:他听出了莉泽的嗓音,另一个大约是约尔根的——至少,莉泽的嗓音错不了。

一道闪电似乎把天空撞开了。石磨层从黑暗中显现出来,颤抖地矗立在蓝色的光亮中。磨坊主鬼使神差地往右边看过去,响声正是从那边传出的。

除了磨燕麦的磨粉机以外,他起先什么也没看见;接着,他看见了——皮拉图斯。

闪电消逝了,石磨层也隐没在双倍的黑暗之中——可是皮拉图斯仍在那儿。它好像把那瞬时的光亮吸收进体内,现在又重新放射出来了。一种磷光从它那浑身厚毛的毛尖上喷射出来——磨粉机被隐隐约约照亮了,而且是照亮了背向门口射进来的暗淡夜光的另一面!这还不是皮拉图斯身上唯一的奇怪之处;它又做出了新的不正常举动。它弓着腰,那姿势和动作就好像身子在什么东西上蹭痒。

磨坊主抓住一根绳索，往前探身仔细看：果然，皮拉图斯正在什么东西上蹭痒！要是没有东西支撑，它不可能站成这种姿势而不倒地。可是，那里什么东西也没有。他又听见低语声从那边传来。肯定是这畜生发出了声响，然后在他的耳朵里变成了莉泽的声音。大概克里斯蒂安听到的也是这个！这时，猫舒展脊背，扬起一只前爪，伸长脖子，活动着肥大的头，就像以前把头靠在莉泽腿上蹭痒一样——可是那里什么也没有，空空如也……真的——能有什么呢？

但是，他身后却劈劈啪啪地往下滴淌——宛如檐水滴入水坑，他听到每次滴淌之后的迸溅声。强大的雷声也没能盖住这声响。

不过，它唤醒了磨坊主，使他抖擞起精神，也挪得开步子了。

他到了外面，到了回廊上。

他站在启动柄旁边，就像那天晚上一样，现在该转动它了。因为风正迎面吹来——跟当时完全一样——这里不该有风。当时，他跟跄到门口时依然很平静，而现在——几秒钟之后已是狂风大作。狂风挟带着远处的呼啸声和近处花园里的飒飒声袭来，卷入一片粉白的果树花之中。花儿挂到磨坊主的胡子上，黏到石磨层涂过焦油的板壁上。

他像狂人一般转动了启动柄——跟当时一模一样。他根本没想到自己会这么做——他没有半秒钟的时间去考虑，连他自己都没意识到，就已经动手了。这就好像是最最可怕的惩罚：仿佛他命中注定要站在那儿，转动启动柄，并且——永远不停地杀人！是的，当时磨扇就是这样越来越猛地噼啪作响，在接近风向之后便以嗖嗖的

磨坊 · 357 ·

撞击声划过夜空，撞击声也越来越重，而且越来越密。现在，他已经不再受到风吹。转动也中止了——跟当时一样——磨扇并没有顺着风向。但只要风不再从后面攫住它们也就行了。情况并不需要他做多余的事。

磨坊主解开制动杆的锁链，握在手里一会儿，富有经验的眼睛注视着磨扇的震动，然后放开锁链，向磨扇跑过去，恰好在一叶磨扇停到回廊旁边时赶到了那儿。他解开绳索，把帆布的下半部分卷起来，风似乎减弱了。可是当他爬上尾部时，风又狂吹起来，好像要把他抛下去似的。下面院子里被一道闪电照亮了。他在客厅的窗口看见了那些向他仰望的脸。最后，帆布的上半部分也卷了起来，捆紧了。他这才下去，卸掉了风板。

现在，他得回去扯那根铁链，让磨扇转半圈。

可是这时磨扇转得快多了，他没算准，磨扇在回廊上方停得太高了。雅可布只好再次跑回铁链处。他重又来到了迎风面，一场真正的风暴攫住了他。东北方已不再是果树花的花瓣组成的雪白帷幔，树叶、禾草和尘土都卷过磨坊主身边，扑打着石磨层的板壁，掠过用麦秆扎成的磨坊外罩。帆篷猛烈地击打着，他勉强把它卷好，捆好。一块风板脱手飞出了栏杆。

雷声滚滚，追随闪电的轨迹越来越紧，就好像一定要追上那金光闪闪的电龙似的。有时它似乎成功了——但那其实是另一道闪电跟雷声同时亮了起来，因为四面八方到处都是电闪雷鸣。磨坊主望着闪电，在回廊里上气不接下气地奔忙于磨扇和铁链之间，解开绳索，卸下风板，或是吊在磨扇的尾部；电光时而刺入他的眼帘，时而又在远处映出周围的地形。这时,又一道闪电闯进了树林——从地平线上升起了一道利剑形的光——高处,云层后面金光闪耀,显出一座山形的云峰,然后又消失了。海峡上空就像变魔术一般,突然竖起一堵耀眼的紫红色幕墙,接着又横掠过一条白得耀眼的、很不规则的线,宛如毛玻璃上的一道裂纹。

他终于拾掇到最后一扇帆篷了。

他高高地吊在磨扇的尾部上。狂风吹打着他,在裸露的扇尾木格上嬉戏,宛如在演奏弦拨乐——那是一种嚎叫出来的疯狂旋律,单调地升高和降低。忽然,大雹子劈头盖脑地砸下来,抽打他的脸,砸得他眼冒金花,砸得他手指僵直,手指拼命地扯一个硬绳结。他用手臂挽住摇摇晃晃的木框。脚底下,院子几乎不停地闪亮,好像是闪电的一个玩物:一道闪电刚把它抛入黑暗,另一道闪电就又抓住了它,让它在刺眼的亮光中颤动。远近雷声如潮,此起彼落,把各种各样的声响搅和到一起:宛如一辆重载的车子从石桥上颠簸驶过,隆隆如远方的炮声,哗哗如排枪扫射,回声如重叠的铁板被碾过时的震颤。

在一阵冰雹的白色烟云中闪出了炫目的光,仿佛有千万颗紫色的火星从雹粒进到别的雹粒上。这道光刚一熄灭,雷声就炸响了,仿佛天空是一块被鬼怪撕碎的巨大床单。就好像刚才没有下过雹子,现在才开始下似的。不过现在没关系了!最后一个绳结已经系好,所有帆篷都已经捆好;磨坊主迅速地攀下磨扇的尾部。

只还有一件事要做:穿过石磨层。

在紧张的工作中,在与暴风雨进行的斗争中,为了保全他的磨坊，履行他的义务，他简直忘掉了对鬼怪的恐惧。但是现在这恐惧重又出现了，就好像刚才一直在等他。

他把脚踏上回廊，冰雹在脚底下嚓嚓作响。雹粒纷飞，形成一道道斜飞的白线；磨坊阴沉而庞然地矗立着。在远方一道闪电的反光中，紧靠他的左肩有一扇小窗在闪烁，就好像石磨层用鬼怪的目光注视着他。

下面是院子，一览无余，被一道电光照亮了，闪电在云层间迟疑地闪烁。院子里的一双双眼睛都在向他张望：窗口露出一张张面孔，走廊门口站着他的未婚妻。干吗不朝下喊，叫他们搬个梯子来呢？对，可是以后跟他们怎么说才好呢？怎么向他们解释，他为什么不顺着楼梯下来？

不，他不愿屈服！别的一切他都做了，此刻也要经受住这最后的打击。

下面，院子已经消失不见了。他转过身去，只有客厅窗口的灯光向他送来鼓励的一瞥。

几秒钟以后，他快步跨过石磨层的门槛——但接着就像被咒语定住了。

他们俩在那儿——离他只有几步远——正好挡在路上！

约尔根和莉泽站在那儿。他们的态度并没有威胁恐吓或郑重其事的意味。他们站在那儿完全是平时的模样，就像他们以前有时在这个地方站的模样。他们甚至并没有发现他。她穿着一件灰色旧连衣裙，那是她常穿的，磨坊主知道，她死时就是穿的这件衣服。约尔根朝她耳朵叫嚷什么——这可以从他嘴唇的嚅动看出——但听不见声音。她把头向前探,同时倾听和注视着偎在她脚下的皮拉图斯。

猫儿像先前一样闪闪发光,他们俩也熠熠闪光——或许是闪电?

这时,她缓缓地抬起了头。

下巴和脸蛋儿上的小酒窝笑了。嘴巴以及丰满、红润的上唇和大门牙也在笑。眼皮迟疑地扬起,向磨坊主瞥来——

他连忙往后一跳。

这时,一切都消失了——不是消失在黑暗中,而是消失在光亮中——消失在一阵轰隆隆响的光潮中——他感到当胸挨了一击——然后一切,包括灯光在内,都消失了。

7

汉娜站在走廊的门口。

她看见她的未婚夫已从磨扇上安然无恙地下来。在回廊的转弯处,他的身影消失了。再过一两分钟,她就要把他搂在怀里。当他不顾雷鸣电闪吊在风雨飘摇的磨扇上,由于冰雹的缘故几乎认不出他的时候,汉娜经受了何等的忧虑不安啊!万一他摔下来怎么办!万一有什么东西断了,磨扇转动起来,带着他在空中飞旋可就糟啦!

谢天谢地,他总算得救了!

忽然,一道光非常刺眼,就好像世上所有的光都汇入了这光焰。同时,宛如大炮发出的短促的震耳欲聋的巨响,把所有的玻璃都震碎了——

汉娜冲到外面,站在狂怒的冰雹和暴雨之中——周围尽是人影,声音杂乱不堪:

"挨雷劈啦!磨坊主在哪儿?着火啦!雅可布下来了吗?磨坊起火啦!"

"雅可布!"

尽管汉娜害怕极了,她发出这声呼喊时并没有惊慌失措。她突然明白了发生的事情。她哥哥和龙先生直奔门前的通道,准备冲进磨坊,而她却好像出于一种灵感,朝相反的一边跑去,朝大路跑去。

从圆顶蹿出了火苗。

"搬一架梯子过来!雅可布在这边——在回廊上。"

他倒在石磨层门前,扑在回廊那斜翘着的栏杆上,一只胳臂伸过了栏杆。

克里斯蒂安和阿妮急忙跑去取梯子。管林人和龙先生在门道里听到汉娜的叫喊,迎了出来。

"上去把他背下来,是不是好一些?"管林人问。

"看哪,里面也起火了!"汉娜叫道。

确实,石磨层一片红亮。

"用梯子!"龙先生断然说。

这时,磨坊主站起来了。他只昏迷了大约半分钟,或者说只不过是半昏迷。

"楼梯烧着了,"他喊,"我下不去了。"

他说的并不是真的。他只看到楼板中央起火了,正在朝一边烧过去。因为窗玻璃都震碎了,劲风横扫而过,把一股浓烟吹向门口。不过,一个勇敢的人完全可以顺利地到达楼梯,或者至少可以毫无危险地试一试。但他却不敢踏上石磨层——根本不敢!

底下站着的人七嘴八舌地问,他是不是受了伤?他让他们放心:他只是被气流冲倒了。当然,他得抓紧栏杆,这样才能站稳脚跟,就好像他的手脚都折断了似的——可是他并没有被吓呆。他朝下喊,叫他们放心,要是搬来梯子,他不用别人帮助就能下来。

上面传出噼里啪啦的爆响,大火映红了夜暗。

磨坊主往上瞅瞅,喊道:"要快点,圆顶很快就会塌下来!"

大家都焦急地叫喊快搬梯子来。管林人跑开了。

雅可布忽然想起,磨坊的外罩是用铁丝箍紧的,可是盖圆顶时疏忽了这一措施。话说回来,他并不害怕——既然闪电已饶了他一命,就肯定不会把他埋在滑下来的麦草火焰下面。

管林人和阿妮扛着梯子赶到了。龙先生站在最边上,双手拢住嘴用全力吼道:"勇敢点,雅可布!他们搬梯子来了!勇敢点!"这是对他的鼓励,但含义却不好理解。

梯子安放好了,磨坊主却并不往下攀。他的目光盯着一样奇特的东西,离他大约两步远,正好横在门口——他向前俯过身去细看。那是乱蓬蓬的一团,烧焦了,烧黑了,也许再也猜不出它是什么了。幸亏有个在某种程度上尚属完好的猫头,瞪着一只黄眼睛仰望磨坊主,告诉他,面前是皮拉图斯的令人崇敬的遗骸。

"梯子放好啦,雅可布!"下面在喊——但他无法把目光从这堆残骸上移开。那只被火光映着很有神的黄眼睛仰视着他，就像它仰望莉泽那样。他刚才把那些已经差不多烧焦的硬毛看成了长长的鬈毛，就像莉泽的裙褶曾使它们向前弯那样。这么说来，闪电劈死了皮拉图斯——离他这么近，好险！

雅可布不由自主地进行了如下的思考：他清楚地看见了鬼，甚至看清了微末的细节——例如，她胸前有个巴掌形的面粉印——而且他意识到，从他停步的时候起直到莉泽瞅他和他往后跳，时间是极为短暂的。要是约尔根和莉泽没有站在那儿，他毫不迟疑地走过石磨层，那么皮拉图斯遭到的厄运就会轮到他。

是鬼怪把他从突然的死亡中救了出来，这想法吸引了他的全部心思，结果他听不见呼喊声——连龙先生那叫人受不了的吼叫声也听不见。而龙先生则断然认为，姐夫过于听从了让他勇敢些的忠告。

这时，传来的不再是喊声，而是一声可怕的惊叫。左边已经熊熊燃烧起来，烧着的草从圆顶跌落到回廊上——发生了第一次坍塌。

磨坊主振作起来了，比他自己想的更轻捷，他纵身跃过栏杆，顺梯而下。汉娜说了句："感谢上帝！"然后扑到他怀里。她的嗓音透出的心声比话语更清楚，表明她为他忍受了多么大的痛苦。可是他并没有紧紧搂住她，也没有跟她说话，只是发出一声深沉的叹息，便听凭人家领着他向房子走去。

院里已经集合了好几个外来人。拉尔斯也赶着磨坊的马车回来了。

磨坊主半麻木地走在汉娜和管林人中间。刚走到门口，一声呐喊又使他们掉过头来。

几乎整个圆顶已同时滑落下来。熊熊燃烧的大束麦草被狂风刮过田野,像火扫帚一样掠过初生的庄稼。向前滑下来的草捆落到回廊上,被按紧在石磨层的墙壁上,燃起了熊熊的火焰,很快就把磨坊外罩突出的边缘舔得通红。就像一场野火,无数的小火苗往上蹿,逼近了长满青苔的屋顶——在深色的屋顶表面上火星闪耀,宛如鬼火在青苔上跳一种奇妙的舞蹈。仿佛这团大火从高高的地方突然坠落下来,因为原始的本能又想重新攀上高处,于是先派出一伙轻便的散兵,试一试能否登上那陡直的壁垒似的。情况正是这样!其中最大胆的已经爬到原来的位置上摇晃着他们的明亮小旗,主力也紧随而上:这支火师以不可抵御的冲锋队形奔突向上,沙沙地、啪啪地席卷上去,直到覆盖了整个磨坊。

接着,回廊也起火了,连同那斜伸出去的栏杆在内。不一会儿,整个回廊就像一个巨大的、用火焰编织的浅篮,篮子里盛着巨大的火焰果子。

大火照亮了整个地段。空中弥漫着火红的烟云,甚至连天上的云彩也在反光中映红了。闪电不再那么刺眼,就像是在明亮的白天一样。在火焰逞威的咝咝声、沙沙声和翻腾声中,几乎连雷声也听不见了。雷雨似乎也消散了。冰雹很快就停了。

院子靠住房一边挤满了人。他们自己也不知是怎么聚拢来的——就好像是从地里钻出来的。只见到处是通红的、仰望的脸,火光映红的指指点点的手指,顶着金发光环的脖子,漆黑的脊背和更黑的腿。伸长的、晃动的、扭歪的剪影在闪亮的、撒满雹子的地面上聚成团，又重新散开，彼此重叠后再分离。最密集处是在水井边，风仍在不知疲倦地呼啸。从那儿排出两行人，一直延伸到磨坊对面的屋角。水桶在这两行人当中传递如飞，一直传到登在梯子上靠近屋顶的人手里，水浇到屋顶的草上，再从屋顶的边缘宛如金雨一般淌落下来。

安德森太太是组织救火行动的核心人物。她马上就意识到了这儿是危险点。当然，只要风向不变，烧着的草就不会飞过去，可是在雷雨中，风向改变并非不可能。这里的间隔很近，单是高温就足以把草点燃。这个勇敢的女人还采取了其他不寻常的措施。她忽然想到，今年春天才淘汰的旧帆篷不知放在什么地方，阿妮马上说是在顶楼上。（这个阿妮对于磨坊来说是一面真正的帆，安德森太太一直是这么说的！）汉娜被人毫不客气地从磨坊主身边拉走了，让她跟龙院来的几个伙计一起去查看。于是，帆篷从顶楼上搬了下来，又穿过花园扛到了池塘边——以防井边的工作中断。

在这种情况下，汉娜又见到了一小时前她和雅可布到过的那个亲切、安静的地方。神秘的幽暗、清澈和宁静通通消失了。丁香树沐浴在红光当中。又脏又硬的旧帆布被丢进水里，引起水面起伏、迸溅，宛如地狱里的一个火坑。那两只白鸭也像所有不在暗影里的东西一样变成了红色的，惊飞到矮树丛里。

湿帆布运到了，院里响起了一片欢呼声，甚至盖过了大火的噪声。不一会儿，帆布被叠成两层，盖住了屋顶受威胁的角落，从而打胜了此处的战役。这里原来很危险，因为最外边的草已经开始冒烟了。

安德森太太的抢救活动在继续扩展。磨坊主还在回廊上时,她就把龙院赶到的第一批人派到了伙计房,以便把床铺、橱柜和衣服抢运出来。与此同时,克里斯蒂安和刚刚赶回的拉尔斯登上了磨坊的第二层,尽量把面粉袋丢到门道里。然后,面粉袋被帮忙的人手抓住,拖到院子的另一边;从伙计房搬出的东西也堆在那儿,就像一次大拍卖。

许多外来人深受抢救工作鼓舞,也自发地跑进起居室,把家具拖到花园里——由于大火的缘故,人们都盼望下大雨,但要是真的下起雨来,这些东西又会被毁坏。小件物品全都是从窗口丢出来,大多破碎了,总之——大家以多种方式帮忙,都尽力而为。

然而,谁也比不上龙先生做的事多。

当然了,受人尊敬的龙先生并没有参加引人注目的体力劳动——干这些已有足够的人手了!但是,到处都能见到他,若是见不到,就能听到他的声音……他的不知疲倦的叫喊声对于正在埋头干活的其他人是不小的鼓舞。他们获得了令人欣慰的信心!总之,这儿有一个领头人,其目光无处不在,其手中操纵着一切!此外,他们还通过他了解到别处的情况。"嗷嗨,嗷嗨!"他叫着,"快传桶上来!……把柜子搬到这儿——这儿有地方!……喂,那里的面粉袋得搬到干爽处,它们可都是现钱呀!……这就对了,妈妈!你已经在忙着拾掇帆布了!……把家具搬进花园来,真的,这儿好保管。"从邻院赶来了马车,这又为他开辟了一个新的活动领域,于是他的喊声又响起来了:"听着,小伙子们,让马离火远着点!——哎呀!哎呀!——安静,安静点儿,老马!……对,快赶到龙院的

磨坊 ·367·

池塘去——那儿有的是水。"最后，当水龙被运进院子扑救面包房的大火时，他更是大显身手。透过水柱的吱吱声和火焰的噼啪声，可以听到他的无拘无束的洪亮嗓音："快点儿，诸位！用这台老机子扎扎实实地喷呀！"

"你好，霍伊！"他让指挥活动中断了几分钟，跟葬礼那天餐桌上他的邻座打招呼。这个上了点年纪、矮墩墩的农民刚刚抵达，带来了几个大水桶参加灭火。"好极了，霍伊！惺惺惜惺惺，勇敢的人找勇敢的人，对吗？"

霍伊低声跟他打招呼道：

"喂，安德森，你上次旅行情况如何？花了多少钱？"

"我的上一次旅行？——不坏，哈哈！我想，那次旅行非同一般——怎么？——快点儿，诸位！往手上啐口唾沫，加劲儿喷水，叫它吱吱响！——加油，加油，小伙子们！——什么，霍伊？那是一次妙极了的旅行——这回整个磨坊完蛋了，我向你担保，霍伊！"

"用不着，安德森。我相信你……看来很可能。"霍伊说，此刻他就挨着龙先生的肩膀。当他大声说出他的推测，猜测磨坊已经保过了火险时，他的模样就像一个大存钱罐子。

"对！保过险了！你知道——依我看，旧房子不妨彻底烧毁——是的，愿上帝保佑！因为我跟你说，霍伊，那儿一点不惬意——哈！霍伊——惬意，嘿！就像歌本里那样押韵——是吗？"

这次意外的押韵使兴高采烈的龙先生一阵大笑，也引起了霍伊长时间的笑声。

"别开玩笑了，霍伊。小鬼就在旧房子里折腾呢，但愿它——

嗨呀！哟嗬！哈哈！"龙先生突然顿住了，把双手拢到嘴前大声吆喝，让声音一直传到龙院那边，"哈哈，小伙子们，快把防水帆布弄到这边来！"

大伙儿又不得不受他指挥了。

8

在龙先生出色的指挥下，见不到磨坊主本人也就不怎么引人注意了，因为大多数人都知道，他险些被雷电劈死。

汉娜离开他是在走廊的门边，当时龙院老太叫她去搬运帆布。她以为，雅可布会听从她的劝告，进屋去休息一会儿，他显然很需要这样。可是，当这伙人拖着湿帆布，穿过马厩与住房之间的花园小门跨进院子时，她惊讶地发现雅可布仍站在这个角落里，倚着墙，目光呆望着熊熊燃烧的磨坊。看见人们走来，他只是转了一下头。

"你在这儿！快进去休息一下吧！"她说。

"当然，你去吧，雅可布！"龙院老太补道，"我们会把大火扑灭的。"

磨坊主一声不吭，摇摇头，重又把目光转向磨坊。

"他离不了磨坊，"龙老太边走边说，"他从小是跟磨坊一起长大的——这可以理解！"

不过，这个朴实的女人暗暗担心，闪电虽然饶了他一命，但说不定已伤害了他的理智。以前她听说过类似的事例。女婿的脸被火光照得明晃晃的,现出一种陌生的表情,使她无法理解。这恐怕无法完全归因于对磨坊的依恋。

"雅可布总是有点儿忧郁,"她接着说,"他心里的一切都很深沉。"

汉娜答,她十分理解这一点。不过,他的表情也引起了她的注意:少有的庄重,就好像来自另一个世界。她迅速地扭过脸往回瞅了一眼。

他仍然站在角落那儿。通红的火光照亮了他那仰望的脸。

火势已开始减弱。前面,在迎风面,外罩已烧毁了大部分。因为是用铁丝箍好的,所以它不会像圆顶那样滑下来,但还是有烧了一半的小捆麦草零星地落到回廊的巨大"火篮"里。当上面的烟雾和火焰被风吹开时,便现出了完全裸露的圆顶。他看见了粗大的机轴以及圆顶的大齿轮、笨重的制动杆、圆拱的支肋,透过外罩上端的一个洞,他还看见了通往面袋层的窄梯。

他被这景象吸引住了。自从那个不祥的夜晚以来,他再没有见过这些,现在一切又都出现了,在红色烟雾和火星闪耀的金色背景上显得黑黢黢的。那里是两个死鬼坐过的地方,假如他们现在仍坐在那儿,他就能看见他们的头和肩膀。有时他真以为看见了他们,为什么他们就不能像在石磨层上一样安然地待在那儿呢?那儿——杀人的工具就在那儿——残忍而笨重的制动杆——它阴森可怖地竖在那儿。

然后,他的目光转向上面另外一处。视线虽然只是发生了几乎无法觉察的移动,思想却经历了一段长途的旅行:从惊险恐怖剧到田园诗,从犯罪到无辜。

在圆顶大齿轮左边，他年幼时曾与小克丽丝蒂娜并肩站立，观看圆顶是怎样转动的。小克丽丝蒂娜害怕了，叫道："要是站在那边，制动杆就会把咱们压瘪！"

他又忆起了另一幕。一天夜里，他的妻子正处在发高烧的幻觉之中，突然挺身坐起来喊道："停住！制动杆压瘪他们了！"当时，他以为这喊声只是对童年那件往事的回忆，现在才恍然大悟：恰恰相反，那是一次预见。真怪，他以前从来没想到这一点！毫无疑问，他的妻子借助于患病而获得的神秘能力，预见到了这次谋杀。

在他所经历的所有可怕的瞬间中，这也许是最可怕的。就好像遮住一件圣物的帷幕被吹到了一边，露出了上帝不愿让人眼看到的秘密。

克丽丝蒂娜预见了杀人！那么，当时就已经有了罪孽，但似乎还在远处，正在等待时机到来。实际上不也正是这样吗？他当时坐在病人身边，已经处在罪孽的控制之下，已经走上了一步步导致犯罪的路。假定事情没有发展到这种地步——譬如说莉泽先死了——那又怎么样？那么，他自然就没有什么要隐瞒的，他的良心也就不会受到可怕的谴责。他就是一个幸福的人，可以跟汉娜结婚，一切都顺理成章。但是，他自己呢？他自己会变好一点吗？他会不会同样是罪犯，是双重的杀人犯呢？在众人眼里他是另外一个人，但在上帝眼里则不然。

他交叉双手，祈祷上帝解救他，让他改邪归正，通过救世主的仁慈获得新生。他不再看燃烧的磨坊，而是往更高处看，看火红的云彩飞散，一颗明亮的星星高高闪耀。

磨坊 · 371 ·

他站了只不过几秒钟——时间对于他已经消失，正如周围的人对于他来说已经消失了一样。他只有一种无限清澈和宁静的感觉。他真想现在就死掉——但他知道，命运还不许他死。生活对他还有所要求：对于罪犯来说还有作案后结出的苦果要尝。

一种被人注视的模糊感觉使他回到了现实之中。他烦闷地往旁边瞅瞅。汉娜的眼里射出深情的目光，恰好跟他的目光相遇。他朝她微笑着点点头——那笑容自然是无精打采的、沮丧的。

汉娜在离他几步远的地方停下了，因为她看到他正在祷告。她很愿意跟他一起祷告，但是没来得及，因为她看到爱人由于深沉而超脱的虔诚容光焕发，一种天国与人世之爱的双重暖流吸引住了她的心思。她还从来没有在谁的脸上见过这样的虔诚。她真希望她的哥哥也在场。因为他经常说起，雅可布有点俗气，还没有寻到通向上帝之路，她的天职就是唤醒他。可是现在情况已表明，他比她更清醒。他并没有多读宗教书籍，并没有经常参加布道会，却找到了皈依上帝之路。

她深受感动地走过去，握住他的手。

"是的，我们得感谢上帝，他救了你。"

"是的，汉娜！上帝救了我。"

他的话只是简单地肯定了她所说的话，按照她的真诚的信念，这是几乎没人能否认的。不过，他说得十分强调，他的声音具有庄重的语气，使得汉娜瞅他的目光就像是提问，问他是怎么认识到的。

磨坊主却没有察觉这一提问，至少他没有理会。

"亲爱的汉娜，"他说，"你去请你哥哥来好吗？我想跟你们俩谈谈。"

汉娜更愿意留在他身边。不过，她虽然对这一要求有些惊奇，但还是马上就照办了。

找到哥哥可不容易，因为情况比先前更混乱了，在令人目眩的光线下，只要相隔几步就很难认出人来。此刻，水龙被嘈杂地拖过院子，在水井和厩房之间安好，从伙计房搬出的家具以及面粉袋只好又赶紧拖走，以便给它腾出地方。水桶仍然从水井经过众人之手传递到房子的角落里，房顶的防护帆布上又一次淋了水。汉娜才走出几步，回廊的前部就塌下来了。门道前落了一大堆木柴，浓烟弥漫。穿过这里虽然并没有危险，但还是引起了不少叫喊声和奔跑。一些人误以为伙计们还在磨坊里，叫嚷着彻底灭火。女人们已经在悲悼遇难者。好几个人拿着草叉和耙子跑来，想把燃烧的木板、房梁和草捆分开。

汉娜在混乱中到处寻找她的哥哥。她忽然察觉有人扯她的裙角。原来是小汉斯，他畏怯地仰脸望着她，要哭，可是又很高兴，因为他找到了已经称作妈妈的阿姨。

"妈妈，妈妈，爸爸在哪儿？"

汉娜被这甜蜜悦耳的称呼打动了，弯下腰，充满深情地亲吻他。

"爸爸休息了，小汉斯！他累了，很需要休息。你没见到威廉叔叔吗？"

孩子摇摇头。

汉娜拿不定主意地四面张望。这孩子可怎么办？她不能带着他，她正在人群拥挤中寻找哥哥。但她也不能任凭他一个人到处乱

磨坊

跑，把他托付给谁才好呢？最后，她把他领到了厩房的墙边，因为站在那儿不会有危险。而且那儿也不止他一个，卡罗也逃到了这个平静的地方。它哀鸣着偎紧孩子，显然喜出望外：居然在这种不寻常和不舒服的情况下找到了一个知心的伙伴。汉斯向汉娜保证乖乖地待在这儿，说用不着为他担心。

实际上，这儿肯定足以吸引他的注意力了，作为旁观者恐怕也找不到更好的地方了。右边，用他的小步子量，水井只有大约二十步远，水龙正在有规律地运动着活塞，蛇形胶管中喷出的水柱像火焰一般闪亮，以猛烈的吱吱声射入面包房的屋顶腾起的烈焰之中。这座小小的建筑物与磨坊的石墙基是连在一起的。汉斯听见了舅舅的熟悉嗓音，感到非常亲切。"加油干，伙计们！加劲儿喷水——我们就要干掉它了！"风在井边不停地呼啸；水桶上上下下，他的目光追随着装满水的桶。桶经过众人之手一直传到住房的屋顶上，然后再在那儿把晶亮的水泼到像金箔一样闪耀的湿帆布上。

磨坊就在他面前燃烧，这儿能通观全局。小汉斯睁大吃惊的眼睛，呆望着这个由烟雾和火焰构成的庞然大物。古老的磨坊及其深褐色的、有些地方呈青苔色的茅草外罩，突然间竟变成了这模样，看起来颇为壮观，也非常有趣。可是汉斯却很想哭，但又哭不出声来，另一方面，他也不知道是否有哭的理由。

他从小就熟悉这座古老的磨坊，现在烧毁了，这对他来说很奇怪，简直不可理解。他曾经在这儿无数次地上上下下，他知道爸爸和妈妈小时候就常在这儿玩耍。他应当在这里工作，先是个孩子，再做伙计，最后当上师傅——这一切简直无法想象，简直能让人把眼睛哭肿。不过，它已经不再是原来那座老磨坊了，因为它把莉泽和约尔根压死了，他简直不敢再爬上去了。老的毁了，再建个新的，这本来是好事。新的磨坊里不会往下滴东西，克里斯蒂安说过，老磨坊里总是听见滴答声。

这时，磨扇也起火了。因为它们是在上风处，大火一直没殃及它们，但是现在终于也燃着了。磨扇冒着烟，小火苗沿着黑色的方条蹿跳着，穿过卷起来的帆布继续蔓延。其中一块帆篷的绳索烧断了，于是它哗啦啦地飘舞起来。磨扇本身开始缓缓地转动，因为原来一直箍紧它的制动环爆裂了。接着，四块帆篷一齐展开，像旗子脱离了旗杆。转动渐渐加快，火势也更猛了——磨扇从上到下披挂着"火帆"，以越来越猛的速度旋转，变成了一个嗡嗡响的大火轮，向四面八方迸溅出火星。

磨坊的正面是一片移动的烟霭，宛如围绕着烧焦的屋梁飘拂的蜘蛛网——在磨坊里，在后墙继续燃烧的火焰背景上，可以看见巨大的星状轮在嗡嗡作响，六个小齿轮宛如围绕太阳的行星，团团围住大齿轮，也被卷入了疯狂的旋转之中。透过大火的吱吱声与翻滚声，除了磨扇嗖嗖的撞击声以外，还可以听到磨粉机的乒乒声。

磨坊仍在运转——它正在最后一次碾磨。

并不是只有汉斯那半惊骇、半好奇的大眼睛注视着这罕见的景象。水龙已忘了往面包房喷水，人们都把手放在泵杆上，茫然地呆望着这情景。水桶也撂在井里了。克里斯蒂安坐在高高的屋脊上，面前放着一满桶水……

一阵惊讶的低语声传遍了整个人群。

9

在厩房的山墙与住房之间的角落里,有三张脸正在向疯狂运转的"火磨"仰望。他们跟其他人分开,单独形成一小群。磨坊将灼红的火光映到他们身上,照出了比其他所有的脸更强烈的激动表情。

磨坊主向管林人和汉娜讲述了他离开大家走进磨坊后发生的一切。两兄妹屏息静听。当他讲到那张鬼脸时,汉娜瞪大了眼睛。雅可布心想,她的眼睛瞪成这样,我看她时的眼神大概也是这样。然而,给他们的表情刻上最强烈的惊恐标记的,并不是已经听到的事,而是尚未说出的事——某种凭想象猜不透的神秘之事,然而可靠的预感却提示它存在。讲完了,已讲到兄妹俩自己亲眼看到、亲身经历的事情了。可是他们却感到,磨坊主还没有说出最要紧的事。他大概是难以启齿。

是什么事呢?

他们久久地凝望着正在运转的"火磨",因为他们的目光若是落到雅可布身上,肯定会包含着疑问——可是他们又没有什么可问的。

"真奇怪,"雅可布开口道,"威廉,你今天刚好说起预兆,它们让人对死亡有所准备。"

"你以为这就是那样的预兆吗?"

"雅可布，亲爱的雅可布！"汉娜叫道，把他的手按在自己的胸口上。

她认为现在可以理解他脸上那种少有的深邃的表情了。这也就是那件还没有说出来的事。她马上竭尽全力劝止他这种想法，打消他的惊恐，因为她自己也感受到了这种惊恐。她指出，常听说有这样的现象，但并没有死人，而且似乎克里斯蒂安也见过他们。

哥哥也支持她，说别把这种事太放在心上——尽管牢记这样的征兆并正视死亡无疑是正确的，确实应该这样。

磨坊主的脸色变得开朗了。两兄妹很高兴——但是显然并不像他们所想的，是因为幽灵丧失了能致人死命的意义，而是恰恰相反，其幻象具有这样的意义，这想法使他感到宽慰，感到有希望。有什么比死更使他一心向往呢？

"不，我不是这个意思。"他答道，"我想到，汉娜，有一次——那是在你家——我跟你谈起森林里的动物。我说，挨一枪之后迅速、意外地死去，这是值得企望的——接着，你说得好，对于一只动物来说这也许是最好的，但是对于一个人却不，人应当站在永恒的法官面前，集中他的心思……既然你都能如此深刻地感受到这点，你这个好心人——那么，我就更应该有深刻的感受了！"

"为什么你就比我更应该呢，雅可布？我不也和你一样是个有罪的人吗？"汉娜以责备的语气劝道，但同时又怀着疑虑，因为她清楚地感觉到，在他的话背后隐藏着确切的含义。

磨坊主并不回答，顺着自己的思路继续说下去：

"这也正是问题所在：假如那两个人没有站在那儿，我便会有这样的遭遇：被闪电击中，恰如动物被子弹击中。"

他沉默了。管林人严肃地点点头，看看汉娜。他想到了马丁·路德，路德有个朋友就是在他身边被雷电劈死的。他面带满意的笑容点头说道："他终于觉醒了！雅可布现在已经是我们当中的一员了！"

磨坊主说话时，回廊伸出到面包房上方的部分坍塌到了屋顶上；几块燃烧的木板被屋檐的水槽支撑着，几根房梁插在木板屋顶已被火烧穿的洞里。就好像现在要用所有的武器制服这个受到重创的建筑物似的，一扇燃烧的磨扇也重重地砸下来，以不可抵挡的威力击穿了屋顶的另一面。水龙必须再向右移——这一措施在龙先生的吆喝声、咒骂声和鼓劲声中总算完成了。他嚷道："全力喷，伙计们！现在要完事了！"他的话给整个院子注入了信心。

管林人和汉娜表面上关注着这些事情，其实是在等磨坊主继续说下去。如果他真的并不担心闹鬼是死亡的预兆，那么，一定还有什么事沉重地压在他心头。

磨子现在靠三叶磨扇转动得越来越慢，磨扇已经差不多完全裸露，因为帆篷的最后几片正在燃烧的帆布接二连三地被风刮走了。

磨坊主把左手放在朋友的肩膀上。

"你还记得吗？是的，你一定还记得，因为过去还不满一个星期。那时，咱们坐在客厅里说到，我和汉娜马上结婚也许最为妥当。你安慰我说，一切都遵循天意——磨坊里发生的事也是如此。即使我明明知道他们在那上面，故意害死了他们——人家就是这样怀疑我的——你说，那也是遵循天意发生的，是为了使我的有罪的本性暴露出来，使我大吃一惊并且改邪归正。"

他沉默了一会儿，大口大口地呼吸。

"亲爱的朋友们，这就是我要说的话。就是这么回事。"

汉娜握住他的右手，感到它又凉又湿。

"天国的上帝啊！雅可布，你这是什么意思？"

可是，哥哥却向她抚慰地点点头。

"是的，是的，汉娜！确实像雅可布说的那样。我们已经看到，雅可布正走在皈依的路上。"

"确实如此，我已经感觉到了！可是你没有正确理解我的意思。事情正像你说的那样，因为——亲爱的朋友们，你们不愿意谴责我，而上帝是仁慈的——那件事是我干的——我明白——是我杀死了他们——我在狂怒中那么干了。"

管林人退后一步——并不是由于惊恐和反感，但磨坊主却以为是这样。他刚才放在朋友肩上的左手也无力地垂了下来。不，管林人只是想看清他的脸，看他是不是精神错乱说胡话。汉娜此刻更是毫不怀疑他在说胡话。闹鬼和雷击使他丧失了理智。她紧紧靠着他低语道：

"雅可布，别这么说！冷静些，亲爱的！"

尽管磨坊主的脸痛苦地扭歪了，管林人却看到他的脸色充满了镇定。在他的脑海里出现了许多细小的回忆并且集中起来——现在他明白了，雅可布是有罪的。在短暂的沉默之后，他情不自禁地交叉双手说：

"你说得对，雅可布！上帝是仁慈的，基督也是为你而死的。"

汉娜听了哥哥这些话,看到雅可布向他点头,认为未婚夫精神失常的想法便消失了。无情的事实从磨坊主的目光中流露出来。他十分痛苦地看着她,嗫嚅道:

"我的亲爱的汉娜!"

她放开他,双手抱住头,发出一声叫喊。若不是被喧闹声淹没了,这喊声肯定会把所有人的目光都吸引到她身上。

又一扇磨扇重重地砸到住房的房顶上——像一支巨大的火炬,幸亏它已经半熄灭了。因为早就预见到了这种情况,那地方已经被清理过,没有人遭难。烧红的木头迅速地滚过屋角,跌到前院,屋顶上散丢着磨扇尾部的残余,有人用耙子把它们小心地清理掉了。停止往帆布上浇水已有差不多十分钟,帆布已经烧穿,在帆布没有盖到的某些地方,麦草已经开始冒烟燃烧。再用桶浇水已经不行,水龙也投入了这儿的紧张战斗——这自然使龙先生的嗓门付出了新的空前的努力。水龙已经顾不上面包房了,那儿的火势仿佛喘了口气,又积聚了新的力量。

此刻,大家的注意力都在这两处,谁也没注意他们三个人。他们对周围喧闹的一切无动于衷,对住房和面包房是否会彻底烧毁并不关心,站在角落里——冷冷清清地处在他们的可怕秘密之中。

虽然此刻汉娜觉得她周围的一切好像都消失了,她却并没有失去知觉。她的性格很坚强。另外,马上又有一个念头占据了重要地位,成为一哄而起的乱七八糟想法的稳定的聚焦中心。那就是这个念头:他爱过莉泽!

磨坊主从她那呆滞的眼神中看出了这个念头。她伸出两臂站在那儿,以一种他从未见过的表情望着他。

"啊,汉娜,汉娜!"他叫道,"我对不起你——我太不负责任,哦,我知道——饶恕我吧!"

她仍以那样的目光盯着他,声音低得几乎听不见:

"你怎么能这样?"

"汉娜,我坏,我有罪,可是你永远也不会理解——我跟你说过——怎么能要你理解呢?是的,我爱过她,莉泽——这种爱就像发高烧,叫人不得安宁!我知道她不好,尽管如此——不,正因为我也不好——我知道你好——啊,我明白这一点——你可以救我——然而我就像中了邪,陷入了罪孽的罗网!在克丽丝蒂娜死前就已经这样了。"

磨坊主用断断续续的语句叙述了他的疯狂的爱情故事:它先是在暗中作祟,引起了克丽丝蒂娜的猜疑,毒害了她的生活,也许还造成了她的死亡;他在莉泽和汉娜之间游移摇摆——动摇于恶魔和善神之间,并且一而再再而三地被莉泽俘虏。他提起十一月的那个星期天,当时他情愿把汉斯留在他们家,自己却像只野兽一样穿过树林奔回家,唯一的狂热念头就是拥抱莉泽……接着是十一月的另一天,他答应跟莉泽结婚,那次去他们家是为了告别——告别那个曾经使他幸福的地方,告别他最亲爱的朋友——还记得那时是黄昏。

汉娜的心情就好像她早已发觉自己立于不可靠的基础上,即将有令人担忧的事发生,然后突然被置于火山口上,往下瞧便是巫婆煎制魔药的大锅,锅里已经沸腾了。她原来只是从字面上了解什么是罪恶的激情,而且是通过布道会和宗教书籍上的抽象说教了解到的。她很清楚,这东西自己身上也有;她有时甚至有一丝模模糊糊的自知之明,感到它照亮了信仰的真理,表明她是天生有罪的人,并且已经被罚入了地狱,幸亏基督的殉道解救了她。但是,所有这一切原来都是在迷蒙的远方,现在却真的来纠缠她了。她面对罪孽,听见罪孽正在以她最亲爱的人的嗓音说话。她明白了一切。在他的行为举止中有许多谜一样的东西,现在她全都明白了。她看到,他在恐惧与希望之中渴慕她,努力摆脱自身的罪恶天性,并且经过失足和可怕的挫折之后终于赶上了她——但是现在已经太迟了。

要使生活的幸福繁荣兴旺已经太迟了,但又并不是迟得连她的爱情也不能再永远属于他,在他最需要安慰时也不能陪伴他、安慰他了。

雅可布默默无言。汉娜贴在他胸前,两臂搂住他的脖子。管林人握着他的手。磨坊主哭了,自克丽丝蒂娜死后他还没有哭过,这些泪水起到了他难以置信的缓解作用。他原来不相信真的会得到她。他作出了忏悔,不再把秘密严严实实地藏在心里,以免像蒸汽那样时时要炸开锅,这多好啊!他第一次让朋友真正看到了他的本来面目。尽管他本来就确信,这两兄妹不会完全否定他,但是,在他毫无隐瞒、毫无掩饰地坦白之后仍然能得到爱,这对于他简直是一个奇迹——这才是理解与宽容的友情和坚贞不渝的爱情!

是的,若不是因为这种爱并未能给他以安慰,而且使他的良心重又受到谴责,他简直会感到很幸福。是他使这个偎依着他的善良、高尚的女人心里十分难过。她越是顺从和体贴地忍受可怕的失望，就越是清楚地表明了她的损失极大，她凭着爱情的力量承受了损失，但却因此丧失了生活的幸福。

泪水淌过他的颤抖的面颊。他深情地紧紧搂着她，凝视着她抬头仰望的眼睛——一种因为殉道的痛苦而显得黯然的，但又因为改过自新的力量而变得明亮的目光。这目光中还有一种使人得到解脱的力量，为别的人而哭，特别是为他而哭，为他这么久把自己自私地封闭于痛苦之中，受恐惧迷惑，除了自己之外几乎对什么都不感兴趣而哭。

"可怜的朋友，你忍受了多么大的痛苦啊！"她低语道。

"我完全是罪有应得！而你也得受这样的痛苦，这是我的罪过——完全是我一个人的罪过！"

"你难道认为，我宁愿永远也不了解你？"

"那对你无疑是最合适的。"雅可布长叹一声，伤心地摇摇头。

"究竟什么对我们最合适，只有救世主才知道。我们要恳求他，让他引导我们大家！"管林人说。

10

现在，喧闹声已经比起火以后的任何时候都减弱了。院子里也不再有那么多人，因为有一大群人跑到面包房的另一面去帮助灭火了。大火又进行了最后一次反扑，幸而被击退了，住房可以说已经没有危险了。现在，住房的正面已经没有巨大的火堆，否则余火会点燃草屋顶。下面,在磨坊的石基处,最下面一层仍在燃烧——而上面,只还兀立着一副可怜的黑色框架,笼罩在飘荡的红色烟幕中。草屋顶上已经没有一根草,所有各层都是光秃秃的。只有一根磨扇的方条向斜上方支棱着,还有几根木头标出了回廊的轮廓,火场恰如一本《磨坊原理手册》中的荷兰式磨坊的剖面图——让雅可布想起了青年时代的一件悲伤的往事。当时,他在一次拍卖中买到了这么一本书,作为礼物送给父亲祝贺他的最后一个生日。他眼前清楚地浮现出老人的脸,那张脸低头凑近书,眼镜远远地架在鼻尖上——一张端正的健康的脸,下巴上蓄着短短的白胡子。老磨坊主是个高傲的人,也是个可敬的人,在他那个时代的历次政治运动中起过一定的作用,曾出席过制宪会议——可是他的儿子却要死在监牢里!

不过,这想法只是在一瞬间给他的心情罩上了阴影。事情并不在于出席制宪会议还是坐监牢,而是在于最终能否觅到归附天主之路!

在磨坊的右边,从面包房依然冒出滚滚的浓烟。不过,因为现在可以在这儿集中所有的人力,毫无疑问,不难保住这个建筑物——这也是至关重要的。假如它被殃及,火势很容易就会蔓延到厩房,也许还会进一步危及住房。

水龙喷出的水柱不知疲倦地单调地吱吱作响。反之,大火的噼啪声和翻腾声似乎只是原来噪声的远远的回音了。人们的嘟哝声也压低了,零星的呼喊听起来像是怯生生的。大家累了,嗓子喊哑了,连龙先生的嗓门儿也久没听见了……这时,它又突然大声地响了起来，带着一种过分殷勤的兴高采烈的语调。他怀着某种惊人的目的——或者是根本没有目的——从后面跳上了水龙。他的嗓音既清楚又欢快，这也许可以用一个空啤酒瓶子来说明。他把那个瓶子向马厩后边的角落远远扔去——要知道这瓶子已经不是第一个了。龙先生所做的工作使他口干舌燥，而井水都被他省下来用于灭火了。

"晚安，预审法官先生！"他叫道，有点夸张地鞠了一躬，险些在狭窄的平台上失去平衡。"晚安……您来这儿真是太好了——哪儿有勇敢的人，勇敢的人就找到哪儿——嘿！请您走近些！给大驾光临的预审法官先生腾腾地方——喏，地方有了，弟兄们，让戴着金色帽盔的先生过来！您看，法官先生，这儿正在工作，努力工作！保险公司恐怕不能说，这儿没有竭尽全力灭火吧！"

磨坊主从沉思中惊醒，朝那边望去。在水井前的人群当中，龙先生的开场白激起了活跃的反响。他发现了一顶帽子。其闪亮的花边和金色的绶带在火光中闪烁。这时，前排的人向旁边让了让，他在那顶帽子底下瞥见了一张熟悉的面孔，蓄着金黄色胡子，戴着金边眼镜——这张脸使他想起了最难堪的时刻。

安德森太太向他们走来，手里牵着小汉斯。卡罗汪汪地叫着围绕她撒欢。

"啊，你们都在这儿！大概是举行家庭会议吧？喏，现在总算过去了，磨坊很快就会重建起来。"

"小汉斯，这么久你都在哪儿？"磨坊主问，把孩子抱起来，满怀深情地搂紧他。这引起了汉娜的注意。

"我站在马厩旁边，是妈妈带我去的。外婆又领我过来，我跟她过来可以吧?"

"当然可以。"汉娜答,抚摩他的手,竭力朝安德森太太笑笑。

"预审法官来了。"磨坊主说。

"是的,"安德森太太答,"他说,因为一件盗窃案他恰好来到这附近——这儿离基克比毕竟有好几里路呢。其实他完全不必让马跑这段冤枉路。我倒想知道,他来这儿有何贵干!他可能认为你有嫌疑,是你放火哩!"

"他说是爸爸放的火?"汉斯问,气得哭起来。

磨坊主尽力安慰他。

"不,不——这是外婆在开玩笑。"

"当然,我只是开个玩笑,小汉斯。上帝啊,这孩子真好哭!……不,只要他敢说这种话,你放心,我就会给他点颜色看!"

她给孩子擦干眼泪。汉斯想到外婆会给那个戴金边眼镜的预审法官一点颜色看,就笑了。

"我还要把你的情况也告诉他。"安德森太太又对雅可布说,"你需要休息。我觉得你们俩谈得已经够多了。"

"不,恰恰没有。告诉他,我愿意跟他谈话。"

"好吧,假如你想跟他谈——那就是另一码事了。好吧,我叫他过来。"

安德森太太慢慢转过身,迟疑地走了。她内心深处总在揣摩,是女婿故意把那一对男女压死在上面的——否则这事故也太巧了!因此,她绝不愿意让他跟这个讨厌的预审法官谈话——这个戴眼镜的家伙到处嗅来嗅去,就是为了证明雅可布有罪。当然了,他是想显示显示他的机敏,有可能的话甚至上一回报纸!喏,结果他收获不大……可是,雅可布想跟他谈谈,这是什么意思呢?为什么他们全都这么郑重其事呢?

安德森太太摇摇头:她不喜欢这样。她并不匆忙,在这儿握握手,在那儿聊几句,走近了井边的人群。

龙先生已从水龙上飞步跃下,一把抓住了预审法官衣服上的纽扣眼,想凑近对他大发议论。其他人围着这两个人挤成了一圈。在第一排,霍伊的身材最矮,但也最引人注目。他的长条脸架在黝黑的肩膀上,显然已做出准备接受被毁磨坊的全部灰烬。磨坊的柴堆上仍有余火在闪烁,在磨坊僵死的轮廓中似乎能读出一行庄重的铭文:"漫游人等请肃立。"至少法官是这样感觉的。他无法让戴着眼镜的眼睛从这一幕奇特的葬礼哀悼景象上移开,半麻木地听着龙先生的滔滔报告:

他姐夫为了保全磨坊,冒着生命危险竭尽了全力。在雷击之后,大家又在龙某人的领导下扑灭了大火;特别是他母亲,在这场战斗中做出了奇迹。

"啊,多亏有她!过来,妈妈!我刚才对这位先生说——这位审预法官①(这个词是经过一番犹豫后爆发式地用力说出来的,当时他觉得自己仿佛已被陷阱包围了)——我说,是你把这一家子救了——"

刚才磨坊主请岳母去叫预审法官,管林人和汉娜听了都吓一

---

① 龙先生心中无数,把"预审法官"这个词说颠倒了。

跳。他们毫不怀疑,雅可布打算向法庭自首——这其实是不言而喻的。可是这种镇静,他表现出来的这种一如往常的举止,使他们感到意外,而事情面临的直接结果更使他们感到惊恐。

磨坊主搂紧依然偎在他怀里的汉斯,热烈地亲吻他,几乎使得孩子惊慌不安。

"你累了,小汉斯,该上床了,然后明天才精力充沛……让妈妈陪你去。"

他放下孩子,向汉娜点点头。

她明白,他不愿让她目睹即将发生的事。她久久地拥抱他,热诚地吻他,低语道:

"上帝赐福予你,雅可布——现在和永远!"

然后,她牵着孩子的手,穿过花园门走了。

磨坊主目送着他们,直到他们的身影看不见了,才转身对管林人说:

"威廉——汉斯将——"

"你就放心吧——我们会——汉娜会像妈妈一样——"

管林人说不下去了。他用手揉了揉眼睛,现在不是动感情的时候。

磨坊主会意地点点头,朝水井边的人群瞥了一眼。

此刻,他的岳母正在跟预审法官谈话。法官正好把头转向他们,眼镜和帽子闪闪发亮。他穿着长大衣,离开人群向他们走来。

磨坊主见到此情此景直觉得恶心。一股无法抑制的苦涩和憎恶直往头上涌。这是他的敌人,他曾经小心地防范他,跟他斗,为了不落进他的圈套而绷紧了所有的神经！他过来了，现在他要赢了！

他感到，这想法是有罪的，就抓住管林人的肩膀，想靠朋友支撑住自己。

预审法官摘下了帽子。他的秃顶在火光中闪闪发亮。

这时，他突然停下了，转过头去，就好像是被可怕的喧嚣声扭过去的。大家都吓了一跳，不由自主地朝磨坊望。

石磨层的厚实地板已经被烧断了，所有磨石纷纷崩落，把已被大火吞掉一半的底层砸得一塌糊涂。有几块磨石在门道的石子路面上崩碎了。一团闪光的、金色的烟云腾空而起。冒烟的木头从焦黑的框架上落下来砸到石基上，大火烧得更旺了。

磨坊主倒在朋友的怀里，轻松地舒了一口气，仿佛心上坠着的一个比全部磨石都沉重的负担终于落地了。他抬头仰望，这场可怕的大火的火星似乎已飞上了永恒的星空。

大约一年之后，霍尔森监狱的牧师给管林人和汉娜寄来了一封信，通知他们，磨坊主雅可布·克劳森已经去世，死时满怀悔恨，虔信基督——并向他们以及他的儿子致以最后的问候。

附 录

吉勒鲁普自传

　　1857年6月2日，我生于普赖斯特的罗霍尔特。我父亲是牧师，名叫卡尔·阿道夫·吉勒鲁普，母亲名叫安娜·菲毕格。1860年，父亲在洛兰岛的兰纳（我至今还记得那里的一些情况）去世后，我于11月到了表舅约翰尼斯·菲毕格牧师家里。他是哥本哈根一所教堂的牧师，写了不少书，例如《施洗者约翰》（1857）、《故事集》（1865）、《十字架与爱》（1868）、《无休止的争吵》（1878）和《我的一生》（1898）。1874年，我以优异的学习成绩从霍斯莱乌中学毕业。在此之前，我曾经多次尝试写作。刚毕业我就写了一部悲剧《大西庇阿》①和一部正剧《阿米尼乌斯》②。两部剧本都拿给爱德华·霍尔姆教授看过。他鼓励我，并且把后者又拿给克里斯琴·莫尔贝奇看。可是，后来我却研究起神学来，在乡下住了多时（西兰岛南部的瓦伦斯韦，当时表舅在那儿当牧师，1881年以后在法尔斯特岛的霍斯莱乌）。乡村生活给我留下了难以磨灭的印象，并且在我的所有小说中都留下了痕迹。1878年6月，我以优异的学习成绩

---

① 大西庇阿（公元前236—前183），古罗马共和国的伟大人物。
② 阿米尼乌斯（公元前18？—公元19），古代日耳曼民族的英雄。

获得了神学学士学位。我立即开始写《一个理想主义者》(1878)，该书于11月出版，正巧跟我表舅写的《无休止的争吵》同一天。两本书都是署的笔名。由于这两本书引起了某种轰动，我结识了赫夫丁、德拉克曼①、山道尔夫、鲍克瑟纽斯、勃兰兑斯兄弟、雅科布森②和许多艺术家。接着，我又不停地写作，在《遗传与道德》(1881)中选择了科学的方向。那是一本谈进化论的书，获得了大学的金质奖章。小说《日耳曼人的门徒》(1882)，诗集《山楂》(1881)，还有一本纪念达尔文的挽歌集《精神与时代》(1882)，便是这个时期最值得注意的作品。一份小小的遗产使我1883年能够去国外做长途旅行。我在罗马逗留了三个月，与克伦贝格一起研究水彩画，后来我又研究了粉彩和油画。归途中我经过瑞士、希腊和俄国，然后取道斯德哥尔摩，圣诞节期间回到家里。与此同时，两个短篇小说《罗慕路斯》(1883)和《G大调》(1883)发表。随后，我又出版了旅行印象集《古典一月》(1884)和《漂泊之年》(1885)。在后面这本书里，我与乔治·勃兰兑斯的信徒们彻底分道扬镳了。然后，我的第一部受到热烈欢迎的著作问世，即诗体悲剧《布伦希尔德》(1884)，这本书我从学生时代就开始写，是献给尤金妮亚的。从1885年夏天到1887年秋天，我住在德累斯顿，写了有关法国大革命的一些剧本，如《圣茹斯特》③(1885，1913年在德国修订后上演，但一直没出版)和戏剧诗《塔米里斯》④(1887)。

---

① 德拉克曼(1846—1908)，丹麦作家。
② 雅科布森(1847—1885)，丹麦小说家、诗人，自然主义运动的倡导者。
③ 圣茹斯特(1767—1794)，法国革命家。
④ 塔米里斯，希腊神话中的一位诗人，曾与缪斯女神抗争。

后者与《布伦希尔德》一起，使我获得了一项由国家发给的终身年俸。1887年10月，我和尤金妮亚·本迪克斯结婚，她的娘家姓豪宇兴格。我们定居于海勒鲁普。诗体悲剧《哈格巴特与西格娜》（1888），长篇小说《明娜》（1889），诗集《我的爱情之书》（1889），剧本《海尔曼·万德尔》（1891）和《乌特霍恩》（1893，曾在达格马剧院上演了一百多场）都是在海勒鲁普写的。我还写了一篇评论瓦格纳的歌剧《尼伯龙根指环》的论文，翻译了埃达[①]里的众神曲。

1892年3月，我迁居德累斯顿。悲剧《亚纳王》（1893）和诗体喜剧《毒药与解毒药》（1898）在达格马剧院上演。在《寓言集》（1898）、《从春到秋》（1895）和《两片断》之后，我告别了丹麦文学。长篇小说《磨坊》（1896）、《在边境上》（1897）、《占卜者》（1901）、《鲁道夫·斯田的乡村实践》和《生活成熟》（1913），都是用德文创作的。我初次用德文写作是《莫尔斯牧师》（1894），德文从此成了我的正式艺术手段。剧本《祭火》（1903，曾在德累斯顿和德绍的宫廷剧院上演），《完人之妻》（1907，曾在斯图加特的宫廷剧院上演），诗体小说《朝圣者卡马尼塔》（1906），《漫游世界的人》（1910），《金枝》（1917）和《上帝的女友》（1916），主要是属于德语文学的，就像《生活成熟》那样，几乎全是在德国得到了真正的理解与评价。四十年前，我在第一本书问世时曾受德国理想主义影响。过了三年后，在获得金质奖章的论文中我又成了英国自然主义

[①] 埃达是中世纪冰岛学者记录的神话传说。

的信徒。后来，我又回到了黄道十二宫下我的合理位置，只不过这一次引导我的星宿不像《一个理想主义者》那样是黑格尔，而是康德与叔本华。

著作年表

1857 年　6 月 2 日生于西兰岛的罗霍尔特。

1878 年　《一个理想主义者》，小说，以笔名发表。

1879 年　《年轻的丹麦》，短篇小说。

1880 年　《安提柯》，短篇小说。

1881 年　《山楂》，诗集。

《遗传与道德》，论文，获大学的金质奖章。

1882 年　《日耳曼人的门徒》，小说。

《精神与时代》，纪念达尔文的挽歌集。

1883 年　《罗慕路斯》，短篇小说。

《G 大调》，中篇小说。

1884 年　《布伦希尔德》，诗体悲剧。

《古典一月》，希腊游记。

1885 年　《漂泊之年》，游历见闻录。

1886 年　《圣茹斯特》，五幕历史剧。

1887 年　《牧女与瘸子》，田园诗。

《大号》，戏剧诗。

《塔米里斯》，又名《与缪斯抗争》，戏剧诗。

1888 年 《结婚礼物》，喜剧。

《哈格巴特与西格娜》，五幕历史剧。

1889 年 《我的爱情之书》，诗集。

《明娜》，长篇小说。

1890 年 《理查·瓦格纳及其名作〈尼伯龙根指环〉》，论文。

1891 年 《海尔曼·万德尔》，悲剧。

1893 年 《十克朗》，短篇小说集。

《乌特霍恩》，五幕剧。

《亚纳王》，五幕历史剧。

1894 年 《莫尔斯牧师》，短篇小说。

1895 年 《从春到秋》，诗集。

《古代埃达的众神曲》，译诗集。

《大人》，剧本。

1896 年 《磨坊》，长篇小说。

1897 年 《在边境上》，小说。

1898 年 《毒药与解毒药》，五幕喜剧。

《寓言集》。

1903 年 《祭火》，剧本。

1906 年 《朝圣者卡马尼塔》，小说。

1907 年 《完人之妻》，剧本。

1910 年 《漫游世界的人》，小说。

《两片断》，含《海边的别墅》和《犹大》两篇未完成作。

1913年　《鲁道夫·斯田的乡村实践》，小说。

《生活成熟》，诗选。

1916年　《上帝的女友》，小说。

1917年　《金枝》，小说。这一年荣获诺贝尔文学奖。

1919年　10月11日逝世于德累斯顿附近的克洛彻。

1917年评奖简况（节译）

巴黎大学名誉教授　阿·约利维

　　1917年底，几乎所有的欧洲国家都卷入了战争，战事的持久跟它的结局同样难以预料。这些国家的作家们自然也无法超脱于战事之外，都纷纷在家乡和前线履行自己的公民义务。他们当中没有一个人能够获得诺贝尔奖，这是不言而喻的。

　　1916年，瑞典学院评选出一位瑞典诗人——魏尔纳·封·海登斯塔姆，瑞典文学的一位大师。1915年出版了他的最后一部或许也是最优秀的著作《尼亚·迪克特》。那是一本新诗，让人联想到歌德抒情诗中最完美的作品，有的甚至可以跟它们相媲美。这次评选是成功的，没有什么人说三道四。但是，1917年瑞典学院又该选谁呢？按照传统进行了预选，许多热心帮助瑞典学院评选的行家都提出了建议，结果有两名候选人脱颖而出：丹麦的小说家卡尔·吉勒鲁普和亨里克·彭托皮丹。这两个人究竟选谁好呢？"每个人都拥有足够的拥护者，都拥有影响力甚大的选票。"1916年的获奖者海登斯塔姆赞成吉勒鲁普。既然这样表了态，他也就不会再选彭托皮丹。

亨里克·彭托皮丹是一位老式的贵族，一名绅士，他的不幸是生在这样一个时代：他那个阶层的人们已开始在瑞典的公众生活中失去了意义与影响。他向来讨厌现实主义，这种现实主义在瑞典他那个时代以前就已经有了。有一次他满怀鄙视地写道，他讨厌这种"拙劣的现实主义"。对于他来说，一部艺术作品若不产生于理想主义，不与日常的现实相分离，不涉及文学创作的重大题材，从而美化人类的心灵活动，或者描述历史的光辉时代，揭示一个种族的内在本质和一个民族的英雄气概，那就是不可想象的。吉勒鲁普最初站在乔治·勃兰兑斯一边，扮演了革命者的角色，可是后来又跟他的宗师闹翻了，离开了他，去德国寻找他的灵感，特别是向席勒的著作求教。他吸收了席勒的理想主义并使之体现在自己的作品中。他还上溯日耳曼的起源；他热爱理查·瓦格纳的音乐，再三提到，《尼伯龙根指环》的题材与英雄形象为日耳曼各民族揭示了内在的本质和深刻的特点，是指引通往充满尊严的人生的好向导。

因此，海登斯塔姆赞成吉勒鲁普的作品。那么，他的艺术弱点是什么？海登斯塔姆在步入文坛之初是个出色的、成功的论战家。他对那个时期始终有一种回味，并且态度十分明确。当时在哥本哈根还有一位教授讲文学史，他的重要的著作，尤其是关于18世纪丹麦文学的著作，在丹麦享有极高的声誉，在所有斯堪的纳维亚国家，尤其是在瑞典，也很有分量。他叫维尔海姆·安德森，他的看法颇受斯德哥尔摩的评奖委员会重视。早在1916年，维尔海姆·安德森就梦想见到一位丹麦作家荣获诺贝尔奖。然而众所周知，那一年是瑞典诗人海登斯塔姆胜利了。1917年，维尔海姆·安德森又做出新的努力，他也支持吉勒鲁普当选；因为他在1917年正打算出版一本关于亨里克·彭托皮丹的专著，这就显得尤为奇怪。

当时，在哥本哈根大学还有一位著名的语言学家任教，名叫奥托·耶斯帕森。他的声望在瑞典差不多跟在丹麦同样，在瑞典学院的评委会当中完全可以与维尔海姆·安德森的影响相抗衡。他坚决支持彭托皮丹当选。诺贝尔奖评委会举棋不定。为了摆脱僵局，维尔海姆·安德森建议在这种情况下让两人平分该奖。结果就这么定了。事后维尔海姆·安德森胜利地宣布，两位获奖者实际上旗鼓相当，而且有意思的是，他们俩都出身于牧师家庭……

由于第一次世界大战和敌对行动结束后依然存在的不安定状况，诺贝尔奖在1916—1919年间没有举行任何颁奖仪式。

评吉勒鲁普

哥本哈根大学丹麦文学教授　比勒斯科夫·延森

吉勒鲁普的第一部重要小说题为《日耳曼人的门徒》(1882)。这一说法也适用于他的全部作品。吉勒鲁普最喜爱的作家是席勒。他发现自己与这位德国古典大师之间有某种类似，因此颇有些自豪。若不深入了解自歌德、康德和席勒以来的德国思想史及其在丹麦的影响，就无法熟悉吉勒鲁普的文学世界。吉勒鲁普的作品形成了1790年前后开始的哲学与文学运动的照准点。当时，认为所有大思想家的思想和感情都普遍适用的观点得到了承认。席勒吟道："你们拥抱吧，千百万世人！"康德在人性深处发现了"绝对命令"。歌德则宣布："纯粹的人性补偿所有的人类缺陷。"按照德国的理论，为了适应人类的整体性，人牺牲了个性追求的种种脾性与激动，通过这一行动取得了一种新的和谐，改过自新的个人变成了真正的人，宇宙在这种净化的人性中达到了全盛时期。

德国的古典主义也代表了一种有道德的理想主义。这在文学的领域里表现为崇高的伟人形象，表现为男人和女人，他们具体地体现了思想与原则：浮士德、伊菲格涅、华伦斯坦。丹麦文学渗透了德国的古典主义和浪漫主义，也是一种具有普遍性的特征。丹麦浪漫派的领头人欧伦施莱厄1805年在童话剧《阿拉丁》里使《一千零一夜》的故事得以新生。他还在各科文学作品里采用了斯堪的纳维亚古代的神话与传说。从1835年起，安徒生[①]利用民间童话为故事基础，写出了许多新的、富有艺术性的、对我们了解人来说十分重要的故事。但是，在这个世纪中叶，出现了一种对浪漫主义理想的严厉批评。在黑格尔的哲学中，个人的自我否定达到了高峰；万物的生命似乎只是一种永恒观念的实现。据此衡量，个人的作用似乎是微不足道的。与此相对，克尔恺郭尔[②]重新解释了人对于自身及其亲友所负的责任。克尔恺郭尔的学说是以批判的理想主义为基础的，它从根本上摧毁了浪漫的理想主义。1870年前后，达尔文主义、实证主义和自然主义也开始反对起理想主义来。这一强大运动的主要代表是乔治·勃兰兑斯，他生于1842年，是一个天才的文学批评家、充满激情的演说家和很有魄力的政治家。吉勒鲁普，这个德国与丹麦的伟大理想主义传统的继承人，恰好在勃兰兑斯主义达到顶峰时长大成人了。

由于父亲和母亲方面长辈的关系，卡尔·吉勒鲁普和丹麦的路德教派有紧密的联系。1857年6月2日，他生于一个乡村牧师的住宅里；父亲是阿道夫·吉勒鲁普牧师，1860年去世了。他的一个表舅也是牧师，住在首都，这时便收养了小卡尔。表舅名叫约翰尼

---

① 安徒生（1805—1875），丹麦著名作家，其童话家喻户晓。
② 克尔恺郭尔（1813—1855），丹麦哲学家。

斯·菲毕格,对小卡尔的思想发展有着决定性的影响。菲毕格既是学者,又是作家。在探索我们的精神遗产之最终起源的过程中,他作为训练有素的语文学家,不仅像每个新教神学家那样掌握了希腊文和希伯来文,而且掌握了古代北欧的语言文字和埃及文,还能阅读原文的波斯和印度经典。他从广博的书籍中汲取了好几部文学作品的素材。其中有一首长诗吟诵西绪弗斯,这个希腊社会的英雄象征没能把岩石滚过山去。此外,他还写了诗歌《托钵僧》,表述了这一原则:爱情比信仰更重要。

菲毕格的精神世界十分广阔,其中心是基督教,围绕这一核心汇聚了精神生活的其他启示。在菲毕格牧师的家里,德国的理想主义被看作是每天都不可少的面包。1874年中学毕业后,年轻的吉勒鲁普很自然地投身于神学研究。可是没过多久,实证主义思潮便深刻地影响了这个年轻大学生的思想。当时,对《圣经》的历史评析已经取得了巨大进展;例如,到处都在热烈地讨论第四福音书的真实性问题。吉勒鲁普很快便凭着青年的热情站到了激进的批评一边;可是当他通过了结业考试时,他的信仰却已经丧失了。与这种背离基督教的行为相适应,吉勒鲁普还接受了乔治·勃兰兑斯的文学观点,成为他的追随者和热诚的学生达数年之久。在一首题为《问候你!》的诗中,他甚至称勃兰兑斯为"我们神圣思想的骑士,我们的圣乔治"!

吉勒鲁普早就爱写诗,在青少年时代就特别喜爱席勒和海涅,后来,英国诗人如拜伦、雪莱和斯温伯恩[①]也成了他的榜样。可是,

---

① 斯温伯恩(1837—1909),英国诗人、剧作家、评论家。

吉勒鲁普首先发表的文学作品却是散文。属于勃兰兑斯学派这一点促使他选择了具有紧迫现实意义的问题，因此他首先开展了与神学家的论战。他的第一本书题为《一个理想主义者》(1878)。主人公是个年轻的学者。他激烈地抨击神学，但自己却认为人死后身体入土，精神则回归宇宙精神，灵魂也回归上苍在我们的头脑中启示的永恒思想。这个语文学家不是基督徒，正如书名所指明的，他是个理想主义者。第二部小说《年轻的丹麦》(1879)讲的是一个出身于牧师家庭的年轻作家的故事。他因为出版了一本不信教的书而引起轰动。他身患无法治好的肺病，躺在父亲的寓所里跟死神搏斗。父亲问他是否作为基督徒而死去。"不，"他答道，"我要带着我平生信仰的世界观死去。"这是在雅科布森的《尼尔斯·吕涅》问世一年之前，具体地表现了一个坚定的无神论者的生死斗争。1859年，著名的瑞典作家维克托·雷德贝里①在他的小说《最后一个雅典人》中，以有力的笔触勾勒了一幅古希腊人与基督教冲突的画面，把基督教士写得思想十分卑下。勃兰兑斯称赞了这本书。1874年，该学派的另一位作家又把它译成了丹麦文。于是，吉勒鲁普把它作为自己的一本描写公元2世纪情况的小说《安提柯》(1880)的样板。书中各基督教派别竞相把对方革出教门，罗马人则把顽固不化的基督徒丢去喂狮子。一个只相信科学的希腊医生大骂"基督教跟异教徒的迷信一个样"。

在这些最初的尝试之后，吉勒鲁普1882年发表了他的小说《日

---

① 雷德贝里（1828—1895），瑞典浪漫派作家。

耳曼人的门徒》。主人公尼尔斯·姚尔特生在石勒苏盖格地区一个农民家庭里,家乡是1864年被俾斯麦强行从丹麦夺走的。他心中充满了对德国的仇恨,但是命运的嘲弄却让德国的古典作家,主要是席勒,使他的思想有较大的活力并使他成为一个真正的人。经过艰苦的努力,姚尔特当上了公立小学的教师,然后又通过了中学毕业会考,开始在哥本哈根大学学习神学。因为德国的理想主义是一种不依附于基督教教义的博爱,它在这个年轻神学家心中埋下了怀疑的种子:他的信仰渐渐崩溃,莱辛的《智者纳旦》给他指明了通往自由思考的路。他在神学考试的笔试中对第四福音书的真实性表示怀疑,结果系里和教会都拒绝让他报名参加口试。他既是胜利者又是失败者,回到了边界另一边的故乡。他在一个年轻姑娘那儿,一个牧师的外甥女那儿觅得了善良、聪明的生活伴侣。他摆脱了自己以前的所有宗教的和沙文主义的偏见,努力向他的丹麦同胞宣传适应时代的放弃说,认为我们应当忍受这个人世的邪恶,而且不要天国的极乐作为报答。

继引起颇多争议的自然主义之后,斯拉夫现实主义的心理学又在吉勒鲁普的作品里站住了脚。屠格涅夫的小说给了他的两本小书特别明显的影响。这两本书发表于1883年,即《G大调》和《罗慕路斯》。前者同屠格涅夫的长篇小说《烟》一样,一对男女在长久离别之后重逢,重新点燃了他们认为早已熄灭的爱情之火。海伦娜在屠格涅夫的同名小说中为她所宠爱的动物尽心尽力,而罗慕路斯在吉勒鲁普这儿则是一匹受到骑师虐待的良种马。一天,年轻的女主人公,一个端庄优雅的女骑手,看到了马受虐待的情景。她用鞭子责罚了那个残暴的骑师。《罗慕路斯》成了描写一匹马的构思巧妙的故事，叙述小马驹的欢乐，叙述这匹纯种骏马在生活中的庄严与悲伤的时刻，叙述这匹良马之死。这部作品是在威尼斯写成的。1882年至1883年，吉勒鲁普外出长途旅行，游历了德国、瑞士、意大利和希腊。在这次漫游过程中，吉勒鲁普追溯了他所受的教育之最初源泉。希腊寺庙的壮丽和魏玛的理想主义精神使他对现代文学中的丑陋特点感到扫兴。他解释说，自然主义包括了精神的整个存在，不仅包括当代法国人喜欢的生活阴暗面，而且包括人类最崇高的向往。从这时起不断有两个意象在吉勒鲁普的思想中闪现：在追随德国古典大师方面他赞颂自由意志，因此也赞颂人的道德责任；而在叔本华的影响下他又不停地探索跟人的生存紧密结合在一起的痛苦。

在吉勒鲁普的晚期作品中，对崇高思想的探索越来越明显。他在1884年和1895年写的仿古剧和现代剧给我们展示了具有巨大精神力量的男男女女，即尼采所谓的传奇英雄或超人。在《明娜》（1889）和《磨坊》（1896）这两部长篇小说中，他给读者展示了地地道道的普通人。后来，在19世纪末年，悲观主义笼罩了吉勒鲁普的全部作品，无论是属于哪一种体裁的作品。

吉勒鲁普早就是理查·瓦格纳的崇拜者。在旅行途中，他在莱比锡观看了歌剧《大歌唱家》，在罗马更是欣赏了四联剧《尼伯龙根指环》的全套演出。这组四联剧给他展示了一种既壮观又新式的艺术。他为这个德国伟大人物的榜样所鼓舞，也着手处理相同的题材：齐格弗里德和布伦希尔德之间悲惨的爱情故事。在诗剧《布伦希尔德》（1884）中，吉勒鲁普呼唤伟大的心灵只能爱一次的坚贞，但更重要的是歌颂女主人公的精神力量，她在恋人被害后从容登上火刑的柴堆，作为妻子躺到丈夫身边而"含笑死去"。悲剧英雄式的品格创造了其自身的法则。

　　诗的优美使人物和情节的严谨得到了缓和。吉勒鲁普让希腊悲剧的三一律和诗歌十分灵活地交替变换，就像《尼伯龙根之歌》的特点那样。此外，他还采用了斯堪的纳维亚的埃达神话的头韵技巧，以及莎士比亚的无韵抑扬格五音步诗。通过揭示英雄的感情和混用各种体裁，他试图以这部既仿古又现代的悲剧创造出一种包罗万象的艺术作品。其内容和文学价值使得吉勒鲁普可与黑贝尔[①]和斯温伯恩相媲美。

　　我们的远古时期的悲剧恋人，也可以说是北欧的特里斯坦和绮瑟，名字叫哈格巴特和西格娜。关于他们的传说已收在萨克索[②]写的拉丁文《编年史》和中世纪的一首叙事诗中。作为两个敌对皇族的后裔，这两位恋人无法相聚。于是，哈格巴特男扮女装，闯到了西格娜那儿。他在爱人的床上被抓获，要处以绞刑。不过，他先让人家把他的大衣挂在绞架上。姑娘以为他死了，便放火烧了房子。他得知后，就要求马上处死自己。西格娜的父亲竟然反对如此坚贞的爱情，并且悔悟得太晚了。在这部悲剧《哈格巴特与西格娜》中，诗与散文交替变换。吉勒鲁普相当认真地遵循剧本的原始资料进行创作。但是，他把发生于远古的事件移到中世纪，以便说明这对恋

[①] 黑贝尔（1813—1863），德国戏剧家。
[②] 萨克索，丹麦历史学家，写作时期为12世纪中期至13世纪初期，所著《丹麦人的业绩》是丹麦的第一部重要史籍。

人的负咎感。他们屈服于爱情的诱惑,作为罪人死去。按照吉勒鲁普的观点,一个悲剧的主人公就应当是这样。悔恨以及对永恒幸福的向往,伴随着爱和死的欲望交织在一起。

一个杰出人物的悲剧性过失,这就是吉勒鲁普1890年前后写的戏剧作品的主题。值得注意的是从1891年起,这位作家使他的英雄时代的悲剧变成了现代的正剧。吉勒鲁普常批评易卜生及其追随者的观点,可是他的三部现代剧也都提出了具有重大现实意义的问题:一个高尚人物遇到的爱情、婚姻与职业之间的关系问题。《海尔曼·万德尔》(1891)的主人公是个年轻的文科中学教师,爱上了骄傲的西格丽特,但他同时又是一个妖冶性感的女人露易丝的情人。因为露易丝已跟他怀了孩子,他必须娶她。一开始他表示拒绝,但最后迫于周围环境的压力还是屈从了。他娶了自己不爱的女人,从而玷污了自己心目中的神圣殿堂——婚姻。因此在教堂举行了婚礼之后,他怀着犯了罪的感觉自杀。《乌特霍恩》(1893)的故事发生在乌特霍恩山附近。奥斯卡爱上了托马斯的妻子英伽。托马斯是个卑鄙的小人,尽管自己不忠实却又拒绝离婚。一次爬山,奥斯卡利用他的目光具有的催眠能力使情敌摔下了深谷。众人议论纷纷,于是奥斯卡向英伽坦白了自己的行为。英伽因为害怕忆起托马斯而受到折磨,不敢再嫁给奥斯卡。奥斯卡并不后悔自己的罪过,但是,当他公开承认自己有罪时,英伽却挺身而出,要求分担她的一份责任。这样,他们就表明了是一对真诚相爱的恋人。既然不能同生,他们情愿共死。

《大人》(1895)是第三个剧本。主人公赫伯特·罗特是司法部长。他年轻时渴望成为大人物,因此同意了女友的建议:只当他的情人,以便他能娶个富家小姐,攀上高枝实现他的追求。结果情人给他生了个儿子,妻子则给他生了个女儿。他就这样在两个分别由爱情和关心照亮的不同环境里生活了二十年。在情节的发展过程中,部长的这一秘密被相当多的公众知晓了,因此他不得不放弃了对权力的渴望。他离开了原来的家,心情沉重但同时又是自由无羁地回到了他所爱的女人身边。

吉勒鲁普把他的剧本搬上舞台殊非易事。《海尔曼·万德尔》和《大人》都遭到皇家剧院拒绝,仅在"激进社会主义学生联合会"的独立舞台上演出过一次。只有《乌特霍恩》可以说是获得了真正的成功。它从1892年起在达格马剧院上演。因为《大人》在舞台上效果不佳,并且受到了文学批评界的严厉抨击,吉勒鲁普便让这个剧本跟他的引人注意的文章《关于我的剧本的附言》一起发表了。他在文章中着重阐述了他对悲剧和爱情的看法。悲剧是从个人与社会的冲突产生的。而具体的个人所拥有的真正与深刻的东西,便是他的爱情生活。种性的多种多样是个性发展的最高的基本的前提。性格的进一步发展都与此相连。个性的特点恰恰是借助他在爱情上的抉择表现出来的,借助他的心灵的本能与直接的选择。因此,按照理查·瓦格纳的榜样,现代悲剧必须表现两个人之间的绝对爱情突破了日常生活框框的情况。

吉勒鲁普在自己的生活中体验到了伟大的爱情。1880年的一天,他结识了勃兰兑斯的一个表弟、音乐家弗利茨·本迪克斯的妻子尤金妮亚。她是文科中学教师豪宇兴格的女儿,生于德累斯顿。不久，尤金妮亚·本迪克斯成了作家的知心女友，成了给予他灵感的缪斯女神。1887年，他跟她结了婚。《我的爱情之书》(1889)里面的诗，还有同一年出版的长篇小说《明娜》，都要归功于她。小说中叙述了她的悲惨童年以及第一次不幸婚姻的故事。吉勒鲁普以法国自然主义的方法展示了明娜生长的可怜环境，叙述了她跟一个丹麦画家，一个酒鬼和浪荡鬼结婚后遭受的委屈。按照他的看法，自然主义不能只满足于写现实的丑恶方面，而是应当囊括整个人生。小说一开头就叙述明娜和另一个丹麦青年产生了爱情。当她还是姑娘时就在"萨克森瑞士"的优美景色中遇见了他，一个曾在德累斯顿工艺学院读过书的工程师。他们俩订了婚。明娜过分认真，把订婚的事通知了那个丹麦画家。以前她曾一度希望嫁给画家，但是他却离开了她，只要求跟她保持通信联系。订婚的事使这个画家的反复无常的心产生了嫉妒；他赶到德累斯顿，很快就花言巧语说服了明娜，相信他这个性格柔弱的艺术家缺少不了她。于是，明娜自以为是遵从命运的意志，跟他结了婚，然而后来获得的却是最最苦涩的失望。

在《明娜》发表七年之后，吉勒鲁普于1896年发表了他的第二本著名的小说，书名是《磨坊》。很有条理的现实主义在书中与鲜明突出的理想主义结合在一起，效果是感人的。没有哪个自然主义作家比他更善于使故事的框架更适应故事的情节。故事发生在丹麦某个岛屿中央的一座大型风磨坊里。读者随着书中人物在六层磨坊里上上下下，很快就听惯了磨扇和转轮的响声，甚至能感觉到有面粉屑悄悄地钻进头发和衣裳中。磨坊主家里正在悄悄地酝酿着一场悲剧性事变。主妇病危卧床。女佣已料到女主人将死。她是个出身卑微的能干姑娘，盼望着成为这一家的主妇。她的性魅力很快就征服了磨坊里的男人们；磨坊主、伙计和学徒都想要她。磨坊主在妻子死后摇摆于莉泽的妖媚和汉娜的纯朴美之间，而汉娜有可能给他的儿子做个好妈妈。莉泽让她的哥哥，一个偷猎者，杀死了汉娜宠爱的一只小鹿；这一成功使得莉泽令人倾倒，于是磨坊主向她求婚，并且立即上路去办理有关手续。莉泽心满意足地巡视现已属于她的磨坊院。她登上磨坊。因为她先前答应过让伙计跟她亲热一下，于是，这对年轻人被他们的激情控制了，在磨坊最高一层的屋顶下，莉泽委身于伙计。提早归来的磨坊主寻找莉泽，他一层一层地顺着磨坊的窄梯上去，发现磨坊正在空转。一种朦胧的猜疑，一阵狂烈的妒意，使他做了个有罪的动作。那对紧紧搂在一起的男女被卷进机轴碾得粉碎。并没有证据说明磨坊主有罪。但是，他的内疚却使他不得安宁。他跟虔诚的汉娜订了婚，但是她和她的家却在无意中使磨坊主相信，一桩罪行可以由上帝预先决定，从而指引罪犯走向皈依。磨坊起火烧毁后，磨坊主认为这是上帝发出的一个新信号，决定投案自首。作家以这种方法巧妙地利用了民间对天意的信仰，表述了他的关于普遍正义的理论。

吉勒鲁普的这两部名著按表现手法衡量是自然主义的，按哲理内容衡量则是理想主义的。吉勒鲁普每次都给情节一个玄学的基础，他所采用的毫不显眼的方式令人赞赏。工程师取笑明娜相信宿命论，可是在生活的转折点上，她仍然相信自己是由命运决定跟画家结婚的。明娜和磨坊主都感到受冥冥支配。后来发表的一部小说使我们有可能更确切地了解，吉勒鲁普给天意这个概念赋予了什么意义。《生活成熟》(1913)叙述了一个年轻医生的故事，他颇为自己的医学知识和不信教而感到自豪；他远离首都那些自以为时髦的小圈子，过着一个思想家的生活。他爱上了一个患肺结核的姑娘，曾千方百计地努力挽救她的生命，但没能成功。他的叔叔是个森林技术员，又是个叔本华的狂热信徒；他使医生认识到死亡是一种解脱，并且让他在自己家里暂住。医生在那儿得知了神秘的天命含义是如何证实的，那是一项计划，预先确定了每个人的生命，体现了"叔本华的一项最有洞察力的研究课题"。这里涉及的文章请看1851年的附录和补遗，标题是"关于个人命运中似乎具有故意性的超验推想"。这位哲学家以一种他认为是不可检验的假说的形式，阐述了他对预言和梦幻的价值的深刻认识，以及他对自然法则的目的论本质的深刻认识，对构成世界基础的生命意志与个人通过死亡获得解脱的关系的深刻认识。对于我们的丹麦小说家来说，这位德国哲学家的假说成了一个基本真理。

以小说《明娜》和《磨坊》为一方，以吉勒鲁普大多从印度的原始资料中取得素材的那些传奇为另一方，叔本华的文章宛如两者之间的一个连字符。早在1894年写的短篇小说《莫尔斯牧师》中，作者就讽刺了一位新教神学教授，他死死抱着这一希望：在天国也能像他在人世这样生活。佛祖宣布涅槃后痛苦消除，他的理论让人感到更合乎逻辑、更人道。在佛教内部，圣洁的阶梯一清二楚。在传奇小说《祭火》(1903)中，道路从崇拜一种宗教习俗通往纯洁圣灵的宗教。《完人之妻》(1907)是一个剧本，描写一个成了佛的男人的妻子。她以为丈夫圆寂便是死了；因为她认为自己是寡妇，便准备自焚；这时她听说他成了佛还活着。她澄清了自己赴死的决心：她自愿放弃婚姻，以便能过圣徒的生活。在《朝圣者卡马尼塔》（1906）和《漫游世界的人》（1910）这两本小说中，叙述了书中人物过去和现在的生活。前一本书写两个恋人，他们在人世分离，死后却得以团圆，并且一起生活下去，直到共同达到涅槃。后一本书写一个年轻的德国姑娘嫁给一位英国上校，他们在印度相识相爱，因为他们在一部古老的手抄本传奇里找到了有关他们的共同生活故事的全部详情细节。据说在印度，所有人都同意这个看法，真正的爱情是破镜重圆的爱情，真正的恋人是那些上一辈子就认识的恋人。

吉勒鲁普肯定不是一个佛教徒，尽管如那个森林技术员所说的，关于轮回的想法是一个了不起的模式，或者是在这些让人糊涂的领域里辨认方向的有益帮助。正如刚才提到的那个虚构的作家思想宣布者——森林技术员一样，他更受神秘的直觉影响。如果一定要给上帝下定义，那么，上帝并不是这个肮脏世界的创造者，而是其解救者，正如一块看不见的磁石把贵重的铁桶从泥沼中吸出来那样。一个好人愿意把他的天性留给后世，而普通人则与之相安无事，能够接受它。吉勒鲁普在小说《上帝的女友》中说明了这一点，是中世纪的德国神秘主义者爱克哈特[①]促使他写了这本小说。

从1892年起，卡尔·吉勒鲁普住在德累斯顿，1919年10月11日，他在那儿逝世。德国成了他的第二故乡。他能够像丹麦文一样

---

① 爱克哈特（约1260—1327），莱茵兰神秘主义派创建人。

用德文写作，一些作品甚至只有德文版。当他1917年获得诺贝尔奖时，德国完全有理由认为这也是它的一份光荣。他一直是德国大师们的学生：席勒、瓦格纳和叔本华先后造就了他的思想，叔本华也许还引导了他去探究佛教的源泉。

由于吉勒鲁普抱有英雄式的悲观主义，他看不起大多数不能感受艺术和思想之伟大的人。但是面对他的妻子，这位作家却怀有一种无可比拟的感激之情。他曾说过，他在她身边得到了永久的安宁，这安宁比所有生活体验更深地延伸到时代的怀抱之中。

图书在版编目（CIP）数据

磨坊 /（丹）吉勒鲁普著；吴裕康译 .-- 桂林：漓江出版社，2021.9
（诺贝尔文学奖作家文集 . 吉勒鲁普卷）
ISBN 978-7-5407-8921-3

Ⅰ . ①磨… Ⅱ . ①吉… ②吴… Ⅲ . ①长篇小说 – 丹麦 – 现代 Ⅳ . ① I534.45

中国版本图书馆 CIP 数据核字 (2020) 第 173405 号

MOFANG
磨坊
［丹麦］吉勒鲁普　著
吴裕康　译

出版人：刘迪才
策划编辑：沈东子
责任编辑：刘红果
书籍设计：石绍康
责任监印：张璐

出版发行：漓江出版社有限公司
［广西桂林市南环路 22 号　邮编：541002］
发行电话：010-65699511　0773-2583322
传真：010-85891290　0773-2582200
邮购热线：0773-2582200
电子信箱：ljcbs@163.com
微信公众号：lijiangpress
印刷：北京中科印刷有限公司
［北京市通州区宋庄工业区 1 号楼 101 号　邮编：101118］
开本：880 mm × 1230 mm　1/32
印张：13.75　字数：293 千字
版次：2021 年 9 月第 1 版
印次：2021 年 9 月第 1 次印刷
书号：ISBN 978-7-5407-8921-3
定价：69.80 元

漓江版图书：版权所有，侵权必究
漓江版图书：如有印装问题，可随时与工厂联系调换